# DIE WAGEMUTIGEN

## HEISSBLÜTER 4

BELLA FORREST

# KAPITEL EINS

Meine Hände waren voller Blut. Es sickerte durch meine Finger hindurch, rann an meinen Handgelenken entlang und sammelte sich auf dem Boden des kleinen Zimmers. Egal, wie sehr ich auch schrubbte, ich konnte es nicht entfernen, und die klebrige Flüssigkeit färbte alles in ein widerliches Scharlachrot.

Ich zuckte zusammen, als etwas in meine Haut stach, und sah, wie eine kleine Scherbe aus meiner Hand ragte. Leise fluchend zog ich sie aus dem Fleisch und warf sie in den Müll, wo sie klirrend landete. Dann griff ich nach einem weiteren feuchten Lappen und bemühte mich, alles so schnell wie möglich zu säubern. Je eher ich damit fertig war, desto besser. Ich hatte bereits einen beträchtlichen Teil der Putzlappen gebraucht, die sich nun in einem Wäschesack rechts von mir stapelten, aber es sah immer noch aus wie der Tatort eines Mordes.

Der Gestank war überwältigend und der scharf-metallische Geruch brannte in meiner Nase. Wenn es sich um normales Menschenblut gehandelt hätte, wäre ich zwar entsetzt gewesen, hätte aber wenigstens gewusst, von welcher Art das Blut stammte. Doch das hier war etwas ganz anderes. Verschiedene Rottöne, blaue Flecken und ekelhaft schwarze Streifen vermischten sich zu einer widerlichen Pfütze, der ich nicht einmal nahe kommen, geschweige denn sie wegwischen wollte, aber hier war ich in dem engen Lagerraum des Schiffs, hockte in einer Lache aus außerirdischem Blut und wünschte der Frau, die mir diesen Dreck eingebrockt hatte, alle erdenklichen Übel an den Hals.

Pandora hatte ein Tablett mit Ampullen fallen lassen und obwohl sie behauptete, dass es ein Versehen gewesen war, hatte ich da meine Zweifel. Natürlich hatte sie sich nicht die Mühe gemacht, sauberzumachen, sondern mir befohlen, es an ihrer Stelle zu tun. Sie hielt sich zweifellos für zu wichtig, um eine so niedere Arbeit zu verrichten. Genauso benahm sie sich, stolzierte wie ein Pfau durch das Schiff und hielt uns alle bis zur Erschöpfung auf Trab, während sie an den wenigen Reglern und Schaltern herumspielte.

Wir befanden uns schon seit einer Woche mit der *Vanquish* auf dem Weg nach Zai und es fühlte sich wie die längste Woche meines Lebens an. Ständig fand Pandora in jeder Ecke Arbeit für uns und ließ uns keine ruhige Minute. Jeden Morgen hielt sie eine riesige Liste von Aufgaben bereit, die wir erledigen mussten, und wir wussten, dass sie uns nur noch mehr Arbeit geben würde, wenn wir es jemals schaffen würden, ihre Liste abzuhaken. Aber wir schafften es sowieso nie.

Ich verstand, warum sie sich so benahm, aber das machte mich nur noch wütender. Pandora hielt uns fünf – Navan, Bashrik, Angie, Lauren und mich – so beschäftigt wie möglich, damit wir uns nicht heimlich versammelten oder gemeinsame Pläne schmiedeten. Sie war nicht dumm. Sie wusste genau, dass wir andere Gründe dafür hatten, Vysanthe verlassen zu wollen, und sie sorgte dafür, dass uns keine Sekunde blieb, um unsere Pläne in die Tat umzusetzen.

Wir waren so eilig losgeschickt worden, dass wir fünf kaum Gelegenheit gehabt hatten, um miteinander darüber zu sprechen, was wir tun würden, wenn wir den Außenposten der Föds vor Zai erreichten. Königin Brisha hatte darauf bestanden, dass wir am Tag nach meinem Spektakel im neuen Alchemielabor aufbrachen, vielleicht, weil sie eine weitere durchgeknallte Attacke mit Sprengstoffgürteln in der Nähe ihrer geliebten Generatoren fürchtete. Das war alles andere als ideal gewesen, weil wir so den Einsatz verpasst hatten, bei dem Königin

Giannes neue Flotte in ihrem unterirdischen Hangar zerstört werden sollte, aber wir konnten nichts weiter unternehmen, nachdem Navan versucht hatte, Brisha davon zu überzeugen, uns zuerst auf diesen Einsatz zu schicken. Sie wollte nichts davon hören. Wachen hatten uns von unserer Wohnung bis zur Tür der wartenden *Vanquish* begleitet.

Und nun waren wir weit von dieser Welt entfernt und rauschten durch die Unendlichkeit des Weltalls auf Zai zu. Sehr zu unserem Ärger hatten wir Pandora von der Fernall-Technologie im unterirdischen Hangar erzählen müssen, weil wir wussten, dass unser Geheimnis bei ihr und den Rebellen sicher war. Mit überraschend feierlichem Ton hatte sie uns versprochen, dass sich Orion um die Sache kümmern würde – was auch immer das zu bedeuten hatte.

Trotzdem machte ich mir Sorgen darüber, was geschehen würde, wenn Brisha die Technologie entdeckte und merkte, dass wir sie angelogen hatten, bevor Orion etwas unternehmen konnte.

Es war witzig, wie sich mein Verstand an bestimmten Dingen festbiss, während ich die niederen Aufgaben erledigte, die Pandora mir zugewiesen hatte. Wenn man stundenlang allein vor sich hin schrubbte, war es schwer, nicht über Fehler nachzudenken und über Ängste zu grübeln.

Aber wenigstens war ich nicht im Maschinenraum und musste die Tausende von Pfeifen in allen erdenklichen Größen putzen, die den ganzen dröhnenden Raum durchzogen und wie ein Labyrinth durch die Wände und Decken und sogar unter dem Fußboden entlangliefen. Navan und Bashrik waren heute zu dieser Aufgabe verdonnert worden und ich wusste, dass sie uns beim nächsten Essen anschreien würden, weil ihre Ohren vom Röhren der Motoren taub waren. Die *Vanquish* war kein schnittiges, hochmodernes Fluggerät wie die *Asterope* mit ihren seidigen, schnurrenden Motoren – sie war eine Kriegsbestie, die für Stärke und Kraft gebaut war, nicht für Fernallgeschwindigkeiten.

Manchmal begegneten Navan und ich uns auf dem Flur auf dem Weg zu unseren nächsten Aufgaben und ich legte meine Finger an die Stelle über meinem Herzen, an der der Magnet immer noch leuchtete. Sein Licht zeigte mir, dass Navans Liebe zu mir unverändert stark war.

Er lächelte dann und berührte seinen eigenen Stein oder hob sogar sein Shirt hoch, wenn er sich Pandoras Überwachungssystem gegenüber besonders aufmüpfig fühlte, um mir seinen Stein zu zeigen. Das Zweite gefiel mir zwar besser, aber es störte mich, dass Pandora uns beobachtete und sich mit uns einen billigen Nervenkitzel verschaffte. Außerdem fürchtete sie wahrscheinlich, so wie ich sie kannte, dass wir uns in einem geheimen Morse-Code miteinander verständigten, obwohl sie uns noch nicht darauf angesprochen hatte.

Ich riss meine Gedanken von Navan los und dachte an Lauren, die sich in der Vorratskammer den Gang entlang befand, um das Inventar jedes winzigen Gegenstands, der sich auf dem Schiff bestand, zu aktualisieren. Angie befand sich in der Waschküche und schrubbte auch den letzten Putzlappen zum zigsten Mal. Ich konnte mir bildlich vorstellen, wie sie aus der feuchten Waschküche auftauchte und ihre ohnehin schon lockigen blonden Haare noch krauser und völlig unbändig geworden waren, während sie eine äußerst gelangweilte Miene machte.

Die Inventarliste würde am Ende des Tages verschwinden, sodass sie morgen wieder jemand erstellen musste, aber daran hatten wir uns bereits gewöhnt. Pandora sorgte dafür, dass alle Aufgaben wiederholt wurden, nur, um uns voneinander zu trennen. »Der Teufel verführt müßige Hände«, sagte sie.

*Ich weiß schon, was ich mit meinen müßigen Händen gern tun würde,* dachte ich bitter und fragte mich, wie es sich wohl anfühlte, Pandora eine Ohrfeige zu verpassen. Wunderbar, da war ich mir sicher.

Sie ließ uns einfach nicht in Ruhe und es ging so weit, dass sie mit uns im gleichen Zimmer schlief. Schlimmer noch, sie überwachte jede unserer Bewegungen mit Aufnahmegeräten, die überall im Schiff angebracht waren. Wo auch immer ich hinging, verfolgten mich die Geräte und die Kameras funkelten wie Augen und spähten in jede Ecke, jeden Gang und jedes Zimmer. Eine der Kameras beobachtete mich auch in diesem Augenblick. Sie befand sich in der Ecke des Regals und spähte über meine Schulter. Ich dachte an Pandora, die im Kontrollraum saß und in sich hineinkicherte, während sie die Bildschirme beobachtete.

Meine Hände klammerten sich um den feuchten, blutgetränkten Lappen. Sie war wirklich unerträglich.

Genau in diesem Augenblick piepte meine Armbanduhr und sagte mir, dass es fast drei Uhr war. Nicht, dass die Uhrzeit hier draußen im Weltall, wo weder Mond noch Sonne schienen und uns nur endlose Sternenweiten umgaben, irgendeine Bedeutung hätte, aber es war trotzdem nett, eine gewisse Routine zu pflegen, um normale, irdische Gewohnheiten nicht zu vergessen.

Ich schleuderte den letzten Lappen in den Wäschesack und wusste, dass Angie mich dafür hassen würde, dass ich so viele Lappen benutzt hatte. Dann warf ich mir den Sack über die Schulter und verließ den Vorratsraum. Ein paar hässliche purpurfarbene Streifen waren immer noch auf dem Boden, aber sie würden trocknen. Und wenn Pandora nicht zufrieden war, würde sie mich sowieso noch einmal alles von vorn reinigen lassen.

Mit gesenktem Kopf ging ich schnell durch den Flur zur Aussichtsplattform und ließ den Wäschesack auf dem Weg vor der Waschküche stehen. Ich klopfte kurz an die Tür, damit Angie wusste, dass ich da war, wartete aber nicht, bis ihr wütendes Gesicht auftauchte. Ich war dafür zuständig, nachzusehen, ob es Neuigkeiten auf dem Texter gab und ich würde nicht zu spät kommen, bloß weil Pandora Blut verschüttet hatte.

Ich hatte gerade den Hauptraum des Schiffes erreicht, als es kräftig ruckte. Da die Schwerkraftgetriebe angeschaltet waren, schwebte ich nicht anmutig, sondern wurde unsanft umhergeschleudert, so als ob wir landen würden. Ich taumelte zur Seite, stieß an der Wand an und suchte gerade nach Halt, als ein zweiter Ruck durch das Schiff ging und es erbeben ließ. An die Wand gepresst sah ich in den Hauptraum, um zu verstehen, was vor sich ging, aber der Hauptraum der *Vanquish* hatte keine Fenster. Auf seiner anderen Seite lag jedoch das Cockpit, dessen Tür weit offenstand. Dort saß Pandora im Kapitänssessel und ihre Hände flogen über das Steuerpanel und hatten Mühe, das Schiff zu lenken.

Ich drehte mich um, als hinter mir im Gang Schritte ertönten.

Navan, Bashrik, Angie und Lauren rannten auf mich zu, wurden aber von den Bewegungen des Schiffs hin- und hergeschleudert.

»Was ist hier los?«, fragte Navan, als wir durch den Hauptraum auf das Cockpit zu liefen.

»Wir fliegen durch ein Feld von Metallschrott. Es kam aus dem Nichts!«, schrie Pandora, deren Finger sich so schnell bewegten, dass sie fast verschwammen. »Bashrik, setz dich an das andere Steuerpanel und hilf mir! Das Letzte, was wir gebrauchen können, ist, dass uns irgendetwas trifft, während wir versuchen, das Schiff wieder unter Kontrolle zu bekommen. Riley, Navan, an die Kanonen! Wir müssen diesen Schrott vom Schiff fernhalten, bevor er zu viel Schaden anrichtet!«, kläffte sie, ohne den Blick vom Bildschirm vor sich abzuwenden, wo immer wieder Gegenstände auftauchten und rot blinkten, wenn sie uns zu nah kamen.

»Ich bin nicht für solche Waffen ausgebildet. Ich kenne nur Zwei-Mann-Kampfschiffe, keine riesigen Militärbrummer!«, sagte ich ängstlich, während die anderen Stellung bezogen. Nur Navan wartete auf mich.

»Finde einfach heraus, wie es funktioniert, Riley! Wir haben keine Zeit für deine erbärmlichen Unsicherheiten!«, schrie Pandora und kniff die Augen zusammen, als sie uns an einem besonders bösartigen Metallklotz vorbeimanövrierte.

Mit wutroten Wangen drehte ich mich um und ging durch den Hauptraum, Navan dicht hinter mir. Wir waren auf dem Weg zum Waffenkontrollbereich des Schiffs, der eine Etage tiefer lag. Wir rannten zum Ende des Flurs und stiegen eine Treppe in das metallische Untergeschoss hinab. Unsere Stiefel hallten laut auf der gewundenen Stahltreppe und unten angekommen rannten wir zu den Kanonenrohren. Das Schiff ruckte immer noch hin und her und brachte uns aus dem Gleichgewicht. Oder besser gesagt mich, denn Navan schien zu wissen, wie er trotz der Erschütterungen weiter gerade laufen konnte.

An den glasgeschützten Schießhüllen angekommen, die wie transparente Eier aus dem Bauch des Schiffes herausragten, setzten wir uns nebeneinander und sahen auf den Schrott, der in alle Richtungen durch die Landschaft flog. Die Bedienungstafeln der Waffen leuchteten auf und zeigten uns die Ziele, die das Schiff umgaben. Jedes piepte und leuchtete grell rot auf, wenn es dem Schiff zu nahe kam, ähnlich wie es auf Pandoras Bildschirm angezeigt wurde.

»Wo zum Teufel kommt das alles her?«, fragte ich und starrte auf die Bedientafel. Neben dem Bildschirm leuchteten fünf Knöpfe auf, die jeder eine andere Waffe bedienten. »Und welchen der Knöpfe muss ich drücken?«

Navan kam zu mir und zeigte mir, welcher Knopf die Kanone auslöste. »Es ist schwer zu sagen, wo der ganze Schrott herkommt. Er kann aus allen Richtungen kommen. Dieses Zeug fliegt vielleicht schon seit Jahren im All umher, aber niemand macht sich die Mühe, so etwas zu entsorgen, wenn es sich nicht in seinem Zuständigkeitsbereich befindet. Selbst dann tun es die meisten nicht«, sagte er finster, kehrte wieder zu seiner Waffe zurück und drückte auf den Knopf.

»Schießen wir einfach?«, fragte ich nervös. Ich hatte mich sehr gut im Kampffliegertraining geschlagen, aber das hier war etwas ganz anderes. Das Schiff war größer, die Kanonen waren riesig und es stand viel auf dem Spiel. Im Gegensatz zum Training war das hier keine Simulation und es gab keinen Knopf, um wieder von vorn anzufangen.

»Ja«, sagte Navan. Seine Hände bewegten sich über den Bildschirm und er zielte auf Schrottklumpen, die von der Wucht seines Schusses vom Schiff fortgeschleudert wurden. Es sah ziemlich einfach aus ...

Ich blickte wieder auf meinen Bildschirm und stellte mir vor, in einem der kleinen Kampfschiffe zu sitzen. Dann atmete ich tief durch und versuchte, mich zu konzentrieren. Das hier unterschied sich nicht von unserem Training auf Vysanthe. Meine Hände bewegten sich flink über den Bildschirm und ich ließ mich von ihnen leiten. Erst als ich auf einen riesigen Brocken aus Metall zielte und abfeuerte, fiel mir auf, dass mein Knopf sich an einer anderen Stelle befand als Navans Knopf. Aber da war es schon zu spät.

Ohne Vorwarnung erbebte die *Vanquish* unter einer riesigen Explosion, als ein weißer Lichtstrahl nach draußen schoss und den Metallklumpen entzweischnitt. Hinter dem Schiff waren keine Geräusche zu hören, aber ich sah die Wucht, mit der ich das Metall getroffen hatte. Kurz darauf drehten die beiden Hälften ab und eine von ihnen schoss direkt auf uns zu. Navan bemühte sich, meinen Fehler zu korrigieren und hämmerte auf den Bildschirm, aber das Metall war zu schnell und zu dicht bei uns. Es würde uns treffen und wir konnten es nicht verhindern.

Es traf die *Vanquish* frontal und ich wurde vom Aufprall aus meinem Sitz nach hinten geworfen. Wenn Navan sich nicht nach mir ausgestreckt hatte, um mich festzuhalten, wäre ich gegen das Glas der Hülle geschmettert und hätte mir dabei sicher das Genick gebrochen.

»Alles in Ordnung?«, fragte er und legte seine Arme um mich.

Ich nickte stumm, weil mir der Aufprall die Luft aus den Lungen gepresst hatte. Ich kam auch nicht dazu, etwas zu sagen, als schon schwere Stiefelschritte die Treppe zu uns hinabgeeilt kamen. Pandora stürmte durch das Untergeschoss und sah mich mit wild funkelnden Augen an.

»Was glaubst du, was du hier unten tust? Du hättest uns beinahe umgebracht!«, fauchte sie. Mir fiel auf, dass sie dabei nicht Navan ansah. Es war klar, dass ich für das Geschehene verantwortlich war. »Du hast die Kanone benutzt, du Idiotin. Ich habe doch gesagt, dass ihr die Schusswaffen nehmen sollt!«, schrie sie, stieß mich unsanft beiseite und setzte sich in meinen Sitz. Dort machte sie sich sofort an die Arbeit und entfernte den Schrott gekonnt vom Schiff. Ihre Hände bewegten sich erfahren.

»Ich habe diese Bedienungstafel noch nie vorher gesehen«, versuchte ich mich zu verteidigen, stieß aber auf taube Ohren. Es interessierte Pandora nicht, was ich zu sagen hatte.

»Schadensmeldung?«, fragte Pandora, nachdem sie auf den Kommunikationsknopf gedrückt hatte, während sie weiter Schrott fortschoss.

Bashriks Stimme ertönte nach einem Knistern. »Minimaler Schaden. Der Rumpf hat einen Schlag abbekommen, aber es ist nichts kaputtgegangen. Die Waffen sind einsatzbereit, der Motor ist einsatzbereit, die Triebwerke sind einsatzbereit. Es ist nur ein ästhetischer Schaden. Das alte Mädchen ist jetzt nicht mehr so hübsch«, sagte er und lachte kurz auf.

»Sehr gut. Führe weitere Tests durch. Wenn irgendetwas beschädigt wurde, will ich es sofort wissen«, sagte Pandora.

»Ich halte dich auf dem Laufenden«, antwortete Bashrik. Es klickte, was bedeutete, dass er weitere Tests machen würde, und das Gespräch war beendet.

»Navan, geh und hilf deinem Bruder, während er alles überprüft«, befahl Pandora, die immer noch nicht aufsah.

»Natürlich«, nickte er und warf mir einen entschuldigenden Blick zu. Ich spürte, wie der Zorn Pandora in Wellen überkam, aber es gab doch sicher etwas, wobei ich helfen konnte? Ich hatte einen einfachen Fehler begangen – das konnte jedem passieren. Das Problem war nur, dass es nicht jemand anderem passiert war, sondern eben mir. Ich wartete darauf, dass sie mir eine Aufgabe zuwies, aber sie blieb stumm.

Also nahm Navan mich an der Hand und führte mich aus dem Waffenraum wieder zum Hauptdeck hinauf, wo Bashrik zwischen verschiedenen Anzeigen hin- und herrannte und gehetzt aussah. Vor der riesigen Windschutzscheibe der *Vanquish* flogen noch immer Trümmer, aber Pandoras geübte Schüsse schafften sie schnell aus dem Weg und führten uns in Sicherheit. Es tat mir leid, dass ich das Team im Stich gelassen hatte, und es ärgerte mich, dass sie es miterlebt hatte. Sicher würde sie ein paar sehr scharfe Worte mit mir wechseln, sobald sie damit fertig war, uns zu retten.

Mit der Aussicht auf eine verbale Abreibung im Hinterkopf fragte ich mich, ob es vielleicht angenehmer gewesen wäre, von einem riesigen Metallklotz erschlagen zu werden. So hätte ich wenigstens Pandoras Wut und ihren Spott nicht länger miterleben müssen.

Ich trat einen Schritt zurück und sah Navan dabei zu, wie er Bashrik an den Anzeigen half, während ich mich dumm und nutzlos fühlte. Angie und Lauren hatten alle heruntergefallenen Gegenstände wieder an ihren Platz gestellt und sahen jetzt zu, wie sich die *Vanquish* durch die verbleibenden Schrottreste schlängelte. Also tat ich dasselbe und wartete auf den Augenblick, in dem wir die Gefahrenzone verließen.

Schließlich verschwand auch der letzte Schuttbrocken und wir ließen das Feld hinter uns. Sobald der letzte Metallklumpen in der Dunkelheit des Alls versunken war, hörte ich die schweren Stiefel bedrohlich wieder die Treppe hinaufstapfen. Es war, als ob ich den Henker auf mich zukommen hörte.

Pandora stürmte ins Cockpit und ihr Blick suchte wütend nach mir. Vielleicht hatten wir die Gefahrenzone verlassen, aber ich steckte in großen Schwierigkeiten.

# KAPITEL ZWEI

»Hast du das absichtlich gemacht?«, zischte Pandora und blieb nur wenige Zentimeter vor mir stehen.

Ich schnitt eine Grimasse. »Natürlich nicht. Es war ein Unfall!«

»Wenn das stimmt, dann bist du wirklich blöd. Du hättest uns alle umbringen können. Ich hätte gut Lust, dich für ein paar Stunden in die Isolationskammer zu sperren. Vielleicht hilft das ja deinem Gedächtnis auf die Sprünge, damit du wie eine ordentliche Soldatin funktionierst!« Dann brummte sie immer das Wort »nutzlos« vor sich hin und meine Wangen glühten bei jeder Wiederholung stärker.

Die Isolationskammer war im Augenblick ihre bevorzugte Strafe, weil sie wusste, dass sie uns damit einen kalten Schauer den Rücken hinabjagte. Sie befand sich hinter einer engen Tür im hintersten Bereich des Schiffs und ähnelte einer Gefängniszelle, mit dem Unterschied, dass diese Zelle dazu gedacht war, selbst die gewalttätigsten Kriminellen zu brechen. Die Stille, die einem entgegenschlug, war ohrenbetäubend. Es war gruselig und die Ruhe trieb einen fast in den Wahnsinn. Ich hatte auf der Erde davon gehört, dass es solche Räume gab, in denen es so ruhig war, dass die Leute es nur ein paar Minuten darin aushielten, aber ich hatte noch nie so etwas erlebt, bis mich

Pandora gezwungen hatte, in die Isolationskammer zu gehen. Diese eine Erfahrung reichte mir. Ich wollte das nicht noch einmal durchmachen.

»Es war wirklich nicht meine Absicht, Pandora. Es war ein Versehen, ein dummer Unfall, aber ich weiß, dass ich uns in Gefahr gebracht habe. Ich bin bereit, zur Strafe jeden Teil des Schiffs zu putzen, bis alles glänzt«, sagte ich, weil ich auf keinen Fall isoliert werden wollte. Wenn ich Pandora beruhigen wollte, musste ich die Rolle der gehorsamen Soldatin spielen und ihr die Stiefel lecken. Es ärgerte mich, das tun zu müssen, aber ich wusste, dass mir keine andere Wahl blieb.

Ich blickte mich im Raum um, wo Angie ein wütendes Gesicht machte, als sie hörte, wie Pandora mit mir sprach. Auch Lauren sah ziemlich verärgert aus und verschränkte zornig die Arme vor der Brust. Wir hatten alle genug von Pandora, aber wir konnten nichts gegen sie unternehmen. Ihr Wort war Gesetz.

Außerdem hatte Pandora ja recht. Ich hatte den Rest der Crew tatsächlich in Gefahr gebracht. Wenn der Metallbrocken etwas anders geflogen wäre und sich die scharfe Kante nach vorn gedreht hätte, dann hätte er womöglich den Rumpf aufgerissen und wir wären in das luftleere All hinausgesaugt worden. Ein Teil von mir dachte jedoch, dass sie absolut im Unrecht war, schließlich hatte ich sie gewarnt, dass ich keine Erfahrung mit diesen Waffen hatte, aber das zählte nicht als Entschuldigung. Ich hätte nachfragen müssen, um so etwas zu verhindern. Nun konnte ich nur hoffen, dass sie mir meine Dummheit vergab. Ich würde jede gemeine und anstrengende Aufgabe lieber übernehmen, als die unerträgliche Stille aushalten zu müssen.

Ich sah zu Pandora auf und hoffte, dass ich genug Reue gezeigt hatte, aber leider schien sie nicht allzu beeindruckt zu sein. Sie hob die Augenbrauen und lächelte kühl.

»Nein, dich in die Zelle zu sperren wird nichts nutzen«, sinnierte sie. »Vielleicht sollte ich lieber Navan an deiner Stelle einsperren. Vielleicht lernst du so aus deinen Fehlern.« Das war eine Drohung, von der sie wusste, dass sie mir nahe gehen würde.

»Pandora, nein!«, sagte ich und riss die Augen auf. »Es war mein

Fehler! Ich bin die Einzige, die dafür bestraft werden sollte. Navan hat das Schiff gelenkt und geholfen und er hat ohne Fehler geschossen. Bestraf ihn nicht für meinen dummen Fehler! Bestraf mich.«

Sie lächelte mich an, weil sie wusste, dass sie mich an einer verletzlichen Stelle getroffen hatte. Ich hasste es, dass sie wusste, wie sie mich manipulieren konnte, aber wenn es um Navan ging, konnte ich meine Reaktionen einfach nicht unterdrücken. Ich sah ihn entschuldigend an, aber er schien unbeeindruckt davon, einige Zeit in der Isolationskammer verbringen zu sollen. Seine Miene war ruhig und er blickte nur hin und wieder kühl zu Pandora.

»Wenn du mich bestrafen willst, dann nehme ich gern Rileys Platz ein«, schaltete sich Navan nun ein und warf mir einen beruhigenden Blick zu. Ich schüttelte den Kopf. Auf gar keinen Fall würde ich ihn an meiner Stelle in Einzelhaft gehen lassen.

»Nein, ich denke, dass wir ...« Sie kam nicht dazu, ihr Urteil auszusprechen, weil plötzlich eine Sirene ertönte und einen eingehenden Anruf meldete. Pandora verzog das Gesicht und drehte sich zur Vorderseite des Schiffs, wo ein großer Bildschirm aus der Wand gefahren wurde.

Einen Augenblick später schaltete er sich ein und zeigte uns die vertrauten Züge von Königin Brisha. Ich atmete erleichtert auf. Pandora wäre zumindest ein paar Minuten lang beschäftigt und wurde von meiner Bestrafung abgelenkt. Je nachdem, was die Königin ihr zu sagen hatte, vergaß sie sie vielleicht sogar ganz. Ich stellte mich neben Navan und beobachtete Pandora, die zum Bildschirm hinaufsah und ihre Herrscherin freundlich und professionell grüßte. Es erheiterte mich immer wieder zu sehen, wie geschickt Pandora sich innerhalb von Sekunden von einer grausamen Diktatorin in eine ruhige Dienerin verwandelte. Es war, als ob sie eine Maske überzog und ihr wahres Ich direkt vor meinen Augen verschwand.

»Was in Rasks Namen geht bei euch vor sich, Pandora?«, fragte Königin Brisha schroff und ihr Blick bohrte sich durch den Bildschirm. »Ich habe einen Alarm erhalten, dass die *Vanquish* getroffen wurde. Steckt ihr in Schwierigkeiten?«, fragte sie, obwohl es offensichtlich war, dass sie noch wegen etwas anderem besorgt war. Ihre Stimme war hörbar angespannt und ihre Zähne knirschten gegen ihre Unterlippe.

»Kein Grund zur Sorge, Eure Hoheit. Ein Schrottfeld ist aus dem Nichts aufgetaucht, aber wir haben es sicher passiert. Ein Blindgänger hat die Seite des Schiffs gerammt, aber der Schaden ist rein kosmetisch«, erklärte sie und warf mir einen düsteren Blick zu. »Wir hatten Probleme damit, die Schusswaffen einzusetzen, aber ich habe wieder alles unter Kontrolle gebracht«, fügte sie hinzu, weil sie es sich einfach nicht verkneifen konnte, noch einen Seitenhieb in meine Richtung abzugeben.

»Gut, das freut mich«, murmele Brisha zerstreut, bevor sie plötzlich nervös aufsah. »Wie weit seid ihr von Zai entfernt? Hat der Schrott euch vom Kurs abgebracht?«

Pandora schüttelte den Kopf. »Ganz und gar nicht, Eure Hoheit. Wir sind auf demselben Kurs und sind noch zwei Tage von Zai entfernt.«

Brisha atmete angespannt ein. »Zwei Tage? Laufen die Motoren auf Höchstbetrieb?«, fragte sie mit einem ängstlichen Funkeln in den Augen.

»Das tun sie, Eure Hoheit. Das hier ist nicht gerade das modernste Schiff, aber wir fliegen, so schnell wir können«, antwortete Pandora ruhig.

»Könnt ihr nicht schneller fliegen?«, drängte Brisha.

Pandora runzelte die Stirn. »Wenn wir die Motoren überlasten, werden sie instabil. Das Schiff könnte unter dem Druck zusammenbrechen.«

Die Königin seufzte schwer. »Nun gut, dann müsst ihr so viel Zeit wie möglich aufholen, sobald ihr Zai erreicht«, sagte sie. »Sobald ihr landet, müsst ihr euch daran machen, das Drakonierblut zu beschaffen. Wir brauchen es hier so schnell wie möglich, damit wir das Unsterblichkeitselixier mischen können. Die Dinge haben sich seit eurem Aufbruch zum Schlechteren entwickelt und wir müssen uns beeilen, wenn wir unseren Vorteil wiedererlangen wollen«, sagte sie ernst und mit vor Aufregung hoher Stimme.

»Was hat sich zum Schlechteren entwickelt, Eure Hoheit?«, fragte ich und erntete einen bösen Blick von Pandora.

Brisha nickte. »Meine Schwester hat bereits zwei Vergeltungsschläge versucht, die wir dank einer Truppe, die ich an der Grenze postiert habe, nur knapp abwenden konnten. Die Zerstörung des Observatoriums hat sie nicht gerade friedlicher gemacht«, sagte sie trocken, weil sie sehr genau wusste, dass sie sich das selbst zuzuschreiben hatte. Ich dachte, dass sie Gianne genau zu dieser Reaktion provozieren wollte, aber das schien sich geändert zu haben. »Natürlich wusste ich, dass sie Vergeltung üben würde, aber ich habe nicht mit einem solchen Schlag gerechnet ... und nicht so bald. Sie ist wie ein Eishund, der an meinen Fersen kaut. Bereits zwei Angriffe und ich fürchte, dass uns noch mehr bevorstehen.« Sie seufzte.

»Glaubt Ihr, dass Krieg aufzieht, Eure Hoheit?«, fragte Pandora mit seltsam zufriedener Miene. Wenn die beiden Schwestern gegeneinander Krieg führten, dann hatten Orion und seine Rebellen freie Fahrt, um anzugreifen. Ich sah, dass genau dieser Gedanke Pandoras kranken Verstand beschäftigte.

»Sobald eine von uns offiziell den Krieg erklärt, dann ist es so weit – Norden und Süden werden gegeneinander kämpfen«, murmelte Königin Brisha und ihr Blick wurde trüb beim Gedanken daran. »Ich will mich nicht dazu gezwungen sehen, den Krieg zu beginnen, aber wenn ich an die neuen Schiffe meiner Schwester und ihre drohenden Angriffe denke ... Dann weiß ich nicht, wie ich einen Krieg noch verhindern kann. Der Augenblick naht ... ich spüre es in meinen Knochen.« Ihr Blick wurde trotzig.

»Habt Ihr es geschafft, Späher in den Hangar zu schicken, Eure Hoheit?«, fragte Navan und ignorierte einen weiteren warnenden Blick von Pandora. Ich lächelte, als sich unsere Blicke trafen. Ich hatte gerade genau dieselbe Frage stellen wollen.

Brisha schüttelte den Kopf. »Wegen der Angriffe meiner Schwester haben wir noch keine Gelegenheit dazu gehabt. Ihre Flotte ist intakt und bereitet sich zweifelsohne darauf vor, meine Nation und mein Volk zu verletzen«, sagte sie grimmig. »Deshalb fürchte ich, dass ich es sein muss, die zuerst den Krieg erklärt. Ich werde meine Untertanen nicht ohne Schutz lassen. Lieber ziehe ich los, um vor der Haustür meiner Schwester zu kämpfen, als darauf zu warten, dass sie mein eigenes Volk umbringt. Wenn wir uns auf einen Kampf vorbereiten, können wir wenigstens nicht überrascht werden«, sagte sie entschlossen.

»Ihr müsst tun, was immer Ihr für richtig haltet, Eure Hoheit«, sagte Pandora. »Königin Gianne darf diese Schlacht nicht gewinnen.«

»Ich werde euch in den kommenden Tagen über die Entwicklungen auf dem Laufenden halten. Wenn ich den Krieg erkläre, dann werdet ihr es erfahren, obwohl das bedeuten könnte, dass ihr euren Kurs beschleunigen müsst, um das Drakonierblut zu besorgen«, sagte Brisha. Dann fiel ihr Blick auf mich. »Wie geht es dir und deinen kryptonischen Freunden auf der langen Reise, Riley? Ich weiß, dass ihr nicht an Weltallreisen gewöhnt seid. Ist alles in Ordnung?«, fragte sie und ihr Ton wurde weicher. Nachdem ich beinahe ihre Generatoren in die Luft gejagt hatte, war sie erstaunlich freundlich zu mir, so sehr, dass ich nicht wusste, ob ich mich dankbar oder misstrauisch fühlen sollte.

Ich lächelte. »Bis jetzt schon, Eure Hoheit, obwohl ich die Isolationskammer, die es auf diesem Schiff gibt, nicht sehr mag«, sagte ich und spielte die Unschuldige. »Ich weiß nicht, ob es an meinen empfindlichen kryptonischen Ohren liegt, aber der Ort kann eine Person wirklich wahnsinnig machen.«

Brisha runzelte verwirrt die Stirn. »Die Isolationskammer? Was hast du denn dort gemacht?«

»Pandora sperrt uns darin ein. Sie sagt, dass es die Standardbestrafung für Regelverstöße ist, wenn man zum Beispiel beim Putzdienst einschläft oder die Toilettenpapierrolle nicht auswechselt«, sagte Angie und tat genauso ahnungslos. Ich hatte Mühe, nicht zu grinsen. Ich wusste, dass wir uns selbst keinen Gefallen damit taten, Pandora zu verärgern, aber es fühlte sich einfach zu gut an, sie endlich einmal in Schwierigkeiten zu sehen.

»Mein Fehler war es, mein Bett nicht richtig zu machen. Leider habe ich das nie richtig gelernt«, sagte Lauren mit ernstem Gesicht.

»Ich habe eine Tasse ohne einen Untersetzer auf einen Tisch gestellt«, sagte ich ebenso feierlich.

Brisha sah mich entgeistert an. »Pandora, was hat das zu bedeuten?«

»Die Kryptonier irren sich«, sagte Pandora. »Ich habe sie nur in die Kammer geschickt, weil sie sich beschwert haben, dass der Motorenlärm sie nicht schlafen lässt. Die Kammer ist der ruhigste Ort im ganzen Schiff, aber ich habe vergessen, ihnen zu sagen, dass sie die Tür nicht schließen sollen. Es war nur ein Missverständnis, Eure Hoheit. Ich habe ihnen zwar gesagt, dass wir dort Leute einsperren, die die Regeln nicht beachten, aber es war nur ein Scherz, als ich gesagt habe, dass diese Strafe auch für kleine Dinge verhängt wird. Sie sind einfach noch nicht an meine Art von Humor gewöhnt«, sagte sie und grinste künstlich.

Brisha sah nicht völlig überzeugt aus, aber sie hatte wohl dringendere Sorgen, als sich um ein Machtgerangel auf der *Vanquish* zu kümmern. Mit einem müden Schulterzucken sah sie zwischen Pandora und mir hin und her.

»Wenn ich davon erfahre, dass du die Isolationskammer in anderen Fällen als grobem Ungehorsam oder Meuterei benutzt hast, werde ich etwas dagegen unternehmen müssen, Pandora«, warnte sie. »Die Kryptonier und unsere Kaltblutbrüder sind auf unserer Seite. Sie sind keine Gefangenen – also behandle sie auch nicht als solche«, sagte sie finster. »Ich muss gehen. Haltet euch an euren Einsatz und beeilt euch. Ich werde bald wieder nach euch sehen.« Damit knisterte es kurz und die Königin verschwand.

Sobald sie fort war, spürte ich Pandoras Zorn wieder, aber es hatte sich trotzdem gelohnt, mit anzuhören, wie sie sich eilig eine Geschichte ausdenken musste, und zu sehen, wie ihre Stirn vor Schweiß geglänzt hatte. Das brachte ein Lächeln auf mein Gesicht zurück.

»Macht euch wieder an die Arbeit!«, blaffte sie und ich war überrascht. Scheinbar hatte Königin Brisha sie tatsächlich wenigstens für eine Weile eingeschüchtert. Navan war aus dem Schneider, die Isolationskammer war vergessen und meine Abreibung schien auch auszufallen. Spürbar erleichtert wollten wir fünf das Cockpit verlassen, froh, uns von Pandora entfernen zu können, als sie uns nachrief. »Bashrik, du bleibst hier bei mir. Du musst weiter nach Schrottresten Ausschau halten«, sagte sie und Bashrik verzog das Gesicht. Ich hatte Mitleid mit ihm. Während der Reise war er Pandoras rechte Hand geworden und musste immer auf Abruf bereitstehen.

Als Bashrik mit hängenden Schultern zum Kontrollpanel zurücktrottete, wie jemand, der seinem Todesurteil entgegenlief, gingen wir anderen in den Hauptraum. Navan nahm meine Hand und beugte sich zu mir, um mir zuzuflüstern: »Die Zeit vergeht doch wie im Flug, wenn man versucht, irgendwelchen Killerbrocken im Weltall auszuweichen, hm?«

Ich sah ihn an und verstand sofort die versteckte Botschaft zwischen den Zeilen. Ich hatte beinahe vergessen, dass ich ja auf dem Weg zur Aussichtsplattform gewesen war, als wir in das Schrottfeld geraten waren. Ich warf einen Blick auf die Uhr und sah, dass es schon deutlich nach drei war. Ich war zu spät dran.

»Ja, vor allem, wenn man versucht, sie in Stücke zu schneiden«, murmelte ich und streckte mich, um ihn zu küssen, bevor sich unsere Wege trennten.

»Es reicht! Macht euch an die Arbeit oder ich ändere meine Meinung, was die Isolationskammer angeht!«, rief Pandora aus dem Cockpit. Scheinbar hatte sie uns nachgesehen, als wir gegangen waren.

Ich verdrehte die Augen und tippte auf die Stelle auf meinem Herzen, wo der Stein leuchtete. Navan tat das Gleiche. Das war nicht annähernd so gut wie der leidenschaftliche Kuss, den ich ihm geben wollte, aber ich musste nehmen, was ich kriegen konnte. Ich warf noch einen finsteren Blick in Richtung des Cockpits und fragte mich, ob Pandora wusste, wie grausam sie war, indem sie Navan und mich voneinander fernhielt und immer losschrie, wenn wir uns zu nahe kamen. Wir hatten doch gerade erst den nächsten Schritt in unserer Beziehung gemacht und sie verhinderte, dass wir ihn wieder machen konnten.

*Nur weil du von deinem Partner getrennt bist, heißt das nicht, dass du das*

*Liebesleben aller anderen ruinieren musst,* dachte ich bitter und löste mich von Navan.

»Alles in Ordnung? Sie scheint dir gegenüber immer am härtesten zu sein«, sagte Lauren leise, als wir den Gang entlang sahen und uns auf den Weg zu unseren nächsten Aufgaben machen wollten.

Ich lächelte. »Ja, alles gut. Sie an Brisha zu verpetzen lohnt jeden Besuch in der Isolationskammer.«

Angie lachte, »Die Erinnerung daran, wie sie sich da herausgewunden hat, wird mich tausend Strafen überstehen lassen.«

»Okay. Ich muss gehen. Ich brauche eine Toilette«, sagte ich mit einem Zwinkern und die anderen nickten verstehend.

Ich spürte, wie Pandora uns mit ihren Blicken verfolgte und sich die Kameras drehten, um uns einzufangen. Ich bog am anderen Ende des Hauptraums nach rechts zu den Toiletten ab. Es war eine gute Ausrede, weil sie so nah an der Aussichtsplattform lagen. Navan und die anderen gingen in die entgegengesetzte Richtung davon, um die zigtausend Pfeifen zu putzen, die im Maschinenraum immer noch auf sie warteten, die endlose Wäsche zu waschen oder noch ein Inventar im Vorratsraum zu erstellen.

Ich blieb kurz vor der Tür zu den Toiletten stehen und sah über meine Schulter die Bewegungen der Kameras in der Nähe. Eine befand sich an der Kreuzung, die zur Aussichtsplattform führte, aber der ganze Gang dahinter war frei. Ich eilte ins Bad, wo es keine Kameras gab – obwohl Pandora Mikrofone angebracht hatte, was ich ziemlich pervers fand – und spähte durch den Türspalt nach draußen, bis sich die Kamera in eine andere Richtung drehte.

Ich nutzte die Gelegenheit und sprintete zur Aussichtsplattform hinüber und verschwand im Zimmer dahinter. Hier gab es zwar Kameras, aber sie waren nur in eine Richtung gedreht und Pandora überprüfte sie selten. Die Aussichtsplattform langweilte sie schrecklich, weil sie so sehr daran gewöhnt war, durch das All zu reisen, dass sie sich nicht mehr für das Universum interessierte. Wahrscheinlich nahm sie die Aussicht gar nicht mehr wahr. Für mich hatte die Weite des Alls hinter der riesigen Glasscheibe ihre Faszination jedoch noch nicht verloren. Auch wenn ich zu einem anderen Zweck herkam, konnte ich nicht anders, als die Aussicht zu bestaunen. Die Plattform selbst war ein großer Raum, von dem aus man auf die dunkle Sternenlandschaft des Alls hinausschauen konnte. Unter uns sah ich immer noch kleine Trümmer entlangfliegen und einige streiften uns, aber sie waren nicht groß genug, um Schaden anzurichten.

Ich ging auf die Scheibe zu, angezogen vom flackernden Licht eines Sterns in der Ferne. Er war nur ein winziger Punkt, der mir auffiel, aber er sah aus wie ein Stern, der die Oberfläche eines Planeten wärmen konnte. Ich sah zwar noch keine Planeten, aber ich wusste, dass Zai irgendwo da draußen war, nicht mehr als ein winziger Punkt im Universum.

Der Gedanke daran, einen neuen Planeten zu entdecken und eine neue Spezies kennenzulernen, begeisterte mich. Ich hatte keine Ahnung, wie dieser Ort sein würde, weil Lauren sehr zugeknöpft gewesen war, was das anging. Ich wusste nur, dass Zai nicht wie Vysanthe war.

Navan und Bashrik waren ebenfalls noch nie in Zai gewesen, weil der Opalinabbau gestoppt worden war, bevor sie zu Entdeckern geworden waren, weshalb das für uns alle eine ganz neue Erfahrung sein würde. Seltsamerweise freute ich mich darauf. Aber die Krankheit machte mir Sorgen. Sie hatte sich auf Zai verbreitet und die Kaltblutbergarbeiter befallen, die losgeschickt worden waren, um Opalin abzubauen. Wenn die Krankheit immer noch existierte, dann konnten Navan und Bashrik sich anstecken. Wir konnten nur hoffen, dass unsere Schutzanzüge uns vor dem Virus bewahren würden.

Ich wandte mich von dem gläsernen Beobachtungsfenster ab und ging auf den Sitzbereich in der Mitte des Raums zu. Hinter den grauen Ledersesseln befanden sich mehrere Kameras, die auf die Sessel gerichtet waren, aber das war auch alles, was ihre Linsen erfassten. Ich hatte die Aufnahmen selbst gesehen, die im Kontrollraum abgespielt wurden.

Ich setzte mich auf den mittleren Sessel und griff vorsichtig zwischen die Polsterkissen, während ich starr auf das Fenster blickte, so als ob ich die Aussicht genießen würde.

Nach einem Augenblick der Anstrengung schlossen sich meine Finger um das Objekt, das ich gesucht hatte, den Texter. Vorsichtig zog ich das glänzend weiße Viereck hervor. Es fühlte sich wie Plastik an und war kleiner als ein Smartphone. Ohne den Blick vom Fenster zu wenden, hielt ich das Gerät dicht an meinen Körper und tippte auf die Oberfläche. Eine Nachricht in Navans Handschrift tauchte auf.

***N: Wir müssen entscheiden, ob wir es jetzt oder erst auf dem Planeten tun sollen.***

Ich war froh, dass Navan in stressigen Situationen schnell dachte. Er hatte gewusst, dass wir auf dem Schiff ein Mittel brauchen würden, um geheim miteinander kommunizieren zu können, und so hatte er einem der Auszubildenden den Texter gestohlen, als wir von unserem Zimmer zum Hangar geführt worden waren, wo die *Vanquish* uns erwartet hatte. Als wir vor dem Schiff gestanden und darauf gewartet hatten, an Bord zu gehen, hatte er jedem von uns Uhrzeiten zugeflüstert und uns gesagt, wo er das Gerät verstecken würde. Meine Zeit war um drei, obwohl ich heute sehr spät dran war. Dank des Geräts konnten wir uns heimlich miteinander unterhalten, auch wenn es nur genug Platz für Kurznachrichten hatte.

Ich tippte noch einmal auf das Gerät und die nächste Nachricht tauchte auf dem Bildschirm auf.

***B: Was ist mit der Luftschleusenidee? Wenn wir sie nah genug locken können, dann können wir sie hineinstoßen, die Tür verschließen, die Schleuse öffnen und wusch – die Hexe ist verschwunden.***

Ich tippte noch einmal und schmunzelte über Bashriks Enthusiasmus.

***A: Klar, das könnten wir tun, wenn du auf frischer Tat von den Kameras ertappt werden willst!***

Ich lachte über Angies sarkastischen Ton und fand es lustig, dass sich die beiden sogar noch über Kurznachrichten gegenseitig aufziehen konnten. Seit ihrem unerwarteten Kuss im königlichen Garten waren sie verlegen in der Gegenwart des anderen, aber langsam kehrten sie wohl zu ihrer seltsamen Normalität mit viel Gezänk zurück.

Ich tippte noch einmal und eine weitere Nachricht erschien.

***L: Wir warten besser, bis wir auf Zai sind. Das ist jedenfalls meine Meinung.***

Ich verzog das Gesicht und fragte mich, warum es so schwer war, sich zu entscheiden. Wir waren uns alle einig gewesen, dass wir Pandora loswerden mussten, um den Föd-Außenposten in der Nähe von Zai zu kontaktieren, aber noch warteten wir auf die passende Gelegenheit. Pandora leistete wirklich sehr gute Arbeit darin, uns alle voneinander getrennt zu halten und machte es unmöglich, sie zu überwältigen, ohne dass Königin Brisha Verdacht schöpfte.

Navan hatte über den Texter vorgeschlagen, die Kameras zu verdunkeln und dann Pandora zu erledigen, aber Bashrik hatte ihm davon abgeraten. Er hatte sie beim Training in Vysanthe beobachtet und was er über ihre Fähigkeiten sagte, jagte mir einen kalten Schauer den Rücken hinab. Es hatte schon seine Gründe, warum sie und nicht ein typischer Leibwächter die rechte Hand der Königin war. Sie war viel stärker und schneller, als sie aussah. Außerdem rechnete sie damit, dass wir sie irgendwie hintergingen und so konnten wir sie kaum überraschen. Deshalb schien mir Laurens Antwort am sinnvollsten. Solange Pandora uns voneinander trennte, konnten wir hier auf dem Schiff nichts gegen sie unternehmen.

Also tippte ich ernst meine Antwort ein.

***R: Ich bin Laurens Meinung. Vielleicht passiert ja ein »Versehen« mit ihrem Schutzanzug auf Zai und die Krankheit erledigt sie für uns …***

Ich hatte gerade das letzte Wort getippt, als ich hinter mir Schritte hörte. Ich wirbelte herum und sah Pandora im Türrahmen stehen.

# KAPITEL DREI

»Genießt du die Aussicht?«, fragte Pandora kühl.

Ich wusste, dass sie den Texter von ihrem Standpunkt aus nicht sehen konnte, aber ihre Stimme machte mich trotzdem nervös. Das tat sie immer. In ihren Worten schwang immer eine unausgesprochene Drohung mit.

Ich schob das Gerät so ruhig wie möglich zurück zwischen die Kissen und klopfte mir dann möglichst beiläufig etwas unsichtbaren Staub von den Beinen.

»Es hört einfach nicht auf, mich zu erstaunen«, sagte ich begeistert. »Ich habe mein ganzes Leben auf einem Planeten verbracht, weshalb mich dieser Raum magisch anzieht. Er lockt mich immer wieder, egal, wie oft ich herkomme.« Ich übertrieb meine Begeisterung etwas, aber hoffentlich glaubte sie einfach nur, dass sie mich nervös machte, und nicht etwa, dass ich ein schlechtes Gewissen überspielte.

Pandora prustete erheitert. »Benimm dich nicht so nervös in meiner Gegenwart. Ich bin hergekommen, um mich für vorhin zu entschuldigen«, sagte sie völlig unerwartet. »Du hast einen Fehler gemacht, aber ich habe überreagiert. Ein Soldat kann nicht dafür verantwortlich gemacht werden, dass er unerfahren ist, wenn seine Vorgesetzten es versäumen, ihn auszubilden. Du warst mit den Waffen nicht vertraut. Deshalb liegt die Schuld nicht bei dir und ich hätte sie dir auch nicht zuschieben sollen.«

Ich sah sie stirnrunzelnd an. Ich hatte nicht damit gerechnet, eine Entschuldigung von ihr zu hören.

Ein betretenes Schweigen breitete sich zwischen uns aus, so als ob sie auf eine Antwort wartete. Ich lächelte sie entschuldigend an. »Es tut mir trotzdem leid, dass ich diesen Fehler begangen habe. Das war wirklich dumm und es wird nicht wieder vorkommen.«

»Du wirst aus deinen Fehlern lernen, daran habe ich gar keinen Zweifel. Zu versagen ist die beste Lehre, Riley«, sagte sie, aber mir kam es so vor, als ob sie etwas wiederholte, was sie von Orion gehört hatte. »Du bist sehr vielversprechend, obwohl es dir an Finesse fehlt. Du hast schon jetzt bewiesen, dass du mehr kannst, als ich dir zugetraut hätte.«

»Habe ich das?«, fragte ich mit gehobenen Augenbrauen.

Sie verschränkte die Arme. »Ich habe nicht vergessen, dass du mir und der Rebellion loyal bist. Das hast du mir gezeigt, indem du mir von der Fernalltechnologie in Giannes Schiffen erzählt hast, sobald wir die *Vanquish* bestiegen haben. Wenn ihr mir nichts davon erzählt hättet, hätte ich Orion nicht Bescheid geben können, damit er sich darum kümmert. Wahrscheinlich hattest du andere Beweggründe und es geht dir um deinen Planeten, aber ihr hättet es auch riskieren können, die Schiffe vor mir geheim zu halten ... aber ihr habt es nicht getan. Vielleicht werdet ihr eines Tages unsere Denkweise verstehen. Vielleicht seht ihr dann ein, dass wir für das Gemeinwohl kämpfen«, sagte sie feierlich.

Das hielt ich zwar für unwahrscheinlich, aber ich behielt meine Meinung für mich. Wir hatten Pandora schließlich nur davon erzählt, weil Brisha uns auf dieses Schiff gezwungen hatte, ohne uns Zeit zu lassen, einen Notfallplan zu schmieden. Wenn wir das Geheimnis für uns behalten hätten, dann hätten wir nicht mit Sicherheit verhindern können, dass Gianne die Fernalltechnologie einsetzte und Brisha von ihr erfuhr. Nun, da die Rebellen Bescheid wussten, konnten sie sich wenigstens um das Problem kümmern. Das bedeutete einfach nur, dass wir später mit den Rebellen fertig werden mussten – etwas, auf das ich mich nicht besonders freute. Aber wenn wir uns ein paar Lorbeeren damit bei ihnen verdient hatten, dass wir ihnen von den Schiffen erzählt hatten, dann konnte das für uns nur von Vorteil sein.

»Ich bin froh, dass die Rebellen sich darum kümmern«, sagte ich vorsichtig. »Orion wird das Problem doch beseitigen, nicht wahr?«

Pandora lächelte. »Er wird sich schon sehr bald um die Schiffe kümmern«, sagte sie einfach nur und ihre vage Antwort machte mich wütend. »In der Zwischenzeit werde ich dich weiter an den Waffen dieses Militärschiffs ausbilden. Falls wir weitere Zusammenstöße haben sollten, kann ich es mir nicht leisten, dass du hier nur mit deinem rudimentären Wissen aus den Kampffliegern herumhantierst.«

Ich hatte kein Friedensangebot von ihr erwartet und es machte mich misstrauisch. Es fühlte sich nicht wie ein völlig uneigennütziger Zug an. Vielleicht war ihr klar geworden, dass wir wichtig waren, um das Blut der Drakonier zu besorgen und heil nach Vysanthe zurückzukehren.

»Glaubst du, dass wir gegen die Drakonier kämpfen werden?«, fragte ich, weil ich mich wunderte, was sie mit »Zusammenstößen« meinte. Die Drakonier waren eine friedliche Spezies, die vielleicht eine Biowaffe eingesetzt hatte, aber ich konnte mir nicht vorstellen, dass sie zu einem direkten Angriff in der Lage waren.

Pandora schüttelte den Kopf. »Ich denke nicht, dass die Drakonier uns angreifen, sondern eher, dass wir sie zur Zusammenarbeit zwingen müssen. Wenn sie das Angebot ablehnen, das wir ihnen im Austausch für ihr Blut machen, dann müssen wir vielleicht ... flexibel reagieren«, sagte sie, wobei ihre Augen seltsam leuchteten.

»Mit Gewalt, meinst du«, sagte ich, angewidert von der Idee, die Pazifisten mit Waffen zu bedrohen.

»Rask, du bist wirklich nicht sehr schnell von Begriff, hm?«, lachte sie.

Ich runzelte die Stirn. »Aber sie werden es doch sicher vorziehen, die Dinge friedlich zu regeln? Wenn wir etwas haben, was sie wollen, dann werden sie doch sicher lieber unser Angebot annehmen als einen Kampf zu riskieren, oder?«

»Die Drakonier haben keinen Grund, uns gegenüber freundlich zu sein. Vergiss nicht, dass wir ihre heiligen Steine gegen ihren Willen abgebaut und große Adern von Opalin komplett trockengelegt haben. Vielleicht ist dies der Augenblick, in dem sie sich dagegen sträuben, dass wir uns einfach nehmen, was wir wollen«, sagte Pandora und schnaubte zufrieden. »Aber wahrscheinlich werden sie das nicht tun.«

»Nun ja, jedem reißt irgendwann die Geduld«, sagte ich. Wenn ich eine Drakonierin wäre, dann hätte ich inzwischen auf jeden Fall genug von den arroganten Kaltblütern, vor allem, wenn sie nach einer so langen Pause plötzlich wieder auftauchten und Dinge einforderten.

Pandora zuckte mit den Schultern und machte ein saures Gesicht. »Das bezweifle ich ehrlich gesagt. Es hat mich immer verblüfft, dass sich die Drakonier nie die Mühe gemacht haben, sich zu wehren. Sie sind stark und haben Potenzial, und doch lassen sie sich von uns unterdrücken und lassen zu, dass wir ihre wertvollsten Ressourcen vor ihren schuppigen Nasen mitnehmen. Sie sind stärker, als wir es jemals sein werden, aber sie weigern sich, ihre Stärke militärisch zu nutzen. Das habe ich noch nie verstanden und ich werde es auch nie tun. Wenn du mich fragst, ist das eine verdammte Verschwendung.«

Ich sah, wie sehr sie ihren Pazifismus verabscheute, vor allem, weil sie sich für alles Militärische begeisterte. Zweifelsohne hielt sie die Drakonier für schwach, weil sie keine Waffen gegen andere erhoben. Ich hingegen fand es inspirierend, wie man im Angesicht einer solchen Aggression friedlich blieb. Mir wäre das ganz bestimmt nicht gelungen.

Andererseits hatten die Drakonier vielleicht doch die Geduld darüber verloren, dass die Kaltblüter ihr Land überfielen und ihre Ressourcen stahlen.

»Was ist mit der Plage? Waren sie dafür verantwortlich?«, fragte ich.

»Es ist möglich, dass sie die Plage als Waffe eingesetzt haben um uns loszuwerden«, grübelte Pandora. »Also sind sie vielleicht nicht völlig nutzlos. Sie sind einfach nur feige und verstecken sich hinter einem viralen Angriff, statt uns wie echte Krieger entgegenzutreten.«

»Und die Plage könnte immer noch auf dem Planeten sein, wenn wir landen«, sagte ich. Wir hatten vor, während unseres Aufenthalts auf Zai Schutzanzüge zu tragen, aber es bestand natürlich keine Garantie, dass diese uns vor allen Überraschungen, die auf dem Planeten lauern mochten, bewahren konnten. Vielleicht hatten sie keinen Virus, der uns Menschen schadete, aber sie verfügten über einen Virus, der Kaltblüter krankmachen konnte. *Mein* Kaltblut vor allem.

Pandora seufzte und ich erkannte eine Spur von Angst in ihren Augen. »Ich bin mir nicht sicher. Die letzte Kaltblutmission nach Zai hat Anzüge getragen, aber das hat nicht verhindert, dass der Einsatz in einer schrecklichen Tragödie endete ...« Sie stockte unvermittelt und sprach nicht mehr weiter. Dann schüttelte sie den Kopf und ging zu dem mittleren Sitz hinüber, auf dem ich gerade noch gesessen hatte. Offenbar machte sie sich auf eine längere Unterhaltung gefasst.

Beinahe hätte ich nach Luft geschnappt, als ich sah, dass eine Ecke des Texters noch aus den Polsterkissen herausragte. Ich hatte ihn wohl nicht weit genug nach unten geschoben. Mit klopfendem Herzen sah ich, wie Pandora auf den Kissen umherrutschte, bis sie eine bequeme Position gefunden hatte. Währenddessen betete ich, dass sie die kleine weiße Ecke, die direkt neben ihrem Oberschenkel zwischen zwei Kissen hervorragte, nicht bemerkte.

»Ich habe Orion über unsere Mission informiert, falls es dich interessiert«, sagte sie mit sachlicher Miene und strich mit ihren Händen über die Sofalehnen. »Wir werden eine zusätzliche Blutprobe der Drakonier für ihn besorgen müssen. Wir glauben beide, dass die Theorie, die Navan und deine kleine Freundin über das Elixier haben, wahr sein könnte. Auf jeden Fall ist es einen Versuch wert.« Ein Lächeln huschte über ihre Lippen.

»Das dachte ich mir«, sagte ich trocken, weil Pandora wahrscheinlich nichts vor ihrem Geliebten geheim hielt.

Sie ließ sich in die Kissen sinken. »Weißt du, wenn Orion Vysanthe regieren würde, dann stünden wir jetzt wahrscheinlich nicht kurz vor einem Krieg. Mit ihm an der Macht hätten wir eine echte Republik, wo alles in den Händen des Volkes liegt«, sagte sie leidenschaftlich. »Orion würde Vysanthe eine Einheit verleihen, wie sie der Planet noch nie gesehen hat. Selbst während der friedlichsten Regierungszeiten hat es immer Unruhen in der Bevölkerung gegeben. Nicht alle wollen von einer Monarchie regiert werden. Sie werden einfach in dieses System hineingeboren.« Sie umklammerte die Armlehnen fester und ihre Stimme war entschlossener geworden.

Ich sah ihr an, dass sie wirklich glaubte, was sie da sagte, aber ich war nicht annähernd so überzeugt wie sie. Auch wenn ich mit der Idee einer Demokratie übereinstimmte, war ich mir ziemlich sicher, dass Orion im Herzen kein Demokrat war. Er war ein Demagoge mit Hintergedanken, ein Mann, der Macht wollte. Wenn es ihm gelang, Vysanthe unter seine Kontrolle zu bringen, dann würde er eine Militärdiktatur einführen und er selbst wäre der Diktator.

»Was ist, wenn Brisha vor den Rebellen das Unsterblichkeitselixier entwickelt?«, platzte ich hervor, als Pandoras Blick beinahe zu der Stelle herabfiel, wo der Texter herausragte. Sofort hatte ich ihre Aufmerksamkeit wieder auf mich gelenkt, aber mein Herz raste. Ich hasste es, improvisieren zu müssen.

Sie runzelte die Stirn. »Was?«

Ich wollte ihr gerade erklären, was es bedeutete, wenn das Drakonierblut wirklich die fehlende Zutat in der Mischung des Elixiers war, als Sirenengeheul mich unterbrach. Es kündigte einen weiteren eingehenden Anruf an und Pandora stand schnell auf.

»Wenn man vom Teufel spricht«, brummte sie und verschwand durch die Tür. Ich nutzte die Gelegenheit, eilte zum Texter und schob ihn so weit wie möglich durch die Kissenritze nach unten, bevor ich Pandora aus dem Zimmer in Richtung Cockpit folgte.

Im Kontrollraum angekommen sah ich auf den großen Bildschirm, der aus der Wand gefahren war, aber es war kein Bild zu sehen. Der Ton knisterte verzerrt und über das Bild rauschten kleine weiße Punkte wie Schnee, der in einer grauen Landschaft fiel.

»Königin Brisha, hört Ihr mich?«, fragte Pandora ungeduldig und starrte auf den Bildschirm, auf dem immer noch graue und weiße Punkte tanzten.

Aber die Stimme, die durch die Lautsprecher knisterte, gehörte nicht Brisha.

»Hilfe ...«, flüsterte da jemand mit leiser, verängstigter Stimme.

»Was zum Teufel soll das?«, raunte Pandora und stürmte zum Kontrollpanel.

Was auch immer es war, es jagte mir einen kalten Schauer den Rücken hinab.

# KAPITEL VIER

Der Bildschirm blieb grau und die Lautsprecher knackten und zischten. Eine abgehakte weibliche, fast kindliche Stimme war zu hören und wiederholte immer und immer wieder denselben Hilferuf. Wer auch immer diese Person war, sie steckte in großen Schwierigkeiten. Der gruselige Schrecken in ihrer Stimme war nervenaufreibend und ließen mich erschaudern. Als ich mich umsah, erkannte ich denselben entsetzten Ausdruck in Pandoras und Bashriks Gesicht.

Navan, Angie und Lauren kamen mit erschrockenen Gesichtern herbeigerannt und sahen zu dem knisternden Bildschirm hinauf, so als ob dieser irgendeine Antwort bieten könnte. Doch bis jetzt machte uns das fehlende Bild zusammen mit dem ängstlich gehauchten »Hilfe« nur Angst.

»Was ist los?«, fragte Navan, ging zu den blinkenden Anzeigen hinüber und sah Bashrik über die Schulter.

»Wir müssen herausfinden, woher die Nachricht kommt«, sagte Pandora, während ihre Finger bereits über die Tasten flogen und sie die Augen konzentriert zusammenkniff. Sie aufgeregt zu sehen machte mich nur noch nervöser. »Sprecht mit ihr – findet heraus, wo sie ist! Etwas stört das Signal. Ich habe Schwierigkeiten, sie zu orten.«

Navan beugte sich über das Kommunikationsfeld. »Wo bist du?«

»Ich bin in ...«, antwortete die leise Stimme, aber die Verzerrung unterbrach sie, bevor sie den Satz beenden konnte.

»Die Übertragung ist gestört. Kannst du das bitte wiederholen?«, fragte Navan mit ruhiger Stimme.

»Ich sehe ... und dann ... nur schwarz«, versuchte sie es noch einmal, wurde aber alle paar Sekunden unterbrochen.

»Du machst das sehr gut. Was kannst du sehen? Kannst du es uns noch einmal sagen?«, meldete sich nun Bashrik zu Wort. »Wir kommen, um dir zu helfen. Du musst uns nur sagen, wie wir dich finden können.« Die beiden Brüder starrten auf den leeren Bildschirm, so als ob die Person, der die ängstliche Stimme gehörte, jeden Augenblick auftauchen könnte.

»Es gibt große ...«, versuchte es die Stimme wieder, aber es brachte nichts, die Verbindung war zu schwach.

»Sprich weiter, was kannst du sehen? Welche großen Dinge kannst du sehen?«, fragte Bashrik mit entschlossener Miene.

»Es stürzt ein ... rings herum ... konnte nicht nach draußen gelangen ...«, sagte die Stimme.

Ich dachte an das Feld aus Schrott und Schutt, durch das wir gerade geflogen waren. »Glaubt ihr, dass diese riesigen Brocken im Weltall etwas mit diesem Hilferuf zu tun haben?«, fragte ich und überlegte, ob diese erschrockene Person vielleicht mit einem Schiff flog und nicht so viel Glück gehabt hatte, sich durch das Feld zu steuern.

»Ist schon möglich«, sagte Pandora zerstreut.

Da kam mir noch eine Idee. »Je nachdem, woraus diese Metallbrocken sind, könnten sie vielleicht den Empfang stören. Wenn sie besonders radioaktiv oder leitend sind, dann würde das Signal zwischen ihnen hin- und hergespiegelt werden«, sagte ich und erinnerte mich an meinen Schulunterricht. Ich ging zu dem Kontrollpanel, an dem Pandora saß.

»Konntest du den Ort des Notrufs bestimmen?«, fragte Angie und stellte sich neben mich.

Doch Pandora schüttelte den Kopf. »Ich versuche es, aber ich glaube, dass Riley recht hat. Etwas blockiert das Signal. Solange wir diese Interferenzen haben, kann ich sie mit den Sensoren des Schiffs nicht finden.«

»Kommt der Anruf von Zai?«, fragte Lauren und spähte über meine Schulter, bis wir alle drei uns dicht um Pandora scharten.

»Das ist schwer zu sagen«, antwortete Pandora, die immer noch schnell auf die Tasten tippte. Ein blinkender Kreis schwebte über den Bildschirm und suchte nach dem Ort des Notrufs, aber so sehr er auch hin und her flog, er blieb an keiner Stelle stehen. Er konnte die Frau nicht finden, genau wie Pandora es gesagt hatte. Alle Signale waren blockiert.

Dann blieb der Kreis doch für einen kurzen, bittersüßen Moment an einer Stelle stehen und blitzte ganz kurz grün auf, bevor er wieder weiter in roter Farbe über den Bildschirm glitt. Aber dieser kurze Augenblick hatte mir Hoffnung gegeben und ich sah auf den Punkt, an dem sich der Kreis grün gefärbt hatte.

»Was ist das?«, fragte ich und deutete auf die Stelle.

Pandora zuckte mit den Schultern. »Keine Ahnung. Warum?«

»Hast du das grüne Leuchten nicht gesehen?«

Pandora seufzte gereizt und starrte auf den immer noch roten Kreis. »Bei all den Interferenzen können wir ein kurzes Leuchten nicht ernst nehmen.«

»Bist du dir sicher, dass das nicht Zai ist?«, fragte Lauren und sah auf die Stelle, auf die mein Finger gezeigt hatte.

»Ja. Zai ist hier drüben«, sagte Pandora und deutete auf eine andere Stelle, wo ein sehr deutlicher Punkt den Drakonier-Planeten anzeigte. Der Ort, an dem ich das grüne Leuchten gesehen hatte, war kein Planet, sondern einfach nur leerer Weltraum.

»Kannst du mich hören?«, fragte Navan. Der Bildschirm flackerte heftig. »Hallo? Hörst du mich noch?« Einen Augenblick später wurde der Bildschirm schwarz und das Signal wurde unterbrochen.

»Ich werde die Verbindung wieder herstellen«, sagte Bashrik und rannte noch einmal zum Kontrollpanel. Wer auch immer uns angerufen hatte, befand sich in Schwierigkeiten und je mehr die Frau uns gesagt hatte, desto schlimmer waren meine Befürchtungen geworden. Wir mussten so bald wie möglich zu ihr gelangen.

»Mach dir keine Umstände«, sagte Pandora, stoppte den Scanner und kehrte zu dem Bildschirm zurück, der unseren Kurs nach Zai anzeigte. »Es ist nicht Teil unserer Mission. Kehrt an eure Arbeit zurück«, befahl sie kühl.

Ich sah sie an und war entsetzt über ihre letzten Worte. Ich wusste, dass sie eine effiziente, kühle Person mit einem militärischen Verstand war, aber sie war nicht herzlos. Das hatte sie mir mit ihren Worten vor kaum einer Viertelstunde bewiesen, als sie gesagt hatte, dass sie sich einen demokratischen Planeten wünschte, auf dem alle gleich wären. Andererseits hatten wir tatsächlich eine Mission auszuführen. Was kümmerte sie ein einzelnes Leben, wenn hier viel mehr auf dem Spiel stand?

»Diese Person braucht Hilfe, Pandora. Wir können sie nicht einfach da draußen zurücklassen«, drängte ich.

»Wir bleiben bei unserer Mission. Kehrt an eure Arbeit zurück«, sagte Pandora platt.

»Das klang wie ein Kind! Du sagst mir, dass du ein Kind irgendeinem schrecklichen Schicksal überlassen willst, weil du unseren Kurs nicht einmal ein winziges Bisschen ändern kannst?«, fauchte ich. »Kannst du wirklich den Tod eines Kindes verantworten, wenn du weißt, dass du ihn hättest verhindern können? Ich kann es jedenfalls nicht.«

Pandora zuckte mit den Schultern. »Das wäre nicht das erste Mal«, sagte sie schlicht und damit war das Gespräch für sie offenbar beendet.

»Es ist mir egal, was du in der Vergangenheit getan hast, Pandora. Wir müssen es noch einmal versuchen. Stell die Verbindung wieder her!«, schrie ich Bashrik zu.

Pandora stand abrupt auf. »Wenn du dieses Kontrollpanel für etwas anderes benutzt, als uns vorwärtszulenken, werde ich dich wegen Ungehorsam in die Isolationskammer sperren«, warnte sie und Bashriks Hände erstarrten sofort. »Wir haben keine Zeit für Kursänderungen. Unsere Zeit ist jetzt schon knapp und wir müssen uns an unseren

Einsatz halten. Haltet mich für eine Schurkin, wenn ihr wollt, aber das ist mein letztes Wort!«

»Diese Person braucht unsere Hilfe«, sagte ich mit etwas sanfterem Ton. »Wir wissen nicht, was passiert ist, aber sollten wir es nicht wenigstens herausfinden?«

Pandora seufzte. »Es hat keinen Sinn und wir haben nicht genug Zeit. Wenn wir dort ankommen, wird es bereits zu spät sein. Ich weiß, wie diese Dinge funktionieren. Das ist traurig, aber wir können nichts dagegen unternehmen. Wir wissen nicht einmal, wo sich dieses Kind befindet. Das kurze Aufleuchten auf dem Bildschirm hat nichts zu bedeuten, Riley. Wenn du hier weiter meuterische Gedanken verbreitest, landest du ebenfalls in der Isolationskammer«, sagte sie kühl.

Bashrik ließ niedergeschlagen die Schultern hängen und schloss das Computerfenster, an dem er gearbeitet hatte, um wieder auf das Navigationssystem umzuschalten. Ich konnte nicht fassen, dass wir nichts mehr unternehmen würden, um zu versuchen, das arme Mädchen, das uns um Hilfe angefleht hatte, zu retten. Aber was hatte ich schon zu sagen? Pandora war die Anführerin und jede Handlung gegen ihren Willen würde mir eine lange Zeit in der ohrenbetäubenden Stille einbringen.

»Tja, und ich habe mich beinahe davon überzeugen lassen, dass du ein Herz hast«, zischte ich und drehte mich um, um aus dem Cockpit zu stapfen. Aber Pandora rief mich zurück.

»Riley, komm wieder her!«

Ich kniff die Augen zusammen. »Ich dachte, wir sollen wieder zu unserer Arbeit zurückkehren?«, sagte ich provozierend.

Sie grinste. »Ja, aber ich habe dir noch nicht zu Ende erklärt, was ich von dir bis zu unserer Landung brauche, und das beinhaltet auch deine Ausbildung an den Waffen«, sagte sie, obwohl ich mir ziemlich sicher war, dass sie nur meinen dramatischen Abgang verhindern wollte.

»Was ist mit uns?«, unterbrach Angie und deutete auf Lauren und sich selbst. »Sollten wir nicht auch lernen, wie die Waffen des Schiffs zu bedienen sind, nur für alle Fälle?« Angie warf mir einen verschwörerischen Blick zu. Sie versuchte, mich davor zu retten, allein unter Pandoras Unterrichtung zu leiden.

Doch Pandora lachte laut auf. »Riley hat bereits eine militärische Ausbildung und ihr habt sie nicht. Euch beide zu unterrichten würde bedeuten, bei ganz grundlegenden Dingen anzufangen, und dafür haben wir schlicht keine Zeit.«

Lauren verschränkte bockig die Arme und Angie sah aus, als ob sie widersprechen wollte, aber Pandora sprach weiter. »Wir müssen uns auf unsere Landung auf Zai vorbereiten und das bedeutet, dass wir unsere Verhandlungstechniken üben müssen. Wir können den Planeten nicht betreten, ohne genau zu wissen, was wir sagen werden. Und wenn ich ‚wir' sage, dann meine ich damit euch.«

»Was?«, fragte Navan angespannt. Er war sichtbar verärgert darüber, dass Pandora den Rettungsversuch abgebrochen hatte.

»Mir ist klar geworden, dass die Drakonier womöglich versuchen werden, die *Vanquish* zu stehlen, weil sie ein vysanthinisches Kriegsschiff ist. Sie sind uns nicht gerade wohlgesonnen und wir können es uns nicht erlauben, dass sie unser Schiff in die Finger bekommen. Deshalb habe ich den schwierigen Entschluss gefasst, an Bord zu bleiben, für den Fall, dass meine Vermutung eintritt«, sagte sie und erntete ein bitteres Auflachen von Navan.

»Du meinst wohl, du wirst an Bord bleiben, um deine Haut vor der möglichen Plage zu retten, die immer noch auf dem Planeten wüten könnte«, brummte er und verschränkte die Arme vor der Brust.

Pandora lächelte grausam. »Bin ich wirklich so leicht zu durchschauen?«

Meine kleine Hoffnungsblase platzte und ich sah wieder die triste Wirklichkeit vor mir. Wenn Pandora auf dem Schiff blieb, weit weg von allen Gefahren, dann scheiterte unser Plan, dass sie sich mit der Plage ansteckte. Und wenn sie so fest entschlossen war, an Bord der *Vanquish* zu bleiben, bedeutete das auch, dass das Risiko der Krankheit größer war, als wir ursprünglich angenommen hatten. Ich dachte daran zurück, was sie über die letzte Expedition nach Zai gesagt hatte. Sie hatte die Anzüge erwähnt, die Geschichte dann aber nicht zu Ende erzählt. Vielleicht wusste sie etwas darüber, wie sehr die Anzüge ihre Träger vor der Plage schützen konnten oder nicht, was wir nicht wussten.

Ich wandte mich zu Navan um und machte mir schreckliche Sorgen um ihn. Wenn die Schutzanzüge die Krankheit nicht völlig abwehren konnten, dann liefen er und Bashrik Gefahr, sich mit dem Virus anzustecken. Ich wusste zwar immer noch nicht, was genau die Krankheit mit den Kaltblütern machte, aber ich wusste, dass es nichts Gutes war. Außerdem konnten wir nicht sicher sein, dass Menschen gegen sie immun waren. Was war, wenn wir alle diesen Planeten betraten und uns dort mit der mysteriösen Krankheit ansteckten? Was war, wenn wir alle starben – Anzug hin oder her?

»Die Drakonier werden doch sicher nicht mit uns sprechen wollen, wenn wir niemand Ranghohen bei uns haben?«, sagte ich und versuchte es mit einer anderen Überzeugungstaktik. Ich wusste nicht, wie gut sich die Drakonier mit vysanthinischen Rängen und Machtstrukturen auskannten, aber ich nahm doch an, dass sie einen ranghohen Offizier erkannten.

»Deshalb werde ich alle Verhandlungsstrategien mit euch durchgehen, bevor wir landen. Macht euch keine Sorgen, ihr werdet alle ausgezeichnete Diplomaten sein, wenn ich mit euch fertig bin«, versicherte sie uns und warf mir einen warnenden Blick zu.

Ich lächelte lieblich. »Ich bezweifle, dass die Drakonier versuchen werden, unser Schiff zu stehlen. Sie sind Pazifisten. Sie werden doch sicher nichts tun, was einen Konflikt auslösen könnte«, sagte ich und blickte Hilfe suchend zu meinen Freunden.

»Das stimmt. Nach allem, was ich über die Drakonier gelesen habe, sind sie eine ruhige und erhabene Rasse. Ich bezweifle, dass sie sich dazu herablassen, ein fremdes Schiff zu stehlen«, sagte Lauren.

»Warum begleitest du uns nicht zu unserem ersten Treffen? Nur, um ein bisschen vorzufühlen und zu sehen, was du von ihnen hältst. Schließlich stecken wir alle zusammen in dieser Sache«, sagte Angie ironisch, immer noch gekränkt von Pandoras vorhergehenden Kommentaren.

»Dass ich das Schiff bewachen werde, ist nicht verhandelbar«, sagte

Pandora. »Wir können später zusammen die Verhandlungsstrategien durchgehen. Jetzt macht euch erst einmal wieder an die Arbeit – mit Ausnahme von dir, Riley. Du und ich werden uns die Kanonen ansehen, für den Fall, dass unseren lieben Kaltblutgefährten etwas passiert und du gezwungen bist, zusammen mit mir zu kämpfen.«

Ich sah sie finster an und wünschte mir, ich könnte eine der Kanonen nehmen und ihr das Grinsen aus dem Gesicht pusten. Was für eine Art von Monster überließ ein verängstigtes Kind seinem Tod? Ein Kaltblut – diese Art von Monster tat so etwas. In typischer Kaltblutart hatte sie mir klargemacht, dass sie sich nur um ihre eigenen Belange kümmerte. Andere Arten interessierten sie nicht.

Langsam begann ich zu glauben, dass ihre Entschuldigung von vorhin nichts zu bedeuten hatte. Pandora war eine Frau mit einem Söldnerverstand und war niemandem außer sich selbst treu.

# KAPITEL FÜNF

Ich verbrachte den Rest des Tages damit, an der Seite von Pandora durch die *Vanquish* zu tapsen, während sie mir erklärte, wie die verschiedenen Waffenarten an Bord zu bedienen waren. Zusätzlich zu den verschiedenen Waffen im Waffenraum gab es auch noch mehrere sekundäre Verteidigungspunkte rings im Schiff mit unterschiedlichen Artilleriesorten in jedem System. Nicht alle waren so gut ausgestattet wie die Stationen im Waffendeck, aber sie wären immer noch nützlich, wenn es eng werden sollte.

»Es ist wichtig, dass du den jeweils richtigen Knopf drückst und gut auf das Objekt zielst. Schieß nicht einfach so drauf los, sondern sorge dafür, dass du etwas Wichtiges anschießt, wie die Treibstoffzellen, die einige Zeit brauchen, um sich wieder aufzuladen«, erklärte Pandora mir zum tausendsten Mal. Mir war klar, dass ich es vorhin vermasselt hatte, aber das brauchte sie nicht immer und immer wieder zu erwähnen. Ich würde ganz gewiss nicht noch einmal denselben Fehler begehen.

»Ich denke, ich habe es kapiert«, brummte ich matt.

»Lass uns hoffen, dass den Kaltblütern an Bord nichts zustößt«, sagte Pandora und ließ es wie eine unterschwellige Drohung klingen.

Ich lehnte mich gegen die Wand und verschränkte meine Arme.

»Sind diese Schutzanzüge überhaupt dazu gedacht, fremde Plagen abzuwehren?«

»Ja, das sind sie, aber wir wissen nicht, was auf diesem Planeten vor sich geht. Seit Jahren hat ihn niemand mehr besucht. Nun, da unsere Leute keine Bedrohung mehr darstellen, können wir nur vermuten, dass sich die Drakonier sicher genug fühlen, um den Virus aus der Atmosphäre zu holen«, sagte sie und blickte auf den leuchtenden Planeten in der Ferne. Er rückte mit jeder Stunde näher, sodass ich daran zu zweifeln begann, was Pandora Brisha gesagt hatte. Wir waren ganz sicher weniger als zwei Tage vom Planeten entfernt, denn ich konnte ihn am Horizont deutlich erkennen.

»Sind wir wirklich zwei Tage entfernt?«, fragte ich mit einem Blick nach draußen.

Pandora lächelte. »Fast.« Bevor ich eine weitere Frage stellen konnte, stand sie hinter der Waffentastatur auf und verließ die Station. Im Türrahmen wandte sie sich um.

»Komm mit, hier kann ich dir nichts mehr zeigen. Wenn wir in eine Konfrontation geraten, dann muss ich darauf vertrauen können, dass du weißt, was du tust. Aber jetzt muss ich erst einmal dafür sorgen, dass ihr alle wisst, was ihr zu tun habt, sobald wir den Planeten erreichen«, sagte sie und machte sich auf den Weg zum Cockpit. Pflichtbewusst folgte ich ihr und hoffte, dass ich nie gezwungen sein würde, ganz allein unsere Waffenabwehr zu steuern. Ich wusste zwar, was ich zu tun hatte, aber das bedeutete nicht, dass ich diese Kenntnisse für etwas anderes einsetzen wollte, als große Steinbrocken zu zertrümmern. Und selbst darauf war ich nicht unbedingt erpicht.

Im Cockpit angekommen hörte ich Pandoras Stimme über den Lautsprecher hallen. Sie berief uns alle in den Hauptraum ein. Bashrik war bereits dort und steuerte das Schiff auf Zai zu, aber die anderen waren noch nicht hier, sondern arbeiteten immer noch ihre Liste niederer Aufgaben ab. Ich warf einen Blick auf die Uhr und sah, dass sie inzwischen Gelegenheit gehabt hatten, den Texter zu lesen und neue Nachrichten zu schreiben, aber ich selbst würde sie erst lesen können, wenn meine Zeit wieder gekommen war.

Ein paar Minuten später waren alle da. Navans Gesicht war mit Schmutz und Öl beschmiert, seine Stirn glänzte vor Schweiß und er hatte die Ärmel bis zu den Schultern hochgerollt, sodass ich seine muskulösen Arme sah. Ich grinste. Er sah ziemlich attraktiv aus, wie aus einem sexy Kalender entsprungen. Er bemerkte mein Grinsen und lächelte selbst. Ich kicherte und fächelte mir übertrieben Luft zu, als ob ich gleich in Ohnmacht fallen würde. Angie und Lauren, die nach ihrer Arbeit ebenfalls verschwitzt und rotwangig waren, grinsten Navan an.

»Sobald ihr zwei euer bizarres Paarungsritual beendet habt, würde ich gern zur Sache kommen«, sagte Pandora und ihre Stimme dröhnte über die Motorengeräusche. Sofort war der Spaß vorbei. Ach, Pandora, die ewige Spaßbremse. Die Antwort »Das würde ich auch gern«, lag mir auf den Lippen, aber ich verkniff sie mir.

»Tut mir leid, Pandora«, sagte ich stattdessen und lächelte lieblich.

Sie warf mir einen finsteren Blick zu und deutete uns, uns zu setzen. »So, wir nähern uns also ganz offensichtlich Zai. Wie ich bereits gesagt habe, will ich sicherstellen, dass ihr alle wisst, was ihr zu tun habt, bevor wir landen«, erklärte sie und ging dabei hin und her wie eine Schullehrerin. »Die Verhandlungen sind wichtig und ihr dürft nicht scheitern.«

Ich sah zu Navan und den anderen, die alle die gleichen Gesichter machten. Wahrscheinlich wollten sie so etwas sagen wie: »Wenn sie so wichtig sind, wieso kommst du dann nicht mit uns?« Aber keiner von uns wagte es. Es fehlten nur noch zwei Tage und ich wollte keinen Besuch mehr in der Isolationskammer riskieren.

»Wenn wir landen, dann müsst ihr die nächstgelegene Siedlung aufsuchen und dort verlangen, mit dem Anführer zu sprechen. Akzeptiert keine Lakaien oder Unterlegene – es muss der Anführer sein«, erklärte sie. Ein kindischer Teil von mir wollte zwei Finger zum Friedenszeichen ausstrecken und mit komischer Stimme sagen: »Bringt mich zu eurem Anführer«, aber nur Angie und Lauren würden den Witz verstehen.

Pandora sprach weiter. »Wenn ihr zum Anführer gebracht werdet, dann bietet ihr ihm im Austausch für die Blutprobe das Geschenk an, das wir mitgenommen haben. Akzeptiert kein Nein. Bedroht ihn, wenn ihr es tun müsst. Tut alles, was nötig ist, um dieses Blut zu beschaffen.«

Ich runzelte die Stirn. Das klang nicht wirklich nach einer Verhandlungsstrategie. So wie die anderen dreinschauten, dachten sie dasselbe.

»Sie werden keine Gewalt mögen«, sagte Navan.

Pandora grinste. »Es ist mir egal, ob sie sie mögen oder nicht. Wenn sie euch keine Blutprobe geben, dann werdet ihr tun müssen, was eben erforderlich ist, um sie doch zu bekommen«, sagte sie nachdrücklich. »Beginnt sanftmütig, wenn ihr wollt, aber duldet keinen Widerstand. Wir gehen hier nicht ohne das Blut fort. Das ist unser letztes Wort. Und das sollten sie auch wissen.«

»Was sollen wir ihnen sagen, wenn sie uns fragen, wozu wir das Blut brauchen? Wir können ihnen ja schlecht erzählen, dass es für ein Unsterblichkeitselixier ist«, unterbrach ich sie.

»Lasst euch irgendeine Ausrede einfallen. Ihr seid doch angeblich intelligente Wesen, hm?«, sagte Pandora und machte betont eine Pause. »Also beweist es mir. Seid kreativ. Denkt euch etwas Glaubwürdiges aus.«

»Und wenn sie es uns trotzdem nicht geben wollen, egal was wir sagen oder tun?«, fragte Bashrik und wandte seinen Blick vom Bildschirm ab.

Pandoras Grinsen wurde breiter. »Dann nehmt euch die Blutprobe mit Gewalt.«

»Was ist, wenn sie uns verfolgen?«, fragte Angie und biss sich auf die Unterlippe.

»Ein weiterer guter Grund, warum jemand auf dem Schiff bleiben muss«, sagte Pandora schlicht.

Lauren seufzte nervös. »Was ist, wenn sie uns trotzdem verfolgen?«

»Ich habe Riley an den Waffen ausgebildet. Die Drakonier haben keine Kriegsschiffe wie dieses hier. Wenn sie dumm genug sind, uns zu folgen, dann werden wir sie vom Himmel schießen«, sagte Pandora und klang erschreckend erfreut über diese Vorstellung.

Wir fünf sahen uns unsicher an. Wenn dies die Art war, wie Vysanthiner verhandelten, dann verstand ich sehr gut, warum sie im

Universum verhasst waren. Die anderen waren spürbar nervös und ich dachte wieder, was ich vorhin schon gedacht hatte: Es war eine Sache, Weltraumschrott zu zerschießen, aber es war etwas ganz anderes, auf unschuldige Leute zu feuern. Wenn es so weit kam, dann wäre ich nicht in der Lage, abzudrücken.

---

Einen Tag später – also einen Tag früher als erwartet, mit blitzblank geschrubbten Motorpfeifen und so dünn gescheuerten Putzlappen, dass man durch sie hindurchschauen konnte – war Zai nun dicht vor uns zu sehen.

»Bereitet euch auf die Landung vor!«, dröhnte Pandoras Stimme durch den Lautsprecher. »Navan, du wirst im Kontrollraum gebraucht. Kryptonier – Menschen, was auch immer – erfüllt eure Aufgaben!«

Pandora hatte mich angewiesen, ins Waffendeck hinunterzugehen und mich ein paar Stunden lang mit den Systemen zu befassen, aber da sie im Cockpit beschäftigt war, nutzte ich die Gelegenheit, um die Aussichtsplattform zu besuchen. Ich wollte Zai gut sehen, wenn wir landeten, und die Waffenstationen mit ihren Metallrahmen boten nicht den gleichen Panoramablick.

Als wir näher kamen, riss ich die Augen auf. Ich fühlte mich wie ein Kind im Planetarium, wo ich die Galaxien und Sonnensysteme, die über meinem Kopf umherschwirrten, beobachtete. Das Hayen Planetarium in New York war immer einer meiner Lieblingsorte gewesen, selbst als ich älter gewesen war. Auf Schulausflügen beschwerten sich die anderen Kinder darüber, wie langweilig es war, aber für mich war es genauso aufregend, wie den Zoo zu besuchen oder Schlittschuh laufen zu gehen oder im Museum Fotos von Mumien zu machen. Lauren war genauso gewesen und hatte immer nach einer neuen Entdeckung gesucht, wie nach Planeten in der Goldlöckchen-Zone im Universum, die Tausende von Lichtjahren von der Erde entfernt waren und die richtigen Bedingungen erfüllten, damit dort außerirdisches Leben existieren konnte. Angie hingegen hatte zu denen gehört, die sich am lautesten beschwerten. Planetarien waren absolut nicht ihr Ding, aber sie begleitete uns trotzdem und verdrehte die Augen über unsere verschrobenen Diskussionen.

Das alles schien mir seltsam, jetzt, wo wir tatsächlich durch das All reisten und mit eigenen Augen außerirdische Planeten sahen. Ich fragte mich, ob auf der Erde gerade nichtsahnende Astronomen ins Weltall starrten und ihre Teleskope in unsere Richtung drehten. Natürlich wäre ihre Technologie nicht ausreichend, um uns zu sehen, aber der Gedanke, dass mich jemand sehen könnte, tröstete mich irgendwie. Einen Augenblick lang fühlte ich mich wieder mit der Erde verbunden.

Zai wäre der zweite außerirdische Planet, den ich besuchte, und ich konnte kaum erwarten, was wir dort sehen würden. Ich spähte durch die Glasscheibe und sah, dass die *Vanquish* fast in die Atmosphäre des Planeten eingedrungen war. Das Schiff ruckte leicht, als Zais Schwerkraft begann, es anzuziehen. Von meinem Standpunkt aus sah der Planet fast unwirklich aus. Ich hatte das Gefühl, auf ein Gemälde oder eine Projektion zu starren.

Der Planet war erstaunlich klein und vier winzige Monde umkreisten ihn. Zwei davon waren blass silbergrau und Krater bedeckten ihre Oberfläche wie Pockennarben. Der dritte Mond war dunkelblau und der vierte hatte eine lustige, fast pinke Farbe. Alle vier sahen aus, als ob sie von unzähligen Meteoriten gerammt worden wären, aber sie besaßen doch eine ruhige Schönheit, die mich an den Mond der Erde erinnerte. Ich konnte nicht sagen, wie oft ich mich zurückgelehnt und zu den Sternen hinaufgesehen hatte, wenn unser Mond sein kaltes Licht auf die Erde warf. Das vermisste ich. Kein anderer Mond kam an unseren heran.

Mit wachsender Begeisterung trat ich bis an den Rand der Aussichtsplattform und presste mein Gesicht gegen die Scheibe, um Zai besser sehen zu können. Wie die Erde hatte der Planet grüne und blaue Flecken, aber die Landmasse sah anders aus. Sie war grüner und die Ozeane waren verlockend aquamarinfarben. Obwohl wir immer noch eine beträchtliche Entfernung zurückzulegen hatten, bevor wir landeten, sah ich schon jetzt Vulkane in den Himmel ragen und blühende

Täler, die voller Leben zu sein schienen. Der Großteil der Oberfläche des Planeten sah fast tropisch aus, wie ein Regenwald oder ein Dschungel.

Nach Wochen im eisigen Vysanthe freute ich mich über die Aussicht auf ein warmes Klima. Wenn wir nicht gezwungen wären, die heißen und stickigen Schutzanzüge zu tragen, und keine Mission zu erfüllen hätten, wäre das hier der perfekte Urlaub gewesen. Aber traurigerweise hatten wir Arbeit zu erledigen und ich bezweifelte, dass uns viel Zeit blieb, um unseren Aufenthalt hier zu genießen.

Ich wandte mich von der Glasscheibe ab, ging zu dem Sofa hinüber und setzte mich, wobei ich meinen Kopf und meine Schultern möglichst wenig bewegte und den Texter hervorzog. Ich hielt ihn eng an den Körper gedrückt und tippte auf den Bildschirm. Die erste Nachricht blinkte auf.

***N: Lasst uns P's Abwesenheit auf Zai zu unserem Vorteil nutzen. Die Drakonier könnten perfekte Alliierte sein. Sie haben mehr als alle anderen Grund, die Kaltblüter zu hassen.***

Ich tippte und las die nächste Nachricht.

***B: Ich bezweifle, dass uns ein Haufen Pazifisten dabei helfen wird, einen Krieg zu gewinnen. Sie werden wahrscheinlich nicht einmal verstehen, wovon wir reden.***

Ich musste lächeln. So sehr Bashrik normalerweise mit Navan einer Meinung war, hatte er doch eine gewisse typische Kaltblüterart an sich, die Navan abgeschüttelt zu haben schien. Ich merkte es daran, wie Bashrik sich für Angie schämte und auf andere Arten hinabsah. Aber ich merkte auch, dass er langsam offener wurde, und ich hatte den schleichenden Verdacht, dass meine liebe Freundin etwas damit zu tun hatte, ganz egal, wie sehr die beiden ihre Gefühle füreinander leugneten.

Angies Nachricht war die nächste auf dem Texter.

***A: Warum müssen wir überhaupt etwas unternehmen? Warum bringen wir Brisha nicht die Probe, zeigen ihr unsere Loyalität, stehlen ein Schiff und schwingen unsere Hintern zurück nach Hause? Dort können wir aufatmen und Dick und Doof können sich allein die Köpfe einschlagen.***

Diese Frage hatte ich mir auch schon gestellt. Sobald wir wieder zurück in Vysanthe waren, konnte uns nichts davon abhalten, direkt nach Hause zu fliegen. Wenn wir beschlossen, Pandora nicht abzuschütteln und auch unsere Idee mit dem Außenposten der Föds vergaßen, dann konnten wir Pandora bitten, unsere Rückkehr auf die Erde zu arrangieren, und wenn sie sich weigerte, dann stahlen wir eben einfach ein Schiff und machten uns davon. Die Königinnen wären zu sehr damit beschäftigt, sich gegenseitig zu bekriegen, um sich um unser Verschwinden zu kümmern.

***L: Wenn die Königinnen die Erde jemals finden, dann werden wir kein Zuhause mehr haben.***

Lauren – wie immer die Stimme der Vernunft. Noch existierte die Fernalltechnologie und solange eine der beiden Königinnen über sie verfügte, waren wir in Gefahr. Die Erde war in Gefahr. Nein, wir mussten dafür sorgen, dass diese Technologie zerstört wurde, bevor wir irgendwohin flogen, und das bedeutete, uns eben in die Kriegstreiberei der Königinnen einzumischen. Vysanthe musste aufgehalten werden, bevor es diese riesige Quelle an Menschenblut entdeckte. Wenn wir jetzt gingen, dann würden sie das Geheimnis eines Tages lüften und die Erde suchen. Der Tag würde kommen, an dem wir uns wünschten, jetzt nicht gegangen zu sein.

Es war besser, nach dem Ende der Mission zu bleiben und mitanzusehen, wie die beiden einander zerstörten und damit auch alle Hoffnungen auf eine Fernalltechnologie und ein Unsterblichkeitselixier zerstört wurden. Wir mussten immer noch einen Weg finden, um die Rebellen von der Erde zu verjagen, aber das war im Augenblick nicht unser dringendstes Problem. Gianne und ihre Fernalltechnologie waren das Erste, was wir klären mussten, sobald wir nach Vysanthe zurückkehrten. Danach waren das Elixier und die Rebellen dran. Irgendwie würde es uns schon gelingen, sie aufzuhalten.

Wenn wir denn so lange überlebten. Schließlich wartete womöglich eine Plage auf uns und andere Risiken, die es barg, einer Spezies entgegenzutreten, die die Kaltblüter und alles, was sie verkörperten, hassten. Wir betraten ihr Territorium und stellten Forderungen. Warum sollten sie uns überhaupt zuhören, nach allem, was die Kaltblüter ihnen angetan hatten? Es war ihr gutes Recht, uns auszulachen. Es würde nicht leicht werden und Pandoras Unterricht im Verhandeln war völlig nutzlos gewesen. Wir konnten auf gar keinen Fall Gewalt gegen diese Leute anwenden. Das würde ich nicht zulassen.

Vor mir kam die Oberfläche des Planeten näher. Zai sah nicht länger wie ein surreales Gemälde aus, das im schwarzen Weltall hing. Es sah aus wie wirkliches Land, mit Bäumen und Erde. Es sah sehr schön aus.

# KAPITEL SECHS

Das Schiff bebte, während wir durch die Atmosphäre flogen, und die Planetenoberfläche immer näher kam. Als wir kurz vor der Landung standen, spürte ich, wie die Motoren aufbrausten und dann die Landeräder ausgefahren wurden, als wir auch schon festen Boden berührten. Durch die Glasscheibe sah ich das dichte Blätterdach eines Dschungels, der von Ranken bewachsen war. Exotische, farbenprächtige Vögel schwebten zwischen den knorrigen Ästen.

Darüber erstreckte sich ein unberührter blauer Himmel fast ohne Wolken und die Sonne strahlte auf das blühende Land herab. Lächelnd stellte ich mir vor, am Rande des Amazonas-Regenwaldes zu sein oder mich auf einer tropischen Insel irgendwo im Ozean zu befinden. Das war gar nicht schwer, wenn ich verdrängte, dass ich gerade in einem außerirdischen Raumschiff gelandet war.

Ich schob den Texter wieder zwischen die Polsterkissen und ging zur Glasscheibe, um nach draußen zu sehen. Wir waren auf einer Lichtung gelandet, an dessen Ende ich einen Bau sah. Er war das einzige Zeichen von Zivilisation in einem ansonsten wilden, weitläufigen Regenwald. Es war ein beeindruckender Ausblick. Der Bau schien ein Tempel zu sein, auf dem sich neun Opalin-Türme erhoben.

Jeder von ihnen wurde von einer Drachenstatue geschmückt, die ebenfalls aus glänzendem Opalin gehauen waren. Die Statuen waren mitten im Flug dargestellt. Ich sah ausgestreckte Flügel und offene Mäuler. Die Schwänze der Drachen schlangen sich um die Fundamente der Türme. Jeder hielt einen anderen Gegenstand in den Klauenhänden. Es war schwer, die Gegenstände aus dieser Entfernung zu erkennen, aber ich hatte das Gefühl, dass sie irgendeine symbolische Bedeutung hatten.

Als ich näher hinschaute, fiel mir etwas Seltsames an dem Opalin auf. Es glänzte nicht so, wie es das normalerweise tat. Die Adern sahen weniger wie Saphir aus, die Farbe war abgestumpft und der Glanz war verschwunden. Von hier aus sah das Opalin fast schwarz aus. Ich rieb mir die Augen, weil ich dachte, dass mich das Licht vielleicht täuschte, denn hier war der Sonnenschein anders als auf der Erde und Vysanthe. Vielleicht brachten diese Sonnenstrahlen die Farbe Blau nicht so stark zur Geltung.

»Kommt alle sofort in den Kontrollraum!«, hallte Pandoras Stimme durch die Lautsprecher und ich zuckte auf.

Ich löste meinen Blick von dem schönen Tempel und eilte ins Cockpit zurück, weil ich wusste, dass ich Zai nun direkt statt nur durch eine Glasscheibe bestaunen konnte.

Pandora und die anderen warteten bereits, als ich eintrat. Auf einem der Tische neben dem Hauptkontrollpanel lagen fünf große Metallkoffer mit schweren Schlössern, die geöffnet waren. Ich sah leuchtend rote Anzüge in den Koffern liegen.

»Wow, jetzt wird es ernst!«, sagte ich nach einem Pfiff und ging auf den ersten Koffer zu. Zögernd streckte ich die Hand aus, um den dicken, plastikartigen Stoff zu berühren. Die Textur ließ mich erschaudern. Bei mir hatte dieses Material dieselbe Wirkung wie bei anderen das Geräusch von Fingernägeln, die über eine Tafel kratzten. In dem Koffer befanden sich außerdem schwere Stiefel und ein Helm mit einem eingebauten Atemapparat.

»Für wen ist der hier?«, fragte Angie und stellte sich neben mich.

Pandora seufzte, als ob wir alle Vollidioten wären. »Sie sind der

Größe nach geordnet. Die großen sind für Navan und Bashrik und die drei kleinen sind für euch.«

»Der hier ist wohl meiner«, sagte Navan, nahm einen der Anzüge und hielt ihn sich hin. Selbst für seine hochgewachsene Statur sah der Anzug noch viel zu groß aus.

»Bashrik, der hier ist sicher für dich«, sagte ich und hob einen weiteren großen Anzug hoch. Die drei verbleibenden Anzüge waren zwar kleiner, so wie Pandora es gesagt hatte, aber auch nicht wesentlich kleiner.

Ich wusste, dass die Angelegenheit verschwitzt und unbequem werden würde, und nahm seufzend meinen Anzug aus dem Koffer, zog ihn mir über und schloss alle nötigen Gurte und Reißverschlüsse. Am Hals und an den Hand- und Fußgelenken gab es Gurte, die so eng wie möglich zugezogen werden mussten, um den Anzug luftdicht zu verschließen.

»Kannst du den Verschluss für mich zumachen, Lauren? Ich komme nicht ran«, sagte ich, nachdem ich mir beim Versuch, die drei Gurte auf dem Rücken enger zu schnallen, fast die Schulter ausgekugelt hatte. Ich hätte ja Navan um Hilfe gefragt, aber er schnürte gerade Bashrik ein.

Lauren, die mit einem Bein in ihrem Anzug stand, lächelte. »Ich helfe dir, wenn du mir hilfst«, scherzte sie.

Ich verzog das Gesicht, als Lauren die Gurte enger schnürte, und spürte, wie sich die Versiegelung schloss. Schon jetzt hatte ich das Gefühl, vom Halsverschluss erwürgt zu werden, und ich wusste, dass das mit der Zeit nur noch schlimmer werden würde. Der Anzug hatte zwar bequem und locker ausgesehen, aber er wurde schon jetzt unangenehm eng. Der Stoff flatterte weit an den falschen Stellen und war an anderen viel zu eng.

»Fertig«, sagte Lauren und drehte mir ihren Rücken zu, damit ich ihren Anzug verschloss. Bashrik und Navan waren ebenfalls fast fertig, sich gegenseitig festzugurten.

Als ich Laurens Gurte festzog, sah ich zu Angie hinüber, die trotzig versuchte, ihre Gurte allein festzuschnallen. Navan wollte ihr wohl gerade seine Hilfe anbieten, als Bashrik einsprang.

»Warte, du kannst das nicht allein machen«, sagte er.

Angie warf ihm einen düsteren Blick zu. »Wenn du glaubst, dass ich unfähig bin, ein paar Gurte festzuziehen, bloß weil ich ...«, setzte sie an, aber er unterbrach sie.

»Nein, es ist nicht, weil du ein Mensch bist und auch nicht, weil du eine Frau bist. Ich weiß, wie stark Frauen sein können. Es gibt jede Menge vysanthinische Frauen, die stärker als die Männer sind. Und ich weiß, wie stark du sein kannst«, sagte er und seine Wangen wurden rot. »Es ... es ist nur einfach so, dass die Gurte dazu gedacht sind, dass sie jemand anderes festzieht. Andernfalls ist der Anzug nicht luftdicht verschlossen«, erklärte er und sah sie an.

Ich grinste und sah, wie Angie Mühe hatte, eine Antwort zu finden. Die beiden hatten auf der Reise von Vysanthe hierher nicht viel miteinander gesprochen, sondern waren bei höflichem Small Talk und gelegentlichen Sticheleien geblieben. Es war schön zu sehen, wie sie in der Gegenwart des anderen wieder sprachlos wurden.

»Hm ... Na schön, wenn das wirklich der Grund ist«, sagte Angie und drehte sich um, damit Bashrik die Gurte zuziehen konnte.

»Das ist ein bisschen eng, Riley!«, winselte Lauren und ich merkte, dass ich mich so auf Angie und Bashrik konzentriert hatte, dass ich zu fest an ihren Gurten zog.

»Tut mir leid!«, sagte ich und lockerte sie schnell. »Die beiden Turteltauben haben mich abgelenkt«, fügte ich flüsternd hinzu. Lauren lächelte und beobachtete den letzten Teil von Bashriks ritterlichem Verhalten. »Endlich ein Fortschritt«, flüsterte sie mir zu, als Angie gerade aufsah und bemerkte, dass wir die beiden beobachteten. Sofort wandten wir uns ab und taten sehr beschäftigt.

Kurz darauf sah Pandora von ihrem Bildschirm auf. »Seid ihr fertig?«, fragte sie und musterte uns.

Ich sah in die Runde. Wir alle trugen die Anzüge, waren ordentlich zugeschnürt und trugen die Helme unter den Armen. Navan hatte sich neben mich gestellt und seine behandschuhte Hand um meine Taille gelegt. Das Universum schien wirklich gegen uns zu sein – endlich war ich ihm nah, aber wir beide waren von Kopf bis Fuß in dicken Gummistoff gehüllt.

»Wir sind fertig«, nickte Navan und drückte mich an sich – nicht, dass ich durch den Anzug hindurch viel davon gespürt hätte.

Alles, was uns jetzt fehlte, waren Pandoras letzte Anweisungen, und dann konnten wir in die unbekannte Welt von Zai hinaustreten und Pandora endlich weit hinter uns lassen.

»Gut! Steckt euch das hier in die Ohren«, sagte sie und reichte uns fünf Ohrstöpsel. Sie waren winzig, sodass sie sich perfekt in unseren Hörgang einpassten, und hatten kleine Widerhaken, damit sie nicht zu weit hineinrutschten. Ich betrachtete den Ohrknopf, der auf meiner ausgestreckten Handfläche lag. »Steckt sie euch in die Ohren!«, wiederholte Pandora ungeduldig.

»Okay«, brummte ich und brachte das Gerät an. Es war kurz unangenehm, als sich die Widerhaken an meine Haut hefteten, doch kurz darauf spürte ich den Knopf gar nicht mehr. Die anderen steckten sich die Geräte ebenfalls in die Ohren und ich sah, dass Angie und Lauren auch kurz dasselbe unangenehme Gefühl verspürten, aber Navan und Bashrik verzogen keine Miene.

»Über die Knöpfe könnt ihr meine Anweisungen hören«, sagte Pandora und verschränkte die Arme vor der Brust. »Ihr erinnert euch an alles, was ich euch erklärt habe?«

»Wir dürfen nicht ohne das Blut zurückkommen?«, sagte Angie und hob ihre Hand, als ob wir in der Schule wären.

»Ganz genau. Ich werde euch nicht an Bord lassen, wenn ihr mit leeren Händen zurückkehrt. Habt ihr verstanden?«

Wir nickten.

»Gut. Seid hart zu den Drakoniern. Sie sind keine Spezies, vor der ihr Angst haben braucht, auch wenn sie halbwegs Ahnung von Biowaffen haben. Wahrscheinlich haben sie den Virus schon aus der Atmosphäre gefiltert, wenn sie ihn denn ausgesetzt haben, aber behaltet eure Anzüge trotzdem an.«

»Das ist wohl selbstverständlich«, sagte Bashrik, der blass aussah.

Für die Kaltblüter musste es schwieriger sein, sich auf Zai zu trauen, weil sie nicht wussten, ob sie gesund zurückkehren würden.

»Und nehmt das hier mit«, sagte Pandora und überreichte Lauren ein eingewickeltes Paket. »Das ist das Geschenk, das ihr für das Blut eintauschen sollt. Dies ist alles, was die Drakonier im Gegenzug erhalten, also bietet ihnen nichts anderes an. Habe ich mich klar ausgedrückt? Vysanthiner feilschen nicht«, sagte sie hart, während Lauren sich das Paket unter den Arm klemmte. So, wie sie damit kämpfte, es festzuhalten, war es ziemlich schwer.

»Kein Feilschen, keine Diplomatie, keine Kapitulation«, feixte Navan so leise, dass nur ich ihn hören konnte. Ich hatte Mühe, mir das Lachen zu verkneifen.

»Was war das, Idrax?«, fragte Pandora scharf und warf ihm einen finsteren Blick zu.

Navan lächelte. »Ich habe nur deine Anweisung wiederholt, Pandora. Kein Feilschen – verstanden.«

»Gut, dann macht euch jetzt auf den Weg. Die Zeit ist nicht auf unserer Seite, weshalb ihr so schnell wie möglich zurückkommen müsst«, sagte sie, während wir durch das Cockpit zur Wand auf der anderen Seite des Hauptraums gingen.

Lauren blieb auf halber Strecke stehen. »Hast du nicht eine Tasche hierfür?«, fragte sie, weil ihr das schwere Geschenk immer wieder aus den Händen rutschte.

Pandora verdrehte die Augen, verschwand einen Augenblick lang und kam dann mit einer leeren schwarzen Tasche zurück, die sie Lauren zuwarf. »Ich hatte vergessen, wie schwach ihr Menschen seid«, murmelte sie, als Lauren die Tasche auffing.

»Danke«, sagte Lauren, verstaute das Geschenk und schloss die Lasche. Sie legte sich die Tragegurte über die Schultern und kam zu uns. »Soll ich das für dich tragen?«, bot Navan an, als er Laurens angestrengtes Gesicht sah.

Doch sie grinste ihn an und schüttelte den Kopf. »Ich kann ein bisschen Krafttraining gebrauchen. Meine Muskeln sind vom Weltallflug ganz schlaff geworden«, scherzte sie und verlagerte das Gewicht der

Tasche gegen ihre Hüfte. Ich lächelte meine Freundin an. Sie wollte sich einfach gern irgendwie nützlich machen und das mochte ich an ihr.

Pandora blieb auf der Schwelle zum Cockpit stehen. Als Navan auf den Knopf drückte, der die Ladetür öffnete, drücke Pandora ebenfalls auf einen Knopf und die Tür zum Cockpit glitt zu und ließ Pandora hinter undurchsichtigem Metall verschwinden.

Ich wollte gerade meinen Helm aufziehen, als Navan seinen Arm um meine Taille schlang, mich hochhob, mit der anderen Hand meinen Hals umfasste und mich leidenschaftlich küsste. Ich schnappte überrascht und entzückt nach Luft, schlang meine Arme ebenfalls um ihn und erwiderte seine Geste genauso leidenschaftlich. Ich genoss diesen kurzen Augenblick. Erst, als die Ladetür sich öffnete, setzte er mich wieder auf dem Boden ab.

»Wofür war das?«, fragte ich verträumt.

»Ich habe schon die ganze Woche lang darauf gewartet, das zu tun«, seufzte er und grinste von einem Ohr bis zum anderen. Widerstrebend zog er sich seinen Helm über und aktivierte die luftdichte Versiegelung, als sich die Tür öffnete. Bashrik tat das Gleiche.

Angie drückt mit einer Hand das Ohr zu, in dem sich ihr Ohrknopf befand. »Wenigstens sind wir endlich unter uns ...«, setzte sie an, als Bashriks Hand hervorschoss und sich schnell auf ihren Mund legte. Sie sah ihn wütend an.

»Es sind nicht die Ohrstöpsel. Pandora hat unsere Anzüge verwanzt«, warnte er uns. »Auch wenn es so aussieht, als ob wir allein wären, kann sie alles mithören.«

Eine Sekunde später rauschte es in unseren Ohren. »Bashrik ist klüger, als er aussieht«, sagte Pandoras Stimme knisternd. »Ganz egal, wo ihr seid, ich werde immer zuhören.«

Ich sah zu den anderen, die genauso besorgt aussahen wie ich. Wie sollten wir denn ein Komplott gegen jemanden planen, der uns die ganze Zeit über belauschte, vor allem jetzt, wo wir den Texter auf dem Schiff gelassen hatten – obwohl wir in diesen Anzügen sowieso nichts mit ihm hätten anfangen können.

Als sich die Tür endlich ganz geöffnet hatte, sagte keiner von uns auch nur ein Wort und wir drei zogen uns stumm die Helme über. Wenn wir Pandora auf diesem Planeten zurücklassen oder sie anderweitig aus dem Weg räumen wollten, dann mussten wir uns etwas gegen die Wanzen in unseren Anzügen einfallen lassen.

Wir gingen die Rampe hinunter und machten unseren ersten Schritt auf Zaiboden. Selbst durch den Anzug spürte ich schon jetzt die drückende Hitze auf dem Planeten. Die Sonne brannte durch das Sichtfenster in meinem Helm. Schweiß lief mir den Rücken hinab und der Halsverschluss kratzte schon jetzt auf meiner Haut. Ich konnte mich nicht kratzen und wusste, dass das Gefühl schon bald unerträglich werden würde, aber ich musste einfach die Zähne zusammenbeißen und es aushalten.

Hinter uns schloss sich die Tür und es gab kein Zurück mehr, also gingen wir auf den Tempel zu. Er war knapp hundert Meter von uns entfernt. Die Türme glitzerten und der Eingang wurde von zwei riesigen Statuen bewacht, die wie eine Mischung aus Mann und Drache aussahen. Wenn ich blinzelte, ähnelten sie mit ihren ausgestreckten Flügeln fast Kaltblütern, obwohl die Drakonier sicher nicht sehr glücklich mit diesem Vergleich wären.

Je näher wir kamen, desto beeindruckender und größer wurde der Tempel. Aus der sicheren Entfernung des Schiffes hatte er deutlich kleiner gewirkt, aber nun erhob er sich vor uns und die Eingangsfassade war etwa zehnmal höher als ich, ohne dass ich die Türme dazurechnete. Dies war einer der Bauten, den man mit in den Nacken gelegtem Kopf bewunderte. In der Mitte der Außenwand, zwischen den beiden riesigen Halbmann-Halbdrachen-Statuen, befand sich eine Tür, die etwa halb so hoch wie das Gebäude war.

»Sollen wir ... einfach anklopfen?«, fragte ich, als wir vor dem riesigen Eingang angekommen waren. Ich hatte noch nie eine so riesige Tür gesehen. »Tür« schien mir auch gar nicht das richtige Wort zu sein, um dieses beeindruckende Etwas zu beschreiben, vor dem ich stand.

Kaum hatte ich die Frage ausgesprochen, begann auch schon der Boden unter unseren Füßen zu beben. Die Tür vor uns öffnete sich von allein und das Knirschen von Stein jagte mir einen kalten Schauer den

Rücken hinab, so wie es mir beim Berühren des Gummimaterials passiert war. Wir sahen einander nervös an, als sich die Tür aufschob und eine weibliche Kreatur aus dem Schatten trat.

Eine lange Zeit sagte sie nichts und stand einfach nur da, während wir sie anstarrten.

Ihr Saphirgewand glänzte im Sonnenlicht und der seidige Stoff schimmerte auf eine Art, wie ich Stoff noch nie schimmern gesehen hatte. Angie hatte einen beinahe gierigen Blick und ihr war die Kinnlade heruntergefallen. Was mich aber noch mehr erstaunte, war das Gesicht der Frau. Sie war komplett kahl und ihre Haut war mit grünen Schuppen bedeckt, die dort aufhörten, wo sich normalerweise der Haaransatz befand. Ihre glatte, blassgrüne Stirn lag über bernsteinfarbenen Reptilienaugen. Unter einem Auge befand sich eine Narbe auf ihrer schuppigen Haut. Sie erstreckte sich über die ganze Gesichtshälfte bis zu ihrem Kiefer hinab. Allem Anschein nach war sie der Überrest einer schrecklichen Brandwunde.

Ich fragte mich, wie sie wohl in ihrer Drachengestalt aussah, und meine Fantasie ging mit mir durch. Ich stellte mir vor, wie sie gewaltige Flügel spreizte, wie die Statuen auf dem Tempeldach, und ihr ganzer Körper mit den smaragdgrünen Schuppen bedeckt wäre, die sich über ihre Hände, Arme und ihren Kopf zogen.

»Willkommen. Ich bin Freya«, sagte sie schließlich. Sie sprach perfekt Englisch, obwohl ihre Stimme eigenartig klang. Die Drakonier verfügten offenbar über eine ähnliche universelle Sprachtechnologie wie die Kaltblüter, aber der Akzent war etwas schwerer als Navans und Bashriks. Während die beiden fast britisch klangen, war Freyas Akzent schwerer mit einem irdischen Akzent zu vergleichen. Ich würde sie irgendwo zwischen Russisch und Spanisch verorten, aber ich hatte nur wenig Ahnung von Sprachen.

»Mein Name ist Riley. Das sind Navan, Bashrik, Angie und Lauren«, sagte ich höflich. »Wir sind hier, um friedliche Verhandlungen zwischen unserer Gruppe und eurem Volk zu führen«, erklärte ich und hoffte, dass sie sich beim Anblick von Navan und Bashrik nicht sofort verschließen würde. Das hätte mich angesichts des schlechten Verhältnisses zwischen Drakoniern und Kaltblütern keinesfalls überrascht.

»Wie du siehst, kommen wir in einer ungewöhnlichen Kombination«, sagte Navan höflich. »Diese Frauen kommen aus einem weit entfernten Territorium, während mein Bruder und ich aus Vysanthe kommen.«

»Das ist ein kühler Ort«, sagte Freya knapp, ohne eine Miene zu verziehen. Sie war unmöglich zu deuten. Aber trotzdem hatte ich ein gutes Gefühl. Ihre Gesten waren herzlich, auch wenn sie nicht viel sagte.

»Wir hoffen, dass unsere Herkunft dich nicht davon abhalten wird, mit uns zu sprechen«, sagte Navan schnell. »Sieh, wir sind nicht wie die, die vor uns hergekommen sind. Wir wollen euch keine Ressourcen wegnehmen und wir wollen nicht hierbleiben. Wir haben nur eine kleine Bitte.«

»Das Leben geht weiter«, sagte sie sanft und blickte mit ihren bernsteinfarbenen Augen in den Himmel.

Ich sah zu Navan. »So ist es, Freya. Das ist einer der Gründe, warum wir hier sind. Wir brauchen eure Hilfe, damit unser Leben weitergehen kann«, sagte ich und hoffte, dabei nicht allzu blöd zu klingen.

Sie schwieg, aber es kam mir nicht abweisend oder böse gemeint vor.

»Wir sind Boten, die von der Königin von Vysanthe geschickt worden sind, um euch etwas im Austausch für eure Hilfe anzubieten«, fuhr Navan fort.

»Von welcher Königin seid ihr geschickt worden?«, fragte Freya mit immer noch regloser Miene.

»Von Königin Brisha«, antwortete er.

Ein Hauch von Missfallen fuhr über Freyas Gesicht. »Verschüttetes Blut, um das Schicksal heraufzubeschwören.«

Ich fragte mich, was für ein Gesicht sie gemacht hätte, wenn wir gesagt hätten, dass Königin Gianne uns schickte. Hätte sie darauf besser oder schlechter reagiert? Das würden wir wohl nie erfahren. Aber es war natürlich verständlich, dass Freya Groll gegen beide Königinnen Vysanthes hegte, immerhin waren sie beide Nachkommen der Regenten, die die Bergarbeiter nach Zai geschickt hatten. Aber ich verstand nicht, was sie mit ihrer Bemerkung darüber, dass Brisha das »Schicksal heraufbeschwor«, meinte. Ich zerbrach mir den Kopf, weil die Worte irgendeine schwache Erinnerung in mir weckten. Das Schicksal heraufzubeschwören hatte etwas mit dem Glauben zu tun, dass es gerechtfertigt und unausweichlich war, dass sich eine Nation über andere Länder ausbreitete. Dachte Freya, dass Brisha glaubte, dass die Ausweitung ihres Territoriums, um den Süden zu tilgen und sich wie eine Krankheit im Universum auszubreiten, gerechtfertigt und unausweichlich war? Das überraschte mich.

»Ich glaube, dass sie das geringere von zwei Übeln ist, was die Königinnen von Vysanthe angeht«, sagte Navan, aber Freya sah ihn nur eindringlich an und ihre bernsteinfarbenen Augen schienen sich in seine Seele zu bohren.

»Wie dem auch sei – wir fragen uns, ob wir eintreten und mit dem Anführer der Drakonier sprechen dürfen«, schaltete ich mich ein. Vysanthinische Königinnen waren offenbar ein heikles Thema.

»Ich bin die Hohepriesterin«, sagte sie, verbeugte sich und ich sah seltsame Kämme, die ihren Rücken hinabliefen und sich unter dem Stoff ihres Kleides abzeichneten.

Ich versuchte, ihre Verneigung zu erwidern. »Du bist die Anführerin?«, fragte ich.

»Das bin ich. Kommt«, sagte sie und drehte sich um. Dann stockte sie jedoch und musterte uns fünf. »Eure Anzüge«, sagte sie nur, ohne uns eine weitere Erklärung zu geben.

Einen Augenblick lang war ich verwirrt und sah, dass meine Freunde genauso verdutzt aussahen. Doch dann verstand ich. »Du möchtest, dass wir unsere Anzüge ausziehen?«, fragte ich. »Warum sollten wir das tun?«

»Zeigt mir euer Vertrauen«, antwortete sie schlicht.

Navan trat einen Schritt vor. »Freya, wir sind unbewaffnet. Das sollte reichen, um unser Vertrauen zu zeigen, denke ich«, sagte er angespannt.

Freya schüttelte den Kopf, entgegnete aber nichts.

»Wenn du uns bitte einen Augenblick entschuldigen kannst, Freya, damit wir das besprechen können«, sagte ich und warf einen Blick in die Runde. Wieder sagte sie nichts, sondern sah uns nur an.

»Wir können unsere Anzüge nicht ausziehen, das ist doch Wahnsinn!«, zischte Bashrik, auf dessen Sichtscheibe sich Kondenswasser sammelte.

»Aber wir kommen da nicht rein, wenn wir sie anlassen«, sagte Angie.

Bashrik schnaubte. »Du hast leicht reden. Ihr braucht ja keine Angst vor einer Plage zu haben, die speziell dafür entwickelt wurde, euch zu töten!«

»Ich finde, dass wir ihr vertrauen sollten«, sagte Lauren, öffnete die Lasche ihrer Tragetasche und ignorierte Bashrik. »Ich habe viel über Drakonier gelesen. Sie sind eine freundliche Spezies. Wenn sie diese Plage kreiert haben, dann nur, um sich gegen ihre Feinde zu wehren. Wir sind aber keine Feinde und sie betrachten uns auch nicht als solche. Solange wir keine Bedrohung für sie darstellen, werden sie uns angemessen behandeln«, sagte sie überzeugt und beruhigte mich damit etwas.

Ich sah Lauren an. »Ich bin Laurens Meinung. Sie sind Pazifisten. Uns wird schon nichts passieren.«

»Navan, kannst du sie bitte wieder zur Vernunft bringen?!«, sagte Bashrik, der sich in die Enge getrieben fühlte.

Navan seufzte. »Ich denke, dass sie recht haben, Bashrik. Wenn wir in den Tempel gehen wollen, dann müssen wir die Anzüge ausziehen. Ich denke, dass wir ihnen vertrauen können«, sagte er, aber Bashrik runzelte nur noch mehr die Stirn.

Unsere Ohrknöpfe knisterten, als Pandora sich zu Wort meldete. »Das ist euer Todesurteil. Wenn ihr die Anzüge auszieht, dann behaltet die Ohrknöpfe im Ohr. Ich werde euch über sie hören können und kann euch Anweisungen geben. Ich will jedes Wort mit anhören, das diese schuppigen Idioten zu sagen haben«, sagte sie. Sie konnte uns also doch über die Ohrknöpfe hören. Konnte man dieser Frau denn wirklich nicht entkommen?

»Na schön, sieht so aus, als ob wir die Anzüge ausziehen«, brummte Bashrik. »Aber ich sage euch eins: Wenn ich krank werde, dann gebe ich jedem Einzelnen von euch die Schuld daran!«

Zögernd griff ich nach meinem Helm und zog ihn ab. Meine Hände zitterten und mein Herz raste. Wir betraten unbekanntes Gebiet und vertrauten unser Leben Fremden an. Außerirdischen Fremden.

Ich sah Freya an, als ich den Helm abzog und die warme Zailuft auf der Haut spürte. Obwohl ihre Augen fremd waren, sahen sie mich gütig an. Ja, die Drakonier waren eine friedliche Spezies, aber wir mussten darauf achten, sie nicht zu beleidigen, damit sie ihre Plage nicht auf uns losließen. Denn nun waren wir ihnen komplett ausgeliefert.

# KAPITEL SIEBEN

Es war schön, wieder richtig atmen zu können, selbst wenn die Gefahr bestand, dass die Luft voller Viren war. Die Oberfläche des Planeten war warm und tropisch und die Luft war feucht. Die Sonne brannte heiß auf mein Gesicht. Kurz nachdem ich meinen Helm abgezogen hatte, begann Navan die Gurte an meinem Rücken aufzuziehen. Mir war inzwischen so stickig, als ob ich mich in einer Sauna befände, aber ich würde mich nicht beschweren. Ich war ja froh, aus der eisigen Kälte von Vysanthe herauszukommen. Hier wehte kein beißender Wind und keine kalte Luft ließ mich bis auf die Knochen erzittern. Zai war das genaue Gegenteil von Vysanthe.

Rings um den Tempel hingen die Wedel riesiger farnartiger Bäume herab und kleine Kreaturen hüpften von Ast zu Ast. Aus dem Augenwinkel sahen sie wie Affen aus, aber ihr Fell hatte eine strahlende Farbe und ihre Augen spähten neugierig aus dem Schatten des Dschungels auf uns herab. Riesige Blumen blühten zwischen breiten Blättern und die Blütenblätter waren fast so groß wie ich selbst. Sie glänzten in Purpur, Pink und fuchsienfarben.

»Dieses Wetter wird mich umbringen«, murmelte Bashrik, als Angie seine Gurte löste. Wir hatten einen lustigen Kreis gebildet. Navan schnallte meinen Anzug auf, während Bashrik Navan half, Angie an Bashriks Anzug arbeitete, Lauren Angie half und ich Laurens Gurte löste. Währenddessen beobachtete Freya uns, ohne eine Miene zu verziehen. In ihrem Gesicht war keine Spur von Erheiterung zu sehen, obwohl wir lächerlich aussehen mussten.

Die Kaltblüter schienen am meisten unter der Feuchtigkeit zu leiden. Ihre Stirn glänzte vor Schweiß und ihr Atem ging stoßweise. Ich hörte Navan hinter mir röcheln. Er litt unter der Sonne von Zai.

»Geht es dir gut?«, fragte ich besorgt.

»Das wird gleich wieder. Mein Körper braucht nur etwas Zeit, um sich umzugewöhnen«, sagte er mit geröteten Wangen. Schweiß lief ihm übers Gesicht.

Ich vertraute ihm und seufzte erleichtert, als sich meine Gurte lösten und ich mich endlich aus der dicken Plastikhülle pellen konnte. Ich wusste, dass sie das Einzige war, was uns vor dem Kaltblutvirus schützte, aber die Anzüge waren einfach furchtbar unbequem. Ich setzte mich mit einem dumpfen Geräusch auf den harten, trockenen Boden, zog mir die schweren Stiefel und den Anzug aus und zog mir die Stiefel dann wieder über, schließlich hatten wir keine anderen Schuhe dabei.

»Alles klebt an mir«, brummte Angie und verzog das Gesicht, während sie den feuchten Anzug abstreifte.

»Willkommen im Paradies«, lachte ich.

»Ja, lasst uns erst einmal sehen, was diese schuppigen Verrückten für uns bereithalten, bevor wir so tun, als ob wir hier Urlaub machten«, flüsterte Bashrik mürrisch, woraufhin Angie ihn mit dem Ellbogen anrempelte.

»Ich würde nur einmal zu gern etwas Positives aus deinem Mund kommen hören«, sagte sie. Sofort verstummte er und zog sich umständlich seine Stiefel wieder an. Aber obwohl er den Kopf gesenkt hatte, sah ich, dass er rot geworden war, und ich wusste, dass es nicht an der Hitze lag.

Sobald alle unsere Anzüge auf dem Boden lagen und ein wenig wie dahingeschmolzene Personen aussahen, von denen nur noch der Helm übrig war, gingen wir wieder zum Tempeleingang. Dort stand Freya noch immer in der gleichen Position.

»Dürfen wir jetzt den Tempel betreten?«, fragte ich nervös.

Freya nickte schwach. »Willkommen«, sagte sie. Ihr prächtiges Saphirgewand rauschte hinter ihr her, als sie sich umdrehte und in den Schatten des Tempels trat. Wir folgten der beeindruckenden drakonischen Hohepriesterin klebrig und deutlich weniger glamourös.

Die Stille, die uns im Tempel empfing, war stärker als alles, was ich je erlebt hatte, und das ehrfurchtsvolle Schweigen legte sich wie eine spürbare Decke über uns. Es war nicht angsteinflößend, so wie die Isolationskammer es war, oder streng und stickig wie in einer Bücherei oder auf einer Kirchenbank. Hier schien die Stille vor Energie zu knistern, der ganze Tempel schien davon zu vibrieren.

Gewölbte Decken erhoben sich über unseren Köpfen. Sie wurden von aufwendigen geometrischen Mustern geziert. Der riesige Raum wurde nur von Kerzen erleuchtet, die in ihren Kerzenhaltern in der Form von aufgespießten Echsen flackerten. Auf dem Steinbogen lagen bunte Teppiche in scheinbar willkürlicher Anordnung, auf denen Drakonier in stillem Gebet knieten. Sie hatten die Augen geschlossen und ihre Lippen bewegten sich stumm im Lobpreis. Ihre Handflächen lagen auf ihren Schultern und sie hatten die Köpfe gesenkt. Einige wiegten sich leicht, andere bewegten keinen einzigen Muskel.

Irgendwo aus der Ferne hörte ich ein leises Summen. Es war tief und mystisch und so eindringlich, dass mir ein kalter Schauer den Rücken hinabfuhr. Es schien bis tief in meine Seele zu gelangen und die Härchen auf meinem Unterarm stellten sich auf. Das Summen hatte etwas unbestreitbar Trauriges an sich. Als ich meine Wange berührte, spürte ich, dass mir ganz unerwartet Tränen übers Gesicht liefen.

»Etwas mehr Beleuchtung wäre nicht schlecht. Ich sehe kaum, wohin ich laufe!«, schimpfte Bashrik laut.

»Pst!«, zischte Angie und stieß ihm ihren Ellbogen in die Rippen. Eingeschüchtert hielt er sich die Seite und machte ein verletztes Gesicht.

»Ich meine ja nur«, brummte er.

Angie warf ihm einen weiteren warnenden Blick zu, damit er den Mund hielt. Kapitulierend hob er die Hände und verschloss mit einer Geste seinen Mund.

Lauren hielt sich dicht an Freya, weil sie begierig darauf war, den Rest des Tempels zu sehen. Ihre Augen waren groß vor Staunen und ihr Kopf drehte sich erschreckend schnell in alle Richtungen, um jedes Detail aufzunehmen, während sie benommen grinste. Nach all den Büchern, die Lauren über Zai gelesen hatte, auch wenn diese vielleicht vage geblieben waren, hatte sie nun wohl das Gefühl, dass die Worte zum Leben erwachten. Bücher waren zwar spannend, aber nichts übertraf die Realität.

Wir gingen einen Mittelgang entlang, der einen freien Pfad durch die Betenden bildete. Ich spähte in die dunklen Tempelseiten und sah, dass die Mauern aus Opalin gehauen waren, dessen Saphiradern im schwachen Kerzenlicht glänzten. Aber die Adern sahen nicht länger wie Saphir aus, sondern waren nur noch schwarz, genau wie das Opalin draußen. Ich runzelte die Stirn und fragte mich, wieso der Saphir so aussah. War diese vielleicht eine Opalinart, die ich zuvor noch nicht gesehen hatte, oder stimmte mit diesem Stein etwas nicht?

»Fühlst du das auch?«, flüsterte ich Navan zu und wischte die Tränen fort, die ich gar nicht aufsteigen gespürt hatte.

Er nickte. »Etwas stimmt hier nicht.«

»Es ist so traurig«, sagte ich und blickte auf die Betenden hinab. Als ich näher hinsah, erkannte ich, dass auch aus ihren Augen Tränen liefen. Die Bewegungen derer, die sich hin und her schaukelten, schienen aufgewühlt zu sein und plötzlich ergab alles einen Sinn. Diese Leute trauerten. Ich hatte diese Bewegungen bei Menschen gesehen, die eine geliebte Person verloren hatten. War jemand gestorben? Noch hatten sie Freya, ihre Anführerin, aber das bedeutete nicht, dass sie nicht den Verlust einer anderen sehr wichtigen Person betrauern konnten.

Doch ich behielt meine Fragen für mich und wir gingen weiter, bis wir vor einer großen Tür aus reinem Opalin stehen blieben. Die Tür hatte die Form eines runden Mondes und die zwei Türgriffe waren in der Form von silbernen Halbmonden gegossen. Freya öffnete eine Mondhälfte und winkte uns mit einer königlichen Geste ihrer Hand hinein.

»Der Himmlische Saal«, sagte sie und folgte uns.

Als ich mich umsah, fiel mir die Kinnlade herunter. Der Raum war wie das Innere einer Kugel geformt. Über uns tanzten Lichter und warfen Sternenlicht auf den Opalinboden. Auch hier schien der Saphir irgendwie zu einem stumpfen Schwarz verblasst zu sein. Über uns hingen vier Lampen, die die Form der vier Monde hatten, die wir auf unserem Weg nach Zai gesehen hatten, und weitere fünf Kugeln leuchteten an der Decke. Das waren wahrscheinlich die wichtigsten Sterne, so wie es im Fall der Erde die Sonne war.

Aus dem hinteren Teil des Raums trat eine Gestalt hervor. Der Mann war klein und schlank und trug eine smaragdgrüne Tunika. Sein Gesicht schimmerte in einem sehr blassen Grau und silberne Schuppen bedeckten seinen Kopf und seine Arme im gleichen Muster wie bei Freya. Aufgrund seiner Größe und Statur schätzte ich ihn auf etwa dreizehn oder vierzehn, wenn ich ihn mit einem Menschenjungen vergleichen sollte, aber ich war mir nicht sicher. Die Lebensjahre der Drakonier wurden sicher anders gezählt.

In seinen Händen trug er ein Silbertablett, auf dem sechs Teller mit einem seltsamen Kuchen standen. Jedes Kuchenstück war rund, hatte eine spiegelnde Glasur und war mit einem silbernen Puder bestäubt, der im Licht glitzerte. Ich hatte noch nie einen so schönen Kuchen gesehen. Alles hier war wunderschön. Selbst in ihrer Trauer wirkten die Leute hier elegant und anmutig.

Der Junge war wohl eine Art Messdiener, so wie er gekleidet war und so angstvoll, wie er Freya ansah. Sie musterte ihn und ihre reptilartigen Augen beobachteten jede seiner Bewegungen, als er eilig durch das Zimmer ging und den Kuchen servierte. Er tat mir beinahe leid.

»Ginji, mein Schüler«, sagte sie und deutete auf ihn.

Er lächelte stolz, aber seine Miene erstarrte schnell und wurde zu einer Maske des Grolls, als er Navan und Bashrik erreichte. Einen Augenblick lang war ich mir nicht einmal sicher, ob er ihnen ein Stück

Kuchen anbieten würde. Er sah nervös zu Freya, atmete sichtbar tief durch, drückte die Schultern nach hinten durch und bot den beiden Kaltblütern schließlich eine Portion Kuchen an. Offensichtlich bemühte er sich, seine wirklichen Gefühle zu verbergen und das ruhige Verhalten seiner Anführerin nachzuahmen.

»Haben diese Monde und die Sterne in eurer Religion eine besondere Bedeutung?«, fragte ich und nahm das Stück Kuchen in die Hand. Es sah sehr verlockend aus, machte mich aber auch nervös. Was war, wenn der Kuchen irgendetwas Schädliches enthielt?

»Esst. Das ist ein Geschenk«, forderte Freya uns auf.

Ich sah die anderen an. Bashrik und Navan hielten die Kuchenteller steif in den Händen. Kuchen war nichts, was ihren Appetit besonders anregte. Lauren und Angie hingegen schienen genauso gern einen Bissen nehmen zu wollen wie ich.

»Danke«, sagte ich höflich und fasste all meinen Mut zusammen. Schließlich wollten wir die Drakonier nicht beleidigen und dieser Kuchen sah nach einer Woche Tiefkühlkost nur umso verlockender aus. Der erste Bissen war himmlisch, so saftig und weich, und die Glasur schmeckte wie süßer, cremiger Mäusespeck. »Diese Monde und Sterne? Welche Bedeutung haben sie für euch?«, versuchte ich es noch einmal, nachdem ich den ersten Bissen hinuntergeschluckt hatte.

»Sie sind alles für uns«, antwortete Freya und mir wurde klar, dass diese Frau nicht sehr gesprächig war.

»Aber haben sie eine besondere Bedeutung? Symbolisiert einer von ihnen zum Beispiel eine Gottheit?«, hakte ich nach und nahm hungrig einen zweiten Bissen. Angie hatte ihren Kuchen fast aufgegessen, während Lauren verhalten an der Glasur knabberte.

»Sie beschützen uns«, sagte Freya mit einem leichten Nicken. War das ein Ja? Ich wünschte, dass sie mehr sagen würde, und verlor langsam die Geduld.

»Wie nennt ihr Gläubige euch?«, schaltete sich nun Navan ein.

Freya legte den Kopf seitlich. »Wir sind Lunisten«

Lauren runzelte die Stirn und hörte mit dem Knabbern auf. »Lunisten? Darüber habe ich nichts gelesen. Die Bücher sprechen von bestimmten Riten und Bräuchen, aber dieser Name wurde nie erwähnt. Wie heißt die Religion, der ihr Lunisten angehört?«

»Unsere Religion ist Lunaris«, antwortete Freya. Jetzt kamen wir ein Stück weiter.

»Ich vermute, dass ihr nicht viel über euch preisgebt. Ist dies Teil eures Glaubens?«, fragte Lauren. Es war schön zu hören, wie jemand die richtigen Fragen stellte.

Freya nickte. »Die Kürze befreit die Seele.«

»Das würde erklären, warum nicht viel darüber geschrieben wird«, sagte Lauren. Da hatte sie recht. Die Drakonier waren nicht gerade offen, was sie selbst anging.

»Wo wir gerade von Kürze sprechen, denke ich, dass wir zu dem Grund kommen sollten, der uns herführt«, sagte Bashrik, stellte seinen Kuchen beiseite und sah kurz zu Navan.

Navan nickte. »Was du heute kannst besorgen, das verschiebe nicht auf morgen.«

»In der Tat«, pflichtete Freya ihm bei.

»Ich weiß, dass wir Kaltblüter aufgrund der Geschichte kein Recht haben, die Drakonier um etwas zu bitten, aber wir bringen ein Geschenk im Ausgleich für das, was wir brauchen«, sagte Navan mit ruhiger Stimme. »Unsere Bitte mag vielleicht etwas eigenartig klingen.«

Ich lächelte höflich. »Wir brauchen eine drakonische Blutprobe, um sie in unsere universelle Datenbank mitaufzunehmen. Wir erstellen eine Studie aller Spezies, sodass wir zum ersten Mal eine komplette Karte des ganzen Weltalls zeichnen können, mit Beschreibungen aller ureingeborenen Arten«, erklärte ich und hoffte, dass sie mir diese Lüge abkaufen würde.

»Wir hoffen, irgendwann Informationen von allen Planeten zu sammeln, um alle Arten von der kleinsten bis zur größten Kreatur zu erfassen, aber im Augenblick konzentrieren wir uns auf Blutproben der wichtigsten empfindungsfähigen Spezies«, fügte Lauren hinzu und ihr selbstbewusster Ton gab meiner Lüge ein besseres Fundament. »Im Austausch dafür haben wir dir das hier mitgebracht«, fuhr sie fort und wickelte das sperrige Geschenk aus, das Pandora ihr mitgegeben hatte.

Ich spürte Laurens Zögern, weil sie wusste, was die Verpackung enthielt, und alle waren beklommen. Unsere Blicke wanderten zu Freya. Alles hing von ihrer Reaktion ab. Wenn sie schlecht reagierte, dann waren wir geliefert, was ich für das Allerwahrscheinlichste hielt.

Ich machte mich darauf gefasst, weil mir klar war, welch eine Beleidigung dieses Geschenk darstellte. Ich hätte den Drakoniern immer noch lieber jegliches andere Geschenk gemacht, aber das hier war alles, was wir hatten, oder besser gesagt alles, was Pandora uns gegeben hatte. Ich hielt den Atem an und sah zu, wie Lauren das Geschenk fertig auspackte, und mir wurde mit jeder Papierschicht, die sie entfernte, flauer im Magen.

Vor uns stand schließlich eine Büste von Königin Brisha, die aus einem soliden Block Opalin gehauen worden war. Ich wusste, wie es aussehen musste, dass wir den Drakoniern einen winzigen Anteil ihres heiligen Steins zurückgaben, nachdem die Kaltblüter ihn gestohlen hatten. Noch schlimmer war, dass aus dem gestohlenen Opalinblock die Gestalt der fremden Herrscherin gehauen worden war, die von den Herrschern abstammte, die die Kaltblüter überhaupt losgeschickt hatten, um Zai auszubeuten. Das ganze »Geschenk« war eine absolute Blasphemie, aber was hätten wir tun sollen? Pandora war hart darin geblieben, dass wir entweder dieses Geschenk oder eben gar nichts mitnahmen.

Mit beschämtem Gesicht brachte Lauren die Büste zu Freya hinüber und kniete vor ihr nieder. Die Hohepriesterin sah die Büste mit ihren reptilartigen Augen traurig an, schien aber über das Geschenk nicht so verärgert zu sein, wie ich es erwartet hatte. Zugegebenermaßen sah sie traurig aus, aber nicht wütend.

Dann schüttelte sie langsam den Kopf. »Es ist nutzlos«, sagte sie niedergeschlagen.

»Würde es helfen, wenn wir mehr Opalin hätten?«, fragte Navan, doch Freya schüttelte wieder den Kopf. Ich sah zu ihm und erinnerte mich daran, was Pandora übers Feilschen gesagt hatte – aber was blieb uns anderes übrig? Wenn Pandora das Blut haben wollte, dann würde sie verhandeln müssen.

»Es ist nutzlos«, wiederholte Freya.

Ginji räusperte sich und schreckte uns auf. Er hatte im Schatten gestanden, das Tablett hinter seinen Rücken haltend, und hatte dem Gespräch offensichtlich zugehört.

»Opalin ist unser Geschenk von den Göttern. Es ist unsere Energiequelle«, erklärte er mit einem leicht bitteren Unterton. »Es verleiht uns Flügel und gibt uns unsere wahre Gestalt. So machen wir Feuer. Damit das funktioniert, müssen wir rein sein. Sünder können die Kraft des Opalins nicht nutzen.« Ich war froh, dass endlich jemand länger als ein paar Sekunden sprach.

»Stimmt etwas nicht mit dem Opalin?«, fragte Navan und kniff neugierig die Augen zusammen. So wie ich ihn kannte, würde er sich nicht von der Vorstellung von Göttern überzeugen lassen und stattdessen nach einer wissenschaftlichen Erklärung für das Opalin-Phänomen suchen.

»Das Opalin verurteilt uns streng«, sagte Ginji leise.

Ich runzelte die Stirn. »Moment mal. Eure Spezies ist moralisch rein. Ihr seid doch Pazifisten, nicht wahr? Ihr beteiligt euch nicht an Auseinandersetzungen.«

Ginji sah nervös aus. »Wir haben versucht, friedlich zu sein. Aber der Stein beurteilt unsere Art nach den Sünden jedes Einzelnen«, sagte er und verstummte, als Freya ihm einen tadelnden Blick zuwarf. »Es tut mir leid, Hohepriesterin«, murmelte er und wich wieder in den Schatten zurück, senkte den Kopf und blieb stumm.

Sie seufzte. Ginji hatte offensichtlich die Katze aus dem Sack gelassen. »Es ist wahr«, sagte sie ernst.

»Was meinst du damit, dass das Opalin nutzlos ist?«, fragte Lauren, die immer noch die Steinbüste von Königin Brisha in den Händen hielt.

Freya beugte sich vor und berührte die Skulptur. Unter ihren Fingern färbten sich die Saphiradern sofort schwarz. »Korrumpiert. Seine Kraft ist verschwunden«, sagte sie und in ihren Augen glänzten Tränen.

»Warum reagiert der Stein so?«, fragte Angie und sprach damit aus, was ich dachte.

»Es ist eine Strafe«, sagte Freya und machte keinerlei Anstalten, das weiter auszuführen.

Ich fügte ihre bruchstückhaften Worte wie Teile eines Puzzles zusammen. Aus dem, was Ginji gesagt hatte, schlussfolgerte ich, dass die Drakonier in irgendeiner Weise »gesündigt« hatten, was sie davon abhielt, die Kraft des Steins nutzen zu können. Er hatte gesagt, dass sie nach den Taten aller Individuen ihrer Art beurteilt wurden, was bedeutete, dass sie alle nur genauso rein waren wie der unreinste ihrer Artgenossen. Das erschien mir sehr hart zu sein, vor allem, wenn es bedeutete, dass alle litten. Aber die »Sünder« hatten wohl etwas damit zu tun.

»Wenn ihr mit dem Opalin nichts anfangen könnt, dann gibt es vielleicht etwas anderes, was wir im Austausch für eure Blutprobe tun können?«, fragte ich und erinnerte mich an Pandoras Drohung, dass wir unter allen Umständen nur mit der Blutprobe zum Schiff zurückkehren durften. Sie hatte uns verboten, mit diesen Leuten zu feilschen, aber ich war mir sicher, dass es wichtiger war, dass wir die Blutprobe besorgten. Und wenn sie wirklich ein Problem damit gehabt hätte, dann hätte sie sich schon gemeldet, aber unsere Ohrknöpfe blieben stumm.

Freyas bernsteinfarbene Augen sahen mich eindringlich an. »Ja«, sagte sie.

»Was ist es?«, fragte ich, auf einmal nervös.

»Helft uns, Zai zu verlassen.«

# KAPITEL ACHT

»Was meinst du damit, dass ihr Zai verlassen wollt?«, fragte ich. Mit dieser Antwort hatte ich nun wirklich nicht gerechnet.

»Folgt mir«, sagte Freya und führte uns wieder in den Hauptraum des Tempels. Die Türen zum Himmlischen Saal verschlossen sich hinter uns. Das gequälte Summen tönte immer noch durch den Tempel und der Anblick des abgestumpften Saphirs ließ es nur noch trauriger klingen. Es schien mir nicht gerecht zu sein, dass einer so friedlichen Spezies wie den Drakoniern so etwas zustieß.

Wir gingen durch den Tempel, an den zahlreichen betenden Drakoniern vorbei, deren Schuppen verschiedene Farben, Formen und Texturen hatten. Keiner von ihnen sah zu uns auf, als wir vorbeigingen, weil alle viel zu sehr ins Gebet versunken waren. Vielleicht glaubten sie, dass sie ihre Probleme lösen konnten, wenn sie nur genug beteten.

Nach fünfzehn Minuten Weg durch den weitläufigen Tempel gelangten wir zu einem Hintereingang, der uns wieder in die feuchte Hitze des Zai-Nachmittags hinausführte. Die Sonne brannte immer noch auf uns herab und ihre Strahlen wärmten sofort mein Gesicht. Keine Wolke war am Himmel über uns zu sehen. Irgendwo in der Nähe gab eine mysteriöse Kreatur Laute von sich, die wie Warnrufe klangen und das Blätterdickicht des Dschungels von auseinanderstiebenden Tieren rascheln ließ. Wenn ich meine Augen fest genug schloss, konnte ich mir einreden, in Costa Rica zu sein, wo ich mit meinem attraktiven Freund und meinen lieben Freundinnen Urlaub machte. Doch sobald ich die Augen wieder öffnete, holte mich die Wirklichkeit ein. Das hier war kein Urlaub, sondern ein ernster Einsatz, der sich mit jeder Minute als schwieriger gestaltete. Was als ein schneller Rein-Abmachung-Raus-Tripp gedacht war, entwickelte sich in eine völlig andere Richtung. Wir hatten es hier womöglich mit dem Exodus einer ganzen Spezies zu tun.

Wir gingen einen gewundenen Weg entlang, der uns vom Tempel fortführte und mit Drakonierstatuen, die sich in ihre wahre Gestalt verwandelten, gesäumt war, bis wir am Rande eines breiten Tals ankamen, das sich vor uns erstreckte. Einst musste es hier einen Fluss gegeben haben, aber nun war das riesige, ausgetrocknete Flussbett mit gigantischen Schiffen in verschiedenen Baustadien gefüllt. Sie sahen aus wie große Wikingerschiffe, mit den Drachenköpfen am Bug und Metallflügeln, die sich an den Seiten ausstreckten.

Über den grasbewachsenen Boden liefen Drakonier aller Größen und Formen und schleppten riesige Metallbrocken, was ihre beeindruckende Stärke bewies. Sie schienen die Schiffe mit nichts anderem als reiner Körperkraft zusammenzubauen, wobei eine Person eine Metallplatte trug, die so aussah, als ob sie sie spielend hätte zerquetschen können. So, wie es aussah, waren die Drakonier mindestens doppelt so stark wie die Kaltblüter.

»Was zum ...« Bashrik schnappte nach Luft, völlig erstaunt von der Überlegenheit der Drakonier.

»Ist das so etwas wie die *Vanquish*?«, fragte ich Navan. Der Maschinenbau und das Design dieser seltsam aussehenden Schiffe machten mich neugierig. Sie waren im Vergleich zu dem Schiff, mit dem wir hergekommen waren, riesig und definitiv größer als jedes Schiff, was ich bislang gesehen hatte, selbst größer als die Kriegsschiffe, die ich in den Hangars der Königinnen gesehen hatte.

Navan schüttelte den Kopf. »Dies sind Schiffe, die für eine lange zivile Reise auf weite Entfernung benutzt werden.«

»Sie sind also eher Kreuzfahrtschiffe als Kampfjets?«, fragte ich und versuchte, mir vorzustellen, wie eine ganze Spezies in diese Schiffe verfrachtet und fortgeflogen werden sollte, quer durch das Universum oder wohin auch immer sie zu fliegen beabsichtigten.

Navan lächelte. »Ja, der Schwerpunkt liegt hier auf Größe und Komfort, nicht auf Stärke oder Geschwindigkeit. Schiffe wie diese haben für gewöhnlich nur ein oder zwei Waffen für den Notfall an Bord, aber ich bezweifle, dass die Drakonier überhaupt Waffen einsetzen werden.«

»Keine Waffen, nur Leben«, sagte Freya, den Blick gebannt auf das Tal gerichtet.

Angie stieß einen Pfiff aus. »Und ihr wollt alle in diesen Schiffen unterbringen?«

»Ja«, nickte Freya.

»Wie lange werden sie an Bord bleiben müssen?«, fragte Lauren. Ich stellte mir vor, wie die Drakonier eingequetscht wie Sardinen in einer winzigen Dose darauf warteten, dass jemand den Deckel öffnete.

»Ein Jahr«, sagte Freya. Wahrscheinlich war ein Jahr gar keine so lange Wartezeit, wenn man sich auf etwas Schönes freuen konnte. Andererseits verstand ich noch nicht, warum die Drakonier überhaupt einen schönen Planeten wie diesen verlassen wollten. Ja, ihre Kraftquelle versiegte, aber sie konnten doch sicher einen anderen Weg finden, in ihrer Halbgestalt weiterzuleben? Ich wollte nachfragen, ließ es dann aber doch bleiben, weil ich keine unbefriedigenden Halbantworten hören wollte. Ginji begleitete uns zwar, aber er hatte seine Lektion allem Anschein nach gelernt und machte den Mund nicht mehr auf. Also würde ich auch von ihm keine Antworten bekommen, zumindest so lange nicht, wie Freya ihn kontrollierte.

Bashrik runzelte die Stirn. »Wohin fliegt ihr?«

»An einen Ort voller Leben«, sagte Freya wehmütig.

»Ja, aber was heißt das genau?«, fragte Bashrik ungeduldig. »Wo im Universum liegt dieser Ort, zu dem ihr fliegt?«

»Wir haben ihn durch unseren Satelliten gefunden«, sagte sie, ohne sich aus der Ruhe bringen zu lassen.

»Ihr habt einen Planeten gefunden, auf dem es Opalin gibt?«, fragte ich neugierig. Wenn es einen anderen Planeten im Universum gab, auf dem Opalinvorräte existierten, dann wunderte es mich, dass die Vysanthiner ihn nicht bereits gefunden hatten.

Freya lächelte. »Es gibt dort einen ähnlichen Stein.«

»Glaubst du, dass er genauso funktionieren wird und ihr eure Kräfte wieder erhaltet?«, fragte ich nach, weil ich mir eine ausführlichere Antwort erhofft hatte.

»Davon gehen unsere Geologen aus«, antwortete sie.

»Wie heißt dieser Planet?«, fragte Lauren. »Vielleicht habe ich etwas über ihn gelesen«, fügte sie mit einem schüchternen Lächeln hinzu. Es verwunderte mich immer, dass sie sich in der Gegenwart fremder Personen so verhielt, schließlich war ihre Liebe zu Büchern und ihr Wissensdrang nichts, wofür sie sich schämen brauchte.

Freya sah zum Himmel auf. »Ärredö«, sagte sie mit ihrem breiten Akzent. Wo auch immer dieser Planet lag – ich hoffte, dass er die armen Drakonier gut aufnehmen würde. Sie hatten es nach allem, was sie durchgemacht hatten, verdient. Nun verstand ich auch, warum es im Tempel so viele trauernde Gläubige gab.

Sie waren gezwungen, aus Gründen, die sie wahrscheinlich nicht einmal selbst verschuldet hatten, ihren Heimatplaneten zu verlassen. Ich konnte sehr gut nachvollziehen, wie schrecklich das war. Immerhin war ich ebenfalls gezwungen gewesen, meinen Heimatplaneten zu verlassen, aus Gründen, die ich nicht beeinflussen konnte.

»Wie können wir euch helfen?«, fragte ich. Die Drakonier schienen die Schwerstarbeit schon geleistet zu haben, was konnten wir da noch tun?

»Es müssen Verbesserungen vorgenommen werden«, erklärte Freya in ihrer nervig knappen Art.

Bashrik runzelte die Stirn. »Verbesserungen? Ihr wollt, dass wir an euren Schiffen arbeiten, um sie was – schneller, kräftiger, größer – zu machen?«

»Schnelligkeit und Sicherheit sind am wichtigsten«, sagte Freya und zum ersten Mal war ihr anzumerken, wie ernst die Lage war. Ihre ruhige Fassade fiel für einen Augenblick und ich sah ihre Angst dahinter. Ich verstand, dass eine große Verantwortung auf ihren Schultern lastete, weil das hier vermutlich ihr Entschluss gewesen war.

»Du willst, dass wir eure Schiffe mit vysanthinischer Technologie ausstatten?«, fragte Navan.

Sie nickte. »Ihr seid uns in der Technologie überlegen«, räumte sie ein.

Bashrik schien sich geschmeichelt zu fühlen, aber ein ernster Blick von Angie ließ das Grinsen auf seinem Gesicht schnell wieder verschwinden. Im Gegensatz zu Navan hatte er noch einen Rest von vysanthinischem Überlegenheitsgefühl in sich.

»Können wir uns darüber beraten?«, fragte ich hoffnungsvoll.

Freya lächelte. »Ja.«

Wir fünf traten an den Wegrand und stellten uns in den angenehmen Schatten eines palmenartigen Baumes, dessen Blätter sich in der warmen Brise bewegten. Es fühlte sich gut an, aus der Sonne zu treten. Meine Haut brannte, aber ich machte mir keine allzu großen Sorgen über einen Sonnenbrand, weil ich auf der Erde normalerweise immer problemlos braun wurde.

»Was denkt ihr?«, fragte ich in die Runde.

Lauren antwortete als Erste. »Es klingt wie ein vernünftiger Tausch. Viel besser als diese blöde Büste, die Pandora uns gegeben hat. Ich bin mir sicher, dass sie das nur gemacht hat, um uns in Schwierigkeiten zu bringen«, murmelte sie.

»Ich halte es für wahrscheinlicher, dass ihr gar nicht klar ist, wie unsensibel das war«, sagte ich, weil ich davon ausging, dass Pandora uns belauschte. Die anderen brummten zustimmend. Pandora war durch und durch ein Kaltblut. Die Gefühle anderer Arten interessierten sie nicht.

»Ich halte es auch für einen fairen Tausch«, sagte Angie. »Ein bisschen Schweiß gegen ein bisschen Blut.«

»Sie sind definitiv freundlicher, als ich es erwartet hatte«, sagte

Bashrik und blickte zu Freya und Ginji hinüber, die am Rande des Wegs zum Tal standen und auf die Schiffe blickten.

Angie grinste. »Es ist also doch gar nicht alles so schlecht, hm?«

»Nein, es ist nicht so schlecht«, sagte Bashrik und platzte dann unvermittelt hervor: »Aber Rask nochmal, sie sind so stark! Ich habe Legenden gehört, aber ich habe sie nie geglaubt, bis ich es mit eigenen Augen gesehen habe«, sagte er und trat unbehaglich von einem Fuß auf den anderen.

»Wer weiß, vielleicht gibt es da unten ja einen muskelbepackten Drakonier für mich«, neckte Angie und stupste Bashrik an.

Der Arme sah verwirrt aus und wusste nicht, wie er Angies Scherz nehmen sollte. Mal flirtete sie, mal zeigte sie ihm die kalte Schulter. So unterhaltsam das auch für uns Zuschauer war, hoffte ich doch, dass die beiden es endlich auf die Reihe brachten und sich eingestanden, was sie füreinander fühlten.

»Navan, was denkst du?«, fragte ich, weil mir auffiel, dass er seltsam schweigsam über diesen neuen Vorschlag war.

Er seufzte und sah auf das Tal voller Schiffe hinab. »Ich bin mir nicht sicher. Ich ...«, setzte er an, als eine Gestalt den Weg vom Tempel her zu uns gelaufen kam. Es war ein weiterer junger Drakonier, der etwa im gleichen Alter wie Ginji war, aber seine Haut wurde von orangefarbenen Schuppen bedeckt. Er stürmte an uns vorbei und blieb vor Freya und Ginji stehen.

»Cambien«, zischte er. Freyas reglose Maske fiel und ich sah Angst in ihren Augen, die sie aber schnell wieder überspielte.

Sie wandte sich zu uns. »Ich muss gehen«, sagte sie und verbeugte sich, bevor sie den Weg hinaufeilte, den ihr Schüler gerade gekommen war. Ginji sah ihr und dem orangeschuppigen Jungen nach, machte aber keine Anstalten, ihnen zu folgen.

»Sollten wir nicht mit ihr gehen?«, fragte ich.

Ginji schüttelte den Kopf. »Dazu hat sie mich nicht angewiesen. Ich tue nur, was sie mir sagt«, antwortete er, aber es klang eher nach der Ausrede eines Kindes, das etwas nicht tun wollte. Auf jeden Fall hatten wir so nun die Gelegenheit, ein paar ausführlichere Antworten auf unsere Fragen zu bekommen.

»Wie kommt es, dass du nicht so viel redest?«, fragte ich und setzte mich in das Gras unter dem Schatten des palmenartigen Baums. Freya würde für eine Weile nicht wiederkommen, so wie es schien, also konnte ich es mir auch bequem machen. Unsicher setzte sich Ginji mir gegenüber und die anderen folgten ihm, bis wir alle im Schneidersitz im Kreis saßen.

»Jedes Wort hat mehr Wert, wenn wenige Worte benutzt werden«, erklärte er, zupfte an ein paar Grashalmen und blickte nervös über seine Schulter.

»Das ist ein schöner Gedanke, solange man nicht viele Informationen braucht«, sagte ich mit einem Lachen und sah erfreut, dass Ginji lächelte. Der arme Junge sah aus, als ob er öfter einmal ein gutes, herzliches Lachen gebrauchen könnte.

»Was hat dazu geführt, dass das Opalin nicht mehr wirkt?«, fragte Navan. Ginji sah weiter mich an und ignorierte Navan völlig.

»Junge, warum haben sich die Steine schwarz gefärbt?«, fragte Bashrik in lauterem, ungeduldigem Ton. Aber auch ihn ignorierte Ginji und seine dunkelsilbernen Schuppen am Hals stellten sich auf, so als ob er ein Stachelschwein wäre, das sich auf einen Angriff gefasst machte.

Lauren beugte sich vor. »Was hat dazu geführt, dass das Opalin korrumpiert wurde, Ginji?«, fragte sie nett. Die bernsteinfarbenen Augen des jungen Drakoniers wandten sich ihr zu und seine Schuppen legten sich wieder an.

»Es ist eine Strafe für die Krankheit, die wir verursacht haben«, sagte er. Offensichtlich hatte er ein Problem damit, Fragen zu beantworten, die von den Kaltblütern gestellt wurden, während es ihm nichts ausmachte, wenn wir Mädchen ihn das Gleiche fragten. Auch wenn er nicht wusste, welcher Art wir angehörten, war für die Drakonier wohl alles besser als ein Vysanthiner.

»Du meinst die Krankheit, die die Kaltblüter verjagt hat?«, riet ich.

Ginji nickte. »Die Beschädigung des Steins ist unsere Strafe. Wir verdienen unser Geschenk nicht mehr«, antwortete er und warf einen kurzen Blick zu Navan. Dann öffnete er den Mund noch einmal, so als ob er Navan etwas sagen wollte, aber Angie unterbrach ihn.

»Was hat die Krankheit überhaupt ausgelöst?«, fragte sie schnell.

Ginji sah abgelenkt zu ihr auf. »Das sagen wir Fremden nicht. Unsere Methoden sind geheim und heilig«, antwortete er und sah wieder nervös über seine Schulter. Zumindest hatte er bestätigt, dass die Drakonier die Plage geschaffen hatten und sie kein natürlich auftretender Virus war. Das war zwar nur eine kleine Erkenntnis, aber jetzt fühlte ich mich wohler dabei, dass wir unsere Anzüge ausgezogen hatten.

»Eine Plage zu schaffen, um die Vysanthiner zu zerstören, scheint mir eine ziemlich dumme Idee zu sein, findest du nicht auch?«, fragte Bashrik. »Ihr hättet doch wissen sollen, dass es kein Schlupfloch gibt. Entweder seid ihr Pazifisten oder ihr seid es nicht. Ihr könnt euch nicht je nach Situation eins von beidem aussuchen«, sagte er. Ich sah ihn ungläubig an und fragte mich, ob ihm klar war, was er da sagte. Selbst Navan schien schockiert zu sein.

Ginji warf ihm einen finsteren, wütenden Blick zu. »Wir haben nichts getan! Wir sind stark geblieben, trotz allem, was ihr getan habt! Wir haben euch herkommen und euch mitnehmen lassen, was nicht euch gehört! Wir haben gebetet und nichts getan. Die Lunaris-Gläubigen sind unschuldig, aber wir haben trotzdem gelitten«, fauchte er.

Bevor Bashrik den armen Jungen weiter ärgern konnte, legte ich ihm die Hand auf den Rücken und zog kleine, tröstende Kreise. »Hör nicht auf ihn, Ginji. Er weiß nicht, wovon er redet«, sagte ich und spürte, wie der Junge bei jedem Atemzug schluchzte. »Kannst du mir erklären, was du damit meinst, dass die Lunaris-Gläubigen unschuldig sind?«

Ginji sah mit tränengeröteten Augen zu mir auf. »Die Pyros haben es getan. Sie haben sich gewehrt. Wir waren es nicht«, sagte er kläglich. Bashrik sah überrascht aus und schien zu merken, dass er den Jungen traurig gemacht hatte.

»Die Pyros?«, fragte Lauren neugierig.

Ginji nickte und wischte sich die Augen trocken. »Sie leben in der Nähe des Vulkans, Berg Kusuburi. Sie haben die Krankheit geschaffen, nicht die Lunaris. Sie haben die Beschädigung des Steins ausgelöst«, murmelte er bitter, in einer Mischung aus Traurigkeit und Zorn.

Plötzlich sprang Ginji auf und klopfte sich das Gras von der Rückseite seiner Tunika. Freya kam über den Weg zurück und obwohl er ihr den Rücken zugewandt hatte, hatte er ihr Nahen wohl gespürt. Er neigte den Kopf und wischte sich den letzten Tränenrest fort, während wir aufstanden.

»Entschuldigt. Probleme plagen jedes Leben«, sagte sie und stellte sich zu uns.

»Ist alles in Ordnung?«, fragte ich und sah zum Tempel hinauf.

Sie nickte leicht. »Ja. Habt ihr eine Entscheidung getroffen?«

Ich sah zu Navan. Er hatte nichts gesagt, bevor der Schüler Freya gerufen hatte, aber inzwischen schien er sich entspannt zu haben. Er sah zwar immer noch etwas unsicher aus, übernahm es aber, für uns zu antworten.

»Wir sind bereit, unser Wissen und unsere Erfahrung in der Technologie im Austausch für eure Blutprobe zur Verfügung zu stellen«, bestätigte er.

Da Pandora uns verboten hatte, zu feilschen oder zu verhandeln, rechnete ich wieder damit, ihre Stimme in meinem Ohr zu hören, aber es blieb still. Das war doch sicher ein gutes Zeichen?

»Ein paar Röhrchen als Gegenleistung«, schlug Freya vor, faltete die Hände und verbeugte sich dankbar.

Navan lächelte. »Ein paar Röhrchen wären perfekt, Freya. Vielen Dank.«

»Ein spezielles Ritual wird stattfinden«, sagte sie und richtete sich wieder auf.

Bashrik warf seinem Bruder einen besorgten Blick zu. »Ihr wollt ein spezielles Ritual abhalten, damit wir an der Mechanik arbeiten oder für die Blutentnahme?«, fragte er verwirrt. Es erforderte wirklich viel Fantasie, um die wahre Bedeutung aus Freyas Antworten herauszuinterpretieren, aber ich vermutete, dass sie sich genau deshalb so kurzfasste.

Freya lächelte erheitert. »Blut ist kostbar«, sagte sie und ich fragte mich, ob sie Bashrik absichtlich im Dunkeln ließ. War sie absichtlich so ungenau, um ihren tief verborgenen Groll doch irgendwie zum Ausdruck zu bringen? Verdammt nochmal, wenn die Erde auch nur zur Hälfte von Kaltblütern befallen worden wäre, dann wäre ich auch mehr als wütend auf sie.

»Könnt ihr es noch heute tun?«, drängte Bashrik.

Freya schüttelte den Kopf. »Könnt ihr es denn?«, spielte sie die Frage ruhig zurück.

Navan lachte. »Nein, wir können die mechanischen Arbeiten nicht an einem Tag erledigen, genauso wenig wie ihr euer Ritual an einem Tag vorbereiten könnt. Das verstehen wir. Mein Bruder ist ein wenig müde von der langen Reise«, sagte er und legte Bashrik einen Arm um die Schultern.

»Wir werden euch Unterkünfte vorbereiten«, versprach Freya.

»Wie lange werden wir hierbleiben?«, fragte Angie besorgt. Auch ich machte mir Sorgen. Pandora würde es nicht gefallen, wenn wir länger als nötig auf diesem Planeten blieben, außerhalb ihrer Reichweite, aber wenn sie das Blut wollte, dann mussten die Dinge so laufen. Wenn sie ein Problem damit hatte, dann sollte sie selbst herkommen und die Sache regeln.

»Eine Nacht«, sagte Freya.

Hoffnung wurde in mir wach. Dies war unsere Gelegenheit, einen Plan zu schmieden, ohne dass Pandora uns belauschte. Wir mussten nur einen Weg finden, uns untereinander zu verständigen, ohne dass sie alles mit anhörte. Obwohl ich den Ohrknopf nicht mehr spürte, wusste ich, dass er noch da war und dass sie am anderen Ende der Leitung jedes Wort mitverfolgte. Aber es musste doch noch einen anderen Weg geben.

Mit der Aussicht auf ein bequemes Bett, etwas Gutes zu essen und ein wenig Abstand von unserer allgegenwärtigen Bewacherin gingen wir den Weg hinab, der in den rechten Teil des Tals führte. Er war von den palmenartigen Bäumen gesäumt. Freya ging in die entgegensetzte Richtung zum Tempel zurück, wo sie wahrscheinlich in dieser Zeit der tiefen Trauer der Drakonier am meisten gebraucht wurde. Aber Ginji war uns als Fremdenführer geblieben. Seine silbernen Schuppen glänzten im Sonnenlicht wie kleine Fische, die durch einen Strom schwammen.

»Wo genau liegt euer neues Ziel?«, fragte Navan auf unserem Weg zu unserer Unterkunft. Ginji ignorierte ihn, sodass Navan mich anstupste. »Kannst du ihn fragen?«, flüsterte er mit gerunzelter Stirn.

Ich lächelte. »Ginji, wohin genau werden all diese Schiffe fliegen? Ich weiß, dass ihr Ärredö gesagt habt, aber wo ist das?«, fragte ich und hoffte auf eine klare Antwort.

Ginji blieb stehen, hob einen goldenen Anhänger über seinen Kopf und legte ihn flach in seine graue Handfläche. »Es ist hier«, sagte er und deutete auf das Zentrum des Anhängers. Ein Strahl von Lichtern tauchte auf, die im Schatten der Bäume gerade so erkennbar waren.

»Ist das eine Himmelskarte?«, fragte Navan beeindruckt. Ginji nickte widerstrebend. »Es ist dieser Planet«, sagte er und deutete auf einen der vielen Punkte, die aus dem Anhänger projiziert wurden. Das sagte mir nicht viel. Für mich sahen all die Punkte gleich aus – es waren schöne, leuchtende Lichter, die in die Luft projiziert wurden.

Nachdem er Navan den Punkt gezeigt hatte, drücke Ginji wieder auf den Anhänger und die Lichter verschwanden.

Dann zog er sich die Kette mit dem Anhänger wieder über und ging weiter in Richtung des Tals, zu unserer Unterkunft. Ich wollte ihm gerade folgen, erstarrte aber, als ich Navans Gesicht sah. Er starrte uns entsetzt an.

»Was ist? Was ist los?«, fragte ich und ergriff seine Hand.

»Die Erde«, flüsterte er. »Er meint die Erde.«

# KAPITEL NEUN

»Sie fliegen zur Erde?«, fragte ich fassungslos. »Wie kann das sein? Sie haben doch von Ärredö gesprochen.«

Navan schüttelte den Kopf. »Das liegt nur an dem starken Akzent. Für uns klingt es wie Ärredö, aber sie meinen die Erde. Überleg doch kurz.«

Er hatte recht. Es lag tatsächlich an ihrem Akzent. Dank der mysteriösen Sprachtechnik war jedes Wort, das die Drakonier mit uns sprachen, perfektes Englisch, das aber einen schweren Akzent hatte. Jetzt, wo ich Freyas Stimme in meinem Gedächtnis abspielte, hörte ich, warum ich mich getäuscht hatte. Sie hatte tatsächlich die ganze Zeit von der Erde gesprochen.

»Ginji, kann ich dich etwas fragen?«, rief ich, sodass der junge Drakonier stehenblieb und zu uns zurückgelaufen kam. Er sah besorgt aus.

»Stimmt etwas nicht?«, fragte er.

Ich lächelte und bemühte mich, unbesorgt auszusehen. »Nein, keine Sorge. Ich war nur neugierig über diesen Planeten, den du Navan gerade gezeigt hast. Wie heißt er nochmal?« Ich wollte hören, wie er es sagte, nur, um ganz sicher zu sein.

»Ärredö«, sagte er. Sein Akzent glich dem von Freya und die beiden Worte waren einfach zu ähnlich, um es zu überhören.

»Erde?«, wiederholte ich.

Er runzelte die Stirn, als ob ich dumm wäre. »Ja, das habe ich doch gesagt. Erde.«

Nun hörte ich es auch. Es war sonnenklar. Erde.

»Danke, Ginji«, sagte ich, um Fassung bemüht. »Bitte geh weiter. Wir werden dir folgen.«

Ginji verbeugte sich unbeholfen und lief weiter den baumgesäumten Weg entlang. Wir fünf folgten ihm in angespanntem Schweigen. Mit dieser Neuigkeit hatten wir definitiv nicht gerechnet. Ich konnte mir einfach nicht vorstellen, warum alle so erpicht darauf waren, zur Erde zu gelangen. Gab es denn nicht andere genauso schöne Planeten, die sie stattdessen befallen konnten? Langsam ging mir das auf die Nerven. Wenn wir im Vergleich zum Rest des Universums recht primitiv waren, warum mussten uns dann alle auswählen? – Aber vielleicht war das genau der Grund. Mit unserer unterlegenen Technologie konnten wir uns schlecht wehren. Selbst die friedliebenden Drakonier hatten verstanden, dass sie nicht auf Widerstand treffen würden, oder wussten sie wirklich nicht, was sie auf der Erde erwartete?

Erschauernd dachte ich daran, wie sich die Armeen der Erde verbünden würden, um die Eindringlinge abzuwehren, weil sie ja nicht wussten, dass diese friedlich waren. Auf den Straßen würden Panzer rollen und Flugzeuge würden am Himmel kreisen. Wahrscheinlich würde alles in mehreren atomaren Pilzwolken enden. Das war keine besonders schöne Vorstellung.

»Wir müssen sie davon überzeugen, nicht zur Erde zu fliegen«, flüsterte ich, während wir weitergingen. Klar, es würde ein Jahr dauern, bis sie die Erde erreichten, weil ihre Schiffe nicht so schnell waren, aber ich hatte genug davon, dass sich Außerirdische auf meinem Heimatplaneten niederließen.

Angie nickte. »Auf jeden Fall. Die Anführer unserer Welt haben sich sicher noch nicht mit der Idee von grünen Marsmännchen in fliegenden

Untertassen angefreundet. Stell dir nur vor, was sie mit echten Halbdrachen tun würden!«, zischte sie.

»Das wird eine Katastrophe. Die Drakonier sind friedlich, aber die Erde wird sie nicht so sehen. Sie werden ihre größten Atomwaffen herausholen oder sie wie Tiere umzingeln und das will ich ihnen nicht antun – nicht nach allem, was sie schon durchgemacht haben.«

Scheinbar war ich nicht die Einzige, die ihre Zweifel daran hatte, ob die Erde eine außerirdische Art freundlich empfangen würde. Ich war zwar auf der Erde verwurzelt und stolz darauf, ein Mensch zu sein, aber ich wusste auch, dass die Menschen nicht oft aus den Fehlern der Vergangenheit lernten, und dass es zu viele mächtige Leute gab, die sich vor Neuem und Anderem fürchteten. Die Drakonier würden vernichtet werden, weil sie sich nicht wehren würden.

Ängstlich und aufgewühlt eilte ich mit den anderen den schönen Weg hinab. Mir war bewusst, dass Pandora alles mitanhörte. Der Pfad schlängelte sich durch den Dschungel, der den Tempel umgab. Hier war die Hitze drückend und die Feuchtigkeit wurde von all den Pflanzen um uns herum gespeichert, aber es war zu schön, um wirklich lästig zu sein. Exotische Blumen blühten und füllten die Luft mit ihrem süßen Geruch, während ein warmer Wind durch die Palmenblätter wehte. Hin und wieder hielt eine der farbenfrohen Kreaturen inne und schrie uns an, während sie mit ihrem seltsamen fedrigen Schwanz auf die Äste klopfte.

Zehn Minuten später kamen wir auf einer Lichtung im Dschungel an. Dort standen in einem Halbkreis sechs urige Hütten, deren Dächer mit getrockneten Palmwedeln bedeckt waren. Die Bauten selbst waren aus hellem Holz und sahen einladend aus, so als ob wir uns auf einer Safari befänden. Die Luft surrte von den Geräuschen der Dschungeltiere. Dennoch konnte ich an nichts anderes denken als daran, dass die Drakonier zur Erde aufbrechen wollten. Das verdarb mir jeglichen glücklichen Ausruf, den ich normalerweise ausgestoßen hätte, weil ich vor diesen hübschen Hütten stand und endlich die Gelegenheit hatte, etwas Zeit allein mit Navan zu verbringen.

Ginji blieb vor einem Seitenweg stehen, der sich zwischen den beiden ersten Hütten auf der linken Seite entlangschlängelte. »Dieser Weg führt zu den Ewigen Quellen. Dort könnt ihr eure Seelen wiederbeleben und eure müden Herzen erfrischen«, sagte er und deutete in die Richtung des Pfads.

Das klang zugegebenermaßen sehr gut. »Danke, Ginji.«

Er verbeugte sich. »Ich muss euch jetzt alleinlassen. Ruht euch gut aus und erholt euch. Morgen beginnt die harte Arbeit«, sagte er und verschwand dann wieder auf dem Weg, der zum Tempel zurückführte.

»So, wer kriegt welche Hütte?«, fragte Angie mit einem schwachen Grinsen. Offensichtlich war sie ebenfalls um die Erde besorgt.

Doch bevor einer von uns antworten konnte, unterbrach ein Knistern unseren Frieden und es gab eine schrille Rückkopplung in unseren Ohren, die uns alle zusammenzucken ließ. Pandoras ernste Stimme erklang. »Sind die Drakonier fort?«, fragte sie.

»Wir sind allein«, antwortete ich. Die Ironie meiner Worte entging mir nicht.

»Gut, also dann, ich habe alles mitangehört, was auf eurer kleinen Zai-Exkursion passiert ist, und ich habe auch schon eine Lösung für unser Problem gefunden. Die Drakonier dürfen die Erde nicht erreichen. Ihr werdet also alle Schiffe zerstören müssen, um sie davon abzuhalten«, befahl sie uns, ohne Luft zu holen. »Ich habe mich umgeschaut und mir das Tal angesehen, von dem die Hohepriesterin gesprochen hat. Die Schiffe müssen alle gesprengt werden. Sie dürfen nicht abheben. Die Rebellenbasis kann keine weiteren Ressourcenfresser gebrauchen.«

Ich wollte eine spitze Bemerkung darüber machen, dass die menschliche Rasse es genauso wenig gebrauchen konnte, dass die Rebellen unsere Ressourcen fraßen, aber ich biss die Zähne zusammen. Es würde nichts ändern. Aber warum sollten die Rebellen das Monopol auf die Ausbeutung unseres Planeten haben?

»Werden sie nicht einfach neue Schiffe bauen, Pandora?«, fragte Navan matt, obwohl sein Blick seine Abscheu verriet.

Bashrik warf seinem Bruder einen kurzen Blick zu. »Es wird ihnen nicht schwerfallen, neue Schiffe zu bauen. Sie sind sehr stark. Wir haben es selbst gesehen. Sie können Unmengen von Lasten tragen, ohne zu schwanken«, sagte er beeindruckt.

»Dann werden wir sie alle töten müssen«, sagte Pandora.

»Moment mal, das wollten wir damit nicht sagen!«, widersprach Bashrik, aber Pandora redete schon weiter, bevor er sie unterbrechen konnte.

»Wenn es nicht ausreicht, ihre Schiffe zu zerstören, dann müssen wir sie eben gleich mit zerstören«, sagte Pandora. »Wir können eine kleine Anzahl von ihnen als Gefangene mit nach Vysanthe zurücknehmen, damit wir ihnen dort mehr Blut abnehmen können, aber wir können nicht riskieren, dass sie die Rebellenbasis auf der Erde auffliegen lassen, indem sie die Menschen in Panik versetzen. Eure Spezies liebt es doch, in Panik zu verfallen, nicht wahr?«, sagte sie kühl.

Plötzlich dachte ich an den Notruf zurück, den wir auf unserem letzten Abschnitt der Reise nach Zai hatten ignorieren müssen. Ich dachte an die kindliche Stimme, die um Hilfe gerufen hatte, und daran, wie Pandora sie einfach ignoriert hatte. Ich hatte genug davon, unschuldige Spezies im Stich zu lassen und zu gefährden. Ich würde nicht für den Genozid eines friedlichen Volkes mitverantwortlich sein. Niemals. Ich konnte nichts gegen die Probleme unternehmen, die das Blut der Menschen verursachen konnte, aber ich konnte verhindern, dass das Blut der Drakonier vergossen wurde.

»Wir brauchen niemanden zu töten, Pandora. Es gibt immer einen anderen Ausweg. Es muss nicht immer Gewalt und brutale Stärke sein«, sagte ich, ohne meine Bitterkeit verbergen zu können.

»Ach ja, Panik und Diplomatie – zwei sehr menschliche Züge«, kicherte sie. »Nun, fahr fort. Was schlägst du sonst noch vor?«

Ich seufzte und bewahrte die Ruhe. »Ich schlage vor, dass wir einen Weg finden, wie wir die Drakonier hier auf Zai halten können. Wenn wir herausfinden, was die Beschädigung des Opalins verursacht hat, dann können wir sie vielleicht rückgängig machen. Dann hätten sie gar keinen Grund, um diesen Planeten zu verlassen«, sagte ich. Die Idee kam mir, während ich redete.

Lauren nickte aufgeregt. »Ja, es muss eine biologische oder chemische Reaktion sein. Wir müssen sie nur entdecken und sehen, ob wir sie umkehren können. Das ist doch einen Versuch wert, bevor wir etwas anderes unternehmen, nicht wahr?«

»Es gibt zu viele unbekannte Variablen und es klingt nach einem schrecklichen Aufwand«, sagte Pandora.

»Nein, es ist sogar eine viel sicherere Lösung für uns«, sagte ich. »Was wirst du tun, wenn sich irgendwann herausstellt, dass ihr mehr Drakonierblut braucht? Bis dahin werdet ihr die paar Gefangenen wahrscheinlich ausgetrocknet haben und es bleibt nichts mehr übrig, um das Elixier herzustellen«, sagte ich und blickte Hilfe suchend zu den anderen. Das war der einzige Vorteil davon, dass wir über die Ohrknöpfe mit Pandora verbunden waren – sie konnte uns nicht sehen.

»Wenn es uns gelingt, die Beschädigung des Opalins rückgängig zu machen, dann könnt ihr herkommen und mehr von dem Gestein abbauen«, sagte Angie, obwohl sie eine saure Miene machte, als sie das vorschlug. Den Kaltblütern eine weitere Gelegenheit zu geben, die Drakonier auszubeuten, war zwar keine schöne Idee, aber wenn es ihnen das Leben rettete und sie von der Erde fernhielt, dann war das vielleicht ein lohnenswerter Kompromiss.

»Wenn wir herausfinden, was genau die Plage überhaupt ausgelöst hat, dann können wir wieder herkommen, ohne uns davor fürchten zu müssen, dass sie unsere Leute erneut befällt«, sagte Navan, obwohl auch er nicht allzu glücklich aussah. Ich lächelte ihn aufmunternd an, damit er verstand, dass es im Augenblick nur darum ging, Pandora davon zu überzeugen, nicht auf den Abzug zu drücken, auch wenn es ihr in den Fingern kribbelte.

Einen Augenblick lang rauschte es in unseren Ohrstöpseln, ohne dass Pandora etwas sagte. Schließlich seufzte sie leise und zögerlich. »Schön, versucht es auf eure Weise. Ihr seid hartnäckig, das muss ich zugeben. Aber wenn ihr scheitert, dann werde ich euch sagen ‚Hab ich es doch gewusst!‘ und dann werde ich diese Drakonierschiffe zu Staub zerschießen. Habt ihr verstanden?«

»Verstanden«, sagte ich im Namen aller. »Das bedeutet, dass wir vielleicht etwas länger hierbleiben müssen. Ist das okay? Willst du, dass wir im Schiff schlafen, damit wir uns austauschen können?«, fragte ich und warf einen sehnsüchtigen Blick auf die verlockenden Hütten und die Aussicht auf Schlaf und Essen.

Ein Zischen ertönte durch die Ohrstöpsel. »Nein, kommt nicht zurück, bevor ihr nicht erledigt habt, was wir uns vorgenommen haben. Es dauert zu lange, die Entgiftungskanister aufzufüllen und es ist eine unglaubliche Fummelarbeit, die ich nicht jeden Abend machen möchte. Da wir nicht wissen, wie lange das dauert, ist es am besten, wenn ihr bei den Einheimischen bleibt«, sagte sie spöttisch. »Aber ich werde euch überwachen und mithören, ob ihr es nun merkt oder nicht. Ihr könnt mich mit einer allwissenden Gottheit vergleichen – ihr könnt mich nicht sehen, aber ich bin immer da.«

Ich verdrehte die Augen bei ihrem Gottesvergleich und die anderen grinsten. Aber ich war mir nicht sicher, ob ihre Worte nur eine leere Drohung waren oder nicht. Sie hatte unsere Anzüge ohne unser Wissen verwanzt und sie war schlau. Vielleicht hatte sie noch andere Möglichkeiten gefunden, um uns zu belauschen. Auf jeden Fall mussten wir aufpassen, was wir sagten.

»Wir werden uns daran erinnern, Pandora«, sagte ich knapp.

Danach quietschte es noch einmal laut in unseren Ohren und es wurde still. Das bedeutete natürlich nicht, dass Pandora nicht mehr zuhörte, aber wenigstens sprach sie nicht mehr mit uns. Ich war ihre Stimme leid. Sie brachte selten etwas anderes als schlechte Nachrichten.

Pandora war allein hier draußen, ohne Rückendeckung, und fürchtete wahrscheinlich ein Komplott unsererseits. Sie war zwar unglaublich stark – stärker als Navan und Bashrik – aber die Tatsache, dass sie sich weigerte, die *Vanquish* zu verlassen, zeigte uns, wie verletzlich sie sich fühlte. Sie überwachte uns ständig, weil sie wohl Angst hatte, dass wir einen Weg fanden, sie hier zurückzulassen und mit ihrem Schiff zu fliehen. Genau das hatten wir ja auch tatsächlich vor ... wenn wir denn einen Weg fanden, ungehört miteinander zu sprechen.

»So, wie lautet der Plan, Leute?«, fragte Angie und streckte sich müde. Bashriks Blick fiel auf das Stück nackten Bauch, das aufblitzte, als sich ihr Shirt hob, aber er sah schnell wieder in eine andere Richtung.

»Wir sollten die Ewigen Quellen genießen, jetzt, wo wir Zeit haben«, schlug Lauren vor. »Es sind heiße Thermalquellen, die von den nahen Vulkanen beheizt werden. Ginji hat recht – sie sollen wirklich gut zur Entspannung und Verjüngung sein. Ich weiß ja nicht, wie es mit euch aussieht, aber ich könnte ein langes, heißes Bad wirklich gebrauchen«, sagte sie grinsend.

Ich lächelte. »Das klingt gut. Wir können später noch nach den Ursachen für die Plage suchen«, sagte ich und blickte zum Pfad, der zu den Quellen führte. »Glaubt ihr, dass sie uns Handtücher bereitgelegt haben?«, fragte ich und ging auf die erste Hütte auf der linken Seite zu. Drinnen entdeckte ich einen Stapel aus ordentlich gefaltetem samtigen Stoff. Das war das, was einem Handtuch am ähnlichsten war. Ich nahm zwei der Tücher vom Stapel und ging wieder nach draußen, als gerade auch Angie und Lauren aus ihrer Hütte wieder auftauchten. Bashrik und Navan standen immer noch in der Mitte der Lichtung und unterhielten sich leise.

»Überlegt es euch!«, rief ich und warf Navan ein Handtuch zu. Er reagierte schnell und fing es auf. Angie war indessen schüchtern auf Bashrik zugegangen.

»Hier, ich dachte, dass du das vielleicht gebrauchen kannst«, sagte sie und reichte ihm ebenfalls ein Handtuch. Lauren und ich warfen uns einen vielsagenden Blick zu, wobei wir aufpassten, dass Angie uns nicht bemerkte.

Dann gingen wir zu den Ewigen Quellen. Der Weg dorthin führte uns durch tiefen Dschungel, bevor er auf einem flachen Felsvorsprung endete.

Gestufte, dampfende Becken befanden sich am Rande eines steilen Abgrunds. Die erste Quelle befand sich ganz oben, auf einer Höhe mit uns, und von dort aus konnte man meilenweit in die Landschaft von Zai hinaussehen, wie von einem unendlichen Becken aus. Vom Rand aus konnte man die Vulkane in der Ferne sehen. Ihre Krater rauchten leicht und um sie lag der riesige Dschungel, der die Oberfläche des Planeten bedeckte und aus dessen Blätterdach sich bunte Vögel erhoben.

»Wow«, flüsterte Lauren. Es war wirklich atemberaubend.

Unbeholfen gingen wir zur Seite des Felsens und zogen uns bis auf die Unterwäsche aus, die Jungen auf der einen Seite und wir Mädchen auf der anderen Seite, um wenigstens den Anschein von Privatsphäre zu erwecken.

Wir würden unsere Unterwäsche aufhängen müssen, damit sie trocknete, sobald wir die Becken verließen, weil sich unsere restliche saubere Kleidung auf der *Vanquish* befand, aber wenigstens wahrten wir den Anstand. Heimlich sah ich zu Navan hinüber, als er sein Shirt auszog. Ich sah seine kräftigen Rückenmuskeln. Es war viel zu lange her, dass ich ihn nackt gesehen hatte, und meine Vorfreude brachte mich fast um.

»Wie lang sind meine Haare?!«, rief Angie aus und lenkte mich von Navans halbnacktem Körper ab. »Unsere Haare sind so lang geworden!«

Ich lachte. »Wir sollten uns gegenseitig die Haare schneiden«, schlug ich im Scherz vor. Unsere Haare waren wirklich sehr gewachsen, seit wir aus Texas aufgebrochen waren. Mein Zopf reichte mir bis zwischen die Schulterblätter.

Lauren verzog das Gesicht. »Auf gar keinen Fall lasse ich dich mit einer Schere in die Nähe meiner Haare! Ich werde mich kahlrasieren lassen müssen, um das zu reparieren«, sagte sie, zog ihre Hose aus und sah zur heißen Quelle. »Kommt schon, bindet eure Haare zusammen und lasst uns ins Wasser gehen!«, rief sie aufgeregt, während sie ihre Haare auf dem Kopf zusammenknotete.

Die Jungen sahen immer noch in die andere Richtung und wir glitten in die warme Quelle. Das Wasser umhüllte uns und wir schwammen bis zum Rand, wo wir auf den atemberaubenden Horizont hinausblickten. Das Wasser war trüb von den Mineralien, sodass wir nichts unter der Oberfläche sehen konnten. Schon jetzt spürte ich, wie sich meine angespannten Muskeln lockerten.

Es war schön, sich ein wenig zu entspannen, ohne Angst zu haben, dass Pandora uns störte. Der Gedanke an die Kaltblut-Plage beunruhigte mich immer noch, aber Freya hatte uns gebeten, ihr zu vertrauen, und genau das taten wir. Wir hatten keinen Grund, es nicht zu tun.

»Können wir uns umdrehen?«, fragte Navan höflich.

»Ja!«, rief ich. *Wir sind mehr als vom Wasser bedeckt*, dachte ich grinsend. Navan trug eine enge Unterhose und sonst nichts. Der Anblick lohnte sich. Wir drehten uns der Anständigkeit halber um und die Jungen glitten ebenfalls ins Becken. Da kam mir eine Idee. »Leute!«, flüsterte ich und alle sahen zu mir.

»Was ist los?«, fragte Lauren besorgt.

Schweigend deutete ich auf meinen Ohrstöpsel, dann auf das Wasser und hob eine Augenbraue. Ich sah Navan fragend an, weil ich wissen wollte, ob die Geräte wasserfest waren oder nicht.

Navan nickte und lächelte. Er zog mit seinem Zeigefinger eine Linie quer über seinen Hals und deutete dann auf sein Ohr. Das war die Bestätigung, die ich brauchte – das heiße Wasser würde die Geräte mit einem Schlag zerstören. Aber wir mussten mindestens einen der Ohrknöpfe erhalten, damit Pandora keinen Verdacht schöpfte. Mit einer Reihe eigenartiger Handzeichen versuchte ich, mich mit dem Rest zu verständigen. Sie nickten und Bashrik deutete auf sich.

Er fächelte sich Luft zu. »Rask, ist das heiß hier drinnen! Ich werde für eine Weile aussetzen«, sagte er und deutete auf eine Steinbank, die unter den Bäumen stand. »Genießt ihr weiter das heiße Wasser.«

Als er aufstand und zur Steinbank hinüberging, nahmen wir die störenden Geräte aus unseren Ohren. Da sich die Widerhaken in die Haut gegraben hatten, kratzte es ein wenig, aber es war deutlich weniger unangenehm, als ich befürchtet hatte. Sobald wir die Geräte entfernt hatten, tauchten wir sie in das dampfend heiße Wasser und hörten ein Zischen, als die Flüssigkeit in die Elektronik floss. Ich wusste nicht, ob wir die Knöpfe völlig zerstört hatten, aber es klang nach einem guten Anfang. Nervös sah ich zu Bashrik hinüber, um herauszufinden, ob Pandora etwas über das Zischen gesagt hatte, aber er deutete auf sein Ohr und schüttelte den Kopf. Wir waren aus dem Schneider.

»Taucht sie weiter nach unten«, flüsterte ich für alle Fälle.

Die Ohrstöpsel funktionierten nicht mehr und Pandora konnte uns nicht hören. Das hoffte ich zumindest.

# KAPITEL ZEHN

»Was ist dein Problem mit den Drakoniern?«, fragte Angie plötzlich und sah zu Bashrik hinüber. Die Frage schien ihn zu erstaunen.

Er zuckte mit den Schultern. »Ich habe kein Problem mit ihnen.«

Angie schnaubte. »Aber warum hast du Ginji dann so angefahren? Was du zu ihm gesagt hast, war wirklich nicht angebracht. Er ist nur ein Kind. Und selbst wenn er das nicht wäre, waren deine Worte sehr unhöflich«, sagte sie ernst. »Du kannst es den Drakoniern nicht vorhalten, dass sie genug davon haben, dass dein Volk ihre Ressourcen stiehlt.«

»Ich finde nur, dass man nicht behaupten kann, friedliebend zu sein, wenn man dann eine Killerplage auf andere loslässt«, sagte Bashrik unbehaglich.

»Du hast scheinbar ein paar sehr verkorkste Ansichten über diese Leute«, sagte Angie. »Du denkst, dass sie weniger wert sind als du und dass sie deinen Respekt nicht verdienen.«

»Das ist nicht wahr!«, sagte Bashrik.

»Ich dachte, dass gerade du von allen doch verstehen müsstest, dass eine Spezies sich verteidigen will«, unterbrach ihn Angie.

Bashrik seufzte. »Ich kann keine Spezies respektieren, die zulässt, dass ihr Land befallen wird und ihre Ressourcen geraubt werden, ohne auch nur den Versuch einer Gegenwehr zu unternehmen«, räumte er ein. »Sie hätten uns niemals erlauben sollen, ihr Land zu betreten und das zu nehmen, was ihnen gehört. Sie hätten uns viel früher davon abhalten müssen, statt uns mit einer tückischen biologischen Waffe in den Rücken zu fallen. Das ist etwas, was ich nicht respektieren kann«, sagte er etwas verlegen.

»Hättest du sie mehr respektiert, wenn sie euch entgegengetreten wären und von Angesicht zu Angesicht gegen euch gekämpft hätten?«, fragte Angie spöttisch.

Er zuckte mit den Schultern. »Es hätte mir auf jeden Fall mehr Respekt eingeflößt als eine feige Krankheit.«

Angie seufzte. »Bashrik Idrax, du musst noch so viel lernen. Wir kennen nicht die komplette Geschichte und solange wir es nicht tun, schlage ich vor, dass du deinen Überlegenheitskomplex unterdrückst und aufhörst, Kinder zu beschimpfen«, sagte sie warnend, obwohl ihr Blick warm war. Mit Bashrik hatte Angie ein Projekt gefunden, an dem sie arbeiten konnte, um das Potenzial zu verbessern, was sie in ihm sah.

»Was machen wir mit dem Opalinproblem?«, fragte ich und wechselte das Thema. Ich legte meinen Ohrstöpsel in ein kleines Wasserbecken, das sich in einem Felsen neben dem Hauptbecken gebildet hatte. Die anderen taten es mir nach, während Bashrik auf seiner Bank weiterhin Abstand hielt.

»Es muss etwas mit diesen Pyros zu tun haben, von denen Ginji gesprochen hat«, sagte Lauren und sprang wieder in das heiße Becken hinein. Jetzt, wo wir uns keine Sorgen mehr machen mussten, dass Pandora uns belauschte, konnten wir uns wirklich entspannen.

Navan nickte. »Das dachte ich auch. Wenn sie das Problem verursacht haben, wissen sie vielleicht auch, wie es zu lösen ist«, sagte er, schwamm zu mir und legte seinen Arm um meine Schultern.

»Was glaubt ihr, was Cambien bedeutet?«, fragte Angie unerwartet und mit einem Stirnrunzeln.

»Was meinst du?«, fragte ich.

»Als Freya vorhin davongeeilt ist, hat das orangeschuppige Kind das Wort ‚Cambien' gesagt. Ich frage mich nur, ob das etwas bedeutet. Lauren, findest du in deiner Kopfbibliothek etwas dazu?«, fragte sie und planschte mit den Füßen im Wasser. Ihre Wangen waren gerötet und Schweiß glänzte auf ihrer Stirn.

Lauren schüttelte den Kopf. »Nein, das sagt mir nichts. Aber bei dieser Sprachtechnologie, die die Drakonier benutzen, muss es sich um einen Namen handeln. Sonst würden wir das Wort ja verstehen.« Das ergab Sinn. Aber war Cambien eine Person oder ein Ort?

»Glaubst du, dass es vielleicht einer der neun Monde oder Sterne ist? Eine von den Gottheiten, die sie anbeten?«, fragte ich.

Lauren zuckte mit den Schultern. »Ich weiß nicht viel über die Lunaris. In Brishas Bibliothek gab es nicht viel zu Religionen allgemein. Es wurden nur ein paar Rituale erwähnt. Eins davon klingt so wie das Ritual, das sie für die Blutproben durchführen wollen. Für sie ist Blut etwas sehr Heiliges. Es ist ein Symbol der Reinheit«, erklärte Lauren und schob sich die Brille in die Haare, weil sie immer wieder beschlug.

»Die Adern im Opalin ... Repräsentieren sie die Adern in ihrem Körper?«, fragte ich fasziniert.

Sie lächelte. »Sie sind symbolisch, ja. Deshalb hat die Beschädigung der Steine sie wohl auch so hart getroffen. Alles, was ihnen wichtig ist, wird praktisch vor ihren Augen vergiftet. Ginji sagte, dass das Opalin ihre Energiequelle ist – es machte sie zu dem, was sie wirklich sind, und gibt ihnen ihre volle Drachengestalt. Ohne das Opalin sind sie nur die Hälfte von dem, was sie sein sollten. Das muss sehr schwer für sie sein«, sagte Lauren betroffen.

»Es gibt keine wissenschaftliche Erklärung dafür, warum ihnen das Opalin Energie gibt«, sagte Navan. »Ich meine, es kann sich doch nicht um ein Geschenk der Götter handeln. Es kann nicht einfach nur eine göttliche, mystische Geschichte sein. Es muss eine praktische Erklärung dafür geben, wie das funktioniert.«

Lauren kicherte. »Du bist kein religiöser Mann, hm?«

»Nicht wirklich«, sagte Navan ironisch. Ich erinnerte mich daran, wie er gesagt hatte, dass Vysanthe nicht länger an Götter glaubte, obwohl sie die alten Götter hin und wieder erwähnten. Zumindest Rask wurde ja oft erwähnt, dachte ich und fragte mich, ob die jungen Vysanthiner den Ursprung des Wortes überhaupt kannten.

»Ich vermute, dass etwas in dem Stein auf ihre Genetik und ihre chemische Beschaffenheit reagiert und die Verwandlung auslöst«, sagte Lauren so überzeugt, dass sich ihre Vermutung wie eine Tatsache anhörte.

»So wie es mit meinen Flügeln passiert« grinste ich und Navan und meine Freunde sahen mich verwirrt an. »Wenn ich das Flügelserum trinke, passiert etwas in meiner Genetik, das meine menschlichen Zellen zu Flügelzellen verwandelt, sodass sie aus meinen Schulterblättern brechen und ich fliegen kann«, erklärte ich.

»Genau, in deinem Fall ist es eine Flüssigkeit, die die Wirkung auslöst, aber die Strahlung der Steine scheint einen ähnlichen Effekt zu haben«, sagte Lauren und lachte.

Navan seufzte zufrieden. »Ich wusste doch, dass es eine wissenschaftliche Erklärung geben muss.«

»Moment mal, das ist alles nur Spekulation«, sagte Lauren. »Wenn wir diese Pyros finden, können wir sie vielleicht dazu befragen. Ich meine, jemand muss doch wissen, wie es funktioniert.«

Ich wandte mich Angie zu, die ungewöhnlich leise war. Ihr Blick war auf Bashrik gerichtet, der sich gebückt hatte, um etwas in seiner Hosentasche zu suchen, und dabei seinen gut geformten Hintern in der knappen Unterwäsche sehen ließ. Angie war die Kinnlade heruntergefallen.

Ich stupste sie an. »Hey, Augen nach oben!«

Sie wandte sich ab und wurde knallrot. »Genug von magischen Steinen und feuerspeienden Wesen. Wie sollen wir Pandora aus dem Schiff locken? Wenn wir sie entwaffnen und hier zurücklassen wollen, um zu erzählen, dass sie in einem tragischen Unfall gestorben ist, dann muss sie zuerst einmal aus ihrem Versteck kommen und wir müssen sicherstellen, dass sie keine Verstärkung rufen kann«, sagte Angie schnell und überspielte ihre Verlegenheit mit einem wahren Wortschwall.

Ich grinste. »Vielleicht könnten wir den Drakoniern sagen, was Pandora vorhat, wenn wir sie nicht davon überzeugen können, auf Zai zu bleiben? Sie könnten sie einsperren und den Schlüssel wegwerfen. Das wäre definitiv besser, als sie hier frei herumlaufen zu lassen, bis sie einen Weg findet, um Orion zu kontaktieren«, sagte ich und gab Angie einen Augenblick, um sich abzukühlen, aber ihr Blick schweifte wieder zu Bashrik, der sich inzwischen wieder auf die Steinbank gesetzt hatte.

»Werden wir damit nicht Freya wütend machen?«, fragt Navan, während seine Finger mit meinen Haarsträhnen spielten. »Wenn sie herausfindet, dass wir von Pandoras Plänen wussten, dann wird sie darüber nicht sehr erfreut sein.«

»Ja, aber sie sind Pazifisten. Sie werden uns nichts tun. Vielleicht werden sie uns böse anschauen, wenn es ganz hart kommt«, sagte Angie. »Ich denke, dass sie sich größere Sorgen darum machen werden, das gute, alte Lilalöckchen fortzusperren. Wahrscheinlich sind sie uns dankbar, dass wir Pandoras Plan vereiteln.«

Lauren hob einen Finger an ihre Lippen.

Ich runzelte die Stirn. »Was ist los?«

»Ich dachte nur, dass wir vielleicht nicht so offen darüber reden sollten. Ich weiß, dass die Ohrknöpfe im Wasser liegen, aber was ist, wenn sie uns trotzdem noch hören kann?«, flüsterte sie mit unsicherem Blick.

»Pft, mach dir um die alte Rosinenkopfhexe keine Sorgen«, sagte Angie selbstsicher. »Sie hat solche Angst davor, sich mit der Krankheit anzustecken, dass sie keinen Fuß vor die *Vanquish* setzen wird. Wir könnten hier flaschenweise Unsterblichkeitselixier trinken und sie würde sich trotzdem nicht regen. Wir sollten jetzt darüber reden, solange sie nicht hinter uns steht und uns zwingt, zum hundertsten Mal ihre Unterhosen zu waschen!«

Ich lachte laut auf und Lauren stimmte ein. Wir hielten uns die Bäuche vor Lachen, bis wir völlig erschöpft waren.

»Hegst du etwa einen gewissen Groll, Angie?«, neckte ich und wischte mir die Lachtränen aus dem Gesicht.

Sie grinste. »Darauf kannst du Gift nehmen! Ich bin froh, wenn ich nie wieder die Unterwäsche einer anderen Person sehen muss«, kicherte sie. »So, ich werde aus dem Wasser gehen, bevor mich jemand mit Fischsoße serviert. Navan, halt dir die Augen zu«, sagte sie und vergewisserte sich, dass auch Bashrik in eine andere Richtung blickte. Navan gehorchte und vergrub sein Gesicht an meinem Hals, um mich zu küssen.

Zitternd zog sich Angie aus dem Becken, als sich Bashrik gerade zu uns wandte, um etwas zu sagen. Doch er erstarrte und sah Angie mit offenem Mund an, als diese aus dem Wasser auftauchte.

Angie kreischte und versuchte zur Erheiterung aller, sich mit ihren Händen zu bedecken. »Hör auf, mich anzusehen!«, rief sie und presste die Knie zusammen. Ich beobachtete die beiden, wie sie verschämt dastanden, während Navan weiter in das milchige Wasser eintauchte und Luftblasen auftauchten, weil er unter Wasser lachte.

»Ich habe doch nicht ... Na ja ... Und du ... Das war nicht meine Absicht!« Bashrik suchte stammelnd nach den richtigen Worten. Seine Augen waren immer noch tellergroß. Selbst jetzt konnte er seinen Blick nicht von Angie lösen.

»Du guckst immer noch, du Idiot!«, schrie Angie, aber der arme Bashrik schien sich nicht rühren zu können.

Plötzlich grinste er und lachte. Dann hob er kapitulierend die Hände und drehte sich um. »Es ist ja nicht so, dass du etwas zu verbergen hättest ... Du bist sehr ... kurvenreich und perfekt ... Also, du weißt schon. Was auch immer«, rief er über seine Schulter.

Angie war entsetzt. »Jeder weiß, dass ‚kurvenreich‘ ein sehr gemeines Kompliment ist!«, rief sie und lief zu ihrem Kleiderstapel.

»In Vysanthe bedeutet es etwas Gutes! Vielleicht ist der Sinn in der Übersetzung verloren gegangen!«, rief er, immer noch von ihr abgewandt.

»Ich wünschte, du würdest in der Übersetzung verloren gehen«, brummte sie, schnappte sich ihre Kleidung und huschte dann auf einen Nebenweg.

Bashrik warf verzweifelt die Hände in die Luft. »Das ergibt überhaupt keinen Sinn!«, rief er, aber sie war bereits verschwunden. »Und ihr, hört endlich zu lachen auf!«, fuhr er uns an, ohne sich umzudrehen. Aber wir kicherten weiter, weil wir ihre Zankereien kannten.

»Ich werde ihr nachgehen«, sagte Lauren und kletterte aus dem Becken. »Schadenskontrolle«, fügte sie grinsend hinzu. Als sie Angie auf den Nebenweg folgte, drehte Bashrik langsam seinen Hals um.

»Ist die Luft rein?«, fragte er kläglich.

»Ja, sie werden so bald nicht wiederkommen, aber du solltest dich wahrscheinlich bei ihr entschuldigen«, schlug ich vor.

Er deutete auf sich. »Ich soll mich entschuldigen? Ich habe doch nur versucht, nett zu sein!«

»Aber du hast sie trotzdem verärgert. Sie wird dir dankbar sein, wenn du dich entschuldigst«, sagte Navan. »Andernfalls wird sie dich für eine Arschgeige halten.«

»Netter Ausdruck«, raunte ich.

»Ich habe ihn von den Menschen gelernt.«

Bashrik seufzte frustriert. »Ich bin in ihrer Gegenwart völlig nutzlos. Ich fühle mich sprachlos und völlig albern – glaubt ihr, dass ich krank bin? Vielleicht liegt es an dem Kaltblutvirus? Das würde doch die roten Wangen und die geschwollene Zunge erklären, meint ihr nicht?«, fragte Bashrik und verschränkte die Arme vor der Brust.

»Die einzige Krankheit, die du hast, Bashrik, ist Liebeskummer«, zog Navan ihn auf.

Bashrik sah aus, als ob er etwas erwidern wollte, als er sich daran erinnerte, dass ich ja auch noch da war. In seinen Augen war ich einer der mysteriösen Feinde – eine Frau, die ihrer Freundin alles weitererzählen würde, was er sagte. Also machte er den Mund wieder zu.

»Ich bin diese Hitze und die bösartigen Insekten leid! Sie fressen mich bei lebendigem Leib!«, beschwerte er sich und schlug nach den Insekten an seinem Hals. Für mich sah es eher so aus, als ob er nach einer Entschuldigung suchte, um von hier zu verschwinden. »Ich gehe nach drinnen, bevor sie mich ganz aussaugen«, sagte er, nahm seine Sachen und ging zum Weg.

Da merkte ich, dass Navan und ich zum ersten Mal allein waren, seit wir Vysanthe verlassen hatten. Unsere Blicke trafen sich und ein Lächeln huschte über Navans küssenswerte Lippen.

»So ...«, murmelte er und schlang seine Arme um mich.

»So?«, flüsterte ich, hob mein Kinn und dann trafen sich unsere Lippen in einem vor Spannung knisternden Kuss.

Einen kurzen, gemeinen Augenblick lang dachte ich an Seraphina. Ich war mit Navan allein und das war die perfekte Gelegenheit, um ihm zu erzählen, worum sie mich gebeten hatte – dass er in Giannes Königreich zurückkehrte. Ich wollte wirklich das Richtige tun, aber auch dies schien mir nicht der beste Zeitpunkt zu sein. Wir waren Lichtjahre von Vysanthe entfernt. Was konnte er von hier aus schon unternehmen? Nein, es würde warten müssen, bis wir wieder in Vysanthe waren. Dann konnte er überlegen, während er sich schon auf demselben Planeten befand wie sie. Es hatte keinen Sinn, ihn jetzt damit zu belasten, wo er sowieso schon so viele Sorgen hatte.

Die Vorstellung, dass ich Navan an eine andere Frau verlieren könnte, selbst wenn es nur scheinbar war, feuerte meine Leidenschaft an. Mir stockte der Atem, als ich mich an ihn klammerte und seine Hände über meinen nassen Körper streichen spürte. Ich schmiegte mich an ihn und lächelte, als ich seine Erregung spürte. Doch zu meiner Enttäuschung hatten wir keine der Kräuter dabei. Navan hatte sie zwar mit auf das Schiff genommen, nachdem ich es vorgeschlagen hatte, aber dort steckten sie noch immer in einer Ecke unseres Zimmers fest.

»Ich wünschte, wir könnten ...«, hauchte ich an seinen Hals, aber er küsste mich wieder, bevor ich meinen Satz vollenden konnte. Ich schnappte nach Luft, als seine Hände unter Wasser weiterwanderten und seine Lippen meinen Hals liebkosten. Er öffnete meinen Pferdeschwanz und strich mit seinen Fingern durch meine offenen Haare.

»Ich auch«, hauchte er und ich schloss sehnsüchtig die Augen. »Aber jetzt müssen wir dich erst einmal aus diesen nassen Sachen befreien.« Er lächelte und ich schlang meine Beine um seine Hüfte. Dann trug er mich aus dem heißen Becken heraus und legte mich auf dem warmen

Felsen ab. Langsam erkundeten seine Lippen jeden Zentimeter meines Körpers und meine Haut prickelte. Schauer liefen mir den Rücken hinab und ich erbebte unter seinen Berührungen.

Vielleicht war das hier ja wirklich das Paradies.

# KAPITEL ELF

Das trübe Sonnenlicht, das durch die mit Gaze verhangenen Fenster unserer Hütte fiel, weckte mich und ich hörte ein seltsames Knistern in der Nähe. Es klang wie ein ersticktes Radio, aber ich sah keinerlei Musikgeräte in der Hütte, also rieb ich mir die Augen und sah mich nach der Quelle des Lärms um. Die Hütte selbst war spärlich eingerichtet, aber trotzdem bequem. Sie hatte ein Doppelbett, ein Badezimmer und eine kleine Küchenzeile, die voller köstlicher lokaler Produkte war. Aber es gab definitiv kein Radio.

»Hört mich irgendjemand? Ihr könnt doch nicht alle so tief schlafen!«, plärrte eine Stimme, so als ob sie unter Wasser spräche. Schockiert sah ich zu den vier Ohrknöpfen, die auf meinem hölzernen Nachttisch lagen, wo wir sie hingelegt hatten, nachdem wir sie am Vorabend aus dem kleinen Wasserbecken gefischt hatten. Eines der Geräte sprach noch, aber die anderen drei waren kaputt. Eilig steckte ich mir den funktionierenden Knopf ins Ohr.

»Pandora?«, fragte ich.

»Natürlich bin ich es! Mein Gott, das ist ja, wie Tote aufzuwecken!«, brummte sie ungeduldig. »Vergesst nicht, dass ihr nicht zum Spaß hier seid. Ich erwarte, dass ihr nicht noch einmal so lange schlaft. Verstanden?«

Ich verdrehte die Augen. »Verstanden. Ich denke, wir haben Jetlag oder so etwas«, sagte ich.

So, wie sie klang, hatte sie unser Gespräch gestern nicht mit angehört, denn andernfalls hätte sie uns das nicht verziehen. Aber so war sie einfach nur gereizt wie immer. Natürlich hatten wir trotzdem keine Gewissheit, aber ich hoffte einfach, dass wir mit unserer Unterhaltung in der heißen Quelle unbemerkt davongekommen waren.

»Wo ich gerade deine Aufmerksamkeit habe, kannst du mir vielleicht erklären, warum ich die anderen nicht erreichen kann? Sind ihre Ohrknöpfe beschädigt worden? Ihr habt sie ja wohl hoffentlich nicht abgenommen. Davor habe ich euch extra gewarnt«, sagte sie anklagend. Bashriks Ohrknopf sollte ja noch funktionieren, aber er musste ihn heute Morgen überhört haben.

»Wir haben gestern in den heißen Quellen gebadet. Glaubst du, dass die Knöpfe nass geworden sind?«, fragte ich lammfromm. »Wir wollten uns dir nicht widersetzen, also haben wir sie drinnen gelassen. Aber ich hätte wahrscheinlich wissen sollen, dass sich elektronische Geräte nicht gut mit Wasser vertragen.«

Pandora schnaubte verärgert. »Kommt zur *Vanquish* und holt euch neue Knöpfe. Ich werde sie euch nach draußen werfen. Die Kaltblüter bekommen sicher auch langsam Hunger. Ich werde ihnen gleich ein paar Röhrchen mitgeben. Sorg solange dafür, dass ihr alle zusammenbleibt, damit ich hören kann, was passiert«, brummte sie.

»Danke, Pandora«, sagte ich leise.

»Geht nicht noch einmal ins Wasser und wenn ihr es doch tut, dann nehmt vorher eure Ohrknöpfe heraus und bewahrt sie so lange an einem trockenen Ort auf. Verstanden?«, fragte sie. Ich brummte zustimmend. »Gut. Ihr müsst mit den Drakoniern weiterkommen. Ich habe mit Orion gesprochen und er verlangt, dass ihr die Blutprobe innerhalb von fünf Tagen besorgt. Er wird sich vor der Rückkehr zur Erde mit uns treffen«, sagte sie mit eisigem Ton.

»Moment mal, wir fliegen nicht nach Vysanthe zurück?«, fragte ich verwirrt. Sollten wir wirklich endlich zur Erde zurückkehren können? Mein Herz hüpfte vor Aufregung, aber sie hielt nicht lange an.

»Netter Versuch, Riley. Wir werden nach Vysanthe zurückfliegen, um weiter zu spionieren, aber Orion will das Blut abholen und so schnell wie möglich zur Erde zurückbringen. Wir dürfen keine Zeit verlieren, was das Elixier angeht.«

Ich verzog das Gesicht. »Können wir nicht mit ihm zurückfliegen? Der Plan ist doch schließlich, dass wir zurückkehren, oder nicht?«, sagte ich kühn, weil ich wusste, dass ich es bereuen würde, wenn ich sie nicht fragte.

»Ja, das ist der Plan, aber Orion ist noch nicht fertig mit euch. Er will, dass ihr in Vysanthe bleibt, und solange er nichts Gegenteiliges sagt, werdet ihr das auch«, antwortete Pandora. Langsam bezweifelte ich, dass Orion überhaupt die Absicht hatte, uns zurückzuschicken. Bislang gab es keine Anzeichen darauf, dass wir bald nach Hause zurückkehren konnten. Stattdessen wurde unser Abenteuer einfach immer länger.

»Orion wird uns doch irgendwann nach Hause schicken, oder nicht?«, hakte ich nach.

»Wenn ihr tut, was er sagt«, antwortete sie. »Ich muss mich um andere Angelegenheiten kümmern. Beeilt euch, beschafft dieses Blut und kommt so schnell wie möglich zum Schiff.« Damit beendete sie ihren Funkspruch.

Ich rüttelte Navan wach und erzählte ihm, was Pandora gerade gesagt hatte. Er sah mich verschlafen an, deutete dann auf die Ohrknöpfe und formte mit den Lippen ein lautloses: »Sie funktionieren noch?«

Ich nickte und machte ungeschickte Handzeichen, während ich flüsterte: »Einer funktioniert noch. Die anderen sind kaputt.«

Gähnend nahm Navan mich in die Arme und küsste mich zärtlich. Ich lachte, stemmte mich von seiner Brust ab und versuchte, mich aus seiner Umarmung zu lösen. »Wir müssen uns an die Arbeit machen«, sagte ich widerstrebend.

Seufzend warf er die Decke zurück und entblößte seinen nackten Körper. »Bist du dir sicher?«

Ich grinste und genoss die schöne Aussicht. »Wir werden nichts auf die Reihe bekommen, wenn wir im Bett bleiben«, neckte ich ihn und warf ihm ein Shirt zu.

Wir zogen uns schnell an. Die restlichen Ohrknöpfe ließ ich auf dem Nachttisch liegen, weil sie sowieso nicht funktionierten. Auf meinem Weg nach draußen schnappte ich mir ein süßes Brötchen von der Küchentheke. Es zerschmolz förmlich in meinem Mund und die getrockneten Früchte, mit denen es gefüllt war, kitzelten meine Geschmacksknospen. Navan sah mir beim Essen zu und leckte sich die Lippen. Pandora hatte recht – die beiden Kaltblüter waren inzwischen vermutlich am Verhungern. Navan konnte zwar normales Essen zu sich nehmen, aber er konnte keine Nährstoffe daraus beziehen.

Mir kam eine Idee. Ich ging zu den Schränken auf der anderen Seite der Hütte hinüber und durchwühlte in der Hoffnung auf ein Wunder die Schubladen. Ich entdeckte in einer Schublade papyrusartiges Material, das mit einem glänzenden Saphirband zusammengebunden war, und etwas, was hoffentlich ein Stift war, auch wenn es keinem Stift glich, den ich jemals gesehen hatte. Es war ein Zylinder aus reinem Gold mit einem Loch an einem Ende und einem Knopf am anderen. Der Zylinder summte und erwärmte sich in meiner Hand. Als ich ihn zum Papyrus führte, erschien ein kleiner, glänzender Goldstrahl aus seinem Ende und versengte das Papier, sodass eine Markierung zurückblieb. Lächelnd schrieb ich ein paar Worte.

»Was machst du da?«, fragte Navan und kam zu mir herüber. »Wir haben Stift und Papier!«, flüsterte ich aufgeregt. »Das verändert alles.«

Er runzelte die Stirn. »Ich hätte nicht geglaubt, dass die Drachen noch so etwas benutzen. Es ist ein bisschen altmodisch.«

»Gerade deshalb ist es so genial!«, sagte ich. »Es ist, als wenn wir den Texter wieder hätten. So können wir uns unterhalten, ohne dass sie uns belauscht.« Mit einer Grimasse ließ ich den Stift fallen. Das Metall verbrannte mir die Hand.

»Ist alles in Ordnung?«, fragte Navan.

Ich nickte und drückte auf den Knopf, um den Stift auszuschalten. »Er wird schnell heiß, aber das bedeutet einfach nur, dass wir uns mit dem Schreiben beeilen müssen.«

Er sah auf den Papyrus hinab und las, was ich gesehen hatte. Sein Gesicht strahlte und ich wurde rot. Da standen in das Papier gesengt die Worte: Ich liebe dich, Navan.

»Ich liebe dich auch«, flüsterte er und umarmte mich fest, während sein Mund meine Lippen suchte. »Du schmeckst nach Kuchen«, sagte er und verzog das Gesicht, was mich zum Lachen brachte. Für jede andere Person wäre das etwas Gutes gewesen.

»Komm, wir sollten uns beeilen«, sagte ich und nahm seine Hand.

Wir verließen unsere Hütte, um die anderen einzusammeln, aber sie saßen zu meiner Überraschung schon draußen. Angie und Lauren genossen die Morgensonne, während Bashrik im Schatten saß.

»Pandora will, dass wir heute neue Ohrstöpsel bei ihr abholen. Die alten sind scheinbar durch das heiße Quellwasser kaputtgegangen. Sie hat auch Röhrchen für dich und Navan«, sagte ich mit Blick auf Bashrik und zog dann Papier und Stift hervor. Hastig schrieb ich: Pandora hört zu. *Mein Ohrknopf ist nicht kaputt. Sie will alles, was wir sagen, über mein und Bashriks Gerät hören.* Der Stift erwärmte sich, sodass ich ihn mit meinem Shirtzipfel umfassen musste, um ihn auszuschalten. »Hast du die Nachricht heute Morgen gehört, Bashrik?«, fragte ich, als er matt aufstand.

Er nickte. »Ich hatte nur keine Lust, zu antworten«, sagte er unverblümt. »Außerdem war ja alles geklärt«, sagte er, als er sich daran erinnerte, dass Pandora mithören konnte.

»Gut, wir haben fünf Tage Zeit, bevor wir ein Stelldichein mit Orion haben«, erklärte ich den anderen. »Er will das Blut so schnell wie möglich zur Erde bringen, aber wir werden ihn nicht begleiten. Ich weiß, dass das nicht ideal ist, aber Pandora hat mir versprochen, dass wir nach Hause gehen können, wenn wir weiter das tun, was Orion sagt.«

Angie und Lauren sahen enttäuscht aus. Wir hatten zwar gewusst, dass wir nach Vysanthe zurückkehren mussten, bevor wir zur Erde zurückkehren konnten, aber dass Orion herkam und zur Erde zurückflog und uns dabei nicht gleich mitnahm, war trotzdem ein schwerer Schlag. Wenn ich niedergeschlagen war, dann waren es die beiden sicher auch.

»Das ist schon okay«, murmelte Angie. »Damit haben wir gerechnet.«

»Kommt, wir sollten uns besser an die Arbeit machen, jetzt, wo wir zwei dringende Dinge zu erledigen haben«, sagte ich mit gezwungenem Optimismus.

Lauren nickte traurig. »Wir sollten wahrscheinlich zuerst die Röhrchen und die Ohrknöpfe besorgen und uns dann die Schiffe ansehen und eine Liste der Dinge machen, die repariert werden müssen. Je eher wir das tun, desto schneller kommen wir an das Blut.«

Damit gingen wir fünf den Dschungelpfad entlang, aber keiner sagte etwas. Ich lauschte dem Morgengesang der exotischen Vögel, der wie Wind durch die Blätter hallte, aber ich schien die Einzige zu sein, die auf unsere Umgebung achtete. Angie und Lauren gingen voraus. Angie hatte die Hände in die Hosentaschen geschoben und ließ den Kopf hängen. Sie ging Bashrik nach dem Vorfall am Vorabend offensichtlich aus dem Weg, aber auch er sah nicht allzu fröhlich aus. Um es ehrlich zu sagen, sah er sogar ziemlich bescheiden aus. Er hatte dunkle Ringe unter den Augen, seine Lippen waren spröde und seine Augen gerötet. Seine Venen pulsierten, wie ich es bei Kaltblütern beobachtet hatte, wenn sie erschöpft waren.

Da Navan neben mir ging, wollte ich Bashrik nicht auf seine Müdigkeit ansprechen, um ihn vor den Neckereien seines Bruders zu bewahren. Aber als Ginji auf dem mit Palmen gesäumten Pfad zum Tempel auftauchte und Navan versuchte, sich mit einem Gespräch über Raumschiffe bei ihm gut zu stellen, nutzte ich die Gelegenheit.

»Wie hast du geschlafen?«, fragte ich leise und sah Bashrik von der Seite an.

»Nicht so gut«, gestand er. »Ich denke, dass der Stress dieser Mission an mir zehrt. Außerdem habe ich ziemlichen Hunger«, sagte er, aber sein Blick huschte zu Angie. Ich hatte den Eindruck, dass ich genau wusste, warum Bashrik nicht gut geschlafen hatte, und dass es gar nichts mit unserem Einsatz zu tun hatte. Zweifelsohne hatte er die ganze Nacht darüber gegrübelt, was er zu ihr gesagt hatte, und sich gefragt, wie er das

wiedergutmachen konnte.

»Was hält euch beide davon ab ... du weißt schon ... zusammenzukommen?«, fragte ich direkt, weil ich meinen Mut gesammelt hatte. »Ihr beide mögt euch offensichtlich. Warum machst du nicht einfach den nächsten Schritt und findest heraus, was passiert?«

Bashrik wurde rot. »Ich weiß nicht, wovon du redest. Angie und ich sind nur ... Na ja, wir sind nicht einmal befreundet. Wir sind eher Bekannte, die der Zufall zusammengebracht hat«, sagte er trotzig und blickte zu Boden.

Ich lächelte. »Mir kannst du nichts vormachen, Bashrik. Du magst sie und sie mag dich. Ich habe gehört, was du gestern Abend über sie gesagt hast, schon vergessen? Du musst einfach nur den ersten Schritt wagen.«

»Du musst missverstanden haben, was ich gestern Abend gesagt habe. Ich habe versucht, zu sagen, dass ich menschliche Frauen nicht verstehe, das ist alles. Ich habe nicht gesagt, dass ich ... mich von Angie ... angezogen fühle«, stotterte er unbeholfen.

»Was ist mit dem Kuss auf Brishas Gartenparty? Du hättest sie nicht küssen brauchen. Du hättest Lauren oder sonst jemanden küssen können, aber du hast Angie geküsst«, sagte ich. »Du hast sie geküsst, weil du sie magst.«

»Das war eine einmalige Sache, Riley«, sagte er stur. »Kannst du mich jetzt bitte damit in Ruhe lassen? Ich will nicht mehr darüber sprechen. Ich bin zu müde.« Er klang gereizt und ich kannte ihn gut genug, um auf ihn zu hören. Ich wollte ihn schließlich nicht bedrängen.

»Du kannst unsere Schiffe wirklich schneller machen?«, fragte Ginji Navan aufgeregt, als er am Rand des Tals stehenblieb. Er schien sich widerwillig an die Idee gewöhnt zu haben, auch mit den Kaltblütern in unserer Gruppe zu sprechen, jetzt, wo er nur schlecht darum herum kam.

»Ja, wir werden sehen, was wir tun können«, sagte Navan. »Wir müssen vorher nur einen kurzen Abstecher machen.«

Wir fünf gingen auf den Tempeleingang zu, während Ginji am Rand des Tals zurückblieb, weil er unsicher war, ob er uns folgen sollte oder nicht.

»Wir sollten uns mit Pandora unterhalten, wo wir schon mal am Schiff sind, um sicherzugehen, dass sie wirklich auf unserer Seite steht. Ich will nicht, dass sie die Schiffe der Drakonier in die Luft jagt, während wir hier nach einer friedlichen Lösung suchen«, sagte ich im Gehen. Die anderen nickten.

»Das klingt nach einer guten Idee«, nickte Navan, aber er schien mit seinen Gedanken anderswo zu sein. Ich wusste, dass er Hunger hatte und auch Bashrik sah aus, als ob er dringend Nahrung gebrauchen könnte. Hoffentlich päppelte ihn das wieder ein bisschen auf, weil er wirklich erschöpft aussah.

Wir gingen durch den Tempel, an den andächtig Betenden vorbei, und näherten uns dem Haupteingang, durch den wir den Tempel am Vortag betreten hatten. Wir schienen dieses Mal länger zu brauchen und verliefen uns ein paar Mal, aber schließlich schoben wir eine der beiden riesigen Türen auf. Sie gab erstaunlich leicht nach und wir blickten auf die vertraute Lichtung hinaus, an deren Ende immer noch die *Vanquish* parkte. Ich hielt mir die Hände über die Augen, als wir in das Sonnenlicht hinaustraten. Es blendete mich, nachdem ich so lange Zeit im Dämmerlicht des Tempels verbracht hatte.

Wir gingen auf das Schiff zu und ich spähte zu den Fenstern, für den Fall, dass Pandora durch eines von ihnen auf uns sah. Aber ich bezweifelte, dass sie sich so weit an den äußeren Rand des Schiffes traute, trotz all des Metalls und abgedichteten Glases zwischen ihr und der möglichen Plage. Als wir näher kamen, sah ich eine Holzkiste vor dem Eingang zur Ladetür des Schiffes. Darin befanden sich fünf brandneue Ohrstöpsel und zwei Metallkistchen mit Blutröhrchen. Die Flaschen klirrten, als Navan und Bashrik sie hochhoben und in ihre Taschen steckten, nachdem sie zuerst jede in gierigen Zügen leergetrunken hatten. Navans blasser Hautton verbesserte sich sofort, aber mir fiel auf, dass Bashriks Wangen nicht sehr viel rosiger wurden, obwohl Navan doch sofort viel frischer aussah.

»Wir sollten uns diese hier wohl besser in die Ohren stecken«, seufzte Angie, nahm einen der Ohrknöpfe und schob ihn in ihren Hörgang, nicht ohne das Gesicht zu verziehen, als sich die Widerhaken befestigten.

Bashrik und ich zogen unsere alten Geräte ab und ersetzten sie durch die neuen. Navan und Lauren nahmen die letzten beiden Stöpsel. Sobald wir alle ordentlich ausgerüstet waren, wandten wir uns dem Schiff zu.

»Pandora, hörst du mich?«, fragte ich und sah an der *Vanquish* hinauf.

Schweigen.

»Pandora, bist du da?«, versuchte ich es noch einmal. Doch es piepte nur schrill in meinem Ohr. »Was hat das zu bedeuten?«, fragte ich und sah unsicher zu Navan.

Er zuckte mit den Schultern. »Ein Piepen bedeutet normalerweise, dass man eine Nachricht hinterlassen soll. Vielleicht ist sie beschäftigt. Ich bin mir sicher, dass sie sich mit uns in Verbindung setzen wird, wenn sie mit uns sprechen will.«

»Pandora, ich weiß nicht, ob du das hören kannst. Ich wollte nur sagen, dass wir die neuen Ohrstöpsel und die Fläschchen abgeholt haben. Danke. Wir gehen jetzt zu den Schiffen, um mit den Reparaturen anzufangen, denen wir im Austausch für das Drakonierblut zugesagt haben. Bitte spreng in der Zwischenzeit nichts in die Luft«, sagte ich so schnell wie möglich, weil ich endlich mit der Arbeit anfangen wollte.

»Wir melden uns wieder. Ende der Durchsage«, sagte Angie knapp. Sie sah Bashrik mit gerunzelter Stirn an und schien genauso besorgt zu sein wie ich. Wir verschwendeten unsere Zeit damit, hier herumzustehen und auf jemanden zu warten, der ganz offensichtlich nicht mit uns reden wollte.

»Ist sie nicht da?«, fragte Lauren nervös.

Ich schüttelte den Kopf. »Sieht nicht so aus.«

Es war eigenartig, dass Pandora nicht antwortete, aber ich hatte nicht das Gefühl, dass etwas nicht in Ordnung war. Sie hatte wahrscheinlich einfach nur Besseres zu tun, wie über Funk mit ihrem Rebellenfreund zu flirten und sich mit ihm darüber zu freuen, dass sie uns völlig in ihrer Kontrolle hatten.

»Glaubt ihr, dass sie in Schwierigkeiten steckt?«, fragte Lauren, obwohl sie nicht allzu besorgt klang.

Ich zuckte mit den Schultern. »Das bezweifle ich. Wahrscheinlich will sie einfach nur gerade nicht mit uns reden. Sie interessiert sich nur für das Blut. Ich wette, dass sie sich melden wird, wenn wir Fortschritte mit der Blutprobe machen«, sagte ich, weil das Pandora sehr ähnlich sähe. Sie meldete sich, wann sie wollte, nicht, wann wir es wollten. Ich konnte nur hoffen, dass sie in der Zwischenzeit nicht ihre Meinung darüber änderte, die Drakonier zu zerstören.

Mit den Fläschchen für die hungrigen Kaltblüter und den neuen Ohrstöpseln im Ohr machten wir uns auf den Weg zu den Schiffen und gingen denselben Weg durch den Tempel zurück. Als wir in die angenehm kühle Luft traten, blieb ich stehen. Es hatte keinen Sinn, dass wir alle zu den Schiffen gingen, wo wir doch neben den Verhandlungen noch eine andere Mission zu erfüllen hatten.

Mein Blick fiel zurück auf den Tempel. Ich hatte etwas anderes zu erledigen.

»Wartet einen Augenblick«, sagte ich, nahm meinen Ohrstöpsel heraus und reichte ihn Lauren, bevor ich Zettel und Stift hervorholte. Pandora würde nicht bemerken, dass ich fort war, wenn ich mich beeilte. Ich entfernte mich von der Gruppe und winkte Navan zu mir, der verwirrt auf mich zu kam. So schnell ich konnte, schrieb ich mit dem heißen Stift: *Geht ihr weiter. Ich will mit Freya unter vier Augen reden. Hoffentlich ist sie offener, wenn sie nur mit mir spricht, ohne Kaltblüter. Außerdem ist es besser, wenn auch ich freier sprechen kann, ohne dass mich jemand belauscht.*

»Hältst du das wirklich für eine gute Idee?«, fragte er leise.

*Wir müssen zwei Missionen in fünf Tagen erfüllen. Wenn wir von hier verschwinden wollen, ohne dass Pandora die ganze Rasse in die Luft jagt, müssen wir parallel arbeiten,* erklärte ich auf dem Papier. *Wenn ich etwas aus Freya herausbekomme, dann kann uns das später nutzen. Komm mich einfach schnell holen, falls Pandora nach mir fragt. Aber ich hoffe natürlich, dass ihr meine Abwesenheit nicht auffällt.*

Er seufzte und formte mit den Lippen ein »Pass auf dich auf, versprochen?«

»Das mache ich immer«, hauchte ich und küsste ihn auf die Wange, bevor ich zum Tempel zurücklief und die anderen weiter ins Tal hinabstiegen.

Als ich den Tempel wieder betrat, hallte ein trauriges Lied durch die hohen Hallen zu mir. Selbst so früh am Morgen beteten die Lunisten bereits mit ernsten Mienen. Ihr Leid war spürbar. Nun musste ich nur noch meinen Weg zum Himmlischen Saal finden, wo ich hoffentlich die Hohepriesterin antraf.

Ich folgte dem Weg durch die Betenden hindurch, bis ich wieder vor der einzigartigen, runden Tür mit den halbmondförmigen Griffen stand. Ich atmete tief durch, klopfte und wartete auf eine Antwort. Einen Augenblick später kam Freya zur Tür, reagierte aber weder überrascht noch neugierig.

»Riley«, sagte sie schlicht und ich wusste nicht, ob es eine Frage oder eine Aussage war.

»Guten Morgen, Hohepriesterin. Ich hoffe, dass ich nicht störe, aber ich wollte gern ein paar Dinge unter vier Augen mit dir besprechen«, sagte ich hoffnungsvoll.

»Komm herein«, antwortete sie mit einem leichten Nicken.

Der Himmlische Saal sah genauso schön aus wie letztes Mal, so als ob man sich in einer Kristallkugel voller Sternenlicht befände. Auf einem niedrigen Tisch stand eine Teekanne und eine halbvolle, dampfende Tasse. Ich hatte Freya scheinbar bei einem morgendlichen Ritual gestört, aber ich konnte nicht länger warten.

»Tee?«, fragte sie und setzte sich auf ein Sitzkissen neben dem niedrigen Tisch. Ich setzte mich ihr gegenüber.

»Ja, vielen Dank«, sagte ich, als sie mir Tee in eine Tasse einschenkte. Ich hob sie an meine Lippen und bereute es sofort, das

Angebot angenommen zu haben. Der Tee hatte einen säuerlichen, tümpelhaften Geschmack und seltsame Flöckchen trieben in dem grünlichen Wasser. Aber ich nippte trotzdem daran, weil ich nicht unhöflich sein wollte. Es schmeckte noch schlimmer, als es aussah, obwohl ich das Gefühl hatte, dass der Tee mir guttun würde.

Freya lächelte. »Sollen wir uns unterhalten?«

Ich nickte eifrig und stellte die Tasse ab. »Ich bin hergekommen, um dir zu sagen, dass wir, meine Freunde und ich, gern versuchen wollen, die Wirkung des beschädigten Opalins wiederherzustellen. Dafür müssen wir so viel wie möglich über die Kaltblutkrankheit wissen und wie genau sie das Opalin beschädigt hat«, platzte ich in einem Atemzug hervor.

»Altruismus ist eine Seltenheit«, sagte Freya und nippte an ihrem Tee. Langsam fiel es mir leichter, Freyas Worte zu deuten, und ich spürte, dass sie bezweifelte, dass meine Absichten ehrlich waren. Sie dachte, dass ich andere Beweggründe hätte, was ich ihr nicht verdenken konnte, wenn ich an ihre Erfahrungen mit den Vysanthinern dachte. Bei dieser Vergangenheit war es ein Wunder, dass sie mir überhaupt zuhörte.

Und sie hatte ja recht, an mir zu zweifeln. Ich hatte Hintergedanken. Ich wollte die Aufmerksamkeit der Drakonier von der Erde fortlenken, aber das brauchte Freya nicht zu erfahren.

»Mein Wunsch, euch dabei zu helfen, die Beschädigung rückgängig zu machen, ist aufrichtig«, sagte ich halbehrlich. »Ich weiß, wie es sich anfühlt, eine unterdrückte Spezies zu sein, die der Gnade einer stärkeren Spezies ausgeliefert ist. Ihr seid mächtige Kreaturen, aber euer Glaube macht euch verletzlich. Ich möchte nicht, dass eure Rasse wegen der Verbrechen anderer leiden muss.«

»Das sehen die Kaltblüter nicht so«, sagte sie.

Ich lächelte. »Nein, das tun sie nicht. Aber ich bin auch kein Kaltblut. Und meine Kaltblutfreunde haben nicht gelogen, als sie sagten, dass sie anders sind. Sie hassen die vysanthinische Art mehr als ihr, aber sie stecken in einem Teufelskreis fest. Wenn sie versuchen, sich zu entfernen, dann müssen ihre Familien darunter leiden. Sie denken genauso wie ich und sie wollen euer Volk auch nicht wegen etwas leiden sehen, was andere Kaltblüter getan haben«, beharrte ich. »Sie sind nicht stolz auf das, was ihr Planet getan hat, aber sie wollen es gern wiedergutmachen, soweit sie können.«

Das schien Freya zu überraschen, obwohl dieses Gefühl nur in einem Zucken ihrer Augenbraue sichtbar wurde. »Vergebung reinigt die Seele«, sagte sie sanft. Ich konnte mir vorstellen, dass es nicht leicht war, den Vysanthinern für das, was sie getan hatten, zu vergeben.

»Ich habe gehört, dass die Pyros für die Plage verantwortlich sind«, sagte ich, weil ich wusste, dass Freya mir nun zuhörte. »Kannst du mir erklären, was der Unterschied zwischen den Pyros und den Lunisten ist? Ich wusste nicht, dass es mehr als einen drakonischen Glauben gibt. Warum habt ihr euch überhaupt in zwei Glaubensrichtungen getrennt?«

Sie seufzte. »Wir schätzen Frieden mehr als Macht.«

»Und die Pyros schätzen Macht mehr als Frieden?«

»So ist es«, sagte sie.

»Sie haben also die Plage geschaffen, die die Kaltblut-Bergbauarbeiter krank gemacht hat?«

Ihre bernsteinfarbenen Augen sahen mich eindringlich an. »Es war nicht unsere Entscheidung.«

»Nein, aber haben die Pyros die Krankheit geschaffen? Haben sie sie wie eine Art biologische Waffe entwickelt?«, fragte ich.

»Es war falsch«, antwortete sie. Es war so, wie Ginji gesagt hatte: Die Drakonier sprachen nicht gern mit Außenstehenden darüber.

»Na schön, lass uns die Gründe für einen Augenblick vergessen. Wie könnten wir die Auswirkungen der Beschädigung rückgängig machen?«

»Die Erlösung ist eine einspurige Straße«, sagte sie kryptisch und ich rätselte, was sie damit meinen könnte. Es war, wie sich mit der Sphinx zu unterhalten. Freya sprach einfach in Rätseln.

»Es gibt nur einen Weg, um Vergebung zu erlangen – ist es das, was du sagen willst?«

Sie nickte. »Ja.«

»Und welcher Weg ist das?«, fragte ich, bemüht, nicht die Geduld zu verlieren.

»Der Feind muss befreit werden«, sagte sie ernst.

Ich runzelte die Stirn. »Der Feind muss befreit werden. Was hat das zu bedeuten?«

»Die Pyros werden es nicht tun.«

»Die Pyros werden was nicht tun? Was meinst du? Wer muss befreit werden?«, fragte ich nach und strengte mich an, ruhig zu bleiben.

Ich wollte eine komplette Antwort, keine Informationshäppchen.

Aber bevor sie es weiter ausführen konnte, wurde die Tür zum Himmlischen Saal aufgerissen. Freyas bernsteinfarbene Augen schossen alarmiert auf, als Navan in den Raum stürzte. In seinen Armen trug er den reglosen Bashrik. Angie und Lauren stürmten dicht hinter ihm in den Saal. Vor allem Angie sah furchtbar erschrocken aus.

»Was ist passiert?«, fragte ich und sprang auf.

»Er ist einfach ohnmächtig geworden!«, sagte Angie panisch und berührte Bashriks Schulter.

Navan kniff die Augen zusammen und sah Freya an. »Hast du das getan?«, fragte er aufgebracht. »Hast du die Plage auf uns angesetzt, nachdem du uns gesagt hast, dass wir dir vertrauen können?«

Freyas Miene blieb irritierend ruhig. »Davon weiß ich nichts.«

»Hast du uns gesagt, dass wir unsere Anzüge ausziehen können, und dann den Virus auf uns gehetzt?«, fragte Navan noch einmal. Ich sah, dass er den letzten Rest seiner Geduld bald verlieren würde.

»Vertrauen muss respektiert werden«, sagte Freya unbefriedigend.

»HAST DU DAS HIER GETAN?«, schrie Navan, legte Bashrik auf dem Boden ab und richtete sich dann zu seiner vollen Größe auf.

»Rache ist unrein«, murmelte sie. Ich versuchte verzweifelt, ihre Antworten zu deuten. Sie erklärte etwas, aber mir lief die Zeit davon.

Bevor ich ihn aufhalten konnte, stürzte sich Navan auf die Hohepriesterin. Ich versuchte noch, ihn zurückzuziehen, aber er stieß mich beiseite. Nichts konnte sich zwischen ihn und Freya stellen. Wutentbrannt umschlangen seine Finger Freyas Hals.

# KAPITEL ZWÖLF

»Navan!«, rief ich, sobald ich mein Gleichgewicht wiedergefunden hatte. Er hatte sich in die fast teuflische Gestalt verwandelt, die ich bislang erst einmal in ihrer ganzen Kraft erlebt hatte. Schwarze Flügel schossen aus seinen Schultern hervor und warfen einen dunklen Schatten in den Raum. Auch seine grauen Augen verdunkelten sich. Er kniff die Augen zusammen, bis sie fast schwarz waren, und aus seinen Fingern, die sich um Freyas Hals pressten, schossen scharfe Klauen, die der Hohepriesterin tief ins Fleisch stachen.

Verzweifelt zerrte ich an seinem Arm, damit er Freya losließ, aber sein Griff lockerte sich nicht. »Navan, hör auf! Mit Gewalt wirst du nichts lösen!« Ich klang schon selbst wie eine Drakonierin, aber ich musste ihn dazu bringen, von ihr abzulassen. Ihre grüne Haut verfärbte sich bereits erschreckend weiß und ihre Augen waren blutunterlaufen.

Angie sank zu Boden und hob Bashriks Kopf in ihren Schoß. Lauren sah angespannt zwischen Freya und Navan hin und her.

»Du hast Bashrik krankgemacht!«, schrie Navan Freya an und fletschte seine Reißzähne. »Du versuchst, uns alle umzubringen!«

»Nicht die Lunisten«, krächzte sie mit Mühe, weil Navan ihr die Luft abdrückte.

Mein Herz raste, aber dann dämmerte es mir. Es lohnte sich doch, Freyas Antworten zu entschlüsseln. »Die Lunisten sind nicht dafür verantwortlich!«, sagte ich und legte meine Finger um Navans, um sie zu lockern.

Er blickte mich an, als ob er mich zum ersten Mal sähe. Ich wusste, dass das passieren konnte, wenn sein Temperament mit ihm durchging und sein Verstand seinen Urinstinkten wich. In seiner Bestiengestalt war es fast so, als ob Navan nicht wusste, dass ich existierte. Ich erinnerte mich an den Vorfall in der Höhle, als wir versucht hatten, die Poroporofrucht zu beschaffen, und er sich ebenfalls nicht mehr unter Kontrolle gehabt hatte.

»Die Lunisten haben das nicht getan, Navan! Lass sie los!«, beschwor ich ihn. Seine Finger lockerten sich etwas.

»Was meinst du damit?«, knurrte er.

»Die Pyros waren für die Plage verantwortlich. Die Lunisten hatten noch nie etwas mit ihr zu tun und ich bezweifle, dass sie plötzlich ihre Meinung geändert haben«, sagte ich und löste seine Finger von Freyas Hals. Die Hohepriesterin sank zu Boden, rang nach Luft und hielt sich den Hals. Sie sah dankbar zu mir auf, obwohl ich unter der Oberfläche auch etwas wie Ärger erkannte. Lauren ging vorsichtig an Navan vorbei, kniete sich neben Freya und legte ihr eine Hand auf die Schulter.

Navan funkelte die Drakonierin an. Seine Schultern hoben und senkten sich durch sein aufgebrachtes Atmen schnell. »Woher weißt du das? Wie kannst du ihr auch nur ein Wort glauben?«

Ich seufzte. Es war schwer für ihn, in diesem Zustand Informationen zu verarbeiten. »Ich glaube ihr, weil ich ihr vertraue«, setzte ich zögernd an.

Er schnaubte. »Du kannst ihnen nicht vertrauen! Sieh doch, was sie getan haben! Dies war die ganze Zeit über ihr Plan, um sich für die schrecklichen Dinge zu rächen, die meine Spezies ihnen angetan hat«, sagte er mit zusammengekniffenen Augen. Meine Hand auf seinem

Arm war das Einzige, was ihn davon abhielt, wieder auf Freya loszugehen.

»Nein, das war es nicht«, sagte ich ruhig und stellte mich zwischen ihn und Freya. Ich sah ihm an, dass er keinen klaren Gedanken fassen konnte. »Die Drakonier teilen sich in zwei verschiedene Glaubensrichtungen auf, schon vergessen? Die Lunisten und die Pyros. Die Lunisten haben nichts mit der Schaffung der Krankheit zu tun. Deshalb sind sie auch so traurig darüber, dass sie ihren Planeten verlassen müssen. Sie haben die Beschädigung nicht verursacht. Sie haben nichts mit der Krankheit zu tun, die diese ganzen Probleme erst ausgelöst hat«, sprach ich weiter, weil Navan mir endlich zuhörte.

»Lunisten, Pyros – es sind alles Drakonier«, brummte er.

»Hm, so wie alle Kaltblüter gleich sind?«, fragte ich spitz. Das verschlug ihm einen Augenblick lang die Sprache und sein Gesichtsausdruck veränderte sich. »Die Lunisten sind bis auf wenige Ausnahmen Pazifisten. Sie hätten bis zum bitteren Ende nie auch nur einen Finger gegen dein Volk erhoben. Du hörst es in Ginjis Stimme, wenn er darüber spricht. Er ist frustriert, eben weil sie so pazifistisch sind«, sagte ich, ohne meine Hand von Navans Arm zu nehmen.

Lauren nickte und sah zu uns auf. »Sie hätten kein Schlupfloch genutzt, selbst wenn es eines gegeben hätte«, sagte sie überzeugt.

»Ach, dann waren es also diese Pyros, die das getan haben?«, fragte Navan eisig.

Ich zuckte mit den Schultern und fügte die Puzzleteile so gut ich konnte zusammen. »Davon müssen wir ausgehen. Vielleicht waren sie es leid, nichts tun zu können, und haben ihre eigene Glaubensrichtung gegründet, die sich nicht denselben strengen moralischen Regeln unterwirft«, sagte ich und blickte zu Freya hinab.

Sie nickte. »Du siehst klar«, krächzte sie.

»Ich frage mich, ob die Lunisten überhaupt etwas von der Plage wussten. Wenn die Pyros sie geschaffen und in die Welt gesetzt haben, dann haben sie es vielleicht heimlich getan«, sagte ich.

Wieder nickte Freya. »Die Räder drehten sich bereits.«

»Ihr habt es zu spät herausgefunden?«, fragte ich und übersetzte ihre gestelzten Antworten für die anderen. Lauren hatte immer noch die Hand auf die Schulter der Hohepriesterin gelegt, während Angie auf dem Boden saß und Bashriks Kopf hielt. Sie sah ihn mit tränengefüllten Augen an.

»Wir waren zu spät«, sagte Freya und drückte sich endlich einmal klar aus.

»Die Pyros wollen wahrscheinlich auch nicht zu sehr gegen ihre Religion verstoßen. Ihre Überzeugungen sind dieselben, aber sie waren es leid, ausgenutzt zu werden, vor allem, weil die Vysanthiner ihnen das Material stahlen, das sie brauchten, um sich in ihre wahre Gestalt zu verwandeln«, sagte ich ausschweifend. »Deshalb haben sie sich für eine biologische Waffe und nicht für etwas ... Traditionelleres entschieden. Wenn sie Schiffe oder Ressourcen gestohlen hätten, um Waffen herzustellen, dann wäre das nicht unbemerkt geblieben, richtig?«

Freya seufzte. »So ist es.«

»Deshalb haben sie die Krankheit entfesselt. Das ist erst einmal unauffällig und nur schwer zurückzuverfolgen. Und sobald sie sich verbreitet hatte, konnten die Lunisten nichts mehr unternehmen, um die Vysanthiner zu retten«, sagte ich.

»Aber die Krankheit ist verschwunden«, sagte Freya leise und sah zu Bashrik hinüber.

»Es sieht nicht so aus«, sagte ich. »Glaubst du, dass die Pyros dahinterstecken? Glaubst du, dass sie wissen, dass wir hier sind und dass etwas vor sich geht?« Einen Augenblick lang dachte Freya schweigend über meine Frage nach.

Navans Nasenflügel bebten. »Du antwortest besser!«, fauchte er und machte einen Schritt auf die Hohepriesterin zu, obwohl meine Hand noch auf seinem Arm lag.

Freya wollte gerade antworten, als eine Gestalt aus dem hinteren Teil des Himmlischen Saals auftauchte und wie ein schuppiger Ninja auf Navan zuflog. Ich sah, wie Klauen ausgefahren wurden und auf Navan zielten, aber ich war zu langsam, um mich vor ihn zu stellen. Überrumpelt versuchte Navan, sich vor dem unerwarteten Angriff zu schützen.

»Wie kannst du es wagen, die Hohepriesterin zu bedrohen!«, keuchte Ginji in Kampfhaltung, die Zähne entblößt, so als ob er Navan jeden Augenblick beißen würde. Scheinbar hatte er Navans vorherigen Angriff nicht miterlebt. Ich wollte mir gar nicht vorstellen, was er sonst getan hätte.

Freya sprang auf, packte Ginji um die Taille und zog ihn von Navan fort. Lauren stand überrascht auf. Freya hielt den jungen wütenden Drakonier fest und flüsterte ihm beruhigende Worte zu. Sie strich über die Schuppen auf seinem Kopf, bis sie wieder flach an seiner Haut anlagen und er normal atmete. Die ganze Zeit über starrte er Navan mit hasserfülltem Blick an.

Ich verstand, wie schwer der Lunaris-Glaube für einen Jungen wie Ginji sein musste, der zwischen Pazifismus und natürlichen Impulsen hin- und hergerissen war. Für jeden wäre es schwer, immer so ruhig wie Freya zu bleiben. Selbst, wenn ihr jemand die Luft abdrückte, bewahrte sie die Ruhe und hielt sogar im Angesicht des Todes an ihren Überzeugungen fest.

Ginji hingegen kämpfte noch mit den strengen Regeln. Dünne Rinnsale aus Blut liefen Navan von den Stellen hinab, an denen ihn Ginjis Klauen getroffen hatten.

Die Wunden waren nur oberflächlich und würden mithilfe von Navans vysanthinischen Blutplättchen schnell heilen, aber sie zeigten, dass der junge Drakonier sehr aufgewühlt war.

»Gebt uns ein Gegenmittel gegen die Plage«, sagte Angie plötzlich und sah Freya an. Tränen liefen ihr die Wangen hinab und ihre Stimme war eisig.

»Das liegt nicht in meiner Macht«, sagte Freya ruhig, die Arme immer noch über den aufgebrachten Ginji geschlungen, der gegen ihr Saphirgewand schnaubte.

Angies Augen blitzten zornig auf. »Dann sag uns, wo wir es finden können. Wir verlassen diesen Saal nicht eher, als bis du uns brauchbare Informationen gibst und nicht diese lächerlichen Häppchen. Ich will wirkliche Antworten von dir!«, fauchte sie durch zusammengepresste Zähne. »Du hältst es vielleicht für toll, in Rätseln zu sprechen, aber ich will dir mal etwas sagen: Das ist das Nervigste, was ich je in meinem Leben gehört habe!«

»Es liegt nicht in meiner Macht«, wiederholte Freya ohne jegliche Gemütsregung.

»Du hast das Gegenmittel nicht?«, fragte Lauren und sah mich besorgt an.

Freya schüttelte den Kopf. »Ich bin machtlos.«

»Moment mal, du hast nicht die Kraft, um die Krankheit aufzuheben?«, fragte ich unsicher.

Sie lächelte traurig und schüttelte den Kopf. »Es liegt außerhalb meiner Macht.«

»Aber wer hat dann das Gegenmittel? Wer hat die Kraft, um das hier rückgängig zu machen?«, drängte ich. Wir mussten doch irgendwie weiterkommen.

»Jemand anderes«, antwortete Freya nur stumpf.

»Ja, wir verstehen, dass jemand anderes das Gegenmittel hat, aber *wer* ist es?«, hakte Lauren erstaunlich gefasst nach.

»Ist es jemand der Pyros?«, fragte ich. So musste es sein, wenn sie diejenigen waren, die diese verdammte Krankheit erfunden hatten.

Freya nickte. »So ist es.«

»Hat diese Person auch einen Namen?«, raunte Angie sarkastisch. Bashrik regte sich in ihren Armen und sie sah wieder zu ihm hinunter und strich ihm zärtlich übers Haar.

»Cambien«, sagte Freya schlicht.

*Cambien.* Dieser Name war der Grund gewesen, warum Freya am Vortag so eilig davongelaufen war. Es war der einzige Augenblick gewesen, in dem ich sie aufgebracht gesehen hatte. Nichts schien Freya aus der Ruhe bringen zu können, aber dieser Name hatte sie aufgewühlt, wie nur schlechte Nachrichten es tun konnten. Wer auch immer dieser Cambien war – er bedeutete Ärger.

»Cambien kann die Krankheit rückgängig machen?«, fragte Navan angespannt. Er zog seine Flügel ein und auch seine Klauen und Reißzähne bildeten sich zurück. Er kniete sich neben seinen Bruder. Angie schien Bashrik nicht loslassen zu wollen, rückte dann aber doch widerstrebend zur Seite, sodass Navan Bashrik hochheben konnte, als ob er nichts wöge.

»Er hat das Gegenmittel für alles«, sagte Freya mit einem bedeutungsvollen Blick.

Da ging mir ein Licht auf. »Einen Augenblick! Er kann das rückgängig machen, was Bashrik passiert ist, und er kann die Beschädigung des Opalins rückgängig machen – ist es das, was du sagst?«

»Er hat die Macht«, sagte sie beinahe bedauernd.

»Aber das wird euch nichts helfen«, murmelte Ginji und wischte sich die Nase an Freyas Gewand ab.

»Was meinst du damit?«, fragte Lauren ihn lächelnd.

»Cambien ist die egoistischste Kreatur, die ihr je kennenlernen werdet«, sagte er betreten. »Er wird nichts tun, wenn er es nicht will. Man kann ihn nicht überzeugen. Ihr könntet ihm die Welt anbieten und er würde sie nicht annehmen«, fuhr er fort, den Blick auf Lauren gerichtet. Dem kleinen Drakonier schien es zu gefallen, mit meiner klugen Freundin zu sprechen, und ihre Gegenwart schien ihn zu beruhigen.

»Wo können wir Cambien finden?«, fragte Navan und sah den immer noch aufgebrachten Drakonierjungen an.

»Sag uns, wo wir ihn finden können, Ginji. Wir müssen unserem Freund helfen und auch dir und deinem Volk«, sagte Lauren und lenkte Ginji von Navans eisigem Blick ab.

Er sah uns kurz schüchtern an, bevor er zu Freya blickte. »Darf ich?«

Freya senkte den Kopf und ließ den silberschuppigen Jungen los. »Vorsichtig«, sagte sie, aber ich war mir nicht sicher, ob die Warnung uns oder Ginji galt.

Sie hielt ihn nicht länger fest und so huschte Ginji durch den Raum und verschwand hinter einer Holzwand, die mit komplizierten kosmischen Zeichen in Silber geprägt war. Einen Augenblick später tauchte Ginji wieder auf und hielt einen kleinen goldenen Anhänger an einer Kette in der Hand.

Widerwillig reichte er Navan den Anhänger und drückte auf seine Mitte, so wie er es mit der Himmelskarte getan hatte, auf der er uns die Erde gezeigt hatte. Die Erinnerung an diese Karte ließ mich daran denken, dass wir uns um die Probleme aller möglichen anderen Planeten kümmerten, während das Leben auf der Erde ohne uns weiterging. Jedes Mal, wenn ich den Namen meines Heimatplaneten hörte, durchfuhr mich ein Ruck, so wie wenn man den Namen eines Exfreundes oder eines verstorbenen lieben Menschen hörte. Ich fragte mich, ob die Erde das für uns sein würde – ein fernes, geliebtes Etwas, das man nie wieder sah.

Wenn ich an Jean und Roger und alle, die wir zurückgelassen hatten, denken würde, würde ich zusammenbrechen. Das Einzige, was mich davon abhielt, war, mich abzulenken und die Hoffnung nicht aufzugeben, dass ich eines Tages nach Hause zurückkehren würde. Aber erst einmal hatten wir eine Mission zu erfüllen.

»Ihr müsst zu diesem Dorf in der Nähe des Kraters des Bergs Kusuburi reisen«, sagte er ruhig und sah Navan stirnrunzelnd an. »Ihr werdet ohne Führer gehen müssen.«

»Warum?«, fragte Lauren freundlich.

»Die Lunisten wollten nichts mit Cambien zu tun haben. Er ist der Grund für unser Leiden«, antwortete Ginji, aber ich hörte etwas Eigenartiges in seiner Stimme, so als ob er zweifelte. Vielleicht fühlte er sich tatsächlich zwischen beiden Seiten hin- und hergerissen.

»Bist du dir sicher, dass du nicht mitkommen kannst?«, hakte ich nach, um seine Reaktion zu testen. Er sah mich mit geweiteten Augen an, bevor er einen Blick über seine Schulter zu Freya warf. Eine wortlose Diskussion wurde zwischen ihnen ausgetragen, aber ich erkannte, dass Freya gewann.

»Lunisten meiden den Berg«, sagte sie und beendete damit die Diskussion.

Ginji drehte sich leicht enttäuscht zu uns um. »Niemand kann euch begleiten«, sagte er, obwohl ich darauf wettete, dass er es zu gern getan hätte. Es musste faszinierend sein, zu wissen, dass es auf der anderen Seite des Tals eine andere Glaubensgemeinschaft gab, die nicht so streng war und sich wehrte, wenn sie angegriffen wurde. Ihr moralischer Kompass mochte etwas wackelig sein, aber für einen Jungen klang das wahrscheinlich anziehender als ein muffiger Tempel und endlose Stille.

»Ihr könnt gehen«, sagte Freya und zog Ginji zu sich.

»Es tut uns leid wegen vorhin«, sagte ich und stieß Navan an.

Er seufzte. »Es tut mir wirklich leid, was ich getan habe, Hohepriesterin. Meine Wut hat mich überwältigt«, sagte er ernst.

»Wut ist eine Krankheit«, sagte Freya.

»So ist es, Hohepriesterin. Ich werde sie zügeln«, versprach Navan.

Sie lächelte. »Es werden Erfrischungen gebracht«, sagte sie und verschwand mit Ginji im Schlepptau aus dem Himmlischen Saal.

Wir warteten unruhig. Etwa zehn Minuten später kehrte sie mit Ginji an ihrer Seite zurück. Sie trugen fünf Ledertaschen und reichten sie uns. Wir sahen hinein und entdeckten Wasser und Nahrung für die Reise.

Navan und Bashrik hatten noch die Röhrchen vom Schiff in ihren Hosentaschen und ich packte sie in die Ledertaschen um, während Navan weiter seinen Bruder trug.

»Danke, das ist sehr nett«, sagte ich und die anderen bedankten sich ebenfalls.

»Nahrung soll geteilt werden«, sagte sie und verbeugte sich. Damit verschmolz sie wieder mit dem Schatten, aus dem sie aufgetaucht war, und Ginji eilte ihr nach, nachdem er noch einen letzten bitteren Blick in Navans Richtung geworfen hatte.

Es war alles gesagt und so verließen wir den Himmlischen Saal durch die schönen Türen. Angie hielt Bashriks Hand fest, die von Navans Arm baumelte. Die Reise zum Berg Kusuburi würde interessant werden, weil wir Bashrik tragen mussten, aber ich zweifelte nicht an Navans Stärke.

Wenn jemand in der Lage war, Bashrik auf diesen Vulkan zu schleppen, dann war es Navan. Immerhin trieb ihn die Hoffnung vorwärts.

# KAPITEL DREIZEHN

Nachdem wir durch den Tempel zurück und durch den Hintereingang hinausgetreten waren, folgten wir der Karte, die Ginji Navan gegeben hatte. Sie führte uns durch das Tal, vorbei an den endlosen Schiffen, die im ausgetrockneten Flussbett lagen. Ein paar Drakonier blickten in unsere Richtung, aber niemand schien sich an unserer Anwesenheit zu stören. Wahrscheinlich wussten sie inzwischen, was sie von uns halten sollten, nachdem Navan und die anderen etwas Zeit bei den Schiffsbauern verbracht hatten.

»Habt ihr eure Hilfe angeboten?«, fragte ich im Gehen.

Navan nickte. »Wir haben um eine Liste der Systeme gebeten, über die das Schiff verfügt, und versprochen, dass wir innerhalb eines Tages Verbesserungen vornehmen können. Hoffentlich haben wir diese Opalingeschichte bis dahin geklärt«, sagte er mit einem Blick auf Bashriks reglosen Körper.

»Möchtest du ihn einen Augenblick lang ablegen?«, fragte ich, weil ich mir dachte, dass Bashrik selbst für Navans Muskelkraft schwer war.

Doch er schüttelte den Kopf. »Es geht mir gut.«

Erst jetzt fiel mir wieder ein, dass Pandora uns noch gar nicht kontaktiert hatte, obwohl sie uns sicher zuhörte. Ich hatte zwar meinen Ohrstöpsel nicht getragen, als ich mit Freya gesprochen hatte, aber sie hatte doch gehört, wie die anderen in den Himmlischen Saal gestürmt waren. Vielleicht interessierte sie das alles einfach nicht.

Nachdem mir mein Ohrstöpsel wieder eingefallen war, nahm ich ihn Lauren ab und steckte ihn mir wieder ins Ohr. Aber Pandora schwieg weiter und machte keine Bemerkung über meine Funkstille. Ich fühlte mich erleichtert. So, wie ich Pandora kannte, hätte sie es mich wissen lassen, wenn sie mit meinen Taten unzufrieden war. Aber da sie nichts sagte, schien ich noch einmal Glück gehabt zu haben.

Schon bald hatten wir die Schiffe hinter uns gelassen und ihre metallenen Formen glänzten im Sonnenlicht. Es war schrecklich warm in der feuchten Hitze des Klimas auf Zai, aber das Tal war ein wenig kühler als der umliegende Dschungel. Dennoch klebte meine Kleidung unangenehm an meiner Haut und ich sah, dass auch die anderen unter der Hitze litten. Trotz des Wassers, das wir mitgenommen hatten, war es unmöglich, unseren Durst zu löschen. Je mehr wir tranken, desto mehr schwitzten wir, und die salzigen Schweißperlen liefen in Strömen an mir herab.

»Ich habe Saunas schon immer gehasst und jetzt befinden wir uns auf einem ganzen Planeten, der wie eine Sauna ist!«, schimpfte Angie, die sich mit einem abgebrochenen Palmzweig Luft zufächelte, was aber nicht viel zu helfen schien.

»Es ist ziemlich heiß«, stimmte Lauren zu und putzte sich zum tausendsten Mal die beschlagenen Brillengläser.

Wir folgten einem Feldweg durch das Tal, der immer überwucherter wurde, je mehr wir vorankamen. Die Lunisten hatten recht – niemand kam hier lang, wahrscheinlich, weil niemand diesen Cambien suchen wollte. Ich fragte mich, wie er wohl war, hatte aber Schwierigkeiten, ihn mir vorzustellen. Alles, woran ich denken konnte, waren Schuppen und ein verzerrtes, markantes Gesicht. Mein überhitzter Verstand war nicht sehr kooperativ. So, wie Freyas Gesicht von Angst gezeichnet gewesen war, als sie nur seinen Namen gehört hatte, musste er ein ziemliches Monster sein.

Über uns flogen seltsame, echsenartige Kreaturen über das schmaler werdende Tal hinweg. Ihre ledrigen Flügel leuchteten in bunten geometrischen Mustern, die den Mustern an den Tempeldecken ähnelten. Vielleicht malten die Drakonier das, was sie in der Natur inspirierte. Das würde auf jeden Fall zu den Lunisten passen.

»Mit Papageien hätte ich ja kein Problem«, beschwerte sich Angie. »Aber das Einzige, was ich noch mehr als Saunas hasse, sind Eidechsen. Und diese Viecher hier haben auch noch Flügel!«

Als ob das Tier Angies Unbehagen gespürt hätte, stürzte sich eine der geflügelten Eidechsen auf Angies Tasche. Angie hob schreiend die Hände und bedeckte ihren Kopf. Das Tier drehte eine Kurve und versuchte es erneut. Angie wirbelte herum, als das Tier zum Sinkflug ansetzte, schlug ihm gegen den schuppigen Kopf und sandte die Eidechse mit zwischen den Beinen eingeklemmtem Schwanz in hohem Bogen davon.

»Ich habe es angefasst!«, sagte Angie angewidert.

»Das arme Tier hat doch nur nach Essen gesucht«, sagte Lauren grinsend.

»Das ist mir doch egal! Es hätte sich in meinen Haaren verfangen und mich beißen können!«

»Das sind Eidechsen, Angie, keine Fledermäuse«, kicherte ich.

»Außerirdische Eidechsen ... AUẞERIRDISCHE Eidechsen! Wer weiß, was diese Biester tun können!«, sagte Angie und band mit angeekelter Miene ihre Haare zu einem Knoten zusammen.

Ohne weitere Störungen durch Eidechsen marschierten wir schließlich die linke Seite des Tals hinauf. Noch fiel uns die leichte Neigung trotz müder Beine nicht schwer. Auf der anderen Seite angekommen, flachte das Land wieder ab. Hier wuchs das Gras lang und dicht und dazwischen blitzten immer wieder exotische Wildblumen auf, die uns daran erinnerten, dass wir in den Tropen waren.

Links von uns breitete sich tiefer Dschungel aus und es gab keinen sichtbaren Pfad durch ihn hindurch, wie es ihn auf der Seite der Lunisten gegeben hatte. Ich hörte Blätterrascheln und die Rufe ungewöhnlicher Tiere, aber ich konnte in den dunklen Schatten um uns herum nichts erkennen. Irgendjemand oder irgendetwas konnte uns unbemerkt beobachten.

Ich versuchte, mein ungutes Gefühl zu ignorieren, und ging zusammen mit den anderen einen weiteren Trampelpfad am Rande des Tals entlang, bis wir plötzlich am Fuß eines Berges standen. Die Felsen schienen aus dem Nirgendwo aufzuragen, als ob sie aus dem Dschungel selbst erwachsen wären. Ihre zerklüfteten Gipfel sahen aus, als wollten sie den Himmel über uns berühren. Es waren insgesamt fünf Berge, soweit ich von hier aus zählen konnte, die unterschiedlich groß waren. Einer von ihnen qualmte. Das musste wohl Berg Kusuburi, der Vulkan, sein.

»Moment mal, wir steigen da hinauf?«, keuchte Angie und blickte benommen auf den steilen Anstieg. Ein gewundener Pfad bildete einen steinigen Weg, der in dieser glühenden Hitze nicht besonders einladend aussah.

»Es ist der einzige Weg zum Dorf der Pyros«, sagte Navan zögernd und sah auf Bashrik hinab. »Aber wir können hier eine kurze Pause einlegen.« Ich sah am Pulsschlag seiner Adern, dass er langsam Kraft verlor, obwohl er das natürlich nie zugeben würde. Nein, er würde die Anstrengung aushalten, bis er Bashrik sicher auf den Gipfel des Vulkans gebracht hatte. Sicher auf einem Vulkan – das klang nach einem Oxymoron.

Vorsichtig stützte er seinen Bruder gegen einen Felsen und setzte sich neben ihn. Er nahm einen Zug aus einem neuen Blutröhrchen und wischte sich die Stirn trocken, bevor er Bashriks Shirtzipfel nahm und seinem Bruder damit ebenfalls die Stirn trocken tupfte. Zu sehen, wie nah sich die beiden standen, ließ mich lächeln, aber es versetzte mir auch einen Stich. Hoffentlich konnten wir diese Krankheit heilen. Ich wollte mir gar nicht vorstellen, was Navan ohne seinen Bruder tun würde.

»Kannst du nicht einfach mit Bashrik da hoch auf die Bergspitze fliegen und dich mit diesem Cambien-Typen treffen?«, fragte Angie wimmernd und ließ sich auf einen Felsen sacken.

»Auf gar keinen Fall gehst du allein da hoch«, schaltete ich mich ein, bevor Navan antworten konnte. »Wenn Cambien zwei Kaltblüter sieht, wird er euch sofort umbringen. Die Pyros sind nicht wie die Lunisten, schon vergessen? Nichts wird sie davon abhalten, Navan und Bashrik anzugreifen. Wenn wir sie begleiten, ist Cambien hoffentlich bereit, uns anzuhören.«

Angie stöhnte. »Na schön, aber ich hätte nie damit gerechnet, dass ich bei einer Kletterpartie wie dieser sterben würde«, seufzte sie. »Nachdem wir das All bereist und außerirdische Arten kennengelernt haben, dachte ich wirklich nicht, dass etwas so Lächerliches wie ein Spaziergang bei tausend Grad mich umbringen würde«, sagte sie dramatisch und nahm dann einen großen Schluck aus ihrer Wasserflasche.

Ich lachte. »Es wird ein beschwerlicher Aufstieg, aber stell dir nur Bashriks Gesicht vor, wenn er aufwacht und dich sieht«, sagte ich und warf Lauren einen kurzen Blick zu.

»Wenn er mich schweißgebadet und mit puterroten Wangen sieht?«, erwiderte Angie und zog eine Augenbraue hoch. »Ich wünschte, er würde bewusstlos bleiben«, jammerte sie zu unserer Erheiterung.

Ein leises Stöhnen erklang von der Stelle, an der Bashrik gegen den Felsen gelehnt saß. Er öffnete langsam blinzelnd die Augen und sah sich verwirrt um, als er seine Umgebung wahrnahm. Angie eilte zu ihm und kniete sich neben ihn. Lauren und ich folgten und hockten uns ebenfalls dicht neben ihn.

»Bash, kannst du mich hören?«, fragte Navan, zog einen Pfropfen aus einem Röhrchen und hielt es seinem Bruder an die trockenen, aufgesprungenen Lippen.

Bashrik nickte und nahm kleine Schlucke des Bluts. »Was ist passiert?«, krächzte er.

»In einem Augenblick gingen wir durch eine der drakonischen Biremen und unterhielten uns mit den Ingenieuren und im nächsten Augenblick lagst du bewusstlos am Boden«, erklärte Navan. »Du sagtest, dass du müde seist, aber ich wusste nicht, dass du krank bist.

Es tut mir leid, Bash«, murmelte er und hielt seinem Bruder das Röhrchen hoch, damit er mehr trinken konnte.

Bashrik lächelte schwach. »Es ist nicht deine Schuld, Bruder. Ich habe nicht allzu gut geschlafen und es gab nichts zu essen. Es war einfach ein bisschen viel für mich.«

»Biremen?«, fragte ich.

Navan nickte. »So nennen sie ihre Schiffe.«

»Ich bin also einfach umgekippt. Hm, wie peinlich«, brummte Bashrik und rieb sich die Augen.

Navan runzelte die Stirn. »Bashrik, verstehst du, was passiert ist?«, fragte er vorsichtig.

»Warum seht ihr mich alle so besorgt an?«, fragte Bashrik und lachte. »Es geht mir gut. Meine Beine sind ein wenig steif, aber sonst ist alles in Ordnung.«

»Nein, Bash, das ist es nicht«, sagte Navan und atmete durch. »Du hast dich irgendwie mit der Kaltblutkrankheit angesteckt. Du bist zusammengebrochen, weil sie dich schwächt. Es tut mir leid, dass ich es nicht eher gemerkt habe«, sagte er ernst, obwohl er auch nichts hätte tun können, wenn er es früher bemerkt hätte.

Lauren nickte. »Nach dem, was ich über die Plage auf Zai gelesen habe, leidest du an denselben Symptomen wie die Bergarbeiter, die sich mit der Krankheit angesteckt haben. Ich denke nicht, dass du einfach nur erschöpft bist, Bashrik. Es ist ziemlich wahrscheinlich der Kaltblutvirus«, sagte sie mitleidig.

Ihr Blick fiel zu Angie, die immer noch neben Bashrik kniete und traurig lächelte. Tränen glänzten in ihren Augen und ihre Lippen bebten leicht, aber sie überspielte ihre Gefühle hastig mit allgemeiner Sorge um seine Gesundheit.

»Wer hat mir das angetan?«, fragte Bashrik wütend.

»Die Pyros, die andere Glaubensgemeinschaft der Drakonier. Wir sind auf dem Weg zu ihnen«, antwortete ich. »Die einzige Person, die die Krankheit aufhalten kann, lebt auf der Spitze des Berges Kusuburi, und wir werden diesen Mann dazu bringen, dich zu heilen, selbst wenn es das Letzte ist, was wir tun«, versprach ich.

Bashrik wich vor Navan zurück. »Du musst dich von mir fernhalten. Wenn ich mich angesteckt habe, dann mache ich dich vielleicht auch krank.«

Navan nahm Bashriks Hand und hielt sie trotz des Protests seines Bruders fest. »Das ist mir egal, Bash. Wir werden einen Weg finden, um dich zu heilen. Wenn ich mich anstecke, dann müssen die Pyros mich eben auch heilen«, sagte er. »Der einzige Weg, dich diesen Berg hinaufzubringen, ist, dass ich dich trage. Ich werde dich nicht hier unten zurücklassen, damit du von wer weiß was für Tieren, die im Dschungel lauern, gefressen wirst«, fügte er halb grinsend hinzu.

»Ja, wenn du also bitte keine Dummheiten machen könntest – wie zu sterben zum Beispiel – bevor wir diese Bergspitze erreicht haben, wäre das wirklich nett«, sagte Angie, der Tränen übers Gesicht liefen.

Bashrik lächelte und legte eine Hand auf ihre Schulter. Es war zwar nur eine kleine Geste, aber sie hob trotzdem erschrocken den Kopf. Sie schluchzte, als sie ihre Hand auf seine legte und seine Finger drückte. Zu meiner Überraschung zog Bashrik seine Hand nicht fort, sondern wartete darauf, ob Angie sich von ihm löste. Hoffentlich lag das nicht daran, dass er sich im Fieberwahn befand. Wenn er sich später nicht an das hier erinnerte oder so tat, als ob nichts geschehen wäre, würde ich ihn mit meinen eigenen Händen umbringen. Angie hatte etwas Besseres verdient, vor allem in ihrem verletzlichen Zustand.

Langsam löste sie ihre Hand von seiner und hauchte: »Halt einfach durch, okay?«

»Ich bin ziemlich gut im Durchhalten«, antwortete Bashrik, sah sie eindringlich an und lächelte.

»Wenigstens hast du deinen Sinn für Humor nicht verloren«, neckte Angie ihn. Ich sah, dass sie zufrieden war. Vielleicht ging es für die beiden nun endlich bergauf. Ich hoffte nur, dass es nicht zu spät war.

Nachdem wir etwas von dem süßen und weichen Brot gegessen hatten, das Freya uns mitgegeben hatte, und die Kaltblüter jeweils ein Röhrchen leergetrunken hatten, standen wir auf und begannen den langen Aufstieg. Bashrik bestand darauf, neben Navan herzugehen, einen Arm auf die Schulter seines Bruders gestützt, aber er verlangsamte unser Tempo kaum.

Der Weg war steil und ich atmete röchelnd und in kurzen Zügen. Trotz all des Trainings, das ich in Vysanthe absolviert hatte, fühlte ich mich unglaublich außer Form. Aber in Vysanthe hatte ich ja auch nicht in sengender Hitze trainiert, wodurch die Luft beinahe flüssig war.

Die Sonne brannte ungehindert auf uns herab und die Felswände zu beiden Seiten des Pfades boten kaum Schatten. Meine Haut brannte trotz der Creme, die ich in der Satteltasche gefunden und mit der ich mich eingerieben hatte. Wir alle hatten unsere Mühe und die Adern unter Bashriks und Navans Haut pulsierten dunkel. Das machte mir zwar Sorgen, aber ich wusste, dass wir nicht anhalten konnten.

Stattdessen versuchte ich, mich damit abzulenken, die Kreaturen zu beobachten, die von Felsvorsprüngen herab- und aus versteckten Spalten hervorspähten. Ich sah seltsame meerschweinchenartige Tiere mit ledriger Haut, auf der ich dieselben geometrischen Muster sah wie bei den fliegenden Eidechsen. Zu meiner Erheiterung hüpften diese Tiere verspielt von Fels zu Fels und ihre Pfoten schienen irgendwie an den kahlen Wänden zu haften.

Angie trat auf dem Pfad selbst beinahe auf ein armes, nichtsahnendes Tier und hätte es fast den Abhang hinuntergestoßen. Das Tier war zusammengerollt und sah aus wie ein losgebrochener Stein, aber als Angies Fuß es versehentlich berührte, erwachte es zum Leben und stieß einen so lauten Schrei aus, dass wir alle zusammenzuckten.

»Was zum Teufel ist das?«, quiekte Angie und sprang zurück.

»Es sieht wie ein Pangolin aus«, sagte ich, als ich mich an die lustigen Schuppentiere aus dem Biologieunterricht erinnerte, als wir über Abwehrmechanismen von Tieren gesprochen hatten.

Angie versteckte sich hinter mir, als das Tier die Luft beschnüffelte. »Ein Pango-was?«, zischte sie.

»Erinnre mich daran, dir ein Foto zu zeigen, wenn wir wieder auf der Erde sind«, sagte ich, aber die letzten Worte wären mir beinahe im Hals stecken geblieben. »Komm, wir sollten das arme Vieh in Ruhe lassen. Es hat bestimmt Angst vor uns.«

Angie versteckte sich immer noch hinter mir und so huschten wir in einem weiten Bogen an dem Tier vorbei. Es beobachtete uns kurz, bevor es sich wieder zu einer Kugel zusammenrollte und sich so in die Landschaft einfügte. Danach sahen wir keine Tiere mehr und es wurde seltsam still um uns herum, je höher wir kamen.

Schließlich verschwanden die Felswände um uns und wir befanden uns auf einer tückischen Ebene, von der man den besten Ausblick hatte, den ich je gesehen hatte. Er war sogar besser als die Sicht von den heißen Quellen. Ich konnte meilenweit sehen und machte Siedlungen im Blätterdach des Dschungels aus. Rauchwolken in der Ferne verrieten Dörfer und Vulkane überall in der Landschaft verstreut. Am Horizont sah ich das Glitzern eines Ozeans. Tja, nun wusste ich, warum Cambien sich diesen Ort ausgesucht hatte: Von diesem Krähennest aus hatte man alles perfekt im Blick.

Ich fragte mich, wie weit sich die drakonische Zivilisation über die Oberfläche des Planeten erstreckte. Bei so viel Dschungel und Ozean schien Zai nur spärlich bevölkert zu sein und die Drakonier lebten scheinbar auf den natürlichen Lichtungen im Regenwald. Die Drakonier schienen nicht daran interessiert zu sein, die Bäume abzuholzen, um mehr Lebensraum zu schaffen. Vielleicht glaubten sie deshalb, dass sie alle Bewohner Zais in den relativ wenigen Schiffen befördern konnten.

Schon bald wehte eine kühle Brise, die unsere müden, verschwitzten Gesichter erfrischte. Wenn der Weg nicht so gefährlich gewesen wäre, wäre ich glücklich gewesen. Aber bei jedem Schritt bröckelten Steine unter uns weg und rollten den Berg hinab. Dies war kein Pfad, auf dem man nebeneinander herschlendern sollte, aber Navan und Bashrik blieb nichts anderes übrig.

Mit wild klopfendem Herzen sah ich die beiden vor mir hergehen. Eine falsche Bewegung, ein Steinbrocken, der wegrutschte, und die beiden wären erledigt. Erst bei der schrecklichen Vorstellung, wie die beiden in den Tod stürzen könnten, erinnerte ich mich an ihre Flügel. Wenn sie abrutschten, konnten sie sich retten. Bei Angie, Lauren und mir sah das anders aus.

Nach einer scharfen Kurve des Pfads blieben wir abrupt stehen. Vor uns, im Inneren des rauchenden Vulkankraters, befand sich ein Dorf. Offensichtlich handelte es sich um einen schlafenden Vulkan, auch wenn hin und wieder Dampf aus dem Plateau aus schwarzem Stein aufstieg, auf dem das Dorf erbaut war. Dort standen mehrere Gruppen von Häusern, mit erkennbaren Straßenzügen dazwischen und einem großen Bau in der Mitte des Ortes. Aber die Häuser schienen zu verfallen. Die Dächer waren eingestürzt, die Wände hatten tiefe Risse und alles war von einer dicken Ascheschicht bedeckt, die wie grauer Schnee aussah.

Weit und breit war kein einziger Drakonier zu sehen.

Aber das war noch nicht das Seltsamste. In den Straßen standen Statuen aus reinem Opalin in unterschiedlichen Positionen. Einige Gestalten hatten die Augen aufgerissen und streckten die Hände aus, andere wirkten mitten in der Bewegung erstarrt, die Beine so, als ob sie davonlaufen wollten. Zögernd näherten wir uns dem Dorf über die Steinstufen, die in den Krater hinabführten.

»Das sind Kaltblüter«, keuchte Navan, als er eine Statue berührte, auf deren Rücken ich halb ausgebreitete Flügel erkannte.

»Das ist wie die Ruinen von Pompeji«, murmelte Lauren ungläubig. Hier oben versteckt gab es Kaltblüter, die erstarrt waren.

»Sie müssen der letzten Mission von Bergbauarbeitern angehören, die nach Zai gekommen ist. Ich erinnere mich daran, dass keiner von ihnen zurückgekehrt ist«, sagte Navan traurig. »Vorher hatten wir es geschafft, unsere Kranken in eine nahegelegene Quarantänestation zu bringen, aber es gab eine Gruppe, von der wir nie wieder etwas gehört haben. Eine große Gruppe, die eine Bergbaukolonie gründen und mögliche Minenorte ausfindig machen sollte.«

So wie es aussah, hatten viele von ihnen versucht, zu fliehen – aber wie konnte man vor etwas fliehen, was man in sich trug?

Die Erde bebte. Mir jagte ein kalter Schauer den Rücken hinab und ich biss die Zähne zusammen.

»Der Vulkan?«, rief ich.

Angie packte Bashriks Arm und stützte ihn. »Wir können nicht vor einem Ausbruch davonrennen!«

»Wir können vom Krater nach unten fliegen ...«, setzte Navan an.

Ein Schatten erstreckte sich über mich hinweg und hüllte uns fünf in Dunkelheit. Das war keine Naturkatastrophe. Ich wirbelte herum und stand auf einmal einem vollverwandelten Drachen gegenüber, der die Flügel spreizte und die Zähne fletschte.

# KAPITEL VIERZEHN

Der Drache schien durch seine gefährlichen Zähne hindurch zu lächeln und klappte seine ledrigen Flügel hinter seinem riesigen Körper zusammen. Seine ganze massige Gestalt war mit scharlachroten Schuppen bedeckt, die sich bewegten, so als ob Sand durch ein Stundenglas rann. Mit lebhaften, bernsteinfarbenen Augen sah er uns an und musterte die winzigen Wesen, die vor ihm standen.

»Ich bin Cambien«, sagte er und seine mächtige Stimme ließ den Boden erbeben. Seine Stimme drang tief aus seiner Brust und dröhnte so sehr, dass meine Nackenhaare kribbelten. »Ich entnehme eurem unverschämten Eindringen in unseren heiligen Zufluchtsort, dass ihr auch wie eure ... statuarischen Gefährten werden wollt? Seid ihr hier, um mehr unserer kostbaren Ressourcen zu stehlen?«, fragte er anschuldigend und blähte die Nüstern auf. Nach dem, was ich über die Drakonier wusste, waren sie in der Lage, Feuer zu speien – machte er sich gerade dazu bereit? Wollte er uns zu Asche verwandeln?

»Nein, wir sind nicht hier, um etwas von dir zu stehlen«, rief ich ängstlich. Cambien war riesig in seiner Drachengestalt und konnte uns wirklich gefährlich werden, wenn er wollte.

Er schnaubte. »Warum sollte ich euch auch nur ein Wort glauben?

Ihr kommt mit Kaltblütern her – da könnt ihr nicht erwarten, dass ich euch vertraue«, sagte er mit kühler Belustigung.

»Wir sind mit guten Absichten gekommen, Cambien. Wir brauchen deine Hilfe, nichts weiter«, erklärte ich in einem Wortschwall.

»Das werden wir noch sehen«, antwortete er.

»Hat die Krankheit das mit den Kaltblütern getan?«, fragte ich. »Hast du sie getötet, indem du sie in Opalin-Statuen verwandelt hast?«

Ich dachte daran, welches Schicksal Bashrik ereilen konnte. Auf gar keinen Fall durfte ihm das Gleiche passieren.

Cambien stieß ein kehliges Lachen aus. »Auch wenn das eine gewisse poetische Gerechtigkeit hätte, die meine Seele erfreuen würde, sind wir keine Monster – im Gegensatz zu denen, die unser Land besetzt haben.« Er lachte und seine Schuppen bebten unter der Erschütterung. Seine langen reptilartigen Nackenkämme stellten sich in die entgegengesetzte Richtung seines Schwanzes auf.

Seine gespaltene Zunge fuhr über die schuppigen Mundränder, dort wo sich eigentlich Lippen befinden sollten, und ich sah zu Boden.

»Hat Pyro dir die Zunge gestohlen?«, fragte er.

»Für mich sehen sie tot aus«, sagte ich leise und zwang mich, ihn wieder anzusehen.

Ein heißer Windstoß traf mich, als er in meine Richtung schnaubte. »Wir sind keine Mörder. Wir sind Freiheitskämpfer«, erklärte er mit einer gewissen Überheblichkeit. »Wenn die Besatzer auf unserem Planeten bleiben und ihre Strafe für den Schmerz und das Leid, das sie unserem Volk zugefügt haben, verbüßen, dann wird ihnen kein dauerhafter Schaden zurückbleiben.« Er bewegte den Schwanz und grinste wölfisch.

Ich sah ihn entsetzt an. »Sie sind also noch am Leben?«

»Wäre es dir lieber, wenn sie es nicht wären?«, fragte Cambien. »Ich kann natürlich auch ...« Er trat auf die Statuen zu, aber ich hob schnell die Hände und meine Fingerspitzen berührten seinen schuppigen Hals.

»Nein! Tu ihnen nichts an!«

Er lachte vor Vergnügen. »Du hast eine außergewöhnliche Ausstrahlung, die meine Schuppen erschaudern lässt«, schnurrte er. »Was bist du?«, flüsterte er und beschnüffelte mein Gesicht mit seiner Schnauze, wobei die heiße Luft, die seine Nüstern ausstießen, durch meine Haare blies.

Navan trat vor und kniff die Augen zusammen. »Es tut nichts zur Sache, was sie ist. Was hast du diesen Leuten angetan?«, fragte er und legte einen Arm um mich. Bashrik humpelte neben seinen Bruder, während Angie und Lauren im Hintergrund blieben.

Cambien lachte kühl. »Was für ein jämmerliches Paar! Ich bräuchte nur zu niesen, um euch von diesem Berggipfel zu pusten«, sagte er und sah Bashrik spöttisch an. »Habt ihr schon einmal das wahre Brennen eines Drakonierfeuers gespürt?«

»Nein«, knurrte Navan.

Cambien grinste. »Würdet ihr es gern tun?«

»Was hat die Krankheit mit ihnen gemacht?«, fragte nun Angie und trat vor. Ihr Blick huschte immer wieder zum wacklig stehenden Bashrik.

»Sieh an, sieh an, du hast eine genauso auserlesene Aura wie die Kleine hier. Genauso wie deine Freundin mit der seltsamen Brille«, murmelte Cambien und neigte die Schnauze. »Aber an dir spüre ich eine seltsame Bitterkeit, mein wellenhaariger Leckerbissen. Bist du vielleicht traurig?«

»Was hat die Krankheit mit den Kaltblütern gemacht?«, wiederholte Angie ihre Frage wütend.

Cambien schmunzelte. »Es macht mich traurig, zu denken, dass eine solche Schönheit sich mit so etwas Hässlichem einlässt.« Er seufzte. »Offensichtlich hat sich einer eurer beiden Kaltblutfreunde mit demselben Virus angesteckt und du willst unbedingt erfahren, welches Schicksal ihn erwartet. So wie die beiden Jungs aussehen, nehme ich an, dass es den getroffen hat, der den Eindruck macht, dass er jeden Augenblick tot umfallen könnte?«

Angie sah ihn finster an, doch Lauren zog sie zurück, bevor sie etwas sagte, was sie danach womöglich bereute. Wir wussten immerhin nicht, wie schnell Cambiens Temperament umschlagen konnte. Er hatte in den letzten fünf Minuten bereits mehr gesagt als Freya in der ganzen

Zeit, die wir bei ihr verbracht hatten, obwohl ich ziemlich sicher war, dass das nur daran lag, dass er sich selbst gern reden hörte.

»Wie können sie noch am Leben sein? Du behauptest, dass es so ist, aber kannst du es beweisen?«, fragte Lauren, um Cambien abzulenken.

»Ich mag kluge Frauen«, kicherte er. »Nun, als der wohltätige Kavalier, der ich bin, werde ich euren blonden Freund von seinen Qualen erlösen, aber ihr müsst mir vertrauen. Die Krankheit verwandelt die Kaltblüter in Opalin, aber die Opfer bleiben bei Bewusstsein. Sie können alles sehen und hören, was um sie herum geschieht, während der Stein ihr wertloses Leben gefangen hält. Ich nenne es göttliche Gerechtigkeit, andere nennen es schlicht genial.«

»Man könnte es auch Folter nennen«, fauchte Navan.

»Hm, und wenn diese Bemerkung von dir kommt, könnte man sie scheinheilig nennen«, erwiderte Cambien und fuhr mit seiner Schnauze dicht an Navan heran.

Angies Blick schoss zu Bashrik, dessen Bewegungen mit jeder Minute steifer wurden. Auf dem Weg den Berg hinauf hatte er sich über Schmerzen in seinen Muskeln beschwert. Das ergab nun Sinn. Er verwandelte sich zu Stein. Der Virus ließ ihn erstarren.

»Wir brauchen ein Gegenmittel, Cambien, und du wirst es uns geben«, knurrte Navan, der sich weigerte, vor der riesigen Bestie zurückzuweichen.

Cambien blies Navan heiße Luft ins Gesicht. »Warum sollte ich so etwas tun? Eure Art verdient keine weitere Geste unserer Gnade. Dass wir euch nicht getötet haben, sollte Gnade genug sein«, fauchte er, wobei seine Zähne aufeinanderstießen. Er wirbelte herum und sein Schwanz traf Navans Beine, sodass dieser zu Boden fiel. Er rappelte sich wieder auf und ich sah, wie er vor Zorn schnaubte. Kurz darauf stieß Cambien einen Feuerschwall aus, der uns alle zwang, zurückzuweichen.

»Hört auf! Es wird uns allen nichts nutzen, wenn ihr euch darüber streitet, wer Recht hat«, schrie ich und das Feuer verebbte.

Cambien grinste. »Ich dachte, dass du noch etwas sagen würdest, nämlich, dass ich Recht habe«, lachte er.

Ich verdrehte die Augen. »Wir sind nicht gekommen, um etwas zu stehlen«, erklärte ich. »Meine Kaltblutfreunde sind nicht wie die, die vorher auf deinen Planeten gekommen sind. Sie wollen wiedergutmachen, was deiner Art angetan wurde, und sie wollen verhindern, dass ihr euren Planeten aufgeben müsst. Sie verstehen, dass ihr euch am Ende gezwungen gesehen habt, euch zu wehren, und auch wenn sie nicht mit euren Methoden einverstanden sind, so verstehen sie doch eure Beweggründe«, behauptete ich.

»Wohlwollende Vysanthiner?« Cambien lachte sarkastisch. »Da würde ich eher glauben, dass ein Lunist Amok läuft.«

»Ob du es glaubst oder nicht, dies ist wirklich der Grund, warum wir dich aufsuchen«, beharrte ich. »Freya sagte, dass du der Einzige bist, der uns helfen kann.«

Ein Funken Neugier glitzerte in seinen Augen. »Freya, hm?«

Ich nickte. »Wir suchen nach einer Heilung für unseren Freund, aber wir wollen euch auch helfen, die Beschädigung des Opalins rückgängig zu machen, damit eure Art nicht in diese metallenen Todesfallen steigen und quer durch das Universum fliegen muss. Freya sagte, dass du uns helfen kannst.«

Ohne Vorwarnung setzte sich Cambien auf seine schuppigen Hinterbeine und sein Körper drehte sich in einer wirbelnden Feuersäule. Die Hitze wallte uns entgegen und zwang uns, die Hände zum Schutz vor unsere Gesichter zu heben. Als das Feuer wieder abnahm und die Flammen im Boden verschwanden, blieb eine Gestalt zurück.

Cambien hatte seine menschenartige Gestalt angenommen. Ich hatte ein hässliches Monster, Halb-Mann, Halb-Drache, erwartet, aber der Drakonier, der vor mir stand, war ungewöhnlich attraktiv. Er war groß und breitschultrig und seine rötlichschuppigen Muskeln waren unter den kurzen Ärmeln einer amethystfarbenen Tunika zu sehen. Seine seltsam gefärbte Haut hatte die gleichen Schuppenmuster wie Freya und die anderen Lunisten, aber seine hatten einen rostroten Ton. Sein Gesicht war eckig und sein Kinn und seine Wangenknochen waren so markant, dass sie fast an Navans ausgeprägte Züge herankamen. Er sah uns mit denselben eindringlichen bernsteinfarbenen Augen an wie vorher in seiner Drachenform.

Als ich mich umdrehte, sah ich, dass auch Angie und Lauren ihn anstarrten. Er war definitiv ein beeindruckendes Spezimen, auch wenn er ein wenig zu sehr von sich eingenommen war.

»Freya hat euch von ihrem großen Exodus erzählt?«, fragte Cambien. Seine Stimme war nicht weniger dröhnend, obwohl er keine mächtigen Drachenlungen mehr hatte.

Lauren nickte und fand schließlich ihre Sprache wieder. »Das hat sie. Ursprünglich sollten wir ihr beim Schiffsbau helfen, aber dann haben wir uns gefragt: Warum versuchen wir nicht, die Beschädigung, die durch die Krankheit verursacht wurde, rückgängig zu machen? Es scheint mir albern, den weiten Weg durchs All zu reisen, wenn das vielleicht gar nicht nötig ist«, sagte sie und ihre Wangen röteten sich leicht, weil Cambiens stechender Blick sie verlegen machte.

»Ich mag kluge Frauen wirklich sehr«, surrte er mit einem großspurigen Lächeln. »Ich würde gern mehr darüber hören, was Freya euch erzählt hat, aber ein erstarrtes Dorf scheint mir kein angenehmer Ort zu sein, um mit solch seltenen Schönheiten wie euch zu sprechen«, sagte er, beugte sich nach vorn, ergriff Laurens Hand und küsste sie sanft.

Lauren war entsetzt und sah ihn verblüfft an. Er lachte in sich hinein und hielt ihre Hand fest, während er sie durch das erstarrte Dorf aus Opalin-Statuen führte.

»Folgt mir«, rief er uns zu.

Erschrocken drehte sich Lauren über ihre Schulter zu uns um und formte stumm das Wort: *Hilfe!*

»Cambien, könntest du bitte die Hand meiner Freundin loslassen?«, fragte ich und beeilte mich, die beiden einzuholen.

Er grinste. »Ach du meine Güte, ich habe völlig vergessen, dass ich sie noch halte. Deine Hände sind so zart, weich und sanft, dass ich sie kaum spüre!«, raunte er Lauren zu, die ihn immer noch anstarrte. »Könnte ich dich vielleicht dafür interessieren, meine Hand zu halten? Ich verspreche, dass ich nicht beiße«, sagte er und zwinkerte mir zu.

»Nein, danke«, sagte ich leise und er lachte über meine Abfuhr. Als ich nach hinten blickte, sah ich belustigt in die verärgerten Gesichter von Navan und Bashrik.

»Wie wäre es mit dir, Mädchen mit den flachsartigen Haaren? Ich kann deine Traurigkeit verjagen und deine Bitterkeit in Süße verwandeln«, bot er charmant an, aber Angie wollte davon nichts wissen.

Sie schnaubte. »Flachshaar? Wer sagt überhaupt ‚flachsen'? Ich weiß nicht einmal, was das bedeutet. Es klingt wie etwas, was man in einen Milchshake mischt«, antwortete sie, worauf Bashrik grinste. Sie war definitiv nicht darauf angewiesen, dass er sie verteidigte.

»Vielleicht bleibe ich doch lieber bei der Klugen. Ich mag Frauen mit einem umfangreichen Vokabular«, sagte Cambien und wandte sich wieder Lauren zu. Eins musste ich ihm lassen: Er war wirklich hartnäckig. Aber keine von uns ließ sich von ihm beeindrucken und wir hielten alle Abstand, während wir durch das erstarrte Dorf gingen und einen Bergpfad auf der anderen Seite erreichten.

Unten, auf einem Felsplateau, das aus dem Vulkan selbst herauszuragen schien, befand sich ein zweites Dorf, mit Häusern aus Stein statt aus Holz. Dort liefen Leute umher und verschiedenfarbige Schuppen schillerten im grellen Sonnenlicht. Das Pyros-Dorf.

»Wie kommt es, dass du dich verwandeln kannst, obwohl das Opalin beschädigt ist?«, fragte ich, um zu versuchen, Cambien von seinen Charmeattacken abzulenken.

Er sah mich neugierig an. »Ihr seid wirklich ein interessanter Haufen von Frauen«, murmelte er. »Ich würde gern sehen, was in euren Köpfen vorgeht.«

»Das glaube ich dir, Casanova. Beantworte einfach die Frage«, sagte Angie spitz und ich unterdrückte ein Lachen.

»Du wirst mir die Bedeutung der exotischen Worte, die du benutzt, erklären müssen. Ich verstehe nicht alle«, sagte er mit einer Unschuldsmiene und zwinkerte Angie zu. »Aber jetzt hör auf, mit mir zu flirten, Mädchen mit den Flachshaaren. Deine Freundin möchte etwas über das Opalin erfahren und ich möchte es ihr erklären«, sagte er und wandte sich wieder mir zu, bevor Angie etwas erwidern konnte. »Ich habe einen Weg gefunden, einzelne Kräfte aus den Steinen zu nutzen. Heute war das erste Mal seit Jahren, dass ich meine wahre Gestalt eingenommen habe, und es hat sich verdammt gut angefühlt!« Er seufzte und seine Schuppen erbebten.

»Wissen die Lunisten, dass du einen Weg gefunden hast, um das Opalin wieder zu nutzen?«, fragte ich.

Er prustete. »Die Lunies tun gern so, als ob wir nicht existierten. Aus den Augen, aus dem Sinn«, murmelte er. »Alles, was sie interessiert, sind ihre albernen Doktrinen und ihre rückständigen Rituale, aber ich gebe den Grauhäutern die Schuld daran. Es ist alles schlimmer geworden, als die Vysanthiner herkamen. Das hat die religiösen Überzeugungen der Lunies nur noch fanatischer gemacht«, erklärte er und warf Navan und Bashrik einen finsteren Blick zu. Die beiden mühten sich den Pfad hinab; Bashriks Bein war inzwischen fast unbeweglich geworden.

»Wart ihr denn nicht einmal genauso wie sie?«, fragte Lauren.

Cambien zuckte mit den Schultern. »Ich gehörte noch nie zu der Art von Drakoniern, die Regeln und Vorschriften mögen«, sagte er mit einem seltsam traurigen Lächeln. »Ich rede gern, singe gern und mag es, schönen Frauen Gedichte vorzulesen. Ich mag keinen Moralkodex, der eine Person dazu zwingt, die Anzahl ihrer Worte so sehr zu reduzieren, dass keiner mehr den anderen versteht. Ich schätze keinen Glauben, der Personen zu Selbstopfern zwingt, und das alles im Namen der Religion«, sagte er, den Blick in die Ferne gewandt.

»Nein, ich kann mir dich auch nicht als selbstlose Person vorstellen«, sagte Navan. »Selbstsüchtig vielleicht, aber definitiv nicht aufopfernd.«

Cambien lachte leise. »Du hast mich missverstanden, mein grauhäutiger Gefährte«, antwortete er mit giftigem Ton. »Ich spreche nicht von selbstlosen Taten. Ich spreche von einer Selbstaufopferung der schlimmsten Art, die von absurden Ritualen vorgeschrieben wird. Selbst Freya ist diesen Ritualen zum Opfer gefallen und sie hat die gütigste Seele, der ich jemals begegnet bin«, sagte er mit überraschender Zuneigung.

»Freya?«, fragte Angie.

Cambien nickte. »Es gab ein bestimmtes Ritual, das ich mein Leben lang nicht vergessen werde. Es schreibt vor, dass sie ihr eigenes Gesicht verbrennen muss, um die Hohepriesterin der Lunarissekte zu werden«, sagte er ernst. »Es ist nicht einfach für einen Drakonier, sich zu verbrennen. Man muss etwas schaffen, dass der Atem der Hölle genannt wird. Das ist das Einzige, was heiß genug ist, um die Haut eines Drakoniers zu versengen. Es ist sehr schmerzhaft und ich war dabei, als sie das Ritual durchlaufen hat. Ihre Schreie werden mich bis ans Ende meiner Tage verfolgen.« Er stockte und holte tief Luft. »Sie dachte, dass es sie von verbleibenden Sünden reinigen würde, weil das Ritual angeblich dazu gedacht war. Ich war natürlich dagegen und habe ihr abgeraten.«

»Sie hat nicht auf dich gehört?«, fragte Navan mit weicherem Ton.

»Frauen hören nie zu«, sagte Cambien, aber er klang nicht mehr so überheblich wie zuvor. Er hatte ein wenig von seiner stolzen Art verloren und wirkte verletzlicher. Ich fragte mich, ob das nur eine weitere Flirttechnik war, um uns zu betören. Aber es vergingen mehrere Minuten und seine Stimmung schlug nicht um. Vielleicht war doch etwas Aufrichtiges an seinem Gefühl, trotz seines arroganten Verhaltens.

Wir liefen den Rest des Weges zum Pyros-Dorf, während wir erklärten, was Freya mit den Biremen vorhatte und dass sie die Bevölkerung an einen anderen Ort führen wollte. Es überraschte mich nicht, dass Cambien bereits von ihren Plänen wusste, aber er schien erheitert darüber zu sein, dass sie die Bevölkerung von Pyros nicht eingeladen hatte.

»Wahrscheinlich will sie Pöbel wie uns nicht mitnehmen«, sagte er, während wir uns dem Dorf näherten.

Das Dorf war dem am Vulkankrater fast gleich, aber die Häuser waren robuster und die Personen hier bewegten sich. Sie sahen glücklich aus und ein Lächeln lag auf ihren vielfarbigen, sonnenbeschienenen Gesichtern. Sie grüßten einander, unterhielten sich und ihr Lachen klang bis zu uns. Ein paar sahen in unsere Richtung, schienen sich aber nicht an uns Fremden zu stören. Als sie die beiden Kaltblüter bemerkten, wurde ihr Verhalten abweisender, aber nach einem Augenblick wandten sie sich ab und gingen weiter ihren Beschäftigungen nach. Sie unterschieden sich deutlich von den Lunisten und waren eher wie Soldaten gekleidet und nicht wie Gläubige. Schwarze Rüstungen glänzten über ihren schönen Roben und Tuniken und an Armbändern an ihren Handgelenken und Armen sah ich das Zeichen einer Flamme, die in einem Kreis gefangen war.

Cambien blieb am Rande der Siedlung stehen, wo Felsen zu einer Art Auditorium aufgestapelt waren. Hoffentlich würde er kein Spektakel für uns veranstalten.

Nachdem er dramatisch geseufzt hatte, sah er uns nacheinander an. »Nun, ihr habt mir von Freyas Plänen erzählt«, sagte er. »Jetzt werde ich von meinen Plänen berichten ... obwohl ich mir nicht sicher bin, ob sie euch gefallen werden«, sagte er mit blitzenden Augen.

# KAPITEL FÜNFZEHN

»Du willst doch sicher genauso wie die Lunisten, dass die Drakonier weiter auf Zai bleiben können?«, fragte ich. Navan trat einen Schritt vor. »Dies ist euer Heimatplanet. Wenn du Freya die Heilung verraten musst, um deine Leute vor dem Schmerz zu bewahren, ihr Zuhause zu verlassen, dann ist es das doch wert«, sagte er, nachdem er Bashrik gegen einen der Felsen gesetzt hatte.

»Offensichtlich gebt ihr mir keine Gelegenheit dazu, meine Meinung zu sagen«, bemerkte Cambien sarkastisch und brachte uns damit zum Schweigen. Irritiert sahen wir uns an, während er zu sprechen begann. »Ich möchte, dass die Drakonier auf Zai bleiben – natürlich möchte ich das – aber ich möchte, dass sie hierbleiben, ohne die Schäden des Opalins rückgängig zu machen.«

»Aber warum? Warum willst du das nicht, wenn es deinen Planeten doch retten würde?«, unterbrach Navan ihn, weil er einfach nicht an sich halten konnte.

Cambien grinste. »Ich würde es euch ja erklären, wenn ihr mich ausreden lassen würdet.«

»Entschuldigung. Fahr fort«, murmelte Navan.

»Um die Schäden des Steins rückgängig zu machen, muss ich mir die Vergebung des Opalins verdienen«, begann er. »Das bedeutet, alle Kaltblüter freizulassen, die der Krankheit in der Vergangenheit zum Opfer gefallen sind und deren erstarrte Körper sich noch auf Zai befinden.«

Navan schüttelte den Kopf. »Lass mich raten. Du bringst es einfach nicht über dich, weil meine Leute euch zu viel angetan haben? Haben sie nicht hart genug dafür gebüßt?«

»Lass ihn ausreden«, sagte Angie und ich war überrascht, als ich sah, dass sie Cambien verständnisvoll ansah. Er hatte scheinbar tiefergehende Beweggründe für sein Zögern.

»Danke«, sagte Cambien. »Nein, Kaltblut, es hat nichts damit zu tun, dass ich es nicht über mich bringen kann, sie zu befreien. Es hat mehr damit zu tun, was sie tun werden, sobald ich sie erlöse. Glaub mir, dass ich oft genug darüber nachgedacht habe. Diese Kaltblüter sind ohne Zweifel nach ihrer langen Starre verrückt geworden. Sie könnten entkommen und sowohl die Pyros als auch die Lunisten angreifen. Wir wären gezwungen, uns zu verteidigen, aber die Lunies würden sich weigern, das zu tun. Viele würden ihr Leben verlieren und ich bin nicht gewillt, das zu riskieren«, erklärte er mit bestechender Logik.

»Warum bringt ihr sie nicht einfach um, sobald ihr sie befreit?«, krächzte Bashrik mit schmerzverzogenem Gesicht.

Cambien verdrehte die Augen. »Ihr zwei Kaltblüter habt wirklich nicht zugehört, oder? Wir töten nicht, wir bestrafen nur«, sagte er. »Selbst wenn ich eure Leute töten wollte, könnte ich es nicht. Wenn ich die Kaltblüter umbringe, dann wäre das Opalin dauerhaft beschädigt, so wie es unsere religiösen Schriften vorhersagen. Wenn ich diese Grenze übertrete, dann gibt es keinen Weg mehr, den Schaden rückgängig zu machen. Das ist die einzige Doktrin, an die ich glaube: Wenn ein Drakonier mit eigenen Händen ein Leben beendet, dann straft der Stein uns alle, ohne Ausnahme.«

So gern ich Dinge auf wissenschaftliche Weise verstand, schien das Opalin über mein Verständnis hinauszugehen. Dieser Planet war mystisch und genauso mystisch war sein wertvolles Gestein.

Wir schwiegen mehrere Minuten lang, während Cambiens Worte

einsackten. Ich war davon überzeugt gewesen, dass er das Geheimnis der Umkehrung aus selbstsüchtigen Gründen für sich behielt, aber da täuschte ich mich. Cambien tat es zum Wohl seines Volkes. Seine Leute hatten schließlich schon genug gelitten. Sie brauchten keinen Massenmord, um ihr Leid noch schlimmer zu machen.

Ich dachte an die Vysanthiner, die vorher hier gewesen waren, diejenigen, die vom Virus infiziert worden waren, es aber noch geschafft hatten, Zai zu verlassen. Laut Navan waren sie zu einer Quarantänestation irgendwo im All gebracht worden – zur selben Station, zu der wir auf Brishas Anweisung hin Navan und Bashrik bringen sollten, falls sie sich auf unserem Einsatz mit der Krankheit ansteckten. Tja, das würden wir auf gar keinen Fall tun! Keiner von uns wollte Bashrik auf irgendeinem Klinik-Außenposten abladen, den er womöglich nie wieder verlassen könnte. Aber ich grübelte darüber, ob die Kaltblüter, die dem Planeten noch entkommen waren, ein besseres Schicksal ereilt hatte als jene armen Seelen, die hier auf fremdem Boden in Opalin gefangen waren?

Auch wenn ich es nur ungern zugab, hatte Pandora richtig darin gehandelt, das Schiff nicht zu verlassen. Wenn wir darauf bestanden hätten, unsere Schutzanzüge anzulassen, dann wäre Bashrik nicht krank geworden. Andererseits stünden wir jetzt nicht hier, wenn wir unsere Anzüge nicht ausgezogen hätten. Und ganz ehrlich, welche Wahl hatten wir denn gehabt?

Es war Navan, der schließlich das Schweigen brach. »Wenn du Bashrik heilst, dann werde ich jedes Kaltblut, das wieder zum Leben erwacht, selbst töten«, flüsterte ich.

Ich sah ihn entsetzt an. Es überraschte mich, dass er bereit war, so viele seiner eigenen Art zu töten. Andererseits stand Bashriks Leben auf dem Spiel und Navan hatte die Vysanthiner schon immer verachtet. Er schien sich völlig von sich selbst zu distanzieren, wenn er jemanden töten musste. Aber das Dorf war ja nicht alles. Es musste doch Bergbauminen voller erstarrter Statuen geben. Allein im Krater befanden sich mindestens vierzig in Opalin gefangene Kaltblüter.

Cambien schien genauso überrascht wie ich zu sein. »Das würdest du tun?«

Navan nickte. »Ja, wenn du schwörst, Bashrik sofort zu heilen.«

»So ehrbar dein Vorschlag auch ist, muss ich zugeben, dass ich nicht weiß, wie die Krankheit umzukehren ist, bevor sie gänzlich eingesetzt hat«, gestand Cambien. »Wenn du willst, dass ich Bashrik heile, dann muss er zuerst zu einer Statue werden. Erst dann kann ich versuchen, den Prozess rückgängig zu machen.«

»Soll das ein Scherz sein?«, knurrte Navan.

Doch Cambien zuckte mit den Schultern. »Nein. Wenn du willst, dass ich ihn heile, dann musst du mir vertrauen. Ich bin ein Drakonier und deine Leute verachten uns, aber du kannst wohl nicht daran zweifeln, dass wir eine ehrliche Rasse sind«, sagte Cambien herausfordernd.

»Und du weißt, dass wir eine sehr misstrauische Art sind«, erwiderte Navan bitter.

Cambien seufzte. »Als Zeichen meines Wohlwollens werde ich euch etwas zeigen, was kein Fremder zu sehen bekommt«, sagte er rätselhaft. »Kommt, folgt mir.« Er sprang von seinem Felsen und ging in Richtung des Dorfes.

»Brauchst du Hilfe?«, fragte Angie, als Navan Bashriks Arm um seine Schulter legte und ihm aufhalf.

»Nein ich schaffe es schon, aber danke«, sagte Navan lächelnd.

Wir folgten Cambien, der durch das Dorf ging. Seine schimmernd roten Schuppen waren das Einzige, was ihn von den anderen unterschied. Etwa fünf Minuten später blieb er im Schatten des Vulkans stehen und deutete uns, ebenfalls Halt zu machen. Eine Felswand aus reinem Opalin ragte vor uns auf. Sie bedeckte die Seite des Bergs Kusuburi. Das Opalin schien auf natürliche Weise hier entstanden zu sein. Vielleicht hatten die Pyros deshalb ihr Dorf hier errichtet.

Aber die Oberfläche war nicht völlig glatt, sondern hin und wieder ragten sechseckige Bienenstöcke aus dem Felsen. Aus ihnen war ein leises Summen zu hören, das mir eine Gänsehaut bereitete.

»Geht nicht zu nah an die Bienenstöcke heran«, warnte Cambien und streckte seinen Arm aus, damit wir nicht weitergingen. »Die

Insekten wurden hier geschaffen. Sie verbreiten die Krankheit der Kaltblüter.«

»Sie wurden geschaffen?«, fragte Lauren mit geweiteten Augen.

»Sie sind keine wirklichen Insekten wie die, die ihr im Dschungel, der den Großteil unseres Planeten bedeckt, findet werdet«, sagte Cambien und sah Lauren eindringlich an. »Diese Insekten wurden mithilfe einer von mir erfundenen Nanotechnologie kreiert.«

»Nanotechnologie?«, fragte Navan kühl. »Eure Art verfügt doch gar nicht über diese Art von Technologie mit einer solchen Komplexität.«

Cambien warf ihm einen säuerlichen Blick zu. »Wer hat dir das denn erzählt? Das ist doch Vysanthiner-Geschwafel! So viele Bibliotheken, aber keine enthält etwas, was nicht von einem eurer Leute geschrieben worden wäre! Eure Lektüre ist nicht gerade unvoreingenommen, meinst du nicht?«

»Ich habe mehrere Bücher gelesen, die von einheimischen Wesen geschrieben wurden, aber in keinem stand etwas darüber, dass die Drakonier Nanotechnologie benutzen«, sagte Lauren. »Aber es gab auch sonst nicht viele Informationen über euch.«

»Das ist genau mein Reden. Warum sollten wir unsere wissenschaftlichen Studien auch in die Hände unserer Feinde fallen lassen? Wir haben unsere wissenschaftlichen Bücher dort versteckt, wo die Kaltblüter mit ihren eisigen Fingern nicht hinkommen«, lachte Cambien. »Vielleicht sind wir in einigen Themen etwas rückständig, aber ein paar von uns sind durchaus auf dem neuesten Stand der Technik. Und ich gehöre glücklicherweise dazu.«

Bashrik sah mit benebeltem Blick auf. »Eins dieser Biester hat mich gestochen!«, murmelte er. Seine Worte klangen seltsam, so als ob er mit vollem Mund sprechen würde. Mir wurde flau im Magen. Die Krankheit breitete sich aus. Schon bald wäre auch Bashrik eine erstarrte Statue. Wir konnten nur darauf vertrauen, dass Cambien ihn tatsächlich heilen konnte, wenn das geschah.

Cambien verzog das Gesicht. »Es gibt ein oder zwei kleine Störungen«, gestand er. »Manchmal verlieren die Insekten ihre Verbindung und können den Weg zum Stock nicht zurückfinden. Dann neigen sie zu Defekten. Bislang war das kein Problem, weil es keine Kaltblüter auf dem Planeten gab, aber dann seid ihr gekommen – und habt die Insekten magisch angezogen«, sagte er mit einem leicht entschuldigenden Ton.

»Wie Honig die Bienen«, murmelte ich und Cambien sah mich verwirrt an. Jetzt wo ich wusste, dass hier draußen verrückte Nanokreaturen unterwegs waren, verstand ich, wie viel Glück Navan gehabt hatte, nicht gleichzeitig mit Bashrik gestochen worden zu sein. Vielleicht hatten die heißen Quellen ihn beschützt und seine Kaltblut-Anziehungskraft durch den Geruch und die Hitze des trüben Wassers überdeckt.

»Handelt es sich denn dann überhaupt um einen Virus?«, fragte Lauren in einem verhörähnlichen Ton.

Cambien sah sie nachdenklich an. »In gewisser Weise ist es ein Virus, weil er in den Blutkreislauf des Opfers eindringt und dann die Zellen befällt. Aber der Virus ist insofern einzigartig, dass er nur die Zellen der Epidermis und der Muskeln angreift, sodass sich die Haut zu einer steinernen Hülle verwandelt und die Gelenke unbeweglich gemacht werden«, erklärte er mit einem Stolz in der Stimme, der mich wütend machte. »Dein anderer Kaltblutfreund kann nur erkranken, wenn er auch gebissen wird.«

»Die Krankheit überträgt sich nicht von einer Person zur anderen?«, fragte Navan.

»Nein«, antwortete Cambien. »Die Person muss von einem meiner Insekten gebissen werden. Ich kann die Tiere dazu programmieren, ein bestimmtes Ziel anzugreifen, wenn ich Lust dazu habe«, sagte Cambien und die Drohung zwischen den Zeilen war deutlich genug, dass Navan schwieg und die Lippen zu einer schmalen Linie zusammenpresste.

Angie seufzte. »So viel also zum Pazifismus, hm?«

»Die Lunies sind vielleicht passiv, aber wir Pyros sind es nicht«, sagte Cambien mit einem kühlen Lächeln. »Wenn ihr uns austricksen oder bedrohen wollt, dann werde ich nicht zögern, meine Insekten auf dich, Kaltblut, loszujagen. Ich werde auch nicht davor zurückschrecken, eine spezielle Sorte zu züchten, die euch drei ebenfalls krank machen kann.« Sein Blick fiel auf Angie, Lauren und mich und mir gefror das Blut beinahe in den Adern.

»Ich habe dir ein Versprechen gegeben und ich habe vor, es auch zu halten«, sagte Navan entschlossen, obwohl mich das keineswegs beruhigte. Es brauchte nur ein wild gewordenes Insekt und einen plötzlichen Umschwung von Cambiens Laune, damit wir alle ausweglos hier feststeckten.

Mit dieser ominösen Warnung führte uns Cambien von den Stöcken fort zu einer Treppe, die unter die Erde reichte und sich in den Felsen bohrte. Hitze schlug uns entgegen, als wir hinabstiegen, obwohl es über uns Lüftungsschächte gab. Wir näherten uns dem Herzen des Vulkans.

Die Treppe endete vor einem langen Tunnel, der uns in eine Höhle brachte. Diese war hell beleuchtet. Lampen hingen von der Decke und goldene Lichtstrahlen wurden von Maschinen in den Wänden durch das Zimmer geworfen. An den Höhlenseiten standen Bettreihen, die zur Hälfte leer waren. In einigen Betten schliefen Drakonier und in der Luft hing der unverwechselbare Geruch von Desinfektionsmitteln. Wir befanden uns in einer Art Krankenhaus, das unter dem Vulkan lag.

»Es wird nur ein paar Stunden dauern, bevor die Krankheit ihre volle Wirkung bei eurem Freund Bashrik entfaltet«, sagte Cambien und ging zu einem mit Vorhängen abgeschirmten Bereich in einer Ecke hinüber. »Legt ihn bitte hierhin. Er sollte es bequem haben, während ihr wartet.« Cambien deutete mit alarmierender Freude auf das Bett.

Unbeholfen setzte Navan den immer steifer werdenden Bashrik auf der Bettkante ab und half ihm, seine Arme und Beine auf die Matratze zu legen. Der arme Bashrik lag nun flach auf dem Rücken und sah aus wie ein Nussknacker in einer Schachtel. Seine Arme waren an seinen Körper gelegt, seine Beine bewegten sich nicht und sein Hals war starr. Schon jetzt veränderte sich seine Hautfarbe und kleine marmorartige Flecken wurden sichtbar. Ich war mir nicht sicher, ob ich es ertragen würde, den Rest der Verwandlung mitanzusehen. Mein Magen würde das wahrscheinlich nicht verkraften.

»Wenn du ihn heilst, wird er wieder genauso wie vorher sein?«, fragte Angie ängstlich, während sie sich auf die Bettkante setzte und ihre Hand auf Bashriks Arm legte.

Cambien zuckte mit den Schultern. »Manchmal haben die wiederbelebten Kaltblüter ein beschädigtes Erinnerungsvermögen, aber sie sind normalerweise funktionstauglich«, sagte er gelassen.

»Ich habe mich gefragt ... Wie bist du überhaupt auf die Idee gekommen, Kaltblüter wiederzubeleben?«, fragte Lauren.

»Wir wollten sehen, ob wir sie zurückholen können, um das beschädigte Opalin zu retten. Tatsächlich wird ein Teil des Steins wieder geheilt, aber die Beschädigung insgesamt wird nicht rückgängig gemacht«, erklärte er. »Außerdem ist es sehr mühsam, wenn man bedenkt, in welchem Zustand die Leute wieder zu sich kommen. Ich habe unzählige Patienten verloren, weil sie davongelaufen sind und ich sie nicht wiedergefunden habe. Genaugenommen ist mir das mit allen passiert.«

»Wird das auch mit Bashrik passieren?«, fragte Angie Cambien mit verzweifeltem Blick.

»Er ist nur über einen kurzen Zeitraum infiziert, weshalb er nicht so stark geistig verwirrt sein sollte«, sagte Cambien nachdenklich. »Aber ihr solltet euch jetzt von eurem Freund für den Fall verabschieden, dass er euch nicht mehr wiedererkennt, wenn er aufwacht. Es ist wahrscheinlich, dass das passiert.«

Bashrik sah ihn entsetzt an. »Was? Warum hast du das nicht vorher gesagt?«

Cambien grinste. »Das ist eine häufig auftretende Nebenwirkung, Kaltblut, aber ich kann nicht mit Gewissheit sagen, ob sie eintritt.«

»Das ist das Kleingedruckte, das du uns hättest sagen müssen, du ...«, platzte Angie hervor, bremste sich dann aber, um nichts zu sagen, was sie bereuen könnte. Immerhin lag Bashriks Leben in Cambiens Händen.

»Werde ich mich an meine Freunde erinnern können?«, krächzte Bashrik.

»Wer weiß? Wie gesagt, sind die Nebenwirkungen nicht genau vorherzusagen«, antwortete Cambien entspannt.

Angie baute sich vor ihm auf. »Ich will aber eine genaue Antwort!«

Doch Cambien ignorierte sie und ging an ihr vorbei. »Wenn es Tränen gibt, dann werde ich mich lieber zurückziehen«, sagte er und warf einen Blick zu Angie. »Aber keine Sorge, Ich werde gern später meine Schulter zum Ausweinen bereitstellen, falls sie gebraucht wird. Ich bin sehr gut darin, traurige Jungfern zu trösten.«

Angie kniff die Augen zusammen. »Da bist du an der falschen Adresse, du Echsenstinker!«, fauchte sie. »Ich bin keine in Not geratene Jungfer und ich brauche deine Schulter sicher nicht, genauso wenig wie den Rest von dir.« Sie hatte sich also doch nicht länger damit zurückhalten können, ihn zu beleidigen.

Cambien seufzte. »Ich sehe, dass du schon jetzt von deinen Gefühlen überwältigt wirst. Mach dir keine Sorgen. Du wirst ihn zurückbekommen«, sagte er, bevor er sich schnell seinen Weg zwischen den Betten hindurch zum Ausgang des Krankenhauses durch den Felsentunnel bahnte.

Schockiert sahen wir zu Bashrik, der an die Decke starrte. Ich wusste nicht, was ich sagen sollte. Wir hatten zwar Zeit miteinander verbracht, aber ich wusste nicht sehr viel über ihn und nun würde ich vielleicht nie die Gelegenheit dazu bekommen, ihn besser kennenzulernen.

»Warum sprechen wir nicht jeder einen Augenblick lang allein mit Bashrik?«, schlug Navan vor und deutete auf die andere Seite der Höhle, wo sich eine Art Wartebereich befand. Das würde reichen, um etwas Abstand zu nehmen. Wir nickten alle ernst. »Ich würde gern anfangen«, sagte er.

Also gingen wir Mädchen zum Warteraum hinüber und setzten uns auf die Steinbänke. Mein Blick wanderte zu Navan und seinem Bruder, die hinter den dünnen Vorhängen zu sehen waren. Selbst von hier aus hörten wir einige der Worte, die die beiden miteinander wechselten, obwohl wir alle so taten, als ob wir nicht lauschten. Navans Schultern waren gekrümmt, seine Hand ruhte auf Bashriks Arm und er hatte den Kopf gesenkt. Ich hörte, wie er von ihren Eltern sprach und der Name Naya erklang hin und wieder. Auch Sarrask wurde erwähnt, ebenso wie eine Reihe anderer Namen, die ich nicht wiedererkannte. Kurz darauf stand er auf und kam zu uns hinüber.

»Lauren, möchtest du als Nächste gehen?«, fragte er. Lauren nickte, stand auf und trat hinter den Vorhang, wo Bashrik lag. Wenige Minuten später kam sie mit tränennassen Wangen wieder. Sie setzte sich wortlos und schniefte leise.

»Ich gehe als Nächste«, bot ich an, weil ich wusste, dass Angie die Letzte sein wollte. Sie lächelte mich an und ich wusste, dass ich die richtige Entscheidung getroffen hatte.

Ich setzte mich befangen auf die Bettkante und öffnete den Mund, um etwas zu sagen. Aber bevor ich sprechen konnte, ergriff Bashrik das Wort.

»Du hast mich gefragt ... was mich zurückhält ... bei Angie«, sagte er heiser.

Ich nickte, weil ich ihn nicht unterbrechen wollte.

»Ich möchte nichts anfangen, was nicht von Dauer ist«, sagte er traurig. »Angie wird zurückkehren ... zur Erde, irgendwann. Ich werde in Vysanthe bleiben. Es ist mein Zuhause, auch wenn ... es das für Navan nicht mehr ist. Ich weiß, dass Angie ... dasselbe fühlt. Sie weiß, dass unsere gemeinsame Zeit ... nur geliehen wäre. Sie hat mehr verdient.«

Mir stiegen Tränen in die Augen. Navan und ich hätten niemals zusammenkommen sollen und wir hätten uns definitiv nicht ineinander verlieben sollen. Aber das Universum hatte einen Weg gefunden, unsere Leben zusammenzuführen, und ich war entschlossen, keine Sekunde unserer gemeinsamen Zeit zu verlieren. Wenn man verliebt war, dann gab es keine geliehene Zeit, sondern nur geschenkte Zeit, die man zusammen verbrachte.

»Das ist lächerlich, Bashrik, und außerdem liegt die Entscheidung nicht bei dir«, sagte ich und versuchte, mich zu zügeln, weil ich wusste, dass die anderen uns fast hören konnten. »Du musst Angie eine Chance geben. Wenn du wirklich Zuneigung für sie empfindest, dann wirst du ihr eine Chance geben. Nutz das, was ihr gemeinsam haben könnt, und tu es jetzt, solange du noch die Gelegenheit dazu hast. Sag ihr, was du fühlst. Es ist egal, ob ihr Tage oder Jahre habt. Das Risiko lohnt sich immer.«

Bashrik sah mich seltsam an. »Das Risiko ist zu groß«, raunte er. »Schick sie zu mir … bevor es zu spät ist«, sagte er angestrengt.

Aus Angst, dass er erstarren könnte, bevor Angie mit ihm sprach, sprang ich auf und winkte sie schnell her. Besorgt und mit geröteten Augen lief sie zu mir und rauschte an mir vorbei zu Bashrik.

Ich setzte mich wieder in den Wartebereich, konnte aber nicht verhindern, das Gespräch des Paars mitanzuhören. Ich wusste, dass das nicht richtig war, aber ich wollte einfach wissen, was zwischen ihnen geschah. Wir alle beobachteten die beiden durch einen schmalen Spalt in den Vorhängen.

»Dein Gesicht ist ganz fleckig«, neckte Bashrik sie, aber ich hörte die Traurigkeit in seiner Stimme.

»Das ist es nicht«, antwortete Angie trotzig. »Das kommt nur von der Hitze der Sonne.«

Er versuchte, zu lächeln. »Ich dachte schon, dass ich dich nie dazu bringen würde, meinetwegen auch nur eine Träne zu vergießen.«

»Das hast du auch nicht. Das sind nur meine Allergien«, schniefte Angie.

»Netter Versuch. Angie. Wenn meine Arme nicht erstarrt wären … dann würde ich deine Tränen jetzt trocknen«, murmelte er.

Ein lautes Schluchzen entfuhr Angie und sie umklammerte seine Hände. »Vielleicht wachst du auf und erinnerst dich nicht daran, wer ich bin, aber … Ich hoffe, dass du dich irgendwo in deinem Kopf daran erinnern wirst, dass es ein Mädchen gegeben hat und was es für dich empfindet«, schluchzte sie. »In meinem ganzen Leben bin ich keiner anstrengenderen und nervigeren und verwirrenderen Person als dir begegnet, aber trotzdem mag ich dich so sehr. Die Zeit, die wir im Alchemielabor verbracht haben … Das war die glücklichste Zeit meines Lebens. Ich habe mich jeden Tag darauf gefreut, dich zu sehen, und selbst, wenn wir uns gestritten haben – also ständig – hat mein Herz immer ein bisschen schneller geschlagen, wenn du das Zimmer betreten hast.«

Sie unterdrückte ein weiteres Schluchzen. »Wenn ich dich so sehe, wünsche ich mir, dir früher etwas davon gesagt zu haben. Das Leben ist so kurz und wenn du das hier überstehst und dich noch daran erinnerst, wer ich bin, dann will ich keinen weiteren Augenblick mehr ohne dich verschwenden«, gab sie zu. Dann versagte ihr die Stimme und ihre Schultern bebten, weil sie von Tränenkrämpfen geschüttelt wurde.

Von unseren Sitzen aus war es schwer, seine Reaktion zu sehen. Ich hielt den Atem an und fürchtete, dass er nicht antworten würde. Das würde Angie am Boden zerstören, selbst wenn sie es sich nicht anmerken ließe.

»Ich verspreche ... Ich werde nicht zulassen, dass wir auch nur einen Augenblick verlieren«, sagte er mit schwacher, aber entschlossener Stimme. »Ich wüsste nicht, was ich tun sollte ..., wenn du nicht mehr an meiner Seite wärst. Ich ... himmle dich an, Angie. Ich werde dich keine weitere Sekunde darauf warten lassen, dass ich ...«

Er kam nicht mehr dazu, seinen Satz zu vollenden, weil sein Mund erstarrte. Sein Körper wurde vom Steinmuster bedeckt und seine Haut verwandelte sich in eine dicke Opalinschicht, die ihn schon bald ganz bedecken und seinen Verstand einschließen würde.

Schaudernd wandte ich mich Navan und Lauren zu. »Ich werde Cambien suchen gehen. Es ist Zeit, dass er seinen Worten Taten folgen lässt«, sagte ich leise, unfähig, den Anblick von Bashriks Verwandlung zu ertragen. Ich wollte ihn nicht so sehen und ich dachte, dass er auch nicht so gesehen werden wollte.

»Soll ich mitkommen?«, fragte Navan und drückte meine Hand.

Doch ich schüttelte den Kopf. »Nein, bleib du hier bei deinem Bruder. Er braucht dich mehr als ich«, sagte ich mit einem traurigen Lächeln.

Dann ging ich durch den Tunnel, der mich an die Oberfläche führte, und konnte dabei nur an eines denken – die Heilung.

# KAPITEL SECHZEHN

Ich ging davon aus, dass Cambien in der Nähe warten würde, weil der Virus nicht lange gebraucht hatte, um Bashrik in seinem Opalingefängnis einzusperren. Doch als ich die Oberfläche erreichte und das gleißende Sonnenlicht mich blendete, konnte ich ihn nirgendwo finden. Ich blickte über die Häuser und Bauten hinweg, aber in der Menge glänzten keine roten Schuppen.

Frustriert über sein Verschwinden ging ich zu den Bienenstöcken hinüber, für den Fall, dass er nach seiner grausamen Erfindung sehen gegangen war, aber auch dort war er nicht. Zweifel befielen mich, als ich durch das Dorf ging. War Cambien geflohen? Vielleicht hatte er nie vorgehabt, Bashrik zu helfen. Vielleicht wollte er die beiden Kaltblüter einfach aus Rache bestrafen, weil ihr Volk seinen Planeten ausgebeutet und damit indirekt das Gestein geschädigt hatte.

»Entschuldigung?«, wandte ich mich schüchtern an eine Drakonierin mit leuchtend goldenen Schuppen.

Sie sah mich erstaunt an. »Wie kann ich dir helfen, Fremde?«, antwortete sie abweisend.

»Ich wollte fragen, ob du Cambien vielleicht irgendwo gesehen hast. Er wollte einem Freund von mir helfen, aber er ist verschwunden«, erklärte ich verlegen. Diese Leute waren nicht wie die Lunisten, die uns mit offenen Armen empfangen hatten. Stattdessen waren ihre Augen voller Bitterkeit und ihr Lächeln verschwand, wenn sie mich erblickten. Zwei Pyros hatten mich eiskalt ignoriert, als ich sie angesprochen hatte. Obwohl ich selbst kein Kaltblut war, hatten die Leute uns in der Begleitung von Vysanthinern durch das Dorf gehen sehen, wodurch wir wahrscheinlich einfach als mitschuldig angesehen wurden.

Die goldene Frau lachte. »Du klingst überrascht, Fremde. Ich verrate dir etwas, was du über Cambien wissen solltest: Nichts, was er tut, sollte dich überraschen. Er ist ein freier Geist. Deshalb folgen wir ihm.«

»Na schön, aber wo kann ich diesen ‚freien Geist' finden?«, drängte ich. Ich dachte an Bashrik, der in seinem eigenen Kopf eingesperrt war, ohne sich bewegen oder sprechen zu können. Ich wollte nicht, dass er länger als unbedingt nötig in diesem Zustand verbrachte.

Sie zuckte mit den Schultern. »Du wirst ihn weiter suchen müssen«, sagte sie wenig hilfreich, bevor sie zu einem nahen Haus ging und dort mit einem blauschuppigen Drakonier sprach, der vor der Tür stand. Die beiden lachten auf, als sie dorthin zurückblickten, wo ich stand. Dieser Ort und seine Leute verwirrten mich.

Ich wanderte noch eine Weile durch das Dorf und versuchte, verschiedene Pyros anzusprechen, aber sie antworteten mir nicht. Erst am Rande der Siedlung angekommen schöpfte ich etwas Hoffnung. Ein gebeugter Mann mit dunkelgrünen Schuppen saß auf einem Felsen und genoss die Aussicht. Als er aufsah, hatte er keine Wut oder Hass in seinem Blick, sondern einfach nur stilles Verständnis.

»Du suchst nach Cambien, nehme ich an?«, fragte er mit rauer Stimme.

Ich nickte. »Niemand scheint mir helfen zu wollen«, sagte ich.

»Die Leute fürchten sich vor dem, was sie nicht kennen, und du gehörst einer unbekannten Art an«, erklärte der Drakonier und bedeutete mir, mich neben ihn auf den Felsen zu setzen.

Doch ich schüttelte den Kopf. »Ich muss gehen. Mein Freund braucht Hilfe und Cambien ist der Einzige, der ihm helfen kann.«

»Dein Kaltblutfreund?«, fragte der Drakonier.

»Einer von ihnen, ja.«

»Du vertraust ihnen?«, fragte der Drakonier ohne urteilenden Unterton, nur neugierig.

Ich lächelte. »Das tue ich. Diese zwei Vysanthiner haben mir nie einen Anlass gegeben, um ihnen nicht zu vertrauen«, antwortete ich. »Ich weiß, dass es viele gibt, die euren Zorn verdient haben, aber diese beiden gehören nicht dazu. Ich will einfach nur Cambien finden, damit er meinen Freund heilen kann, und wir das tun können, was wir uns vorgenommen haben. Wir wollen euren Leuten nicht schaden.«

Der Drakonier nickte nachdenklich. »Du findest Cambien unter der Erde. Es gibt eine Treppe an der Skulptur, die Feuer durch einen Ring bläst. Er wird dort sein und in der Bar unten trinken«, sagte er und ich atmete erleichtert auf.

»Danke«, seufzte ich. »Entschuldigung, ich glaube, ich kenne deinen Namen nicht.«

Der Drakonier grinste. »Namen sind unwichtig. Beeil dich, bevor dein Freund zu weit abdriftet«, warnte er mich.

Ich lief durch das Dorf zurück und hielt nach der Statue Ausschau, die der Drakonier erwähnt hatte. Auf der anderen Seite des Dorfes ragte tatsächlich ein Steinblock auf und eine Treppe führte in die Erde hinab. Ich sprang zwei Stufen auf einmal hinab und fächelte mir Luft zu, als mir Hitze entgegenstieg. Ich vergaß immer wieder, dass diese Wesen Halbdrachen waren – natürlich mochten sie es heiß.

Am Ende der Treppe befand sich eine spärlich beleuchtete Höhle mit Plüschkissen auf dem Boden und niedrigen Tischen. Kleine Nischen waren in die Wände gehauen und wurden von Vorhängen verdeckt, um den Besuchern Privatsphäre zu geben und in Ruhe zu trinken. Im hinteren Bereich befand sich die Bar aus Opalin, aber auch hier waren die Saphiradern abgestumpft. Auf einem Schemel saß Cambien und strich mit seinen Fingern über den schlanken Arm einer Drakonierin. Er sah sie eindringlich an, nippte an einer purpurfarbenen Flüssigkeit und flüsterte ihr Worte zu, die ich nicht hören konnte.

Was auch immer er murmelte – ich war mir sicher, dass es etwas Anzügliches war, weil seine Partnerin rot wurde und verlegen kicherte.

Als Anführer des Dorfes war Cambien wahrscheinlich so etwas wie eine kleine Berühmtheit.

Ich atmete tief durch, ging durch die Bar und unterbrach das Paar. »Wir sind bereit für das Gegenmittel, Cambien«, sagte ich mit fester Stimme, sah ihn entschlossen an und ignorierte den Protest der Drakonierin hinter mir.

Er lächelte. »Ich bewundere dominante Frauen«, schnurrte er.

Ich verdrehte die Augen. »Ich nehme an, dass du jede Frau bewunderst, die einen Puls hat, Cambien. Ich bin nicht gekommen, um mit dir zu flirten oder alberne Spielchen zu spielen. Ich bin wegen der Heilung hier, die du uns versprochen hast.«

Das schien ihm kurz die Sprache zu verschlagen. »Ich wollte nur freundlich sein«, brummte er schließlich und suchte in den Taschen seiner Tunika nach etwas. Dann zog er ein Fläschchen hervor, in dem sich die winzigen Nanotiere tummelten und mit ihren Flügeln gegen das Glas flatterten.

»Wir brauchen nicht noch mehr von diesen Biestern«, sagte ich und wich zurück, wobei ich beinahe gegen die schwarzschuppige Drakonierin gestoßen wäre. Verärgert über Cambiens mangelnde Zuwendung stand sie auf, nahm ihren Drink und verschwand in eine der verhängten Nischen.

»Du hast meine Verabredung verjagt«, sagte Cambien, sah aber nicht allzu enttäuscht aus. Ganz im Gegenteil lag ihm ein fast manisches Grinsen im Gesicht. Sein Blick war glasig und seine Worte leicht undeutlich. Er war definitiv auf gutem Weg dazu, sich auf drakonische Weise zu betrinken, und schien entschlossen zu sein, es auch zu schaffen, denn er leerte sein Glas in einem Zug aus und bestellte einen weiteren Drink.

»Cambien, gib mir einfach das Gegenmittel und dann kannst du – was auch immer das ist – weitertrinken«, sagte ich und deutete auf die purpurfarbene Flüssigkeit, die ihm von einem gedankenversunkenen Barkeeper auf die Theke gestellt wurde.

»Das hier ist das Gegenmittel«, lachte er und schüttelte das Fläschchen vor meinem Gesicht umher, sodass ich noch weiter zurückwich.

Diese Nanoinsekten waren mir nicht ganz geheuer, obwohl ich wusste, dass sie nicht dazu geschaffen worden waren, Menschen anzustecken.

»Entspann dich! Sie sind so designt, dass sie die Krankheit deines Freundes bekämpfen«, sagte er und warf das Fläschchen hin und her, wobei mein Herz jedes Mal aussetzte. Ich wollte die Hand ausstrecken und es ihm abnehmen, bevor es noch zu Boden fiel und Bashriks Hoffnungen in tausend Stücke zerbrachen.

»Gib mir das Fläschchen einfach, Cambien«, sagte ich, aber er schnappte es mir wie ein trotziges Kind vor der Nase weg.

»Weißt du, ich habe etwas Seltsames an eurer kleinen Gruppe von Fremdlingen bemerkt«, sagte er, starrte in das Fläschchen und verfolgte die flatternden Insekten mit dem Blick.

Ich runzelte die Stirn, war aber erleichtert, dass er aufgehört hatte, das Glas hin- und herzuwerfen. »Was meinst du?«

Grinsend glitt Cambien von seinem Stuhl und schloss die Lücke zwischen uns, bis sein Gesicht unangenehm nah vor meinem war und sich sein Körper eng an mich presste. Seine bernsteinfarbenen Augen sahen mich eindringlich an. Die ungewöhnliche Farbe hatte goldene Punkte und dünne Silberstreifen. Er hob die Hand, streichelte mir über die Wange und schob mir dann eine Haarsträhne hinters Ohr. Ich zuckte zusammen, wusste aber, dass es keine gute Idee war, zurückzuweichen. Cambien war betrunken und ich konnte nicht sagen, was er tun würde, wenn ich ihn abwehrte.

»Ich habe diese kleinen faszinierenden Dinger bemerkt«, sagte er, neigte seinen Kopf an mein Ohr und hauchte seine Worte, sodass sie auf meiner Haut kitzelten. »Wenn mich nicht alles täuscht, sind das Ohrknöpfe, nicht wahr?«

Ich riss erschrocken die Augen auf. »Cambien, ich …« Doch er legte mit einem enttäuschten Zungenschnalzen einen Finger auf meine Lippen.

»Mit wem sprecht ihr im Geheimen?«, fragte er und kniff die Augen zusammen. »Wie viele von euch sind noch hier und verstecken sich irgendwo?« Er grinste finster.

Ich schob seinen Finger beiseite. »Es gibt noch ein weiteres Kaltblut, das uns auf unserer Mission begleitet, aber das ist alles. Sie ist im Schiff geblieben«, erklärte ich, weil es keinen Sinn hatte, ihn anzulügen. Wenn er die Wahrheit später herausfand, wären die Konsequenzen nur noch schlimmer. »Wir sind nur für eine Blutprobe gekommen. Das ist der einzige Grund. Den Plan, die Beschädigung des Opalins umzukehren, haben wir erst nach unserer Landung gefasst, als wir gesehen haben, was hier angerichtet worden ist. Wir wollten helfen.«

Cambien lachte kurz und zeigte mir so, dass er mir nicht glaubte. Wieso sollte er auch? Die Vysanthiner hatten über eine lange, schmerzhafte Zeit hinweg nichts als Ärger auf diesem Planeten verursacht und die Drakonier hatten immer noch unter den Folgen zu leiden, weil das Opalin beschädigt worden war. Warum sollte Cambien also glauben, dass sich die Vysanthiner geändert hatten?

Er schüttelte den Kopf, hob betrunken einen Finger und wedelte damit vor mir herum. »Sie werden eine Armee herschicken, um meine Heimat ein für alle Mal zu kolonisieren. Das ist es, was sie schon immer vorhatten. Ihr seid Späher, die gekommen sind, um herauszufinden, ob die Plage noch existiert.«

Ich ergriff seine Hand und merkte, dass seine rauen Schuppen sich überraschend warm anfühlten. »Nein, Cambien, das sind wir nicht. Wir sind wirklich nur gekommen, um eine Blutprobe zu holen, das ist alles«, wiederholte ich.

Er runzelte die Stirn. »Wofür braucht ihr unser Blut überhaupt? Es klingt nach einer langen Reise, nur damit ein Kaltblut unser Blut kosten kann«, sagte er, seine Stirn an meine gepresst. Seine freie Hand umfasste meinen Nacken und er presste mich näher an sich. Ich erschrak, versuchte, mich zu lösen, aber sein Griff war zu stark und ich kam nicht gegen seine Kraft an. So schnell würde ich ihn nicht loswerden. Also beschloss ich, Feuer mit Feuer zu bekämpfen, sah ihm fest in die Augen und drückte meine Stirn gegen seine.

»Wir … brauchen euer Blut, damit die vysanthinische Königin einen … universellen Index empfindungsfähiger Spezies erstellen kann«, erklärte ich eilig. Seine Hand lockerte sich etwas und er nahm ein wenig Abstand.

Ich fragte mich, was wohl geschehen würde, wenn ich Cambien die Wahrheit sagte und ihn in das Geheimnis des Unsterblichkeitselixiers einweihte. Vielleicht hatte er Mittel, um dagegen anzukämpfen. Aber es war wahrscheinlicher, dass er Navan sofort mit der Krankheit infizierte und seine Truppen versammelte. Dann würde Pandora zur Vergeltung einfach alle Drakonier töten, so wie sie es angedroht hatte. Sie war offensichtlich versessen darauf, sie aus dem Weg zu räumen, und ich würde ihr sicher keinen Grund liefern, um auf den Abzug zu drücken.

Cambien schnaubte. »Sie hat doch sicher einen Hintergedanken dabei?«

»Das kann ich leider genauso wenig beantworten wie du. Soweit ich weiß, ist es für Studienzwecke, aber wer kann schon sagen, was die Königin wirklich beabsichtigt?«, gab ich zu, weil ich wusste, dass es so glaubhafter klang.

Cambien trat einen Schritt zurück und sah mich nachdenklich an. »Arbeitest du freiwillig für die Kaltblüter?«, fragte er plötzlich. Es war eine unerwartete Frage, die mir einen Augenblick lang die Sprache verschlug.

»Ja«, sagte ich schließlich. Ich hatte zwar meine eigenen Ziele, aber Navan und Bashrik gaben mir keine Befehle. Dieser Einsatz war nicht meine freie Entscheidung gewesen, aber seit wir gelandet waren, hatte ich frei handeln können.

Er prustete verächtlich. »Du bist so frei wie eine Lacertilia im Netz einer Lycosa.«

»Das verstehe ich nicht, Cambien«, sagte ich entschuldigend, obwohl ich mir vorstellen konnte, dass die Analogie ein in einem Spinnennetz gefangenes Insekt war.

»Fliegende Reptilien sind Lacertilias. Die Lycosas haben viele Beine und leben in Netzen. Sie fangen diese Reptilien, um sie dann zu fressen«, erklärte er. »Nein, nein, du bist vielmehr wie eines von diesen Insekten hier im Glas und steckst in einem Baumstamm fest.« Er begann zu lallen.

»Ich stecke nirgendwo fest, Cambien«, beharrte ich.

»Ich sehe die Angst in deinen Augen«, flüsterte er, nahm meine

Hand und küsste sie sanft. »Ich kann dich aus den Klauen dieser Kaltblüter befreien, wenn du es wünschst. Ich habe die Mittel dazu!«, sagte er und tippte an seine Nasenflügel, die sich aufblähten.

»Welche Mittel?«, fragte ich neugierig.

Er beugte sich näher zu mir. »Ich weiß, wie man zu einem sehr beeindruckenden Außenposten der Föds gelangt, wo du und deine hübschen Freundinnen in Sicherheit vor den Vysanthinern wärt, die euch in eine subtile Form der Sklaverei zwingen wollen. Ich weiß, dass ihr Angst habt, aber ich kann euch retten – und dann braucht ihr nie mehr Angst zu haben«, versprach er.

Ich fürchtete, dass eine gewisse Person uns belauschen könnte, und legte Cambien panisch die Hand auf den Mund. Zwar wusste ich nicht, ob er vom selben Außenposten der Föds sprach, zu dem Navan uns bringen wollte, aber ich konnte es nicht riskieren, dass Cambien unseren Plan durchkreuzte. Ich wollte nicht, dass Pandora eine Vorahnung von dem bekäme, was wir vorhatten.

»Ich will nichts mehr davon hören, Cambien. Du bist betrunken. Ich sollte dich allein lassen. Gib mir einfach das Heilmittel und dann lasse ich dich in Ruhe.«

»Nein«, murmelte er durch meine Hand hindurch. »Ich werde dir zeigen, wo die Föds sind, und ich werde dich zu ihnen bringen. Ich werde euch drei von diesen Kaltblütern befreien und euch ein besseres Leben geben«, sagte er, immer noch zu laut, obwohl meine Hand seine Stimme dämpfte.

»Bitte hör auf, davon zu reden«, flüsterte ich.

»Du weißt, wo die Föds stationiert sind, oder nicht? Also, der Außenposten liegt ...«, fuhr er fort. Da er offensichtlich nicht den Mund halten würde, griff ich an mein Ohr, zog den Knopf heraus, warf ihn zu Boden und stampfte fest darauf. Wenn es Pandora störte, dass ich keine Verbindung mehr hatte, was es sicher tun würde, dann musste ich ihr eben einfach erzählen, dass die Technik versagt hatte oder einer der Drakonier den Knopf entdeckt und ihn zerstört hatte. In der Zwischenzeit konnte ich nur hoffen, dass sie sich mehr darauf konzentrierte, was die anderen taten, als auf mich.

»Warum hast du das getan?«, fragte Cambien lallend und blickte auf das zersprungene Gerät am Boden. Ich trat es der Vorsicht halber fort.

»Hör zu, Cambien, meine Freunde und ich arbeiten nicht mit der Kaltblüterin zusammen, die auf dem Schiff geblieben ist. Um ehrlich zu sein, ist sie eine furchtbare Person«, sagte ich, als ich unsere Chance erkannte. »Sie ist der Grund, warum wir Ohrknöpfe getragen haben, weil sie alles hören will, was wir sagen.«

»Warum ist sie nicht bei euch? Wenn sie so angsteinflößend ist, wo zum Teufel steckt sie dann?«, fragte Cambien, sah sich um und warf fragend die Arme in die Luft.

Ich lächelte. »Sie hat zu große Angst davor, dass die Krankheit noch nicht verschwunden ist, um das Schiff zu verlassen«, gestand ich. »Tatsache ist, dass wir versucht haben, sie loszuwerden, aber sie hat uns noch keine Gelegenheit dazu gegeben. Sie ist uns immer einen Schritt voraus.«

»Was stinkt euch denn so an ihr? Warum ist sie so schrecklich? Wenn sie ein Monster ist, dann lasst euch bloß nicht einfallen, sie hier bei uns zurückzulassen!«, warnte er mich laut. »Obwohl sie ziemlich klug sein muss, wenn sie selbst im Schiff bleibt, während sie euch in die Wildnis hinausschickt. Immerhin hat sich ja tatsächlich einer von euch angesteckt.«

»Sie hat eine wichtige Position in einer Gruppe von Kaltblutrebellen, die uns erpressen, damit sie die beiden vysanthinischen Königinnen stürzen können«, sagte ich, um ihn wieder auf das eigentliche Thema zurückzulenken. »Du kannst dir ja vorstellen, was passieren wird, wenn sie Erfolg haben. Ich sage nicht, dass es schlimmer wird, als es jetzt ist, aber es würde die Lage definitiv nicht verbessern. Diese Rebellen würden durch das Universum rauschen und alles zerstören, was sich ihnen in den Weg stellt.«

Er lachte. »Es herrscht also mal wieder politische Unruhe in Vysanthe, hm? Vielleicht sind unsere Götter uns doch noch gnädig geworden.« Glucksend nahm er einen langen Schluck seines Drinks. Ich war mir nicht sicher, ob das eine gute Idee war, aber ich konnte nichts tun, um ihn davon abzuhalten.

»Das ist einer der wahren Gründe, warum wir hier sind, aber die Rebellen-Kaltblüterin im Schiff weiß natürlich nichts davon«, sagte ich und senkte die Stimme. »Wir versuchen, Verbündete zu suchen, um die Vysanthiner davon abzuhalten, ein Unsterblichkeitselixier herzustellen. Wenn ihnen das gelingt, dann könnten sie die Herrschaft über das ganze Universum übernehmen. Stell dir nur vor, was sie mit deinem Planeten getan haben, und multipliziere das mal tausend«, sagte ich in der Hoffnung, dass meine Worte zu Cambien durchdrangen.

Innerhalb weniger Sekunden schien er völlig auszunüchtern und seine bernsteinfarbenen Augen musterten mich. Nun fragte ich mich, ob das alles nur ein Trick gewesen war, um mich zum Reden zu bringen. Wenn dem so war, dann hatte es funktioniert. Ich hatte ihm in der Hoffnung, dass er uns helfen würde, alles erzählt und nur die Erwähnung der Erde ausgespart. Es schien mir nicht hilfreich, die Dinge mit diesem Thema noch mehr zu verkomplizieren.

Er runzelte die Stirn. »Ein Unsterblichkeitselixier?«

»Ja. Alle drei Fraktionen, also die beiden Königinnen und die Rebellen, befinden sich im Wettlauf darum, wer es zuerst entwickelt.«

Er seufzte. »Obwohl ich mich eurer Sache freudig anschließen würde, kann ich mein Volk nicht in einen weiteren Krieg führen, den wir nicht gewinnen können. Wir haben unsere Lektion gelernt, was die Kaltblüter angeht, und solange wir sie von unseren eigenen Gefilden fernhalten können, werden wir uns in anderen Schlachten neutral verhalten.«

»Und wenn sie plötzlich an eure Tür klopfen?«, fragte ich verzweifelt. Meine Hoffnung schwand.

»Wir werden uns verteidigen, wenn es nötig ist, aber sie werden nicht herkommen. Was du mir über deine Kaltblutfeindin erzählt hast, beruhigt mich – die Drohung des Virus ist noch sehr stark in ihrer Erinnerung verhaftet. Deshalb müssen wir Drakonier hierbleiben, wo wir in Sicherheit sind. Aber da muss ich wohl noch einige Überzeugungsarbeit leisten.«

Nun war ich wirklich aufgebracht. »Aber ihr müsst uns einfach helfen, Cambien. Ihr seid eine der stärksten Arten im ganzen Universum. Wenn ihr euch uns anschließt, dann würden andere Arten nachziehen«, beharrte ich, doch er schüttelte den Kopf und streichelte mir die Wange.

»Liebliche Kreatur, was auch immer du bist, dein Flehen ist herzzerreißend. Ich glaube, dass du das Herz jedes Mannes erweichen könntest«, raunte er. »Aber mich kannst und wirst du nicht umstimmen. Mein Volk ist das Wichtigste für mich. Wir haben kein Interesse daran, uns mit euch zu verbünden.«

Niedergeschlagen wandte ich mich von ihm ab, damit er nicht sah, wie mir Tränen in die Augen stiegen. Einen Augenblick lang war es mir wie die perfekte Lösung vorgekommen und nun musste ich damit fertigwerden, dass meine Hoffnung zerschlagen worden war.

Ich wich nicht zurück, als er seine Hand hob und mein Gesicht wieder zu sich drehte, um mir in die Augen zu sehen. »Es ist noch nicht alles verloren, meine Liebe«, hauchte er. »Auch wenn wir kein Interesse daran haben, einen Krieg zu riskieren, sind die Titanen immer kampfbereit, solange es ihnen Spaß macht.«

Ich starrte ihn an. »Die Titanen?«

»Sie werden euch auf eine Weise helfen, wie wir es nicht können«, versprach er und machte eine dramatische Pause. »Vorausgesetzt, du kannst sie davon überzeugen, dich und deine Freunde nicht vorher zu töten.«

# KAPITEL SIEBZEHN

»Warum sollten sie uns töten wollen?«, fragte ich mit einem flauen Gefühl.

Er zuckte mit den Schultern. »Sie sind nicht ... Wie soll ich es ausdrücken? Sie sind keine besonders feinfühlige Spezies, wie ihr es zu sein scheint.«

Ich warf ihm einen vernichtenden Blick zu, weil ich es leid war, dass ich von allen außerirdischen Arten für schwach gehalten wurde. »Du solltest Personen nicht nur nach ihrem Äußeren beurteilen.«

»Aber woher soll man denn sonst wissen, wen man genauer kennenlernen möchte?«, fragte Cambien.

Da kam mir eine Idee. »Augenblick mal, von welchem Außenposten der Föds sprichst du? Weißt du, wo er sich befindet?« Ich wollte wissen, ob Cambien von derselben Station sprach wie Navan.

»Meine Güte, du hast wirklich viele Fragen. Nur gut, dass ich ein geduldiger Mann bin«, lachte Cambien. »Ich verspreche dir, dass wir später Zeit haben werden, damit ich deine Fragen beantworte, aber im Augenblick braucht dein Freund deine Hilfe«, sagte er verständnisvoll. Seine Betrunkenheit war völlig verflogen. »Wir sollten gehen.«

»Ich hoffe, dass du dein Versprechen hältst.«

»Das hoffe ich auch«, antwortete er grinsend.

Als ich Cambien aus der Bar hinausfolgte, überschlugen sich meine Gedanken. Ich war erschöpft und mein Hirn platzte fast vor lauter neuen Informationen. Wer waren diese Titanen und wie konnten wir sie erreichen? Und was noch wichtiger war: Wie konnten wir sie davon abhalten, uns umzubringen? Wenn sie so unbeständig waren, dann waren sie vielleicht nicht die richtige Klasse von Leuten, um uns mit ihnen zu verbünden.

Andererseits erlaubte unsere Situation es uns nicht, wählerisch zu sein. Wenn unser Bündnis mit ihnen eine Art Dominoeffekt schuf und andere Spezies dazu brachte, sich uns anzuschließen, dann konnte das doch nur von Vorteil sein, oder etwa nicht?

Entgegen all meiner Erwartungen hatte Cambien es geschafft, meine Hoffnungen zu erneuern. Zwar verzieh ich ihm noch nicht ganz, dass er mir die Wange ohne meine Erlaubnis gestreichelt hatte, aber dies war wohl nicht der richtige Zeitpunkt, um darüber zu diskutieren. Ich könnte ihn später immer noch deshalb zurechtweisen.

Im Krankenhaus von Pyros angekommen stiegen wir in die schwüle Hitze der unterirdischen Station hinab. Cambien hatte das Fläschchen mit den Nanoinsekten wieder in seine Tasche gesteckt, aber ich hörte noch, wie die Tiere gegen das Glas flatterten, als wir den ruhigen Raum betraten. Dass sie so durchgeschüttelt wurden, schien die Insekten verärgert zu haben.

Die anderen saßen auf Bashriks freier Bettkante und hatten den Vorhang beiseitegeschoben, sodass ich seine Opalinhülse sah. Der Anblick seiner Verwandlung jagte mir einen kalten Schauer den Rücken hinab, vor allem, weil ich wusste, dass er unter seiner Hülse immer noch bei Bewusstsein war. Nur Navan saß nicht bei den anderen, sondern ging mit geballten Fäusten im Zimmer auf und ab. Als Cambien und ich den Raum betraten, sahen alle ängstlich zu uns auf. Navan blieb stehen und sah uns erleichtert an.

»Riley, da bist du ja«, seufzte er, woraufhin Angie grinste.

»Ich habe doch gesagt, dass sie zurückkommen würde«, sagte Angie. »Herr Obernervös hat in der letzten halben Stunde fast ein Loch in den Boden gelaufen«, fügte sie trocken hinzu. Navan verzog beschämt das Gesicht.

»Das habe ich nicht! Ich ... Ich habe mich nur gefragt, warum du so lange brauchst«, sagte er mit einem misstrauischen Blick auf Cambien.

»Sie ist Cambien holen gegangen, genau wie sie es gesagt hat«, sagte Lauren. »Und siehe da, hier ist sie! Kein Grund zur Sorge.«

Cambien grinste und schlang seinen Arm um meine Schultern. »Oh, das würde ich nicht sagen. Wir haben uns in einer hiesigen Trinkhöhle sehr gut miteinander unterhalten.« Er zwinkerte Navan zu, während ich Cambiens Hand verärgert von meiner Schulter schüttelte.

»Benimm dich gefälligst«, fauchte ich und schubste ihn von mir.

Navan machte einen Satz nach vorn, die Hände wieder zu Fäusten geballt, doch ich hielt ihn zurück, presste meine Handflächen gegen seine Brust und sah ihn beschwörend an. Ich brauchte seine Hilfe nicht, um diesen lüsternen Kerl abzuschütteln. Ich hatte in der Schule genug von ihnen kennengelernt, um mich auch allein behaupten zu können.

»Er provoziert dich nur, Navan«, sagte ich leise. »Er ist ein Idiot. Er ist deine Wut nicht wert.«

»Was hast du in einer Bar gemacht?«, fragte er beleidigt.

Ich seufzte. »Wir haben nur geredet. Er mag sich wie ein völliger Blödmann verhalten, aber in seinem schuppigen Kopf gibt es Dinge, die uns nützlich sein können«, sagte ich. »Ich erkläre es dir später.«

»Sie hat mich wirklich knallhart ausgefragt«, mischte sich Cambien ein, der entschlossen schien, Navan zu seiner eigenen Unterhaltung weiter aufzuziehen. »Aber ich muss sagen, dass ich deine Männerwahl sehr zweifelhaft finde. Wenn du einen Hitzkopf suchst, dann hätte ich mich gern angeboten. Ich kann mir nicht vorstellen, dass dieser Typ dir nachts das Bett wärmt«, stichelte Cambien grinsend.

Ich verdrehte die Augen. »Er wärmt mir sehr wohl das Bett. Kannst du jetzt endlich das tun, weswegen du hergekommen bist?«, sagte ich mit einem warnenden Blick.

»Für dich tue ich doch alles«, antwortete er und blies mir einen Luftkuss zu.

Navans Kiefermuskel zuckte vor Wut. Ich spürte sein Herz unter meiner Hand wild klopfen, aber ich würde nicht zulassen, dass er hier einen Kampf anfing, nicht, solange Bashrik noch in Gefahr schwebte.

»Reiß dich zusammen«, raunte ich ihm zu und trat an Bashriks Bett.

Als ich die starre Gestalt vor mir ansah, wurde mir flau im Magen. Erstarrte Fremde waren eine Sache, aber wenn es jemanden traf, den man kannte ... Der Anblick war furchtbar. Das Opalin hatte Bashriks Körper völlig bedeckt und er war zu einer einzigen Steinmasse verschmolzen. Anstatt seiner Gesichtszüge erkannte ich nur noch Wölbungen dort, wo sich seine Nase, Mund und Augen befanden.

»Glaubst du, dass er seine Erinnerungen verloren hat, wenn er aufwacht, obwohl er nur kurze Zeit infiziert war?«, fragte Lauren mit einer morbiden Neugier, die ich teilte.

»Sag mir nicht, dass das da dein Liebhaber ist!«, seufzte Cambien enttäuscht.

Lauren wurde rot. »Nein! Er ist nicht mein Liebhaber!«

Der Drakonier grinste. »Ah, dann muss er deiner sein«, sagte er mit einem Wink in Angies Richtung. Sie wollte gerade antworten, als er ihr zuvorkam und Laurens Frage beantwortete. »Wie ich bereits gesagt habe, ist das von Patient zu Patient unterschiedlich. Manche sind weniger anfällig dafür, das Gedächtnis zu verlieren, während sich andere an große Teile ihrer Vergangenheit nicht mehr erinnern können. Sie können sich nicht mehr an die Gesichter ihrer Eltern, ihrer Freunde oder Kinder erinnern. Ihr werdet abwarten müssen, um zu sehen, zu welcher Gruppe euer Freund gehört.«

Damit zog er das Glas mit den Nanoinsekten hervor, deren Flügel immer noch gegen die Wände des Fläschchens schlugen. Er wollte gerade den Deckel abschrauben, als Navan ihn zurückhielt und das Handgelenk des Drakoniers packte.

»Was machst du da? Dies sind die Biester, die ihn erst krankgemacht haben! Willst du mich etwa auch anstecken?«, knurrte er.

»Halt diese Viecher von Bashrik fern!«, quietschte Angie und schlug nach eingebildeten Insekten um sich.

»Es ist alles in Ordnung!«, beruhigte ich sie. »Diese Insekten sind nachgebaut. Ich weiß, dass sie genauso wie die Krankheitsüberträger aussehen.«

Lauren nickte. »Sie übertragen den Antivirus auf dieselbe Art, wie sie den Virus übertragen?«

»Genau«, seufzte Cambien. »Wenn du jetzt bitte meine Hand loslassen könntest, damit ich deinem Freund das Leben retten kann.« Die Anspannung zwischen Navan und Cambien war beinahe greifbar, als die bernsteinfarbenen Augen in graue Augen starrten.

Navan zog seine Hand zurück und ließ zu, dass Cambien den Deckel des Glases mit den Nanoinsekten öffnete. Der Drakonier schürzte die Lippen und stieß einen hohen Pfiff aus, der zwei der Insekten anlockte. Sie schwirrten in der Luft und warteten auf das nächste Kommando. Cambien pfiff noch einmal und die beiden Kreaturen stürzten sich auf Bashriks starren Körper hinab.

Mit einem Kratzgeräusch, das mir einen kalten Schauer den Rücken hinabjagte, bohrten sie sich durch den Stein und verschwanden unter der Opalinkruste. Wir sahen einander nervös an und wussten nicht, worauf wir uns gefasst machen sollten. Würde der Stein schmelzen? Würde er zerbrechen? Würde er sich auflösen, als ob er nie dagewesen wäre? Ich hatte noch nie so etwas gesehen und es gab keinen Weg, wie ich mich vorbereiten konnte.

»Funktioniert es?«

Cambien zuckte mit den Schultern. »Das sehen wir erst, wenn etwas passiert.«

Fünf unglaublich angespannte Minuten später begann der Stein, aufzubrechen und kleine Risse wurden auf seiner Oberfläche sichtbar. Die Risse verbanden sich miteinander, bis Stücke abbröckelten und auf die Matratze fielen. Nach und nach kam graue Haut zum Vorschein. Die langsamen Bewegungen von Bashriks Gliedern schüttelten den Rest des Steins ab, bis sich auch das letzte Stück löste.

Bashrik sprang auf und erschrak uns. »Was zum ...«, rief er und schüttelte seinen Kopf wie ein nasser Pudel. Der restliche Opalinstaub fiel von ihm ab, bröselte aus seinem Haar und verfehlte uns knapp. Ein paar staubige Flecken blieben dennoch auf seiner Haut, die wie Kalkflecke aussahen.

»Bashrik? Weißt du, wer du bist?«, fragte Angie vorsichtig. Wir alle fürchteten uns vor möglichen Nebenwirkungen.

Er lächelte. »Ich bin Bashrik. Das hast du gerade gesagt.«

Angie verzog das Gesicht. »Weißt du auch, wer wir sind?«, fragte sie.

»Du bist Angie, das ist Lauren, das ist Navan und das ist Riley«, antwortete er und klopfte sich etwas Staub von den Armen.

»Du erinnerst dich an mich?«, hauchte Angie.

»Natürlich tue ich das«, murmelte er, »und ich habe versprochen, dich nicht länger warten zu lassen.«

Mit einem Freudenschrei warf sich Angie in Bashriks Arme. Er zog sie fest an sich, küsste sie auf die Stirn und hinterließ eine leichte Opalinspur dort, wo seine Lippen ihre Haut berührten. Sie nahm sein Gesicht in die Hände, löste sich etwas und verpasste ihm dann einen Schmatzer direkt auf den Mund, was ihn völlig unvorbereitet traf.

Wir hatten scheinbar Glück gehabt. Bashrik hatte keinen von uns vergessen und konnte sich auch noch daran erinnern, wer er war. Ich war unbeschreiblich erleichtert, ihn wieder gesund und mit unversehrtem Verstand zu sehen.

»Es tut mir ja leid, die romantische Stimmung zu verderben, aber wir müssen dir noch ein paar Fragen stellen«, sagte Navan entschuldigend und setzte sich auf die Bettkante.

»Tut mir leid«, sagte Angie mit roten Wangen und löste sich von Bashrik.

»Weißt du, wo du bist?«, fragte Navan.

Bashrik nickte. »Auf Zai. Wo sollte ich denn sonst sein?«, antwortete er ziemlich schnell.

»Und du weißt auch, was wir hier auf Zai machen?«, fragte Lauren.

»Wir bereiten uns zum Aufbruch vor, es sei denn, wir finden eine

Lösung für das beschädigte Opalin«, antwortete er, aber seine Antwort verwirrte mich. Etwas stimmte nicht.

»Mit der *Vanquish*, meinst du?«, fragte Lauren besorgt.

Bashrik lachte leise. »Nein, nicht mit eurem Schiff. Da würden wir doch nie alle hineinpassen – wir sind einfach zu viele«, erklärte er. »Aber wo du es gerade erwähnst – Angie, wir zwei müssen darüber reden, ob du mit mir kommst oder mit den anderen zurück zu Navans Heimatplaneten fliegst. Ich möchte nicht ohne dich sein.«

Angie sah ebenfalls verwundert aus. Was Bashrik sagte, war ohne Zweifel liebenswürdig, aber etwas war definitiv in seiner Erinnerung durcheinandergeraten. Er sprach von »wir« und »uns«, wenn er sich auf die Drakonier bezog – so als ob er einer von ihnen wäre.

»Bash, wovon redest du?«, fragte Navan völlig durcheinander. »Wir passen nicht alle in euer Schiff. Es ist zwar schneller und deutlich besser entwickelt, aber es kann doch nicht unsere gesamte Spezies transportieren«, sagte er. »Ich dachte mir, dass ihr mit uns kommen könntet, statt auf deinen Planeten zurückzukehren, Navan.«

Navan schüttelte den Kopf. »Das ist auch dein Planet, Bashrik. Du bist aus Vysanthe.«

Bashrik lachte laut auf. »Das soll ja wohl ein Scherz sein. Ich würde niemals einen Fuß auf diesen Planeten setzen, nicht nach allem, was sie uns angetan haben! Du bist eine Ausnahme, Navan, und ich kann dich nicht für die Taten deines Volkes verantwortlich machen, aber du musst verrückt sein, wenn du glaubst, dass ich auch nur in die Nähe dieses Planeten kommen werde. Wenn du dorthin gehen willst, dann werden sich unsere Wege hier leider trennen.«

»Sieh doch deine Haut und deine Flügel an, Bash. Du bist ein Kaltblut!«, beharrte Navan erschrocken.

»Du bist genauso wie ich, Bash. Wir sind Brüder!«

»Brüder im Geiste, ja, aber du bist ein Vysanthiner und ich bin ein Drakonier. Wie können wir da Brüder sein?«, fragte Bashrik und sah Navan ungläubig an.

»Bashrik, du bist ein Vysanthiner. Schau«, sagte Angie sanft, nahm seine Hände und hob sie vor sein Gesicht, damit er seine graue Hautfarbe sah.

Er machte ein verwirrtes Gesicht. »Das ist ein grausamer Scherz, den ihr euch da erlaubt, damit ihr mich davon überzeugen könnt, mit euch zu kommen«, sagte er nach einer langen Pause entschlossen. »Ihr glaubt, dass ihr mich davon überzeugen könnt, dass ich ein Kaltblut bin, damit ich mit euch nach Vysanthe zurückfliege, statt mit meinem Volk zu reisen.«

»Das ist nicht wahr. Das ist kein Trick. Du bist nur ein bisschen verwirrt darüber, wer du bist«, sagte ich vorsichtig, aber er sah mich wütend an.

»Ich weiß, wer ich bin, Riley«, fauchte er. »Ich bin Bashrik. Ich bin ein Drakonier und Zai ist mein Zuhause. Ich werde euch mit dem Opalin helfen und dabei, von unserer Hohepriesterin das wertvolle Fläschchen mit der Blutprobe zu bekommen, wie ich es euch versprochen habe, aber sobald ihr das bekommen habt, werde ich euch nicht weiter begleiten.«

Mir wurde klar, dass es nicht leicht sein würde, Bashrik davon zu überzeugen, wer er war und Zai mit uns zu verlassen, aber erst einmal hatte er mich an etwas Wichtiges erinnert. Wir mussten diese Blutprobe so schnell wie möglich besorgen, bevor unsere Fünf-Tages-Frist verstrich. Orion würde auf uns warten und wir hatten in der kurzen Zeit noch jede Menge zu erledigen. Zuerst mussten wir das beschädigte Opalin wieder zurückverwandeln und dann mussten wir mit Pandora fertigwerden. Danach mussten wir einen Weg finden, um Orion und Brisha auszutricksen, damit sie uns nicht sofort wegen Ungehorsams umbrachten. Ich wusste nicht, welche von allen die unmöglichste Herausforderung war.

»Es scheint, dass euer Freund irgendwo zwischen zurechnungsfähig und völlig verpeilt aufgewacht ist«, lachte Cambien, der von der Verwirrung sichtlich erheitert war. »Wenigstens erinnert er sich daran, wer ihr seid, was man von den meisten anderen nicht behaupten kann.«

Navan wirbelte herum und starrte Cambien an. »Wusstest du, dass das passieren wird?«

»Ich habe euch doch gesagt, dass die Folgen unterschiedlich sind«, sagte Cambien und drückte die Schultern nach hinten durch. Die beiden waren gleich groß und genauso kräftig gebaut, aber ich würde die Stärke des Drakoniers nicht unterschätzen und auch nicht zulassen, dass es mitten im Krankenhaus vor den Augen des verwirrten Bashrik zu einem Kampf kam.

Also atmete ich durch, zwängte mich zwischen die beiden und schob sie mit aller Kraft, die ich aufbringen konnte, auseinander. »Hört auf, ihr beide! Das bringt uns doch nicht weiter. Wir müssen auf Bashrik hören und uns auf unsere Mission konzentrieren. Uns läuft die Zeit davon.« Navan sah mich an und rückte etwas von Cambien ab, der immer noch fies grinste. »Und du hör auf, so zu grinsen, Cambien. Dies ist der Augenblick, in dem ihr beide zusammenarbeiten müsst, also schlage ich vor, dass ihr anfangt, euch wie ein Team zu benehmen!«, schimpfte ich.

»Vergiss nicht, für wen wir das alles tun«, pflichtete Lauren bei. »Wenn wir die Beschädigung umkehren können, dann bekommt ihr euren Planeten zurück und wir gehen dir nicht mehr auf die Nerven, bevor du dich versiehst.«

Cambien lachte. »Ich habe starke Nerven.«

»Sei nicht so ein Besserwisser. Damit beeindruckst du niemanden«, schimpfte Angie vernichtend.

Zurechtgestutzt seufzte Cambien. »Na schön. Dann sollten wir wohl gehen. Wenn ich mit diesem grauhäutigen Monster arbeiten muss, dann will ich es lieber so schnell wie möglich hinter mich bringen«, sagte er stolz. »Bist du bereit, einen Haufen deiner eigenen Leute zu töten, Navan? Es macht für dich wahrscheinlich keinen Unterschied, wem du den Dolch in die Brust stößt.«

Navan sah ihn finster an. »Lass es uns einfach hinter uns bringen, okay? Und zwar schweigend.« Die beiden gingen zum Ausgang des Krankenhauses und versuchten, sich gegenseitig zu überholen.

Wir anderen wollten ihnen nachgehen und so halfen Angie und ich Bashrik aus dem Bett, als Lauren plötzlich erstarrte und sich mit niedergeschlagenem Blick zu uns umdrehte. Hinter Bashrik machte

Angie ein ähnliches Gesicht. Auch Navan war in der Tür stehen geblieben und nur Cambien ging weiter.

»Was ist los?«, flüsterte ich.

Angie seufzte. »Pandora will, dass wir zu einer Besprechung ins Schiff zurückkehren.«

# KAPITEL ACHTZEHN

»Was? Warum will sie das?«, zischte ich verärgert, weil wir doch endlich kurz davor waren, unserem Ziel näherzukommen, nur damit Pandora uns jetzt zurückpfiff.

Angie zuckte mit den Schultern. »Sie will, dass wir sofort zurückkommen. Das ist nicht verhandelbar.«

»Außerdem fragt sie uns, warum deine Verbindung abgebrochen ist«, sagte Lauren mit entschuldigendem Blick.

Ich beugte mich dichter an Bashriks Ohr, in dem der Ohrknopf noch durch die Widerhaken befestigt war. »Pandora? Ich weiß nicht, ob du mich hören kannst, aber ich will mich dafür entschuldigen, was mit meinem Ohrknopf passiert ist. Ich dachte, dass mir ein Insekt ins Ohr gekrabbelt wäre, und bin panisch geworden. Ich hatte schon darauf getreten, bevor ich gesehen habe, was es war«, log ich und hoffte, dass sie es mir abkaufte.

»Sie sagt, dass es egal ist und du dir am Schiff einen anderen Knopf abholen kannst. Sie sagt, dass du in Zukunft besser aufpassen sollst«, wiederholte Angie Pandoras Durchsage für mich.

Das beruhigte mich nicht gerade. Ich hörte nicht, in welchem Ton Pandora sprach, sodass ich ihre Laune nicht einschätzen konnte, und genau das machte mir Angst. Außerdem hatte ich keine Ahnung, wie widerstandsfähig diese Ohrknöpfe waren. Wenn einer von ihnen sogar die heißen Quellen überlebt hatte, dann hatte der andere es vielleicht auch überstanden, dass ich auf ihn getreten hatte. Zwar hatte ich ihn unter meinem Stiefel ordentlich zerquetscht, aber das bedeutete noch lange nicht, dass Pandora meine aufrührerische Unterhaltung mit Cambien nicht mitangehört hatte. Ich konnte nur hoffen, dass sie es nicht getan hatte. Der heutige Tag war eine Mischung aus Hoffnung und Verzweiflung gewesen und ich wollte nicht, dass er mit einer Strafe … oder etwas noch Schlimmerem endete.

Wir fürchteten uns vor unserer Ankunft bei der *Vanquish*, verließen aber das Krankenhaus von Pyros, wobei Navan wieder an Bashriks Seite ging und Angie und mich ablöste. Bashrik schien Navan gegenüber misstrauisch zu sein und als er ihm zögernd den Arm um die Schulter legte und Navans graue Haut berührte, schnitt er eine Grimasse. Es hätte witzig ausgesehen, wenn unsere Lage nicht so ernst gewesen wäre, schließlich wussten wir nicht, ob Bashriks Erinnerungen dauerhaft beeinträchtigt bleiben würden.

Cambien begleitete uns durch das erstarrte Dorf im Vulkankrater, wollte aber nicht weitergehen. Stattdessen trottete er zum Rand des Berges und blickte auf die Weiten von Zai hinab.

»Kommt wieder, wenn ihr bereit seid, weiterzumachen«, sagte er trocken, ohne sich zu uns umzudrehen. »Obwohl ich gestehen muss, dass euch der Ruf dieser Frau sehr gelegen zu kommen scheint.«

Ich seufzte. »Ganz im Gegenteil, Cambien. Uns gefällt diese Unterbrechung nicht mehr als dir. Wir werden zurückkommen, also warte auf uns.«

Ich folgte seinem Blick und dachte daran, wie viele Meilen die *Vanquish* entfernt war. Wir konnten nur zu Fuß zu ihr gelangen, denn Navan konnte höchstens zwei von uns unter aller Anstrengung tragen, und es sah nicht so aus, als ob Bashrik allzu bald Einsatz von seinen Kaltblutfähigkeiten machen würde.

Da uns also nichts anderes übrigblieb, berührte ich sanft Cambiens Schulter, sodass er sich zu mir umdrehte. »Wir können ohne deine Hilfe nicht zum Schiff zurückgelangen. Ich weiß, dass du ohne Opalin nicht fliegen kannst, aber vielleicht kannst du Bashrik davon überzeugen, dass du etwas getan hast, was ihm vorübergehend Flügel verleiht? Wir müssen wirklich schnell zum Schiff zurückkehren und unsere einzige Möglichkeit besteht darin, zu fliegen.«

Er grinste. »Wenigstens verstehst du jetzt ein wenig unserer Frustration darüber, wie es ist, als fliegende Spezies geboren zu werden und dann ohne eigene Schuld am Boden bleiben zu müssen«, sinnierte er. »Was bekomme ich zum Dank?«

»Wir kommen schneller zurück und helfen dir dabei, das Opalin wieder zu reinigen«, sagte ich schlicht.

»Du hast nichts weiter anzubieten?«, hakte er nach.

Ich verdrehte die Augen. »Nein, Cambien.«

»Einen Versuch war es wert«, lachte er. »Na schön. Ich werde mit Bashrik sprechen. Aber du musst schon zugeben, dass es herrlich ironisch ist, dass ein Kaltblut sich für einen Drakonier hält.« Seine ungewöhnlichen Augen funkelten, so als ob er tatsächlich gewusst hatte, dass so etwas in der Art passieren würde. Immerhin war er der Einzige, der schon einmal Opfer der Krankheit geheilt hatte.

Cambien hielt sein Versprechen und ging zu Bashrik hinüber, der sich immer noch auf seinen Bruder stützte. Der Drakonier beugte sich vor, flüsterte Bashrik etwas ins Ohr und dieser machte ein erstauntes Gesicht. Navan runzelte die Stirn, sagte aber nichts, sondern sah mich fragend an.

»Du hast mich für eine solche Ehre erwählt?«, rief Bashrik aus, bevor ich eine Antwort auf Navans fragenden Blick geben konnte.

Cambien nickte. »Du bist am besten dafür qualifiziert. Probier sie aus, um zu sehen, ob sie funktionieren«, ermunterte er ihn.

Bashrik strahlte wie ein Kind an Weihnachten, faltete seine Flügel aus und spreizte sie. Als er einen kräftigen Schlag mit seinen ledrigen Flügeln machte, warfen diese einen Schatten über den Krater und wirbelten Staub und Steinchen vom Boden auf. Er hob vom Boden ab und es war ihm anzusehen, dass der Flug ihm im Blut lag. Er stieß einen Freudenschrei aus und mein Herz machte einen Sprung.

Scheinbar konnte er sich nicht daran erinnern, als Kaltblut geflogen zu sein, und erlebte dieses Abenteuer nun wie zum ersten Mal. Bei seinem Anblick vermisste ich meine eigenen Flügel.

»Glaubst du, dass du eine deiner Freundinnen tragen kannst, während du fliegst?«, rief Cambien in die Luft hinauf.

Bashrik nickte. »Klar. Wohin fliegen wir?«

»Zurück zum Schiff. Als ihr Anführer wirst du sie begleiten, um dafür zu sorgen, dass ihnen nichts zustößt«, wies Cambien ihn ohne zu zögern an. »Sie müssen uns schließlich danach hier oben helfen.«

Bashrik lächelte. »Danke, Cambien! Ich hatte ganz vergessen, wie es sich anfühlt. Es ist zwar nicht ganz dasselbe, wie in meiner natürlichen Form zu sein, aber es fühlt sich beinahe so an.«

Cambien warf mir einen Blick zu, mit dem er stumm »Was für ein Trottel!« sagte, aber ich fand Bashriks Reaktion niedlich.

»Danke, dass du das getan hast«, sagte ich.

»Sorg einfach dafür, dass ihr wiederkommt. Lass mich nicht bereuen, dass ich für euch meine Regel gebrochen habe«, sagte er und sein Gesicht wurde ernst.

»Deine Regel?«

»Tu niemals etwas Gutes für einen Fremden«, erklärte er.

Ich lächelte. »Du wirst es nicht bereuen, Cambien.«

»Ist dir aufgefallen, dass dein Freund mich nicht mag?«, fragte er, wieder ganz er selbst.

»Kannst du es ihm verdenken?«, entgegnete ich, als Bashrik wieder auf dem Felsplateau landete.

Cambien lachte. »Willst du wissen, warum er mich nicht mag?«

»Weil du arrogant bist und mit seiner Freundin flirtest?«

Er beugte sich dicht zu mir. »Das mag ein Grund sein, aber in Wirklichkeit hat er schreckliche Angst davor, dass ich dich dazu bringe, sein wahres Ich zu erkennen, und dir eine Alternative biete. Ich habe noch nie in meinem Leben ein anderes Wesen getötet und ich bin auch nicht aufbrausend. Sag mir, sind das Eigenschaften, die du dir für deinen Geliebten wünschst?«

»Wir haben nichts mehr zu bereden«, fauchte ich. »Wir kommen zurück, sobald wir die Angelegenheit im Schiff geklärt haben. In der Zwischenzeit schlage ich vor, dass du dir Gedanken über dein Verhalten machst, bevor du es bist, der Navans Dolch in die Brust gestoßen bekommt.«

Cambiens kühles Lachen verfolgte mich, als ich davonstapfte. Meine Wangen glühten vor Scham und Wut. Ich zwang mich, seine Worte zu ignorieren, weil ich wusste, dass er mich damit nur provozieren wollte. Stattdessen ging ich zu Navan, schlang meine Arme um ihn und schmiegte mich eng an ihn.

»Ist alles in Ordnung?«, fragte er und strich über meine Haare.

»Ja, aber wir müssen uns auf den Weg machen. Ich will nicht länger in der Nähe dieses Perversen sein.«

»Dein Wunsch ist mir Befehl«, sagte Navan und spreizte die Flügel, sodass sie Schatten hinter ihm warfen. »Bashrik, möchtest du eines oder zwei der Mädchen tragen?«, fragte Navan seinen Bruder, der immer noch seine Flügel bestaunte.

Bashrik sah ihn begeistert an. »Zwei. Ich will diese Dinger ordentlich testen!«

Navan nickte mit einem traurigen Lächeln und hob dann von der Oberfläche des Kraters ab, nachdem er mich fest an sich gezogen hatte. Cambien beobachtete uns, aber das war mir egal. Seine Worte würden nicht zu mir durchdringen, obwohl er genau das wollte.

»Das erinnert mich an unsere ersten Tage«, hauchte ich an seinen Hals und hielt mich fest. Der Wind rauschte um uns herum, fuhr mir durchs Haar und erfrischte mein verschwitztes Gesicht.

Navan lächelte. »Bist du immer noch froh, mich kennengelernt zu haben?«, fragte er mit einer Spur von Besorgnis.

»Natürlich bin ich das«, antwortete ich. »Warum fragst du das?«

»Ich habe gehört, was Cambien dir gesagt hat«, antwortete er ernst. »Ich bin mir nicht sicher, ob ich es verkraften könnte, meinen Bruder und meine Freundin am selben Tag zu verlieren.«

Ich klammerte mich fester an ihn. »Du wirst mich niemals verlieren, Navan. Cambien hat keine Ahnung, wovon er redet. Alles, was er sagt, ist dazu bestimmt, jemanden zu manipulieren. Wahrscheinlich hat er so überhaupt erst Drakonier dazu gebracht, ihm zu folgen. Er ist charismatisch, aber er ist auch ein Idiot«, flüsterte ich und küsste Navans Hals.

»Ich möchte nur nicht, dass du mich als Monster siehst«, sagte er.

»So könnte ich dich nie sehen«, versprach ich ihm. »Ich liebe dich.«

»Ich liebe dich auch«, antwortete er leise.

Den Rest der Strecke schwiegen wir. Bashrik flog dicht neben uns und trug Lauren und Angie. Lauren machte ein ängstliches Gesicht und kniff die Augen zusammen, weil sie fürchtete, dass er sie fallenlassen könnte, aber Angie schien begeistert zu sein, Bashrik endlich nahezukommen. Sie kuschelte sich an ihn und schlang ihre Arme fest um ihn.

*Wenigstens hat er nicht vergessen, was er für dich empfindet, Angie,* dachte ich. Hoffentlich würde er es nie tun, jetzt, wo es endlich raus war.

Eine Viertelstunde später kamen wir auf der Lichtung an, auf der die *Vanquish* stand. Ihre silberne Oberfläche glänzte im Sonnenlicht von Zai. Ihr Anblick allein jagte mir schon einen kalten Schauer den Rücken hinab. Dort unten wartete Pandora auf uns und wir hatten keine Ahnung, was sie von uns wollte. Sie hatte gesagt, dass sie mit uns sprechen musste, aber wir hatten ihr keine Neuigkeiten zu berichten, was den Fortschritt unserer Mission anging. Was gab es zu bereden? Vielleicht wollte sie sich dagegen aussprechen, was Navan zu tun angeboten hatte, damit das Opalin wieder funktionierte. Dass er nun keine Drakonier mehr töten wollte, sondern Kaltblüter, gefiel ihr ganz gewiss nicht. Aber wir würden ja bald herausfinden, was sie von uns wollte.

Wir landeten, gingen zur Frachttür und klopften an der äußeren Hülle. Das Echo von innen war deutlich zu hören. Wenige Minuten später knisterte es im Ohrknopf und Pandoras Stimme erklang. Bashrik sah verwirrt aus, als er das Geräusch in seinem Ohr hörte, schwieg aber mit gerunzelter Stirn.

»Ich will nur mit den drei Menschen sprechen«, forderte sie. »Die Kaltblüter könnten ansteckend sein.«

»Hast du denn nicht zugehört? Die Krankheit kann nicht von einer Person auf die andere übertragen werden«, sagte Navan gereizt.

Doch Pandora schnaubte. »Wenn ihr auch nur ein Wort von dem

glaubt, was diese Drakonier sagen, dann seid ihr sogar noch dümmer, als ich dachte. Schickt mir die Menschen – sie sind wahrscheinlich immun. Du und Bashrik, tretet zwanzig Schritte zurück und wartet auf meine Anweisungen.«

Bashrik sah aus, als ob er etwas auf den Drakonier-Kommentar erwidern wollte, aber Navan legte ihm eine Hand auf den Mund. Wir alle sahen einander nervös an. Die Aussicht, Pandora allein, ohne vysanthinische Rückendeckung entgegenzutreten, begeisterte uns nicht gerade. Besorgt sah ich zu Navan und spürte seine Anspannung. Selbst Bashrik sah unbehaglich aus und er hatte nicht einmal eine klare Vorstellung davon, was hier vor sich ging.

Aber egal, wie wir uns fühlten - wir mussten Pandoras Befehl befolgen. Wir konnten nicht einfach hier Wurzeln schlagen und wir konnten genauso wenig untereinander beratschlagen, weil sie über die Ohrknöpfe alles mitanhörte. Langsam begann ich diese kleinen Geräte wirklich zu hassen.

»Ich habe zwanzig Schritte gesagt, Kaltblüter!«, sagte Pandora. »Lasst mich nicht warten. Meine Geduld ist bald am Ende!«

Navan nahm seine Hand von Bashriks Mund und die beiden zogen sich langsam zurück. Sie machten winzige Schritte, um sich nicht weit von der Frachttür zu entfernen und immer noch schnell herbeieilen zu können, wenn wir sie brauchten. Aber ich wusste, dass ihre Bemühungen sinnlos waren. Pandora hatte fürchterliche Angst vor dem Virus und kein Argument der Welt konnte sie davon überzeugen, dass es nicht ansteckend war. Ich bezweifelte sehr, dass sie die Tür hinter uns offen lassen würde.

Wenn wir in Schwierigkeiten gerieten, würden wir allein zurechtkommen müssen. Ich wünschte nur, mit meinen Freundinnen sprechen zu können, damit wir uns gegenseitig beruhigen konnten. Doch stattdessen sah ich ihre besorgten Blicke und grimmig entschlossenen Gesichter.

Ich wünschte mir auch, wenigstens eine Waffe zu tragen, aber sie befanden sich alle im Lager der *Vanquish*. Pandora würde nicht zulassen, dass ich vor unserer Besprechung einen Abstecher machte, schon gar nicht, wenn dieser in die Waffenkammer führte. Wenn wir doch nur auf einem Planeten gelandet wären, der nicht so pazifistisch wäre! Dann hätten wir etwas finden können, um uns zu verteidigen. Aber nun war es zu spät, um etwas dagegen zu unternehmen.

»Wir sind bereit«, sagte ich.

»Ihr wisst ja, wo ihr mich findet«, sagte sie und dann wurde es still in den Ohrknöpfen.

Eine Sekunde später öffnete sich die Frachttür und die Landetreppe wurde ausgefahren. Wir drei traten etwas zurück, um nicht von den Stufen umgestoßen zu werden. Sobald sie auf dem Gras auflagen und die Hydraulik noch einmal abschließend quietschte, stiegen wir drei ins Schiff. Ich stockte auf der Schwelle und warf einen letzten Blick zu Navan und Bashrik zurück, bevor sich die Frachttür wieder schloss.

# KAPITEL NEUNZEHN

»Pandora?«, rief ich. Der Hauptraum der *Vanquish* war völlig leer. Ich wusste, dass sie sich im Cockpit verkrochen hatte, um sich nicht anzustecken.

Ein Bildschirm klappte sich aus der Wand auf und Pandora starrte uns von der Mattscheibe her an. »Geht in die Kabinen auf der rechten Seite«, befahl sie und drei Türen in den verchromten Wänden des Schiffes öffneten sich.

Ich sah zu meinen Freundinnen, die genauso ängstlich schauten wie ich. Es kam mir sehr riskant vor, so als ob wir geradewegs in eine Falle tappen würden. Winzige Kabinen bedeuteten nie etwas Gutes, aber wenn eine Frau wie Pandora etwas mit ihnen zu tun hatte, dann waren sie noch angsteinflößender.

»Warum?«, platzte Angie hervor. Pandora seufzte und sagte mit rauer Stimme: »Ihr müsst für alle Fälle dekontaminiert werden. Also, geht in die Kabinen.«

»Warum habe ich das Gefühl, dass sie uns vergasen will?«, raunte ich, während wir widerstrebend auf die Kabinen zugingen. Zum ersten Mal sah ich die anderen haarfeinen Linien in den Innenwänden des Schiffs, wo sich weitere Dekontaminierungskabinen befinden mussten.

»Das habe ich gehört!«, bellte Pandora und ihr scharfer Ton ließ mich zusammenzucken.

»Gehen wir einfach hinein?«, fragte Lauren mit Blick auf den Bildschirm.

»Ja, geht einfach hinein!«, sagte Pandora ungeduldig und ich bekam immer mehr das Gefühl, dass das ein Fehler war.

Ich atmete tief durch, betrat eine der Kabinen und meine beiden Freundinnen betraten die anderen zwei. Sofort wurde die Tür geschlossen und ich war in dem kleinen Raum eingesperrt, der kaum breiter war als ich und in dem es kein Fenster gab, um in den Hauptraum zu sehen. Die verchromten Wände um mich machten mich klaustrophobisch und ich hatte Mühe, nicht zu schreien und gegen die Tür zu hämmern. Aber das war wahrscheinlich genau das, was Pandora wollte. Sie wollte uns verschrecken, bevor sie mit uns sprach.

Ich atmete gerade noch einmal tief durch, ohne zu wissen, wie viel Sauerstoff mir in dem winzigen Raum noch blieb, als pulvrige Luft aus der Decke und aus Löchern im Boden schoss und einen chemischen Geruch verbreitete. Ich schnaubte, schloss meinen Mund und versuchte, meine Augen vor dem Zeug zu schützen, das durch die Schächte geblasen wurde. Es schmeckte giftig.

Nach weiteren fünf Minuten unangenehmen Röchelns hörte der Luftzug plötzlich auf und die Tür öffnete sich wieder, sodass ich den Hauptraum des Schiffs betreten konnte. Der Gestank nach Chemikalien war hier draußen doppelt so schlimm, weshalb ich vermutete, dass Pandora auch diesen Bereich besprüht haben musste, um auf Nummer sicher zu gehen.

Aus der Kabine neben mir taumelte Angie und sah zutiefst beleidigt aus. »Du hättest uns ruhig vor dem Pulver warnen können!«, schimpfte sie laut. Ihre blonden Haare waren voll von dem Staub.

»Tut mir leid, ist mir wohl entfallen«, ertönte Pandoras Stimme durch den Raum, als sie mit einem breiten Grinsen aus dem Cockpit trat.

»Dieses Zeug hätte uns vergiften können, Pandora. Wir sind nicht so widerstandsfähig gegen Chemikalien wie ihr Kaltblüter«, sagte Lauren, die auf ihre eigene, ruhigere Weise genauso aufgebracht war.

Pandora zuckte mit den Schultern. »Ich dachte mir, dass das immer noch besser ist, als dass ich mich mit dem Zai-Virus anstecke. Es war ein Risiko, das ich einzugehen bereit war.«

Ich überlegte kurz, ob ich auch noch eine wütende Bemerkung machen sollte, blieb aber dann doch lieber still. Pandora schien seltsam gelassen zu sein und es hatte keinen Sinn, das zu verspielen, nur um Dampf abzulassen.

»Warum hast du uns zum Schiff gerufen? Hast du unsere Nachricht nicht bekommen?«, fragte ich und konzentrierte mich lieber auf unseren Einsatz. Je eher wir hier fertig waren, desto schneller konnten wir zu Cambien zurückkehren und uns darum kümmern, die Wirkung des Opalins wiederherzustellen.

Sie lächelte. »Doch, das habe ich, aber es gibt ein paar Sachen, über die ich nicht sehr glücklich bin, wie ihr euch sicher vorstellen könnt. Euer Plan gefällt mir nicht, aber dazu kommen wir gleich noch. Zur Frage, warum ich euch zurückgerufen habe: Ich hatte den Eindruck, dass wir miteinander reden müssen, während ich euch sehen kann.«

»Hast du denn nicht über die Ohrknöpfe alles mitangehört?«, fragte Lauren. Es kam mir seltsam vor, dass Pandora uns herbestellt hatte, um von Angesicht zu Angesicht mit uns zu reden. Wenn sie nicht damit einverstanden war, dass wir die Beschädigung des Opalins umkehren wollten, warum hatte sie uns das nicht einfach über die Ohrknöpfe gesagt? Das hätte sie jederzeit tun können, aber sie hatte kein Wort über diese Angelegenheit verloren.

An ihrer reglosen Miene konnte ich nicht ablesen, ob sie das Gespräch zwischen Cambien und mir mitangehört hatte oder nicht. Sie ließ es sich nicht anmerken, aber ich wusste, dass sie gut darin war, Dinge zu verbergen. Jahrelang hatte sie eine Rolle gespielt und jemand zu sein vorgetäuscht, um sich in Königin Brishas Hof einzuschleusen und zu ihrer rechten Hand zu werden. Uns an der Nase herumzuführen war für sie ein Kinderspiel.

Sie zuckte mit den Schultern. »Hin und wieder habe ich zugehört, wenn ich nicht mit anderen Dingen beschäftigt war.«

Mich beschlich ein unwohles Gefühl und mein Magen verkrampfte sich. Ich hätte mich sehr viel sicherer gefühlt, wenn Navan und Bashrik hier gewesen wären oder ich eine Waffe in der Hand gehabt hätte, um mich wenigstens gegen irgendwelche möglichen hinterhältigen Tricks verteidigen zu können.

Pandora trug natürlich eine Waffe an der Hüfte und ein Messer auf der anderen Seite des Gürtels. Sie war kampfbereit.

»Bringt mich aufs Laufende. Was habt ihr in meiner Abwesenheit getan? Ich will es von euch persönlich hören«, befahl sie und setzte sich auf eine der Bänke in der Mitte des Raums. Ich hatte den Eindruck, dass sie uns nicht auffordern würde, Platz zu nehmen. Es war ein Machtspiel, bei dem sie sich hinsetzte, nur um uns zu zeigen, wie wehrlos wir waren. Sie hätte auch eine Rückwärtsrolle machen können und wir hätten trotzdem nichts gegen sie unternehmen können.

Wir sahen einander kurz an und erzählten ihr dann, was geschehen war, seit wir das letzte Mal miteinander gesprochen hatten, als wir ihr davon erzählt hatten, dass wir die Beschädigung des Opalins umkehren und die Drakonier vor dem Tod durch Pandoras Waffen retten wollten. Dann erzählten wir ihr von Pyros und davon, wie wir die Heilung mit eigenen Augen gesehen hatten, nachdem Bashrik krank geworden war.

»Das erklärt dieses sinnlose Gerede«, sagte sie. »Er ist geistig verwirrt, oder?«

Angie lief rot an. »Nein, er ist nicht geistig verwirrt. Er wird schon wieder. Es ist nur eine vorübergehende Nebenwirkung«, sagte sie, obwohl wir nicht sicher sein konnten, dass seine Verwirrung wieder verschwand.

Lauren spürte wahrscheinlich, dass Angie kurz vor einem Wutausbruch stand, und erzählte Pandora schnell, dass wir gerade hatten aufbrechen wollen, um uns mit dem Opalin zu befassen, als sie uns zum Schiff zurückgerufen hatte.

»Hm, war wohl schlechtes Timing, schätze ich«, sagte Pandora sarkastisch. Ihre Augen funkelten seltsam und ich wurde noch nervöser.

Sie musste gewusst haben, was wir vorhatten, als sie uns zurückgepfiffen hatte, und hatte uns von vornherein davon abhalten wollen. Sie hatte alles mitanhören können, weshalb ich davon ausgegangen war, dass sie kein Problem damit hatte, dass wir das Opalin reparieren wollten, weil sie über die Ohrknöpfe nicht widersprochen hatte. Aber da hatte ich wohl falschgelegen. Es passte sehr gut zu Pandora, bis zum letzten Augenblick zu warten, um uns wieder auf Null zurückzuschleppen.

»Du willst nicht, dass wir die Beschädigung des Opalins aufheben?«, fragte ich.

»Die Drakonier sind eine eigenartige Spezies, findet ihr nicht?«, fragte Pandora und ignorierte meine Frage, während sie aufstand. »Ich habe sie vom Fenster der Aussichtsplattform aus beobachtet. Man hat eine sehr gute Aussicht von dort – und bekommt einen sehr guten Eindruck.«

Ihre Bemerkung jagte mir einen kalten Schauer den Rücken hinunter. Man hätte eine Nadel fallen hören können. Der Texter. Pandora wusste über den Texter Bescheid, den wir in der Ritze des Sofas auf der Plattform versteckt hatten. Das war die einzige Erklärung für all das hier, obwohl sie bemerkenswert ruhig blieb und eine gefasste Miene machte.

Es war ein Spiel, um zu sehen, wer zuerst nachgab.

»Die Aussicht vor Ort ist wesentlich besser«, sagte ich nach einem Räuspern.

Sie lächelte kühl. »Das bezweifle ich, Riley, obwohl ich für den Rest meines Lebens genug vom Weltall gesehen habe«, sagte sie. »Wenn ihr mich jetzt bitte zur Aussichtsplattform begleiten würdet – ich möchte euch etwas zeigen.«

»Was denn?«, fragte Lauren und ich sah ihr an, dass sie dieselbe Befürchtung hatte wie Angie und ich.

»Wie gesagt, habe ich den Drakoniertempel genau beobachtet und es gibt verschiedene ausgezeichnete Eingänge, die wir benutzen können«, sagte sie und ging durch den Gang, der zur Aussichtsplattform führte. »Wir müssen entscheiden, durch welchen von ihnen wir einen Teil der Bevölkerung nach draußen schleusen. Wir werden natürlich ein paar von ihnen als Blutsklaven mitnehmen müssen, wie ihr richtig erkannt habt. Aber sobald wir genug haben, können wir den Tempel mit Gas füllen und den Rest der Rasse aus der Luft auslöschen, sobald wir weit genug entfernt sind.«

Wir drei starrten Pandora fassungslos an. Wie konnte sie das nur tun? Wie konnte sie so gelassen dastehen und darüber reden, eine ganze Art auszulöschen?

»Aber du hast gesagt, dass du uns einen anderen Weg finden lassen würdest! Wir haben einen anderen Weg gefunden, Pandora«, sagte ich anklagend.

Sie lächelte eisig. »Unsere Pläne haben sich geändert.«

»Was soll das heißen – unsere Pläne haben sich geändert? Wir wissen, wie wir das Opalin wieder reinigen können! Warum solltest du dich statt einer friedlichen Lösung dafür entscheiden, Unschuldige zu ermorden? Das ergibt doch keinen Sinn, Pandora!«, erwiderte Lauren und ballte die Hände zu Fäusten.

»Meine Leute sind hier die Unschuldigen! Sie sind seit Jahren hier gefangen und nun sollen sie sofort nach ihrer Heilung hingerichtet werden? Das wird nicht passieren«, antwortete sie und wir erstarrten.

»Vielleicht ist die Lage nicht ideal, aber der Genozid einer ganzen Art ist doch auch keine Lösung, du mordlustige Psychopathin!«, schrie Angie, woraufhin Pandora kalt auflachte. »Außerdem ist es die Entscheidung der Drakonier, was sie mit deinen Leuten machen, und sie haben ihre Entscheidung bereits getroffen!«

»Trotzdem werde ich nicht zulassen, dass das geschieht. Und ich bin keine Psychopathin, Angie. Ich denke ganz im Gegenteil sehr logisch, obwohl ich deine Enttäuschung natürlich verstehen kann. Frieden scheint immer die bessere Lösung zu sein, bis deine Feinde auf einmal auftauchen und Rache üben«, sagte sie. »Im Leben gibt es nun mal Gewinner und Verlierer und Zai hat heute eben einfach Pech gehabt.«

»Warum tust du das?«, zischte ich. »Warum bringst du mehr Unheil über sie? Hat dein Volk ihnen nicht schon genug angetan?«

Sie zuckte mit den Schultern und ich bekam Lust, ihr eine Ohrfeige zu verpassen. »Gib deinem Freund die Schuld, Riley.«

Ich kniff die Augen zusammen. »Was hat Navan damit zu tun?«

»Er hat mich dazu gebracht, meine Meinung zu ändern. Nachdem ich gehört habe, wie eifrig er seine eigenen Landsleute töten will, habe ich beschlossen, das nicht zuzulassen. Ich werde nicht erlauben, dass vysanthinisches Blut auf fremdem Boden vergossen wird, und schon gar nicht von vysanthinischer Hand«, sagte sie in herausforderndem Ton.

»Warum zum Teufel nicht? Das ist doch eure Nationalsportart, oder nicht – einander umzubringen?«, entgegnete Angie.

Pandora lachte kurz, bevor sich ihr Gesicht zu einer wutverzerrten Fratze verwandelte. »Ich habe euren neuen Freund darüber sprechen gehört, was die Krankheit mit diesen armen Kaltblütern gemacht hat. Selbst wir könnten uns keine widerlichere Folter ausdenken«, fauchte sie. »Wir töten unsere Feinde, auf welche Art auch immer, aber wir sperren sie nicht in ihrem eigenen Körper ein, ohne dass sie sich bewegen können, während ihr eigenes Leben an ihnen vorbeizieht. Das ist wirklich barbarisch.«

»Sobald das Opalin wiederhergestellt ist, werden sie die Krankheit nie wieder einsetzen, weil sie dann keinen Grund mehr dazu haben. Lass uns einfach sagen, dass ihr quitt seid, und diesen albernen Konflikt beenden«, sagte ich kühl. Ich konnte einfach nicht fassen, was für selbstgerechtes Gefasel Pandora da von sich gab. Ja, es war falsch gewesen, was die Pyros getan hatten, aber sie waren bereits genug für ihren Fehler bestraft worden.

Mir gefiel die Vorstellung nicht, zu töten, egal unter welchen Umständen, aber die Drakonier hatten das Recht, zu beschließen, was sie mit den in Opalin erstarrten Kaltblütern tun wollten, und wenn sie wollten, dass Navan sie tötete, dann war das eben ihre Entscheidung. Navan hatte sich für die Hinrichtung angeboten und das war der einzige Weg, um noch mehr Tod und Zerstörung zu verhindern. So sehr es mir auch wehtat, das zu sagen, war es das Geringere von zwei Übeln.

»Der Plan hat sich geändert«, sagte Pandora noch einmal entschlossen. »Und jetzt kommt mit mir zur Aussichtsplattform.« Es war keine Bitte.

Auf dem Weg durch den Gang brannte meine Brust noch immer vor Wut und meine Freundinnen sahen genauso entsetzt aus wie ich. Da fiel mein Blick auf Pandoras Hüfte und ich suchte nach dem richtigen Aksavdo-Griff, um Pandora zu überraschen und ihr eine der Waffen abzunehmen. Sie beide gleichzeitig zu fassen zu bekommen, war unmöglich, aber eine konnte ich ihr vielleicht entreißen. Das Messer wäre ideal, weil ich damit besser umgehen konnte, aber selbst das war riskant, denn dann würde Pandora die Schusswaffe bleiben, mit der sie auch aus der Entfernung eine gute Trefferquote und damit uns gegenüber einen deutlichen Vorteil hätte. Ganz zu schweigen von der Tatsache, dass Pandora in jeder Hinsicht stärker als ich war und außerdem die übermenschliche Geschwindigkeit eines Kaltbluts besaß.

Wenn ich ihr das Messer abnahm, hätte ich zwar eine Waffe, aber ich hätte wahrscheinlich auch ziemlich schnell eine Schusswunde in der Brust. Als ich einen Blick zu Angie und Lauren warf, sah ich, dass sie die gleichen Überlegungen anstellten wie ich und sie nickten mir verschwörerisch zu, bevor sie wieder auf Pandoras Hüfte sahen. Wir schienen uns einig zu sein. Wir mussten die lilahaarige Hexe entwaffnen. Nun mussten wir nur noch den richtigen Augenblick abpassen.

Wenige Minuten später erreichten wir den Eingang zur Aussichtsplattform. Ich erwartete den vertrauten Blick auf den Tempel, doch wir drei erstarrten auf der Türschwelle, weil der Anblick vor uns uns einen kalten Schauer den Rücken hinabjagte.

Jedes einzelne Möbelstück im Raum war in Stücke zerfetzt worden, alles war umgeworfen und kein Ding stand mehr an seinem Platz. Ich hatte von vornherein recht gehabt. Pandora hatte den Texter gefunden. Sie war uns auf die Schliche gekommen.

Ich wirbelte herum und wollte zum Ausgang rennen, doch die Tür fiel vor uns zu, verriegelte sich und sperrte uns ein. Pandora stand vor uns. Ihre Silhouette hob sich gegen das durch die Fenster strömende Licht ab. In ihrer Hand hielt sie den Texter.

»Ihr hattet also vor, mich zu verraten? Ich kann nicht sagen, dass ich überrascht bin, obwohl ich insgeheim gehofft habe, dass ich mich täuschen könnte«, sagte sie mit bedrohlicher Ruhe. »Welcher Plan hat euch besser gefallen? – Mich durch die Luftschleuse zu stoßen, mich hier auf Zai sitzen zu lassen oder mich mit dem geheimnisvollen Virus anzustecken? Ich war wirklich überrascht, das hier zu finden. Schließlich bin ich euer Schlüssel dafür, wieder nach Hause zurückzukehren. Warum würdet ihr das aufs Spiel setzen?«

»Pandora, wir können ...«, setzte ich an, aber sie unterbrach mich.

»Was, ihr könnt das erklären?« Sie warf mir einen vernichtenden Blick zu. »Ich habe das meiste von dem Gespräch mit deinem schuppigen Freund mitangehört, als du glaubtest, dass ich nicht zuhöre. Das hat mich nachdenklich gemacht. Wie können sie das alles untereinander besprochen haben, ohne dass ich davon erfahre habe? Dann habe ich mich daran erinnert, wie oft ihr in diesen Raum gekommen seid. Meine Kameras haben nur eure Hinterköpfe aufgenommen. Ein schwerer Anfängerfehler meinerseits, aber es hat mich auf die Idee gebracht, dass ihr hier den perfekten Ort hattet, um insgeheim miteinander zu kommunizieren«, fuhr sie fort. »Danach hat es nicht mehr lange gedauert, bis ich ...«

»JETZT!«, schrie ich und wir drei stürzten uns auf Pandora, die überrumpelt mitten im Satz erstarrte. Ich riss ihr das Messer genau in dem Augenblick aus der Scheide, als Pandoras Faust meinen Kopf traf und die Wucht des Hiebes mich zu Boden warf. Desorientiert versuchte ich, mich wieder aufzurappeln, aber mir war schwindelig und schwarze Punkte tanzten vor meinen Augen. Der Schmerz in meinem Schädel war so heftig, dass ich aufschrie.

Da ich zu Boden gegangen war, schnappte sich Angie die Waffe, aber Pandora kam ihr zuvor und schlug sie ihr aus der Hand. Sie schlitterte quer durch den Raum, bis sie an der Fensterfront auf der anderen Seite liegenblieb. Lauren rannte der Waffe zwar hinterher, aber Pandora war deutlich schneller als sie und hob sie auf, bevor Lauren ihr auch nur nahegekommen war. Meine Freundin versuchte nun, vor Pandora zurückzuweichen, aber der Boden war zu glatt. Pandora umklammerte die Waffe und kam auf uns zu. Sie packte mit ihrem freien Arm Lauren im Schwitzkasten und drückte so fest zu, dass Lauren aufschrie. Sie sah mich herausfordernd an und presste Lauren die Mündung der Pistole an die Schläfe.

Noch in derselben Sekunde stürmte Angie auf Pandora zu und versuchte, sie in die Seite zu rammen. Pandora warf ihre Waffe in die Luft, packte Angie bei den blonden Locken und zwang sie zu Boden. Es geschah alles sehr schnell, aber als Pandora wieder aufstand und die Waffe auffing, hatte sie ihren schweren Stiefel auf den Schädel meiner Freundin gestellt und so wie es aussah, verlagerte sie ihr Gewicht immer mehr darauf.

Endlich gelang es mir, aufzustehen, und ich stützte mich mit einer Hand am Fenster ab, um das Gleichgewicht zu behalten.

Pandora hatte meine beiden Freundinnen in ihrer Gewalt und mir blieb nur ein Messer. Es war zwar unglaublich scharf, aber wenn ich daneben zielte, dann half mir das auch nicht viel. Die zappelnde Lauren verdeckte Pandoras Oberkörper und ich konnte das Kaltblut auch nicht am Oberschenkel treffen, ohne dabei zu riskieren, dass sie Angies Schädel mit ihrem Fuß zerquetschte. Es gab nur eine Stelle, an der ich sie gefahrlos treffen konnte, aber ich hatte nur eine Chance.

Mit hämmernden Schläfen brachte ich mich in Wurfstellung.

»Ich könnte sie locker beide töten, Riley«, warnte mich Pandora mit blitzenden Augen. »Aber das wäre ja langweilig.«

»Hör ... einfach auf. Du brauchst ... uns«, krächzte ich.

Sie lächelte. »Ich brauche euch nicht alle«, sagte sie. »Also werde ich dich wählen lassen, Riley. Welche deiner Freundinnen ist dir weniger wichtig? Welche von beiden kannst du entbehren?«

Ich starrte Pandora an, wurde aber von Angie abgelenkt, die schrie: »Ich! Ich bin die Nutzlose!«

»Nein, ich bin es. Wähle mich!«, schrie Lauren, während sie versuchte, sich aus Pandoras eisernem Griff zu befreien.

Ich wusste nicht, was ich tun sollte. Auf gar keinen Fall würde ich mich zwischen meinen beiden Freundinnen entscheiden, aber alle schrien und ich war verwirrt. Jedes Mal, wenn ich zu Angie hinabsah, stellte ich mir vor, wie Pandora ihren Schädel wie eine Wassermelone platzen ließ. Und wenn ich zu Lauren sah, stellte ich mir vor, wie Pandora ihr den Hals so fest zudrückte, dass ihr das Genick brach, oder wie sie ihr eine Kugel in den Kopf jagte. Ich durfte nicht zulassen, dass das geschah.

»Wähl Lauren! Sie hat ein besseres Gleichgewicht!«, schrie Angie, was mich nur noch mehr verwirrte.

Lauren nickte. »Ja, nimm mich. Ich halte Druck aus!«, rief sie. Mein vernebelter Verstand lichtete sich langsam und ich verstand, was die beiden mir sagen wollten.

»Lass Lauren gehen!«, sagte ich hektisch, während ich das Messer mit meiner verschwitzten Hand fester umklammerte.

»Gute Entscheidung«, sagte Pandora und stieß Lauren unsanft von sich. Die Bewegung brachte sie leicht aus dem Gleichgewicht und Angie nutzte die Chancen, um sich nach oben zu drücken und Pandora ganz umzustoßen. Pandora riss zwar sofort ihre Waffe herum, aber darauf war ich vorbereitet. Mein Messer sauste und ich betete, dass ich richtig gezielt hatte. Es bohrte sich durch den Finger, den Pandora um den Abzug gelegt hatte, und schnitt ihn sauber ab. Sie ließ die Waffe erschrocken fallen, als Blut aus der Wunde schoss.

Adrenalin rauschte mir in einem Siegestaumel durch die Adern. Ich hatte eine Chance von eins zu einer Million gehabt, aber ich hatte es geschafft.

Ich rannte zu Pandora und hob das Messer auf, bevor ich ausholte, um ihr den letzten, entscheidenden Schlag zu versetzen. Meine Hände zitterten und mein Atem ging röchelnd und stoßweise. Ich starrte auf meine Feindin hinab und wusste, dass ich sie töten musste ... Und dennoch konnte ich es nicht tun. Ich hatte keine Kontrolle über meine Hände. Lauren hob die Waffe auf, die zu Boden gefallen war, und zielte damit auf Pandoras Kopf.

»Sag deine letzten Worte, Pandora«, keuchte sie und legte den Finger um den blutigen Abzug.

»Wartet!«, schrie Pandora. »Ich weiß etwas Wichtiges über die Erde!«

»Du lügst!«, sagte ich, zögerte aber.

Dieser Augenblick reichte ihr. Bevor ich mich versah, hatte sie mir eine so harte Kopfnuss verpasst, dass ich von ihr herunterfiel. Lauren versuchte, auf sie zu schießen, aber der Abzug war so glitschig, dass er keinen Schuss auslöste. Pandora rannte zur Tür, tippte einen Code ein, der die Tür öffnete, und stürmte dann auf den Gang hinaus.

Lauren versuchte noch einmal, auf sie zu schießen, und drückte fest auf den Abzug. Dieses Mal feuerte die Waffe und Lauren taumelte vom Rückstoß nach hinten, aber die Kugel prallte an der Wand ab und verpasste Pandoras Schulter knapp. Ich rannte zur Tür, weil ich wusste, dass Pandora versuchen würde, uns drinnen einzuschließen.

»Riley!«, schrie Angie, aber ich ignorierte sie.

Auf der anderen Seite tippte Pandora einen Code in die Schaltfläche ein, genau wie ich es vermutet hatte. Eine Sekunde später wurde die Tür quietschend wieder zugeworfen. Ich warf mich auf den Boden und rollte mich gerade noch durch die schmaler werdende Lücke, bevor sich die Tür mit einem lauten Knall schloss.

Pandora stürmte den Gang hinab. Noch hatte sie mich nicht bemerkt. Ich ignorierte meine pochenden Kopfschmerzen, rappelte mich auf und rannte Pandora hinterher. Angie und Lauren blieben eingesperrt zurück. Ich würde es allein mit Pandora aufnehmen müssen.

# KAPITEL ZWANZIG

Als ich Pandora eingeholt hatte und mich schon völlig zerschlagen und geprellt fühlte, hatte sie das Cockpit erreicht und die Tür hinter sich offen gelassen, weil sie glaubte, dass sie uns alle drei auf der Aussichtsplattform eingesperrt hatte. Sie beugte sich über die Schaltflächen und wickelte sich einen Stoffstreifen, den sie von ihrem Shirt abgerissen hatte, um den Finger. Ohne den Blick von ihrem Rücken zu wenden, kroch ich zur Öffnung und betete, dass sie den Klang meiner Stiefel auf dem Metallboden nicht hören würde.

Das Schiff machte einen unerwarteten Ruck und das Vibrieren des Motors ließ meine ohnehin schlotternden Knie noch mehr zittern. Wir hoben ab. Ich schlich in den Schatten des Cockpits.

Ihre Hände flogen über die Tasten und das Schiff machte eine Kurve nach rechts, sodass vor der Windschutzscheibe der Drakoniertempel auftauchte. Eine Explosion aus einer solchen Nähe würde den Bau in Schutt und Asche legen. Ich blickte wieder auf die Tastatur und sah, dass der Knopf für die Kanonengeschosse rechts neben dem Bildschirm blinkte. Sie drückte ihn und ich spürte einen weiteren Ruck, als sich die Rohre zum Feuern ausrichteten.

Ein merkwürdiges Wimmern erfüllte die Luft, als sich die Kanonen mit Luft füllten. Nun musste Pandora mit ihrer vierfingrigen Hand nur noch auf den Abschussknopf drücken und Freyas Tempel wäre innerhalb weniger Minuten ein Trümmerhaufen. Aber ich würde nicht herumstehen und zusehen, wie das geschah, nicht, nachdem wir den Drakoniern ein Versprechen gegeben hatten. Sie würden nicht noch einmal unter den Vysanthinern leiden.

Ich umklammerte mein Messer und atmete tief durch. Das Adrenalin machte mich immer noch zittrig, aber ich könnte es schaffen. Zwischen Pandora und mir war ein Abstand und sie wusste nicht, dass ich hier war. Wenn ich es geschafft hatte, ihr den Finger abzuschlagen, dann konnte ich auch das hier leicht fertigbringen. Pandoras Blick haftete auf den Anzeigen und sie verzog jedes Mal schmerzgeplagt das Gesicht, wenn sie ihre verletzte Hand bewegte.

Ich hob das Messer hoch und hatte das Gefühl, dass alles in Zeitlupe ablief. Das war es. Wenn ich sie jetzt aus dem Weg räumte, dann brauchte nie wieder jemand ihretwegen zu leiden. Meine Muskeln zuckten, als ich das Messer schleuderte, es meine Hand verließ und auf sein Ziel zusauste.

Es war nur noch wenige Zentimeter von Pandoras Hals entfernt, als sie herumwirbelte, das Messer packte und es in meine Richtung zurückschleuderte. Ich duckte mich und die Klinge bohrte sich in die Metallwand hinter mir, wo sie noch einen Augenblick lang vibrierte. Sofort versuchte ich, das Messer wieder aus der Wand zu ziehen und zerrte mit aller Kraft daran, aber es hatte sich zu tief eingebohrt.

»Netter Versuch«, knurrte Pandora und kam auf mich zu.

Panisch sah ich mich nach etwas um, womit ich mich verteidigen könnte, aber es gab weder Waffen noch Messer oder versteckte Bazookas, die mir helfen konnten. Mein Blick blieb an dem blauen Feuerlöscher hängen, der links von mir an der Wand befestigt war. Ich riss ihn aus der Halterung, zielte auf Pandoras Gesicht und drückte dann auf den Knopf, woraufhin sie sofort von dichtem Nebel eingehüllt wurde.

Hastig presste sie die Hände vors Gesicht, aber genau diese Ablenkung hatte ich gebraucht, denn die Chemikalien brannten auch in meinen Augen, doch ich ignorierte das Gefühl und schleuderte den Feuerlöscher mit aller Kraft, die mir blieb, gegen Pandoras Kopf. Ich traf sie an der Seite und das Metall prallte mit einem widerlichen Geräusch gegen ihre Schläfe.

Sie taumelte benommen von einer Seite zur anderen und tastete nach der Schaltfläche.

Sie sah mich benebelt an und lachte. »Du kommst zu spät. Du bist immer ein wenig zu spät, Mensch«, keuchte sie.

Ich sah zur Schaltfläche und kniff konzentriert die Augen zusammen. Das Schiff war auf Autopilot programmiert und ich hatte keine Ahnung, wie es wieder zu landen war. Bashrik und Navan waren die Einzigen, die wussten, wie diese Dinger zu fliegen waren. Wir hatten Königin Brisha zwar erzählt, dass ich die *Vanquish* fliegen könnte, falls irgendetwas schiefging, aber in Wirklichkeit hatte ich keine Ahnung, wie man dieses Monster steuerte, geschweige denn davon, wofür all die Schalter da waren. Wenn wir uns in einem Kampfflieger befunden hätten, wäre das etwas anderes gewesen, aber so war die Wahrscheinlichkeit, dass ich in den Tempel raste, genauso hoch, wie dass ich ihn rettete. Aber immerhin hatte ich eine Ahnung vom vysanthinischen Waffensystem. Ich konnte die Kanonen stoppen, aber ich würde etwas Zeit brauchen, um die richtigen Knöpfe zu finden. Und genau diese Zeit hatte ich nicht, solange Pandora noch hier war. Wenn sie ihre Orientierungslosigkeit überwand, bräuchte sie nur eine Sekunde, um wieder die Kontrolle über das Schiff zu übernehmen. Wenn ich die Kanonen ausschalten wollte, musste ich sie also erst einmal aus dem Schiff hinausbefördern, und zwar so, dass sie mir nicht mehr in die Quere kommen konnte.

»Beweg dich!«, sagte ich und stieß sie in Richtung Ausgang des Cockpits. Sie taumelte und aus ihrem Ohr tropfte Blut. Wie durch ein Wunder hatte mein Schlag sie wirklich verletzt, aber das würde sie nicht lange außer Gefecht setzen. Ich kannte weder den Code für die Isolationskammern noch für das Krankenzimmer, aber ich wusste, dass eine Tür noch offen war.

Die Luftschleuse war meine beste Chance.

Ich öffnete die Tür und stieß Pandora hinein. Sie sackte auf die Knie und fiel zu Boden. Mir blieben ein paar Minuten, um Navan und Bashrik Bescheid zu geben, aber die beiden konnten sie wieder einfangen, sobald Pandora durch den Ausgang flüchtete und auf dem Boden nicht allzu weit unter uns landete.

»Hm, du verpasst mir meine eigene Medizin?«, fragte Pandora, als ich die Klappe zuschlug.

»So etwas in der Art«, antwortete ich und rannte zum Cockpit zurück. Keuchend sah ich durch das Fenster auf den furchtbaren Anblick hinter mir. Aus dem Schiff schossen Energiestrahlen und trafen den Tempel und alle, die sich in ihm befanden. Die Schüsse trafen alle Bereiche des Baus und ein ganzer Teil sackte bereits in sich zusammen. Die Minarette verwandelten sich zu Staub.

Panisch sah ich mir die Schaltfläche an und suchte nach etwas, um das Kanonenfeuer einzustellen, aber die Beschriftungen waren nicht eindeutig. Wahrscheinlich war genau das der Grund, warum Pandora mich von diesen Schaltern ferngehalten hatte – sie hatte mir nicht genug vertraut, um mir einen Überblick über das Gesamtsystem zu geben.

Mein Herz klopfte schneller und ich suchte panisch nach einem Knopf, der mir helfen konnte. Der Knopf in der linken Ecke kam mir vertraut vor. Ich hatte das Symbol im Training schon einmal gesehen. Schnell drückte ich ihn und ein Waffenmenü wurde auf dem Bildschirm eingeblendet, während mehrere Knöpfe gleichzeitig zu blinken begannen. Das erinnerte mich an etwas, was ich in einem der komplizierteren Kampfschiffe während meiner Ausbildung in Vysanthe gesehen hatte.

Konzentriert drückte ich die Knöpfe in einer bestimmten Reihenfolge, die ich aus meinem Training und aus dem, was Pandora mir gezeigt hatte, ableitete. Ich hatte keine Ahnung, ob dieses Kriegsschiff genauso funktionierte, aber ich hoffte es sehr.

Sobald ich den letzten Knopf drückte, wurde es still um mich herum. Das Wummern der Waffen verstummte sofort und die Kanonen unterbrachen ihr Feuer. Das Schiff schwebte weiter im Autopilot in der

Luft. Ich seufzte erleichtert auf, obwohl ich noch nicht sehen konnte, wie viel vom Tempel übriggeblieben war, weil der Rauch zu dicht war und mir die Sicht nahm.

Ich wandte mich wieder dem Kontrollpanel zu und drückte auf einen weiteren Knopf, der mir bekannt vorkam. Darauf war ein Kommunikationssymbol abgebildet, das ich schon unzählige Male auf vysanthinischen Geräten gesehen hatte. Einen Augenblick später tauchten vier Linien auf dem Bildschirm auf.

»Navan, Bashrik, könnt ihr mich hören?«, fragte ich.

Es knisterte und eine Stimme sagte: »Riley, bist du das?« Noch nie war ich so froh gewesen, Navans Stimme zu hören.

»Ich habe die Kanonen gestoppt, aber ich kann dieses Ding nicht landen! Und Pandora ist entkommen – ich musste sie aus dem Schiff entwischen lassen. Ich habe sie in die Luftschleuse gesperrt, aber sie hat sich inzwischen sicher befreit. Ihr zwei müsst sie verfolgen!«, sagte ich schnell und spähte durch das Fenster auf die einstürzenden Wände des Tempels. Der Rauch hatte sich etwas gelegt und ich sah mit gebrochenem Herzen, wie schwarze Sockel aus den Trümmern hervorragten. Alle Türme waren eingestürzt und anstelle des Eingangs klaffte ein riesiges Loch, aber dahinter war ein Großteil des Tempels erhalten geblieben.

Ich hörte, wie sich Navan eilig mit Bashrik beratschlagte.

»Die Drakonier versammeln sich bereits, um das Schiff wieder auf den Boden zu ziehen. Sie wollten es nach unten zerren, um das Kanonenfeuer zu stoppen, aber Bashrik versucht gerade, sie davon zu überzeugen, uns zu helfen. Sie sind sehr wütend, wie du dir sicher vorstellen kannst ... Sie werden das Schiff bestimmt nicht gerade sanft einfangen ...«, sagte er, aber das war immer noch besser, als wenn ich einen Landeversuch startete und dabei noch mehr Schaden anrichtete.

»Verfolgt Pandora! Wir können es uns nicht erlauben, ihr viel Vorsprung zu geben!«, warnte ich.

»Wir machen uns sofort auf die Suche nach ihr. Bist du okay?«, fragte Navan besorgt.

»Ich komme klar«, sagte ich, bevor ich die Verbindung unterbrach.

Ich musste meine beiden Freundinnen aus der Aussichtsplattform befreien und ich hatte auch schon eine Idee, wie ich das anstellen konnte. Also stürmte ich den Gang entlang, durch den Hauptraum des Schiffs, bis ich die verschlossene Tür erreichte, unter der ich mich hindurchgerollt hatte. Ich trat an das Panel und tippte den Code ein, mit dem ich die Luftschleuse geöffnet hatte und der die meisten Türen im Schiff mit Ausnahme der Isolationskammern öffnete. Ich hätte Pandora nur zu gern etwas Gerechtigkeit widerfahren lassen und sie in einer der Kammern eingesperrt, aber sie war die Einzige, die das Passwort kannte. Zu meiner Erleichterung öffnete sich die Tür zur Aussichtsplattform mit dem allgemeinen Code – Pandora hatte ihn nach ihrer Entdeckung nicht geändert. Die Metalltür öffnete sich und ich blickte in die entsetzten Gesichter meiner beiden Freundinnen.

»Riley!«, schrien sie gleichzeitig und eilten auf mich zu. Ich umarmte sie fest und wollte sie gar nicht mehr loslassen.

»Was zum Teufel ist passiert?«, fragte Lauren und hielt mein Gesicht mit ihren Händen fest.

Ich zog eine Grimasse. »Pandora ist entwischt. Wir müssen sie einfangen.«

»Wir haben uns solche Sorgen gemacht! Wir dachten, dass du bei deiner Indiana Jones Rolle unter der Tür hindurch einen Arm verlieren würdest«, keuchte Angie. »Wie ist Pandora entkommen?«

»Das erkläre ich euch später. Jetzt müssen wir erst einmal zur Frachttür gehen. Die Drakonier ziehen das Schiff auf den Boden«, drängte ich und scheuchte die beiden aus dem Raum.

»Ich wünschte, das könnte ich mitansehen«, sagte Angie außer Atem, während wir den Gang entlangrannten. Ich konnte mir vorstellen, wie sie, von Bashrik unbeobachtet, die starken Oberarmmuskeln der Drakonier begaffen würde.

Ich warf ihr einen verdutzten Blick zu. Dieses Mädchen konnte wirklich in den unangebrachtesten Augenblicken noch an Männer denken, selbst jetzt, wo wir in unmittelbarer Gefahr schwebten. »Du hast es nicht nötig, anderen Männern nachzuschauen, Angie. Wir müssen nur noch einen attraktiven Mann für Lauren finden«, scherzte ich halbherzig. In Wirklichkeit dachte ich an den schrecklichen Verlust, den die Drakonier gerade erlitten hatten, weil ein Teil ihrer heiligen Stätte von vysanthinischen Kanonen zerstört worden war.

Lauren schüttelte den Kopf. »Ich weiß nicht, was ich von Männern mit Schuppen halten soll. Ich glaube, ich stehe eher auf Männer, die keine Ähnlichkeit mit Echsen haben.«

Schweigend betraten wir den letzten Raum der *Vanquish* und ich tippte den Code ein, der die Frachttür öffnete. Das Schiff war inzwischen sicher auf dem Boden gelandet und die Tür öffnete sich. Auf der Wiese vor uns standen Cambien und andere Pyros, die an dicken Seilen zerrten. Da die Motoren noch liefen, mussten sie die Seile weiter festhalten, damit das Schiff nicht wieder abhob, bevor jemand die Getriebe ausstellen konnte.

Navan und Bashrik eilten den Laufsteg hinauf, sobald sich dieser ganz ausgefahren hatte.

Stirnrunzelnd sah ich ihnen entgegen. »Was macht ihr noch hier? Ich habe euch doch gesagt, dass ihr Pandora nachsetzen müsst!«

»Wir haben ihr ein paar Pyros nachgejagt. Bashrik dachte, dass ihr Hilfe brauchen könntet, um den Motor auszuschalten, und ich musste mich einfach vergewissern, dass es dir gut geht«, erklärte Navan. »Ist Pandora verletzt?«

Ich nickte. »Ich habe ihr einen ziemlich harten Schlag verpasst. Sie war benommen, als ich sie zum letzten Mal gesehen habe, weshalb ich hoffe, dass sie nicht allzu schnell vorankommt.«

»Gut. Dann sollten wir sie aufspüren können«, sagte er, obwohl er nicht völlig davon überzeugt zu sein schien. »Bashrik, schalte den Motor aus. Ich werde Pandora suchen gehen – hol mich ein, sobald du fertig bist.« Er rannte wieder den Laufsteg hinab und verschwand hinter dem Schiff, während Bashrik ins Cockpit lief. Der Weg schien ihm noch vertraut zu sein, obwohl er sich immer noch für einen Drakonier hielt.

»Lasst uns dieses Miststück finden!«, schrie ich und rannte Navan nach. Angie und Lauren folgten dicht hinter mir, aber Navan war bereits verschwunden, als wir an der Stelle ankamen, an der Cambien stand. Ich beachtete ihn nicht und würde nicht darauf warten, dass mir jemand Anweisungen gab. Ich wusste, was zu tun war. Pandora war entkommen und wir mussten sie wieder einfangen.

# KAPITEL EINUNDZWANZIG

»Gibt es Spuren? Weiß jemand, in welche Richtung sie geflohen ist?«, fragte ich hektisch und sah zu Cambien, der aufgewühlt aussah.

Er schüttelte den Kopf. »Meine Leute suchen nach ihr, aber wir haben noch keine Neuigkeiten.« Er sah mich mit seinen bernsteinfarbenen Augen eindringlich an. »Wie ist sie überhaupt entkommen?«

»Sie ist durch die Luftschleuse auf der anderen Seite des Schiffs geflohen. Wir müssen sie so schnell wie möglich finden, bevor sie etwas Schreckliches anrichten kann«, erklärte ich schnell. »Du erinnerst dich an die Rebellen, von denen ich dir erzählt habe? Wenn sie sie kontaktiert, dann ist euer Planet verloren.«

»Ich bin klug genug, um selbst darauf zu kommen, Riley. Was ich wissen will, ist, wie sie aus dieser Blechdose entkommen konnte«, sagte er finster.

»Hör zu, wir müssen sie einfach nur wiederfinden. Sie aus dem Schiff auszusperren war der einzige Weg, um die Kanonen zu stoppen«, sagte ich, obwohl ich wusste, dass ich meine Zeit vergeudete.

Meine Antwort schien Cambien etwas zu besänftigen und er schrie den anderen Pyros Befehle zu. »Jagt der Kaltblüterin nach und bringt sie hierher zurück!«

Ich sah, wie die Drakonier auseinanderstieben und wünschte mir, dass sie ihre wahre Gestalt annehmen könnten, weil wir nur halb so lange brauchen würden, das ganze Land zu überblicken, wenn alle Flügel hätten.

Bashrik kam den Steg wieder hinuntergelaufen und ich winkte ihn zu mir.

»Kannst du dir aus der Luft ein Bild von der Lage machen? Pandora kann noch nicht weit gekommen sein«, sagte ich.

»Wenn sie in der Nähe ist, dann werden wir sie finden«, versprach er. »Macht hier unten so lange keine Dummheiten. Wenn ihr sie findet, dann holt Verstärkung«, sagte er und küsste Angies Hand, was zweifellos irgendein drakonisches Ritual der Ritterlichkeit war. Sie sah ihn erstaunt an und lächelte leicht.

»Das machen wir«, versprach ich.

»Ich werde nicht zulassen, dass sie meinem Heimatplaneten Schaden zufügt!«, sagte Bashrik noch, bevor er abhob und mit seinen ledrigen Flügeln Wind und Staub aufwirbelte.

Cambien legte mir seine Hand auf den Arm und ich sah zu ihm auf. »Mir bleibt noch ein Stück funktionierendes Opalin übrig, das von deinem verwirrten Freund abgefallen ist«, sagte er. »Mit seiner Hilfe kann ich meine wahre Gestalt annehmen und für kurze Zeit meine Feuerlunge benutzen. Das ist zwar nicht viel, aber wir brauchen so viele Augen wie möglich am Himmel.«

»Wenn du es benutzen kannst, dann tu es. Wir müssen jeden Vorteil nutzen, den wir uns verschaffen können«, antwortete ich. »Hast du zwei Pyros, die du abstellen kannst, um meine Freundinnen während der Suche zu beschützen?«, fragte ich mit einem Blick auf Angie und Lauren.

»Wir kommen schon klar«, sagte Lauren, aber ich wollte kein Risiko mehr eingehen.

»Nein, ich möchte, dass euch ein Drakonier begleitet«, sagte ich und sah wieder zu Cambien.

Dieser neigte den Kopf. »Zwei meiner besten Leute sind noch hier, Raien und Lysana«, sagte er und winkte zwei Drakonier hinüber. Zu meiner Überraschung waren es die beiden, die mich im Dorf ausgelacht hatten, nachdem ich die Frau gefragt hatte, wo ich Cambien finden konnte. Jetzt schienen beide aber bestrebt zu sein, uns zu helfen. »Beschützt diese zwei auf ihrer Suche nach der lilahaarigen Kaltblüterin«, befahl Cambien und die Drakonier nickten eifrig.

Angie sah die blauschuppige Frau misstrauisch an. »Kommst du mit uns?«, fragte sie mich.

»Ich werde die Unterseite des Schiffs durchsuchen – für den Fall, dass sie sich dort versteckt«, sagte ich und deutete auf die *Vanquish*.

Pandora war klug und wusste, dass wir sie verfolgen würden. Das beste Versteck wäre an einem so offensichtlichen Ort, dass niemand sie dort vermutete, aber ich hatte keine Ahnung, ob ich mit meiner Vermutung richtig lag.

»Ich komme mit dir, Riley«, sagte Cambien. »Ich werde dich beschützen.«

Normalerweise hätte seine Gegenwart mich gestört, aber ich konnte es mir nicht leisten, ihm zu widersprechen. Wir brauchten alle Unterstützung, die wir bekommen konnten, um Pandora zu schnappen, und Cambien war mindestens genauso stark wie aufdringlich.

»Na schön, aber wir müssen uns beeilen«, drängte ich.

»Sei vorsichtig«, sagte Lauren.

Angie nickte. »Ruf Verstärkung. Spiel ja nicht die Heldin, okay? Das gilt auch für dich, Kommandant Schuppi.«

»Ich werde vorsichtig sein«, versprach ich.

Cambien grinste wölfisch. »Ich wusste doch, dass ich dich für mich einnehmen kann.«

Angie verdrehte die Augen, erwiderte aber nichts und meine beiden Freundinnen machten sich mit den zwei Drakoniern im Schlepptau auf den Weg und verschwanden hinter der *Vanquish*.

Ich wollte gerade den Steg hinaufgehen, als angstvolle Schreie hinter mir ertönten. Gläubige rannten aus dem bröckelnden Vordereingang des Tempels, die Gesichter rußverschmiert. Viele von ihnen waren mit einer Flüssigkeit bedeckt, die ihr eigenes Blut sein musste. Ich starrte sie entsetzt an. Diese Leute waren im Tempel geblieben, obwohl rings um sie Decken und Wände eingestürzt waren. Sie waren fromm, wie man es nur sein konnte – natürlich würden sie ihren Tempel nicht verlassen, sondern lieber dort sterben.

»Sie ist dort drinnen!«, schrie ich und rannte zwischen den fliehenden Drakoniern hindurch auf den zerstörten Tempeleingang zu. Cambien war dicht neben mir und bahnte sich ebenfalls seinen Weg durch die verletzten Gläubigen.

Drinnen angekommen rannte ich dorthin, von wo die Schreie kamen, bog um eine Ecke und sah Pandora in der Mitte der hohen Gebetshalle, wo sie Drakonier mit bloßen Händen in Stücke riss. Sie saugte ihnen mit ihren gefletschten Reißzähnen das Blut aus und sammelte es in einer großen Opferschale, die sie vom Tempelboden gehoben hatte. Ihre Flügel waren ausgebreitet und fungierten als weite Netze, mit denen sie ihre fliehenden Opfer einfing.

Während manche Drakonier zum Ausgang rannten, blieben die meisten doch flach am Boden in Gebetsposition liegen. Offensichtlich warteten sie auf eine göttliche Rettung, aber ich wusste, dass sie ein grausiges Ende mit aufgeschlitzten Kehlen erleiden würden. Niemand unternahm etwas, um Pandora aufzuhalten, und ihr Wüten ließ nicht nach. Das blaue Blut schwappte weiter in die Schale in ihren Händen.

Da bemerkte ich Freya, die am anderen Ende des Raums stand und die verbleibenden Gläubigen im Gebet anführte. Ihre Stimme war durch die Schreie kaum zu hören. Sie hatte die Hände gefaltet, die Augen geschlossen und schien das Chaos und die Zerstörung, die Pandora in ihrer Gemeinde anrichtete, gar nicht wahrzunehmen.

»Das ist doch lächerlich! Eine Sache ist Frömmigkeit, aber Dummheit ist etwas anderes!«, brummte Cambien und starrte die engelhafte Freya an.

»Wir müssen diese Leute aus dem Tempel schaffen«, flüsterte ich. Pandora hatte uns noch nicht gesehen, aber es war nur eine Frage der Zeit.

Pandora erstarrte, hob den Kopf und sah dasselbe Bild, das Cambien in seinen Bann gezogen hatte. Sie wischte sich mit dem Unterarm über den Mund, warf ihr letztes Opfer zu Boden und ging zielstrebig auf Freya zu.

»Nein!«, zischte Cambien und seine Augen funkelten vor Wut.

Er holte das letzte Stück unbeschädigtes Opalin aus seiner Tasche und riss den Kragen seiner Tunika nach unten, sodass ich in der Mitte seiner Brust eine Mulde sah. Er drückte den Stein in die Öffnung und seine Haut verschmolz um ihn herum, während sich sein Körper in einer Feuersäule zu drehen begann.

Ich wich vor der brennenden Hitze zurück und lief in den schattigen Gang, der von der Seite her in die Gebetshalle führte. Hoffentlich konnte ich Pandora erreichen, bevor sie mich entdeckte. Wenn ich unbemerkt blieb, konnte ich einen Überraschungsangriff starten. Es blieb keine Zeit, um Verstärkung zu rufen.

Pandora wirbelte herum, als sie Cambiens mächtige Verwandlung bemerkte, und kniff die Augen zusammen. Er trat aus dem wütenden Feuer hervor und seine roten Schuppen glänzten im Kerzenlicht des Tempels. Er war wirklich riesig und seine gewaltigen Flügel schlugen so sehr, dass sie kräftige Windstöße in Pandoras Richtung jagten, aber sie blinzelte nicht einmal.

Stattdessen griff sie nach einem langen Kandelaber, der an einer Seite stand, brach ihn über ihrem Knie entzwei und hielt die Hälfte mit der scharfen Eisenspitze hoch. Dann rannte sie mit gespreizten Flügeln und gefletschten Zähnen auf Cambien zu und zielte mit ihrer Eisenstange auf sein Herz, bevor sie vom Boden abhob.

Aber Cambien war auf den Angriff vorbereitet und seine scharfen Krallen schlugen nach ihrem Gesicht, als sie zu nahe kam. Innerhalb weniger Minuten hatte sie die Eisenstange verloren und die beiden kämpften mit bloßen Fäusten gegeneinander. Cambien war zwar größer, aber Pandora war leichter und wendiger, sodass sie sich unter seinen Flügeln hinwegducken und ihn von hinten angreifen konnte, bevor ihm Zeit blieb, um herumzuwirbeln. Aber sie steckte dennoch mehrere kräftige Schläge ein und das widerliche Geräusch brechender Knochen drang zu mir, als Cambiens Schwanzspitze gegen ihre Haut prallte.

Ich kroch durch die Dunkelheit. Aus irgendeinem verrückten Grund beteten die Drakonier weiter, während der Kampf direkt über ihnen in der Luft stattfand. Ich schüttelte sanft ihre Schultern und drängte sie, den Tempel zu verlassen, solange Pandora abgelenkt war. Viele folgten meinem Rat, aber andere weigerten sich, zu gehen. Aber davon ließ ich mich nicht abhalten. Ich kroch durch die Reihen der Gläubigen und überzeugte so viele wie möglich von ihnen, zu fliehen, während ich im Auge behielt, was sich über mir abspielte.

Als Pandora Cambien einen Tritt in den Nacken verpasste, zuckte ich zusammen. Sein Kopf wurde nach vorn geschleudert, aber er fing sich schnell wieder, weil seine Schuppen ihm als dicke Rüstung dienten, die ihn vor ernsten Schäden zu bewahren schien.

Mit einem dröhnenden Knall traf sein Schwanz sie und zerriss ihre dicke Militärjacke. Auf der nackten Haut darunter wurde eine tiefe Schnittwunde sichtbar. Sie zuckte zusammen und hielt sich einen Augenblick lang die Seite, bevor sie sich wieder auf Cambien stürzte und sein Gesicht traf. Ihr Stiefel trat in seine Schnauze, aber er reagierte schnell und holte mit seinen Krallen nach ihren Schultern aus, wobei er vier tiefe Wunden auf ihrem Rücken hinterließ, knapp neben der Stelle, an der ihre Flügel ansetzten. Um Haaresbreite hätte sie einen ihrer Flügel verloren.

Sie schrie schmerzgequält auf und wirbelte herum. »Du schuppiges …« Sie kam nicht dazu, den Satz zu beenden, denn Cambien schlug ihr so fest ins Gesicht, dass ihr Kopf zur Seite geschleudert wurde. Aus ihren Wunden tropfte Blut, aber ich sah ihr an, dass sie noch nicht geschlagen war. Ich sah den Trotz in ihren Augen und den brennenden Hass auf die Drakonier.

»Ist das alles, was du zu bieten hast?«, fragte Cambien. Ich hörte ihn klar und deutlich, obwohl er sehr weit oben flog.

»Noch lange nicht!«, fauchte Pandora und warf sich auf seinen Hinterkopf. Sie presste sich an seinen Rücken, wich seinen Flügeln aus und krallte sich mit ihren Händen fest. Sie versuchte, ihm die Augen auszukratzen.

Cambien bockte und schüttelte sich heftig, um sie von seinem Rücken abzuwerfen. Seine Flügel flatterten wild, er gewann an Geschwindigkeit und prallte gegen die Decke. Der ganze Bau bebte unter der Wucht des Zusammenstoßes und Steine fielen aus der Decke auf Pandora hinab. Sie war mit einem knackenden Geräusch gegen die Steine geprallt und ihr ganzer Körper schien zerquetscht zu sein. Als Cambien wieder etwas tiefer flog, sah ich ihre zerfetzten Umrisse.

Ich schnappte nach Luft, als Pandora von Cambiens Hals glitt und durch die Luft fiel, wobei ihre Flügel schlapp flatterten. Sie sah mit ihren sie umhüllenden Flügeln aus wie eine Samenkapsel, die von einem Baum fiel.

Sie schlug mit der gleichen Wucht auf dem Boden auf, wie sie vorher gegen die Decke geprallt war. Ihre Glieder streckten sich vom Körper abstehend aus und ein schwaches Stöhnen entfuhr ihrem Hals. Alle paar Sekunden pochten die dunklen Adern unter ihrer Haut stärker, als ich es je zuvor bei einem Kaltblut gesehen hatte. Vysanthiner waren noch widerstandsfähiger, als ich es angenommen hatte. Ihre Brust hob und senkte sich. Sie war immer noch am Leben.

Cambien landete mit einem dumpfen Geräusch auf dem Boden neben ihr und näherte sich ihr in seiner Drachengestalt. Ich kam aus meinem schattigen Versteck gerannt und lief zu der Stelle, auf der Pandora aufgeschlagen war. Sie war nicht weit entfernt, doch als ich die Wut in Cambiens Augen schimmern sehen hatte, wusste ich, dass ich zu ihnen gelangen musste, bevor er etwas tat, was er später bereute.

»Cambien, hör auf!«, schrie ich, als ich sah, wie er seine Schnauze zu Pandoras Kopf senkte und ihn zwischen seine Kiefer nahm. Er würde ihr den Kopf abbeißen. Doch als er meine Stimme hörte, stockte er und hob seinen geschmeidigen Hals.

»Sie muss bestraft werden. Sieh nur, was sie getan hat!«, schimpfte Cambien und deutete mit der Schwanzspitze auf die Spur der toten und verstümmelten Drakonier, die den Boden der Gebetshalle bedeckten.

»Es ist eine gerechte Strafe, sie hinzurichten. Sie lässt uns keine andere Wahl.«

Ich schüttelte den Kopf. »Aber nicht von deiner Hand, Cambien«, sagte ich sanft. »Wenn du sie tötest, dann wird sich das Opalin nie davon erholen. Dann gibt es kein Zurück mehr.«

»Aber wer soll es dann tun?«, fragte Cambien und kniff die Augen zusammen.

Schweigend ging ich weiter, bis ich neben der sich kaum regenden Pandora stand. Ihr Körper war von blutigen Wunden bedeckt und unter ihrer grauen Haut verfärbten sich Schwellungen. Ihre Adern pochten wild.

Sie blinzelte und sah mit schmerzverzerrtem Gesicht zu mir auf. »Sag deinem ... Haustier, dass es ... mich in Ruhe lassen soll!«

Ich ignorierte sie, kniete mich hin und musterte sie näher. Sie hatte alle Trümpfe verspielt und nun waren ihre Hände leer.

»Ich kenne wirklich ... ein Geheimnis ... über die Erde«, krächzte sie.

Ich schüttelte den Kopf, zog mein Messer und legte seine Spitze an ihre Kehle, wo eine besonders dunkle Ader pulsierte. »Du lügst«, flüsterte ich und umklammerte das Messer mit meiner verschwitzten Hand.

»Ich ... lüge nicht.« Sie lachte glucksend. »Und du hast ... nicht den Mut, um mich zu töten ...«

Sie sah beinahe überrascht aus, als das Messer durch ihre Kehle schnitt und die rasiermesserscharfe Klinge ihre Adern öffnete. Hilflos sah sie nach unten, als das Blut aus ihrer Wunde sickerte und sich ihr Puls verlangsamte, bis er schließlich ganz verschwand. Ein röchelndes Zischen entfuhr ihrer Lunge und ihre Augen wurden glasig, bevor ihr Körper kurz schwarz wurde und dann langsam zu Asche zerfiel. Ein stark metallischer Ozongeruch stieg von ihr auf und machte mich ganz benommen.

Ihr Blut sickerte in meine Kleidung und ihr Staub haftete sich an meine Haut, aber ich regte mich nicht. Ich konnte nicht denken, nicht fühlen, nicht verstehen, was meine Hand da gerade getan hatte. Es war, als ob sie jemand anderem gehörte. Überall war Blut, aber ich verstand nicht, was es mit meiner Wirklichkeit zu tun hatte. Ich hatte das Gefühl, einen Film vor mir ablaufen zu sehen und in einer Pfütze aus Sirup zu sitzen.

»Riley?«, hauchte Cambien, dessen Körper sich wieder in seine Halbgestalt verwandelt hatte.

Ich wollte nicht zu ihm aufsehen.

Ich war wie betäubt.

# KAPITEL ZWEIUNDZWANZIG

Meine Hände waren mit Blut befleckt. Es sickerte zwischen meinen Fingern hindurch und war mir auf die Arme und ins Gesicht gespritzt. Ich taumelte aus dem Tempel hinaus, ohne wirklich wahrzunehmen, wohin ich ging oder dass Cambien mich stützte. Vor meinem inneren Auge sah ich nur den letzten Anblick von Pandora – diesen schrecklichen überraschten Ausdruck in ihren Augen.

Aber ich fühlte nichts. Ich hatte eine Person getötet, aber keinerlei Empfindung durchfuhr mich. Meine Augen waren nicht voller Tränen und mein Magen verkrampfte sich nicht. Ich spürte weder Trauer noch Reue, aber auch keine Erleichterung oder Triumph … Ich spürte einfach nichts. Mein Herz war leer und mein Kopf war noch leerer.

»Riley, sprich mit mir«, bedrängte mich Cambien, aber ich war nicht funktionsfähig. Ich dachte zwar etwas, bekam den Mund aber nicht auf, um mich auszudrücken. Ich fürchtete mich vor der Stimme, mit der ich sprechen würde, jetzt, wo ich mich in ein Monster verwandelt hatte. Ein mörderisches Monster, das einem anderen Lebewesen die Kehle aufgeschlitzt hatte.

Statt zu antworten, sah ich auf das schnell trocknende Blut an meinen Händen. Meine Hände sahen nicht wie meine Hände aus – sie mussten jemand anderem gehören. Nichts von allem hier hatte etwas mit mir zu tun. Das war alles nur ein böser Traum, aus dem ich bald aufwachen würde. Ich würde doch nie jemanden umbringen. Das hatte ich mir schon gesagt, als ich beim ersten Versuch nicht in der Lage gewesen war, Pandora zu töten.

Einen Augenblick später hörte ich Stiefelschritte, die durch das Gras auf mich zurannten. Ich hob den Blick und sah Navan auf mich zulaufen. Er hatte die Stirn besorgt in Falten gelegt.

Ein Teil von mir wollte ihm entgegenlaufen und in seinen Armen zusammenbrechen, aber dieser Teil von mir steuerte den Rest meines Kopfes und meines Herzens nicht mehr.

Eine Erinnerung schoss mir unerwartet und brutal durch den Kopf. Ich erinnerte mich an einen Mann aus einem Dokumentarfilm über Soldaten, die an posttraumatischem Stresssyndrom litten. Ich konnte mich in diesem Augenblick nicht entsinnen, in welchem Krieg er gekämpft hatte, aber der Mann war alt gewesen und in seinen geröteten Augen hatte eine verzweifelte Traurigkeit gelegen. Der Interviewer hatte ihn gefragt, wie es sich anfühlte, einen anderen Menschen zu töten, und der alte Mann hatte einen Augenblick lang überlegt, bevor er antwortete. Matt hatte er gesagt: »Wenn man einem anderen Menschen das Leben nimmt, dann ist es so, als ob diese Person ein Stück von einem selbst mit sich nimmt.«

Ich fragte mich, ob das wahr war. Im Moment hatte ich noch nicht das Gefühl, dass mir etwas fehlte, weil ich überhaupt keine Wahrnehmungen hatte. Als Navan seine Arme um mich legte, wusste ich, dass er da war, aber ich hatte das Gefühl, als ob ich nicht richtig da wäre, sondern alles nur aus der Ferne beobachtete.

»Riley?«, fragte Navan und nahm mein Gesicht in seine Hände. »Riley, was ist mit dir passiert? Bist du verletzt?«

»Es ist nicht mein Blut«, antwortete ich sachlich.

Er runzelte die Stirn und sah mich alarmiert an. »Wessen Blut ist es, Riley?«

»Pandoras«, antwortete ich. »Ich habe sie umgebracht.«

»Warum sprichst du so komisch?«, fragte er und starrte mich an.

Ich starrte zurück. »Was meinst du?«

»Deine Stimme – du klingst nicht wie du selbst«, sagte er. »Was ist da drinnen passiert? Geht es dir gut? Kann ich irgendetwas für dich tun?«

»Es geht mir gut«, antwortete ich. »Ich habe getan, was ich tun musste.«

»Riley, hör auf damit. Du erschreckst mich«, murmelte er und umfasste mit zitternden Händen mein Gesicht.

Ich sah ihn an, aber mein Kopf war leer. »Ich mache doch gar nichts. Ich sage dir nur, dass es mir gut geht.«

Cambien trat zurück und gab uns etwas Privatsphäre. »Ich glaube, dass sie unter Schock steht, Navan«, sagte er leise. Es hätte auch keinen Unterschied gemacht, wenn er es geschrien hätte – ich nahm es so oder so kaum wahr.

»Was zum Teufel ist passiert?«, fragte Navan.

Cambien seufzte. »Es war das reinste Massaker da drinnen. Nachdem Pandora entkommen ist, hat sie im Tempel ein Blutbad angerichtet. Riley hat Pandora getötet, damit ich es nicht tun musste. Sie hat die Zukunft des Opalins gerettet.«

Navan sah mich an. »Wie?«, fragte er und wandte sich dieses Mal nicht an Cambien.

»Mit einem Messer an ihrem Hals. Deshalb auch das viele Blut«, antwortete Cambien an meiner Stelle und verzog das Gesicht. Selbst der gewalttätig veranlagte Drakonier schien zimperlich zu sein, wenn es darum ging, wirklich Blut zu vergießen. Ich fragte mich, wie er es verkraften würde, wenn all die anderen Kaltblüter starben, wenn Pandoras Tod ihn schon so mitnahm.

»Ich brauche eine Decke. Hast du eine?«, fragte Navan.

Cambien nickte und verschwand in den Tempel. Navan half mir zu einem Felsen vor dem Wald zu gehen, nicht weit von der *Vanquish* entfernt. Der Steinbrocken sah aus, als ob er einmal der Kopf einer Statue gewesen war, aber ich war nicht in der Stimmung, ihn mir genauer anzusehen.

Ich hatte mich gerade hingesetzt, als Cambien mit einer gewebten

Decke wieder auftauchte. Er reichte sie Navan eilig und dieser legte sie um meine Schultern, bevor er mich fest an sich zog und mir über den Rücken strich, um mich zu beruhigen. Was er nicht verstand, war, dass ich keinen Trost brauchte. Ich war weder traurig noch wütend. Ich war einfach nur betäubt.

»Warum ist sie voller Blut?!«, ertönte Angies Stimme über die Lichtung, als sie und Lauren hinter dem Schiff auftauchten. Bashrik war bei ihnen und sah auf den immer noch qualmenden zerstörten Tempeleingang hinauf. Langsam kamen die restlichen Gläubigen nach draußen, die Köpfe ängstlich eingezogen, obwohl die Gefahr vorbei war. Ich wollte gar nicht daran denken, wie viele Leichen drinnen lagen.

»Wie geht es euch?«, fragte ich leise. »Haben sie euch erzählt, was Pandora auf dem Schiff gemacht hat? Ich habe ihr einen ziemlich guten Schlag verpasst.« Ich konnte nicht lächeln, weil die Erinnerung meine Sinne benebelte. Die Gewalt war einfach überwältigend.

»Wir haben den Jungen erzählt, was auf dem Schiff passiert ist«, sagte Lauren leise und hockte sich vor mich. »Angie und mir geht es gut. Wie geht es dir?« Sie nahm meine Hände in ihre und ich sah sie ausdruckslos an.

»Warum fragen mich das alle? Es geht mir gut«, sagte ich stur.

Angie schüttelte den Kopf. »Du bist mit Blut bedeckt und starrst uns an wie ein Zombie.«

»Es geht mir gut«, wiederholte ich.

»Wir hätten mit euch das Schiff betreten sollen, ganz egal, was passiert wäre«, sagte Bashrik und lenkte mich vom Anblick des Tempels ab. »Wenn wir euch begleitet hätten, dann hätten wir die Kanonen vielleicht stoppen können, bevor sie solchen Schaden anrichten.«

Ich atmete tief durch. »Es hat keinen Sinn, dass ihr euch die Schuld gebt. Wir haben alle nur versucht, Pandora zu besänftigen, damit Orion uns in Ruhe lässt. Wir hätten wissen müssen, dass sie es nie erlauben würde, dass wir das Opalin heilen. Das ist alles nur ein Spiel für sie. Sie führt uns zu ihrer eigenen Erheiterung an der Nase herum«, sagte ich, bevor ich merkte, dass ich in der Gegenwart von ihr sprach. Es war seltsam, mir vorzustellen, dass sie nicht mehr existierte.

Alle um mich herum schwiegen und blickten zu Boden. Angie scharrte verlegen mit den Füßen, während sich Bashrik nervös die Haare raufte und Navan mit seiner Hand weiter in Kreisen über meinen Rücken stich.

Angie seufzte. »In all dem Chaos hatte ich diesen Mistkerl ganz vergessen.«

Ich hatte es nicht. Im selben Augenblick, als meine Klinge Pandoras Kehle durchtrennte und sie vor mir zu Staub zerfiel, war sein Gesicht in meinem Kopf aufgetaucht. Orion war eine allzeit gegenwärtige Bedrohung, wie ein Fallbeil, das jeden Augenblick herabsausen konnte. Ich hatte eine Grenze überschritten, indem ich seine Geliebte getötet hatte.

»Man sollte sich gut überlegen, was man sich wünscht«, murmelte ich, woraufhin die anderen mich verwirrt ansahen, aber ich gab keine weiteren Erklärungen. Wir hatten Pandora aus dem Weg räumen wollen und nun, wo uns das gelungen war, wussten wir nicht, wie es weitergehen sollte. Wahrscheinlich hatten wir nie wirklich geglaubt, dass sie sterben könnte. Ich hatte es auf jeden Fall nicht getan, sondern sie mir in einer Glaszelle vorgestellt. Es war diese Art von Zellen gewesen, in die in Filmen die Bösewichte eingesperrt wurden und in denen man sie hin und her laufen sah, während sie Rachegelüste hegten. Zwar hatte ich Pandora gehasst, aber ich hatte nie damit gerechnet, dass ich sie eigenhändig umbringen würde.

Es lag nahe, dass Orion irgendwann herausfinden würde, dass Pandora tot war, aber ich hoffte inständig, dass er dafür lange brauchen würde. Noch mehr hoffte ich, dass er nie herausfinden würde, welche Rolle wir in ihrem Dahinscheiden gespielt hatten. Denn wenn er es tat, dann gab es kein Entkommen und kein Tauschangebot, das ihn davon abhalten würde, die Personen zu töten, die wir liebten.

Dadurch, dass ich Pandora getötet hatte, hatte ich Roger und Jean noch mehr in Gefahr gebracht, genauso wie die Eltern meiner beiden Freundinnen. Wenn ich das in diesem Augenblick verstanden hätte, hätte ich es dann trotzdem durchgezogen? Ich wusste es ehrlich gesagt nicht, aber das machte jetzt auch keinen Unterschied mehr. Was geschehen war, war geschehen und ließ sich nicht mehr rückgängig machen.

Dann mussten wir uns überlegen, was wir mit Königin Brisha tun sollten. Zwar freute ich mich auch nicht gerade darauf, dass sie von Pandoras Tod erfuhr, aber ich war mir sicher, dass es leichter sein würde, die Königin davon zu überzeugen, dass es ein Unfall gewesen war. Schließlich hatte sie keinen Grund, anzunehmen, dass wir Pandora Schaden zufügen wollten, weil sie ja nicht wusste, auf welcher Seite Pandoras Loyalität in Wirklichkeit gelegen hatte. Es bedeutete auch, dass Pandoras Ruf vor der Königin nicht beschmutzt wurde und Brisha nie erfahren würde, dass Pandora eine Verräterin gewesen war, solange wir nicht beschlossen, ihr davon zu erzählen.

»Wir können uns eine überzeugende Geschichte ausdenken, um das hier zu vertuschen. Jetzt, wo wir endlich zusammen nachdenken können, sollten wir Orion auf eine falsche Fährte locken können«, sagte Lauren und klang tröstlich überzeugend.

»Ich hoffe, dass du recht hast«, antwortete ich, immer noch gefühlsleer.

Cambien räusperte sich. »Nach den heutigen Ereignissen braucht ihr wohl einen Tag, um euch zu erholen«, sagte er. »Ihr solltet in eure Hütten zurückkehren, etwas essen und euch ausruhen.«

»Ausgezeichnete Idee, gnädiger Anführer«, sagte Bashrik feierlich.

Der einzige Weg in unsere Hütten führte durch den Tempel hindurch und obwohl ich nie wieder einen Fuß in ihn setzen wollte, wusste ich, dass mir nichts anderes übrigblieb. Cambien führte uns durch die Gänge und machte einen möglichst großen Bogen um die Gebetshalle, deren Boden mit Leichen übersät war.

Navan blieb dicht bei mir, Cambien ging voraus und die anderen folgten uns. Ich hatte immer noch viele Fragen an Cambien, aber ich konnte sie nicht stellen, solange Navan bei mir war. Ich wollte ihn nicht in das Ereignis mithineinziehen, das Cambien und ich erlebt hatten, weil ich selbst nicht mehr daran denken wollte.

Etwa fünf Minuten später rief Bashrik Navan zu Hilfe, um eine Säule aus dem Weg zu räumen, die umgestürzt war. Nachdem Navan mir einen besorgten Blick zugeworfen hatte, eilte er zu Bashrik, um ihm zu helfen, und Cambien blieb an meiner Seite.

»Was wird mit den Toten geschehen?«, fragte ich und Cambien drehte sich zu mir um, während wir auf dem mir nicht vertrauten Gang stehen blieben. Die Gebetshalle war auf der anderen Seite des Tempels; dies war der Grund, warum Cambien mit uns diesen Umweg gemacht hatte.

»Wir werden Scheiterhaufen errichten und sie mit den heiligen Ritualen ehren. Ihre Seelen werden von den Flammen ihrer Vorfahren freigelassen werden«, sagte er feierlich. »Wir werden sie nicht vergessen.«

»Was ist mit Freya? Was wird sie jetzt tun?«

»Ich werde mit ihr sprechen, sobald ich euch zu euren Hütten gebracht habe«, sagte Cambien. »Wir zwei haben viel zu besprechen, aber ich gehe davon aus, dass sie noch in der Gebetshalle ist und ihre Gemeinde in den Trauergebeten begleitet.«

»Ich kann nicht fassen, dass die Leute nicht geflohen sind ... Es war, als ob sie sich in Trance befunden hätten. Manche musste ich förmlich wachschütteln und trotzdem haben sich viele geweigert, zu gehen«, flüsterte ich. Langsam klang meine Stimme mir wieder etwas vertrauter.

Nach einem kurzen Schweigen sagte Cambien ungewohnt ernst: »Riley, ich stehe tief in deiner Schuld. Was du getan hast, war unbeschreiblich tapfer und ich bete dafür, dass es dich nicht verfolgen wird, obwohl ich fürchte, dass es so sein wird. Es tut mir leid, dass ich nicht deinen Platz einnehmen konnte.«

Ich zuckte müde mit den Schultern. »In diesem Augenblick hätte niemand anderes es tun können. Es musste getan werden, um euer Leben auf eurem Heimatplaneten in Frieden und Harmonie zu sichern, so wie ihr es verdient habt.«

»Ich wünschte nur, dass es nicht nötig gewesen wäre, dafür zu töten, obwohl ich weiß, dass es unumgänglich war«, antwortete Cambien. »Ich vertraue darauf, dass ihr an der Abmachung festhaltet, die wir getroffen haben, und dass Navan tun wird, was er versprochen hat?«

Ich nickte. »Wir werden uns an unseren Teil der Abmachung halten. Anderenfalls wäre das alles bedeutungslos.«

»Es tut mir leid, dass es so sein muss«, sagte Cambien genau in dem Moment, in dem Navan zurückkam.

»Besteht die Gefahr, dass Bashrik und Navan von den Insekten gebissen werden, weil einige von ihnen unkontrolliert umherfliegen?«, fragte ich, als ich mich daran erinnerte, dass Bashrik sich an den heißen Quellen nicht weit von unseren Hütten angesteckt hatte. Wenn wir aufpassen mussten, dann wollte ich es lieber wissen.

Doch Cambien schüttelte den Kopf. »Nachdem ihr mit Bashrik zu mir gekommen seid, habe ich ein paar meiner Leute losgeschickt, um die fehlerhaften Insekten in diesem Bereich von Zai einzufangen. Das Gebiet ist sauber. Da Bashrik schon einmal infiziert wurde, kann er sich nicht erneut anstecken.«

»Danke, Cambien. So können wir wenigstens beruhigt schlafen«, sagte ich, obwohl ich nicht glaubte, dass das auch für mich der Fall sein würde.

Wir sprachen nicht weiter über alles, was uns noch bevorstand, während wir durch den Tempel und dann durch den Dschungel zu unseren Hütten auf der Lichtung gingen. Cambien begleitete uns nicht den ganzen Weg, sondern machte am palmengesäumten Pfad Halt. Wahrscheinlich wollte er zu Freya gehen, jetzt, wo die Gefahr vorbei war, wie er es versprochen hatte.

Ich bemerkte erst, dass er verschwunden war, als ich mich am Ende des Pfads durch den Dschungel nach ihm umdrehte.

Wir fünf blieben befangen vor den Hütten stehen.

»Also ich werde zu den heißen Quellen gehen und sehen, ob ich meine Verspannungen ein wenig lockern kann«, sagte Bashrik und ging zu dem Nebenpfad. »Möchte mir jemand Gesellschaft leisten?«

Angie sah ihn schüchtern an. »Ich könnte ein Bad gebrauchen«, nickte sie und ging zu ihm.

Lauren sah hin- und hergerissen aus, so als ob sie nicht wusste, ob sie ihrer Freundin die Privatsphäre geben sollte, nach der sich Angie offensichtlich sehnte, aber gleichzeitig wollte sie wohl auch nicht allein in der Hütte zurückbleiben. Ich hätte ihr gern angeboten, einen Mädchenabend zu halten, aber ich war im Augenblick keine besonders gute Gesellschaft. Schließlich nahm Angie Lauren die Entscheidung ab.

»Wenn du glaubst, dass du in der Hütte versauern kannst, dann hast du dich getäuscht!«, sagte sie. »Du kommst mit uns.«

Lauren lächelte. »Wenn du darauf bestehst.«

»Navan, Riley, kommt ihr auch mit?«, fragte Bashrik.

Navan sah mich fragend an. »Möchtest du? Vielleicht bringt es dich auf andere Gedanken«, sagte er aufmunternd, aber ich schüttelte den Kopf.

»Noch nicht«, hauchte ich.

»Okay, wir haben es ja nicht eilig«, sagte er und legte mir einen Arm um die Schultern. »Wir kommen später dazu!«, rief er den anderen zu, bevor er mich die Treppen zu unserer Hütte hinaufführte.

Drinnen angekommen setzte er mich auf die Bettkante und legte mir die Decke enger um die Schultern. Dann ließ er mich allein, verschwand in der Küche und kehrte mit einer großen Schüssel Wasser und einem kleinen Stapel sauberer Waschlappen zurück. Das Wasser dampfte und ich wusste, dass es warm war.

Ohne ein Wort zu sagen, kniete Navan vor mir nieder und tauchte den ersten Lappen in das warme Wasser. Dann nahm er meine Hand und wusch die Blutflecken ab, die meine Haut bedeckten. Er wusch jeden Finger einzeln, dann meine Handfläche und achtete sorgsam darauf, jeden winzigen Spritzer zu beseitigen. Er ließ die Spuren meiner Tat verschwinden. Er wusch mich schweigend und spülte die Lappen hin und wieder aus. Das Wasser färbte sich blass-blaugrau, als sich das Blut mit dem Wasser vermischte.

Ich ließ ihn gewähren. Der warme Stoff fühlte sich angenehm auf meiner Haut an. Um mir das Blut vom Gesicht zu wischen, nahm er einen neuen Waschlappen.

»Wie tust du das, ohne den Verstand zu verlieren?«, fragte ich plötzlich und überraschte ihn. »Du hast Jethro getötet, als ob du einer Blume die Blüte abreißt oder ein Holzscheit entzweischlägst. Wie kannst du so einfach töten?«

Er wusch mir das Gesicht und setzte zu einer Antwort an. »Es ist nicht leicht für mich. Ein anderes Lebewesen zu töten sollte niemals leicht sein«, erklärte er. »Vielleicht erstaunt es dich, das zu hören, aber Jethro verfolgt mich immer noch. Ich denke oft an ihn und ich glaube, dass es wichtig ist, das zu tun. Es sollte nie zu etwas Gewöhnlichem werden. Sobald es das tut, überschreitest du die Grenze zum Wahnsinn. Es gibt viele Vysanthiner, die das bereits getan haben, aber das unterscheidet Bashrik, Ronad, mich und viele andere von Pandora, Orion, Ezra und den zahlreichen Kaltblütern, die wie sie sind.«

»Ich fühle mich wie ein Monster«, gab ich zu und je mehr die Gefühle wieder zu mir zurückkamen, desto mehr brach mein Schutzwall ein.

»Du sagtest, dass du mich nie als Monster sehen könntest, und ich habe deutlich mehr Personen getötet als du«, sagte Navan sanft, während ein rosafarbenes Rinnsal auf meine Hand tropfte. »Du bist mutig und entschlossen und hast getan, was du tun musstest. Du bist kein Monster.«

»Wie kannst du aufhören, daran zu denken?«, flüsterte ich. Selbst jetzt sah ich Pandoras letzten Gesichtsausdruck noch vor mir. Sie hatte nicht damit gerechnet, was ich getan hatte. Selbst in der letzten Sekunde hatte sie es nicht kommen sehen.

»Kaltblüter und Menschen werden anders erzogen. Schuld, Reue, Trauer – diese Gefühle werden im Kopf eines Kaltbluts so aufgeteilt, dass sie den Alltag nicht beeinträchtigen«, sagte er. »Sie werden als schwache Gefühle angesehen und sind deshalb verpönt. Aus diesem Grund ist unser moralischer Kompass im Vergleich zu eurem etwas schief ausgerichtet.«

»Deshalb ist deine Art wohl so erfolgreich darin, das Universum zu beherrschen«, sinnierte ich. Wenn die Kaltblüter keine Reue, Schuld oder Trauer kannten, dann hielt sie auch nichts davon ab, eine ganze Art auszurotten, um Land oder Rohstoffe zu gewinnen.

»Deshalb schäme ich mich so dafür, dass ich dir bei unserer ersten Begegnung meine gewalttätige Seite gezeigt habe. So kontrollieren, manipulieren und erschrecken wir Kaltblüter andere Arten. Das ist alles, was wir je gelernt haben, und es tut mir leid, dass ich dich erschreckt und dir die Seite gezeigt habe, die ich am meisten an meinem Volk hasse«, sagte er bitter.

»Du bist keine schlechte Person«, murmelte ich und sah ihn an, als er mir die letzte Blutspur abwischte.

Er lächelte trocken. »Ich wünschte nur, dass es mehr Kaltblüter gäbe, die verstehen, dass Gewalt und Tod nicht immer die richtige Antwort sind. Ich würde gern sehen, dass sich Vysanthe zu einem anderen Zweck vereint, als Krieg zu führen und Angst und Schrecken zu verbreiten. Ich wünschte, die Kaltblüter würden nicht das Bedürfnis verspüren, andere zu zerstören, weil sie sich selbst für überlegen halten. Dann wäre ich wirklich stolz auf meine Herkunft.«

Ich dachte an die drei Kaltblutfraktionen und wusste, dass keine von ihnen auch nur mit der Wimper zucken würde, wenn es darum ging, einen Feind auszuschalten. Die beiden Schwestern waren kurz davor, Krieg gegeneinander zu führen, und sie schienen nicht davor zurückzuschrecken, für den Erhalt ihrer Ehre töten zu müssen. Wenn sie die Galionsfiguren einer Nation waren, dann war der moralische Kompass des ganzen Volkes tatsächlich schief eingestellt.

»Glaubst du, dass es manchmal gerechtfertigt sein kann, jemanden zu töten?«, fragte ich.

Navan legte den Waschlappen beiseite und nahm meine Hände in seine. »Was du heute getan hast, war notwendig und es war gerechtfertigt. Du hast heute das Leben unzähliger Wesen gerettet und wahrscheinlich noch vieler mehr, die sie in der Zukunft getötet hätte.« Er verstummte kurz und legte eine Hand auf meine Wange. »Aber selbst wenn es gerechtfertigt ist, zu töten, bedeutet das nicht, dass du heute Nacht gut schlafen wirst oder ihr Gesicht nicht mehr vor dir sehen wirst, wenn du die Augen schließt.«

»Wird es besser?«

Er nickte. »Ihre Züge werden verblassen, das verspreche ich, und du wirst so etwas nie wieder tun müssen.«

Ich sah ihn an, wagte aber nicht, das auszusprechen, was ich dachte. Er konnte mir kein solches Versprechen geben. Wir befanden uns in einem Universum voller Chaos und Zerstörung. Gefährliche Personen verfolgten uns und wir würden definitiv nicht ohne einen Kampf aus dieser Sache herauskommen.

Pandora zu töten hatte mich eines gelehrt: Wenn ich jemanden töten musste, um das Leben Unschuldiger zu beschützen, dann würde ich es tun.

# KAPITEL DREIUNDZWANZIG

Am folgenden Morgen machten wir uns erholt und ausgeschlafen auf den Weg zum Berg Kusuburi, um uns mit Cambien zu treffen. Navan war nach Sonnenaufgang zur *Vanquish* gelaufen, um sich für seine Aufgabe mit Waffen auszurüsten, und kam mit zwei Pistolen und einem Messer zurück. Er versuchte, sie vor mir zu verstecken, weil er wohl fürchtete, dass sie mich an den Vortag erinnern würden, aber er konnte sie nicht lange vor mir verborgen halten.

Während wir uns auf den Weg machten, spürte ich die besorgten Blicke meiner Freunde auf mir, die die dunklen Ringe unter meinen Augen sicher bemerkt hatten. Nachdem ich mit Navan gesprochen hatte, hatte ich mich zwar viel besser gefühlt, aber ich hatte trotzdem nicht gut geschlafen. Es war genauso gewesen, wie er es mir vorhergesagt hatte. Die ganze Nacht über hatte mich die Erinnerung an das, was ich getan hatte, aufgeschreckt. Dann hatte Navan seine Arme um mich geschlungen und mich mit seiner tröstenden Stimme wieder in den Schlaf gewiegt. Ihn an meiner Seite zu wissen half etwas gegen das taube und beängstigende Gefühl und ich war wieder ein wenig mehr ich selbst gewesen. Ich wusste, dass ich nie wieder wie vorher sein würde, aber wenigstens war ich heute dank seiner nächtlichen Fürsorge mehr Riley als Zombie.

»Wie waren die heißen Quellen?«, fragte ich, weil ich unbedingt das angespannte Schweigen brechen wollte.

Angie lächelte und warf Bashrik einen verschwörerischen Blick zu. »Sehr heiß.«

Lauren verdrehte die Augen. »Ein wenig zu heiß. Ich war froh, dass meine Brille die ganze Zeit über beschlagen war.«

»Bash?«, fragte Navan erwartungsvoll, weil sein Bruder erstaunlich schweigsam blieb.

»Es ist ein drakonisches Gesetz, die Ehre einer Frau zu verteidigen. Ich bin mir nicht sicher, ob dieses zweideutige Gerede angebracht ist. Ich habe mich wie ein echter Kavalier verhalten«, sagte er und meine zwei Freundinnen brachen in Gelächter aus. Es war wie ein Gewitter, nachdem sich tagelang dunkle, schwere Wolken zusammengebraut hatten. Es tat gut, zu lächeln.

Angie hakte sich bei Bashrik ein. »Wir necken dich doch nur. Wenn du mich fragst, dann warst du viel zu sehr ein Kavalier«, sagte sie mit einem Zwinkern.

Die etwas lässigere Stimmung hielt an, als wir am Rande des Tals stehen blieben, wo die Drakonier immer noch pflichtbewusst Metall und Kisten mit Vorräten in die Biremen schleppten. Ich fragte mich, ob Freya überhaupt noch Hoffnungen auf uns setzte, da sie immer noch Vorbereitungen für die Abreise traf, obwohl wir doch versprochen hatten, dass das nicht nötig wäre. Selbst die Zerstörung des Tempels hatte die Drakonier nicht lange davon abgehalten, ihrer Arbeit auf Freyas Befehl hin nachzugehen.

»Was denkst du darüber, das Opalin zu retten?«, fragte ich Bashrik, weil ich neugierig war, zu erfahren, wie seine Antwort ausfiel, nachdem er sich eine Verbindung zu Zai und der drakonischen Lebensform einbildete. Wenn er sich an ihre Regeln des Anstands und der Zurückhaltung hielt, dann konnte ich mir schon vorstellen, was er davon hielt, mehrere Lebewesen zu töten.

Bashrik runzelte die Stirn. »Wenn unser gnädiger Anführer, der glorreiche Cambien, es erlaubt hat, dann kann ich es nicht infrage stellen. Aber natürlich tut mir Navan leid, weil diese Last allein auf seinen Schultern lastet.« Er seufzte.

»Du wirst ihm nicht helfen?«, fragte Angie überrascht.

Bashrik schüttelte den Kopf. »Das kann ich nicht, weil ich das Opalin sonst irreparabel beschädigen würde. Ich bin ein Drakonier und kann an keiner der Tötungen teilnehmen. Wenn ich es tue, riskiere ich, dass der Stein für immer so bleibt, wie er jetzt ist.«

Ich fragte mich, ob ein Schlag auf den Hinterkopf ihn aus seiner drakonischen Illusion holen konnte und Angies Gesichtsausdruck nach zu urteilen überlegte sie das Gleiche.

»Ich komme schon allein klar, solange wir uns die Kaltblüter einen nach dem anderen vornehmen«, sagte Navan, aber ich machte mir trotzdem Sorgen. Es war nicht einfach, so viel Tod und Zerstörung anzurichten, und ich wollte nicht, dass sich das Gesicht jedes einzelnen Kaltblutes in sein Gedächtnis einbrannte.

»Bist du dir sicher?«, flüsterte ich.

Er sah mich nicht an. »Mir bleibt wohl nichts anderes übrig. Bereit zum Fliegen?«

Ich nickte. Ich freute mich immer darauf, in Navans Armen zu fliegen, obwohl ich es vermisste, selbst zu fliegen. Meine eigenen Flügel zu haben ließ mich Navan irgendwie näher fühlen, so als ob wir auf Augenhöhe wären. Aber nachdem, was ich gestern getan hatte, machte ich mir Sorgen, dass ich den Kaltblütern langsam zu ähnlich wurde.

Bashrik hob Angie und Lauren hoch und dann hoben wir fünf ab und flogen auf den Vulkan in der Ferne zu. Aus dem Krater stieg grauer Rauch auf und rief uns wie ein Signal. Es fühlte sich gut an, wie der Wind durch mein Haar strich und mein müdes Gesicht streichelte, sodass ich wieder etwas zum Leben erwachte. Das war genau die Erfrischung, die ich nach einer schlaflosen Nacht gebraucht hatte.

Cambien wartete im erstarrten Dorf auf uns, aber er war nicht allein.

Eine Reihe von Leuten hatte die Statuen umzingelt. Die Leute hielten sich an den Händen und formten einen geschlossenen Kreis.

Freya war dort und führte das geflüsterte Gebet der Lunisten an, das im Wind widerhallte. Ginji sah skeptisch zu uns auf, als wir landeten.

»Wie ihr sehen könnt, haben wir Besuch«, sagte Cambien sarkastisch, als wir auf ihn zugingen.

Bei seinen Worten löste sich Freya aus dem Kreis und kam auf uns zu, wobei ihr Saphirgewand im Wind flatterte. Die Lunisten schlossen die Lücke und sagten ihr leises Mantra weiter auf, ohne sich von uns stören zu lassen.

»Willkommen«, sagte Freya sanft und verbeugte sich leicht. Ihr Gesicht war so ruhig und gefasst wie immer und zeigte keine Spur der Schrecken, die sich in ihrem Tempel abgespielt hatten, während sie diese armen Seelen im Gebet angeführt hatte. Ich war mir nicht sicher, ob ich ihr das je verzeihen konnte. Sie hätte die Leute zur Flucht auffordern sollen, aber stattdessen hatte sie sie mit ihrer Stimme und ihren Worten dazu überredet, dazubleiben.

Auch Cambien schien wütend auf sie zu sein. »Ich kann nicht fassen, dass du hier bist, Freya. Ich kann es wirklich nicht fassen«, brummte er.

»Wir werden uns nicht von der Stelle bewegen«, sagte sie und provozierte ihn nur noch mehr.

Er kniff die bernsteinfarbenen Augen zusammen. »Ein Kaltblut hat versucht, dich umzubringen und mehrere deiner Leute getötet und trotzdem beschützt du diese Art. Ich glaube, dass der Atem der Hölle dein Gehirn beschädigt hat, als er dir das Gesicht verbrannt hat.«

»Reinheit ist das oberste Gebot«, seufzte sie, aber ihr ruhiges Gesicht zuckte kurz.

Ein Stöhnen erklang aus Cambiens Kehle. »Wir haben schon eine Lösung für das Reinheitsproblem, Freya. Das habe ich dir doch gesagt. Ich weiß nicht, wie oft ich es dir noch sagen kann, ohne vor Frust zu platzen!«, brummte er. »Navan hat versprochen, zu tun, was nötig ist, damit der Stein nicht dauerhaft beschädigt wird.«

Sie schüttelte den Kopf. »Gewalt erzeugt nur noch mehr Gewalt.«

Cambien sah aus, als ob er ihre Schultern packen und sie durchschütteln wollte. »Ein Kaltblut hat einen ganzen Flügel des Tempels zerstört und unsere Leute umgebracht, indem es sie hat verbluten lassen!«, kläffte er. »Aber du stehst hier, als ob nichts geschehen wäre. So als ob du ein allmächtiges Wesen wärst, das von nichts aus der Ruhe gebracht werden kann, aber du musst doch etwas über den Verlust dieser Leute empfinden! Bedeuten dir ihre Leben denn gar nichts? Sie hat ihnen die Hälse zerfetzt, Freya! Das ist nicht der richtige Augenblick, um sich für eine passive Haltung zu entscheiden!«

»Der Kreislauf wird nicht fortgesetzt werden«, antwortete Freya.

Ich warf einen Blick auf den Rest der Gruppe, aber wir schienen uns alle ähnlich befangen zu fühlen. Die beiden sprachen mit einer Vertrautheit, die mir zeigte, dass sie diese Diskussion über die Jahre unzählige Male geführt hatten, jeder aus der Perspektive des Anführers einer der beiden Gruppen.

Cambien verdrehte die Augen. »Du willst also, dass ich all die Kaltblüter einfach freilasse, damit sie hier Amok laufen können? Ihr Verstand ist zu weit abgedriftet, Freya – sie werden sich nicht kontrollieren lassen. Sie werden sich alle gegen uns wenden, weil sie während ihrer Gefangenschaft verrückt geworden sind, und sie werden uns töten. Wenn ich sie befreie, dann würde es mich nicht überraschen, wenn sie so viele wie möglich von uns in Stücke reißen, und da ihr euch nicht wehrt, ist das wahrscheinlich unser Ende!«

»Sie können steinern bleiben«, antwortete Freya.

Cambien prustete. »Sie sollen steinern bleiben? Das wird nichts lösen. Dann werden wir so bleiben, wie wir sind und nie wieder unsere wahre Gestalt annehmen können. Wir werden mit jedem Jahr, das vergeht, schwächer werden, und wofür das alles? Damit die Kaltblüter für alle Ewigkeit in ihrem Opalingefängnis eingesperrt bleiben können?«

Ein Lächeln huschte über ihre Lippen. »Wir werden gehen.«

»Du glaubst wirklich, dass deine rostigen Todesfallen uns quer durch das Universum befördern können?«, fragte Cambien skeptisch. »Du lebst in einem Traum, Freya, und du musst endlich aufwachen. Es gibt keinen anderen Planeten für uns. Es gibt keinen anderen Ort, den wir unser Zuhause nennen können.«

»Ärredö«, sagte Freya.

Der schwere Akzent, mit dem sie den Namen meines Heimatplaneten aussprach, jagte mir einen kalten Schauer den Rücken hinunter. Das Thema war noch nicht vom Tisch, aber ich war entschlossen, es ein für alle Mal zu beenden. Ich wusste, dass sie nicht versuchen würden, die Erde zu beherrschen, weil das nicht in ihrer Natur lag, aber genau deshalb würde es zu einem Blutvergießen kommen. Im Vergleich zum Rest des Universums war die menschliche Rasse noch jung, impulsiv und defensiv. Sie neigte dazu, falsche Entscheidungen zu treffen. Außerdem würden die Rebellen sicher nicht glücklich sein, wenn sich eine weitere außerirdische Art auf ihrem Planeten niederließ. Auf der Erde erwartete die Drakonier nur Leid, da war ich mir ziemlich sicher.

»Freya, ihr könnt nicht gehen. Cambien hat recht. Ihr geht ein sehr großes Risiko ein und habt nur sehr wenig zu gewinnen«, sagte ich, weil ich wusste, dass ich mich einschalten musste. »Woher wollt ihr wissen, dass es auf diesem Planeten nicht schon eine andere Spezies gibt, die euch nur noch mehr Leid zufügt? Und diese Frage stellt sich erst, wenn es euch überhaupt gelingt, auf dem Planeten zu landen, ohne angegriffen zu werden.«

Navan nickte. »Du bringst deine Leute in Gefahr. Ich weiß, dass ich kein Recht habe, um euch Ratschläge zu geben, aber ich denke, dass ihr einen großen Fehler macht.«

Freya schwieg.

»Ihr werdet sie nicht überzeugen, deshalb bleibt sie still. Sie hat nichts mehr zu dem Thema zu sagen, weshalb sollte sie also noch weitere Worte darauf verschwenden?«, sagte Cambien seufzend. Er war sichtlich verärgert. »Das ist eine der nervigsten Eigenschaften der Lunies.«

Es funkelte kurz in Freyas Augen und ich sah, dass Cambiens Worte sie auf eine Weise trafen, wie andere es nicht taten.

»Immerhin kann ich noch eine Reaktion aus ihr herauskitzeln«, sagte er bitter, so als ob er meine Gedanken gelesen hätte.

Freya ignorierte ihn und wandte sich wieder uns zu. »Das Blut ist dennoch eures.«

»Du gibst uns trotz allem das Röhrchen mit dem Blut, um das wir dich gebeten haben?«, fragte Lauren ungläubig.

Sie nickte. »Dann könnt ihr gehen.«

Das war also das drakonische Äquivalent für Schweigegeld. Sie würden uns das Blut geben, wenn wir zustimmten, Zai zu verlassen und nie wieder zurückzukommen. Aber wenn sie wirklich zur Erde aufbrachen, dann wären keine Drakonier mehr hier, falls wir je wieder in die Nähe dieses Planeten gelangen sollten.

»Du willst, dass wir gehen, sobald du uns das Blut gegeben hast?«, fragte ich, um ganz sicher zu sein.

»Ihr bringt nur Chaos«, sagte sie ernst. Da konnte ich ihr nicht widersprechen. Seit wir gelandet waren, hatten wir wirklich nur für Unruhe gesorgt. Dank uns lag ein Viertel ihres Tempels in Schutt und Asche und Drakonier waren umgekommen.

»Es tut uns leid«, sagte Angie aufrichtig.

»Sie wollten nicht, dass das alles passiert«, sagte Bashrik und Freya sah ihn stirnrunzelnd an, sagte aber nichts, sondern entschloss sich dafür, ihre Worte zu sparen.

»Das Ritual wird morgen sein«, verkündete sie.

Damit trat sie wieder in den Kreis der Lunisten und mir fiel auf, dass Ginji uns gespannt ansah. Er hatte wahrscheinlich das ganze Gespräch mitangehört, aber nun war die Unterredung vorbei und wir standen wieder ganz am Anfang. Gestern hatte ich gefürchtet, dass Pandora uns zurückwerfen würde, und nun hatte Freya es getan. Uns war scheinbar keine Verschnaufpause vergönnt.

Dennoch musste ich zugeben, dass ich wenigstens über eines erleichtert war: Freya hatte uns davon abgehalten, die erstarrten Kaltblüter zu töten, um die Beschädigung des Steins rückgängig zu machen. Ich hätte es wohl nicht ertragen können, Navan dabei zuzusehen, wie er so viele Wesen abschlachtete. Ich wollte nicht, dass er so viele Tode auf dem Gewissen hatte.

»Warum habe ich das Gefühl, dass jemand Kumbaya singen sollte?«, raunte Angie.

Lauren seufzte. »Wenn das Blutritual schon morgen stattfindet, dann müssen wir uns schleunigst etwas einfallen lassen.«

Ich nickte. »Es muss doch etwas geben, was wir tun können, um sie davon abzuhalten« – ich stockte, als mir auffiel, dass Cambien noch neben uns stand – »zur Ärredö zu reisen.«

Der Drakonier grinste. »Viel Glück dabei. Man muss schon mutig sein, um dem Unmöglichen ins Auge zu sehen und dabei nicht zu blinzeln. Ich werde mich in der Zwischenzeit in die Bar zurückziehen und alles trinken, was ich finde, bis ich in eine gemütliche Vergessenheit abdrifte. Ihr seid herzlich eingeladen, mich zu begleiten, wenn ihr wollt«, sagte er und drehte sich damit um und durchquerte das erstarrte Dorf. Mir fiel auf, wie Freya ihm missbilligend nachsah.

Navan seufzte. »Unser Aufstieg war wohl umsonst.«

»Das würde ich so nicht sagen. Die ehrbare Hohepriesterin hat wichtige Dinge gesagt und ihre göttliche Weisheit mit uns geteilt. Dafür sollten wir dankbar sein«, sagte Bashrik mit ehrfürchtigem Ton und sah zu Freya hinüber.

Navan starrte seinen Bruder an. »Wir sollten gehen, bevor ich mich entschließe, Cambiens Angebot zu einem Drink anzunehmen«, brummte er.

»Gemütliche Vergessenheit klingt wirklich verlockend«, pflichtete ich bei, als Navan mich fest an sich drückte und die Flügel spreizte. Bashrik tat neben uns dasselbe und hielt dabei Angie und Lauren fest.

Uns blieb weniger als ein Tag, um einen anderen Weg zu finden, das Opalin wieder zu heilen, aber unsere Hoffnungen verblassten mit jeder Sekunde. Ehrlich gesagt glaubte ich, dass wir keine Optionen mehr hatten.

Ich saß kerzengerade im Bett. Etwas hatte mich geweckt.

Der Himmel vor dem Fenster war dunkel und das Licht der Monde von Zai warf viele Schatten auf den Planeten. Wir waren vor ein paar Stunden schlafen gegangen, nachdem wir erfolglos überlegt hatten, wie wir den drohenden Exodus der Drakonier verhindern könnten. Schließlich hatten wir beschlossen, darüber zu schlafen, in der Hoffnung, dass uns in der Nacht eine Erleuchtung kommen würde.

Aber statt eines Aha-Moments spürte ich nur Angst. Jemand war in unserer Hütte, auch wenn ich ihn nicht sehen konnte. Wer auch immer es war, er war sehr geschickt und versteckte sich.

»Navan«, flüsterte ich und schüttelte ihn wach. »Jemand ist in unserer Hütte.«

Er sprang auf, fletschte die Zähne und seine Brustmuskeln spannten sich an.

»Wer ist da?«, zischte er und kroch zum Bettende. Da ertönte eine leise Stimme aus einer Ecke des Raums.

»Ich bin es nur, Ginji!«, sagte die Stimme ängstlich.

Navan schaltete das Licht ein und wir sahen den jungen Drakonier, der zitternd auf der Schwelle vom Schlafzimmer stand. »Warum hast du uns nicht einfach aufgeweckt?«

»Ich wusste nicht, wie ihr reagieren würdet. Ich habe überlegt, wie ich es am besten tue, ohne euch zu erschrecken oder deinen Biestmodus zu aktivieren«, sagte er mit einem entschuldigenden Blick auf Navan, der erheitert schien.

»Meinen Biestmodus?«, lachte er.

»Du weißt schon – mit Klauen, Fängen und dann reißt du mir den Kopf ab«, sagte Ginji mit zitternder Stimme.

Navan lächelte. »Ich bin morgens vielleicht ein wenig biestig, wenn ich nicht gut geschlafen habe, aber dafür würde ich niemandem den Kopf abreißen.«

Ich gähnte. »Was machst du überhaupt mitten in der Nacht hier? Weiß Freya, dass du hier bist?«

Ginji eilte zur Bettkante, kletterte auf die Matratze und rollte sich dort wie ein seltsames Tier zusammen. »Nein, sie hat keine Ahnung. Wahrscheinlich wäre sie böse auf mich, wenn sie es wüsste. Aber die Sache ist die: Ich hatte eine Idee und ich wollte sie euch erzählen, sobald sie mir in den Sinn gekommen ist.«

»Das ist vielleicht die beste Nachricht, die ich je gehört habe. Wir sind nämlich völlig ratlos«, gab ich zu. »Welche Idee hast du?«

»Ist es möglich, dass ihr die erstarrten Kaltblüter mit euch nach Vysanthe zurücknehmt?«, fragte er. »Ich habe die Gegenmittelinsekten, ihr bräuchtet die Kaltblüter also nur aufwecken und dann in euer Schiff scheuchen.«

Ich runzelte halb belustigt, halb neugierig die Stirn. »Du hast die Gegenmittelinsekten?«

Ginji grinste. »Ich habe sie Cambien gestohlen. Er war völlig betrunken und hat es gar nicht gemerkt!« Eines musste ich dem kleinen Drakonier lassen: Er suchte wirklich nach kreativen Lösungen.

»Aber wir müssen auf dem Weg nach Vysanthe einen Zwischenstopp machen«, erklärte Navan, »und das Letzte, was wir gebrauchen können, ist eine Horde wild gewordener Kaltblüter, die mitten im Weltall in dem kleinen Schiff umherwüten. Sie würden uns umbringen, während wir schlafen.«

Ginji hüpfte aufgeregt auf dem Bettende umher. »Bitte denkt darüber nach!«, flehte er. »Es ist der einzige Weg, das alles wieder in Ordnung zu bringen. Ich habe ewig darüber nachgedacht und nach einem Kompromiss gesucht, auf den sich meine Eltern einigen können und der das Beste ihrer beiden Philosophien vereint, aber sie hassen Kompromisse. Ihr müsst an ihrer Stelle diesen Kompromiss finden!«

Navan sah verwirrt aus und auch ihr war verwundert. »Deine Eltern?«, fragte ich.

»Freya und Cambien«, sagte Ginji, woraufhin wir beide erst einmal sprachlos waren.

Ich konnte mir nicht vorstellen, dass diese beiden, die so absolut gegensätzlich waren, einmal ein Paar gewesen sein sollten. Das erklärte Ginjis Zerrissenheit, weil er zwischen den beiden Glaubensrichtungen hing, die von seinen Eltern angeführt wurden. Ich konnte mir vorstellen, wie es sich für ihn anfühlen musste, in beide Richtungen gezerrt zu werden, obwohl ich nicht wusste, ob er viel Zeit mit seinem Vater verbringen durfte. Da Cambien viel trank und ein Weiberheld war, war

Ginji wohl nicht allzu oft bei ihm, auch wenn Cambien es sich vielleicht gewünscht hätte.

»Werdet ihr es tun?«, fragte Ginji.

Einen Augenblick lang brachten weder Navan noch ich ein Wort heraus und wir grübelten. Mir gefiel die Idee nicht besonders, vor allem, weil wir im Schiff nur wenige Räume hatten, in denen wir die Kaltblüter sicher verwahren konnten. Wenn die Reise kürzer wäre, dann wäre es nicht so schlimm, aber sie bis nach Vysanthe zurückzubringen war nicht nur riskant, sondern ein Albtraum. Doch dann ging mir ein Licht auf.

»Warum setzen wir die wiederbelebten Kaltblüter nicht einfach in der Quarantänestation ab? Sie ist doch in der Nähe, nicht wahr?«, fragte ich und sah zu Navan.

Er nickte. »Sie ist nicht allzu weit.«

»So bräuchten wir die Kaltblüter nur eine kurze Strecke mitzubringen und könnten dann weiter zum Außenposten fliegen, ohne uns mit ihnen herumzuschlagen«, sagte ich aufgeregt. Wir hatten dank Ginji die perfekte Lösung gefunden.

Navan lächelte. »Ja, auf diese Weise können wir damit warten, die Kaltblüter aufzuwecken, bis sie in der Krankenstation und sicher an Betten festgeschnallt sind. Wir können auch ein paar in die Isolationskammer sperren und ein paar andere in die Vorratsräume, falls in der Krankenstation nicht genug Platz ist. Im Schiff gibt es genug Blutröhrchen, um sie zu versorgen.«

»Ginji, du bist ein Genie!«, rief ich, nahm ihn in meine Arme und drückte ihn fest. Der körperliche Kontakt schien ihn kurz zu verschrecken und er riss die bernsteinfarbenen Augen auf, aber dann beruhigte er sich und schmiegte sich an meine Schulter.

»Ich möchte mein Zuhause einfach nicht verlassen«, sagte er.

Noch nie hatte ich ein Gefühl so gut nachvollziehen können. Jede Art in allen Längen und Breiten des Universums würde wohl genauso empfinden. Ein Zuhause zu haben war das Allerwichtigste und es ließ sich durch nichts ersetzen. Je früher wir diesen Einsatz beendeten, desto eher konnte ich selbst wieder zu meinem Zuhause zurückkehren.

# KAPITEL VIERUNDZWANZIG

Kurz darauf weckten wir die anderen auf, begleitet vom aufgeregten Ginji. Die anderen waren erschöpft und verwirrt darüber, dass wir sie mitten in der Nacht aus dem Schlaf rissen, aber sobald wir ihnen erklärt hatten, was wir vorhatten, machten sie begeisterte Gesichter.

»Du bist ein Genie, Ginji!«, rief Angie und umarmte den Jungen, so wie ich es getan hatte.

»Ja, das habe ich schon gehört«, sagte er, eingeschüchtert von Angies ausladendem Busen. »Ihr scheint körperlichen Kontakt deutlich mehr zu mögen als wir Drakonier«, fügte er hinzu und wrang sich frei.

Bashrik nickte. »Genau das habe ich vorgestern Abend versucht, Angie zu erklären, als wir in den heißen Quellen waren, aber sie wollte nichts davon hören.«

Ginji sah Bashrik verwundert an. »Was ist mit ihm passiert?«, fragte er und sah in die Runde.

Lauren lächelte. »Das ist eine lange Geschichte, die mit dem Virus zu tun hat.«

»Macht euch keine Sorgen. Die Symptome verschwinden nach einer Weile. Das habe ich schon bei anderen Kaltblütern beobachtet, die mein Vater geheilt hat«, sagte Ginji zuversichtlich. »Am Anfang ist es seltsam, aber nach einer Weile kommen die Erinnerungen des Patienten langsam wieder zurück. Den anderen hat das allerdings nicht mehr viel geholfen. Sie sind verrückt geworden und in den Dschungel geflohen, wo sie dann von Lycosa gefressen wurden. Ich glaube, dass sie einfach zu lange eingesperrt waren.«

Trotz dieser letzten Information nahm Angie Ginji noch einmal in die Arme und erstickte ihn fast in ihrem Ausschnitt.

»Angie, lass den armen Jungen los!«, sagte Bashrik. Sie gehorchte grinsend und ich wusste, warum. Ginjis Worte bedeuteten, dass Bashrik schon bald wieder normal werden würde.

»Wir sollten uns auf den Weg machen. Ist auf dem Krater des Bergs Kusuburi genug Platz, um mit der *Vanquish* zu landen?«, fragte Navan.

»Es gibt mehr als genug Platz, wenn du gut fliegen kannst«, sagte Ginji. Noch immer schwang eine Spur von Verachtung in seiner Stimme mit, wenn er mit den Kaltblütern in unserer Gruppe sprach.

»Haben die Lunisten ihren Kreis aufgelöst?«, fragte Lauren Ginji, um ihn abzulenken.

»Ja, sie sind bei Sonnenuntergang aufgebrochen, um ihre Abendgebete zu sprechen«, erklärte Ginji.

Navan runzelte nachdenklich die Stirn. »Wie viele andere Lager von Bergbauarbeitern gibt es neben dem auf dem Krater? Wir müssen sicherstellen, dass wir alle erstarrten Kaltblüter mitnehmen. Anders ist die Beschädigung nicht rückgängig zu machen.«

»Es gibt noch zwei andere, aber sie sind nicht so groß«, antwortete Ginji. »Dort befinden sich jeweils weniger als zehn Statuen. Ich werde euch zeigen, wo sie sind. Beide Lager sind vom Vulkangipfel aus zu sehen.«

Wir machten uns an die Arbeit und gingen zusammen mit Ginji eilig über die Lichtung zur *Vanquish*. Als wir ankamen, wartete Ginji bereits vor den verschlossenen Türen auf uns. Wir hatten ihn zwar vorauseilen sehen, aber er war noch schneller, als wir es uns vorgestellt hatten. Schnelligkeit war eine weitere Stärke der Drakonier.

»Lahme Enten!«, lachte er und sah aufgeregt auf das Schiff, als ob es ein Süßigkeitengeschäft wäre.

Navan öffnete lächelnd die Türen und wir gingen nach drinnen. Ginji sah sich staunend und mit offenem Mund im Hauptraum um. Die drakonischen Biremen waren wahrscheinlich nicht so beeindruckend, obwohl ich noch nicht die Gelegenheit gehabt hatte, sie mir von innen anzusehen. Die vysanthinische Maschinenbaukunst war einfach beeindruckend. Es war wirklich eine Schande, dass die meiste Technologie gestohlen wurde.

»Möchtest du das Cockpit sehen?«, fragte Navan Ginji.

Der Drakonierjunge nickte so heftig, dass ich dachte, dass sein Kopf abfallen würde. »Ja, bitte!«

Bashrik begleitete die beiden, während wir drei Mädchen im Hauptraum blieben und uns auf die Bank setzten, von der aus Pandora mit uns gesprochen hatte. Es fühlte sich an, als ob das schon eine Ewigkeit her wäre. Einen Augenblick später erwachten die Motoren zum Leben, das Schiff hob ab und flog zum Vulkan.

Es war sicher nicht unmöglich, die Statuen auf das Schiff zu verfrachten, aber ich machte mir Sorgen, ob wir genug Platz hatten. So, wie ich Ginji verstanden hatte, sprachen wir von fünfzig bis sechzig Kaltblütern, die auf drei Lager aufgeteilt waren. Aber andererseits war das hier ein Kriegsschiff, das dazu gedacht war, viele Leute zu transportieren.

Als wir auf dem Krater landeten, war es noch dunkel. Navan landete im Tarnmodus, um das Dorf im Krater nicht aufzuwecken. Es war wichtig, dass wir die Kaltblüter ins Schiff verfrachteten, ohne dass uns jemand bemerkte, auch wenn ich nicht glaubte, dass die Pyros sehr hilfsbereit wären, selbst wenn wir sie gefragt hätten. Außerdem lag Cambien wahrscheinlich immer noch irgendwo betrunken und schlief seinen Rausch aus.

Aber wir waren zu sechst und kamen in dem erstarrten Kraterdorf schnell voran. Navan, Bashrik und zu meinem Erstaunen auch Ginji konnten jeder ein Kaltblut mit einer Hand tragen, während Angie, Lauren und ich uns zu dritt mit einer Statue abmühten. Das Opalin machte die erstarrten Wesen noch deutlich schwerer. Es war ein witziger Anblick, wie Ginji ein Kaltblut über seinem Kopf trug – wie eine Ameise, die ein riesiges Blatt zurück in ihren Ameisenhügel trug.

Keine zwei Stunden später hatten wir die erste Ladung an Bord und sicher in dem geräumigen Krankenzimmer verstaut, das den Großteil des Unterdecks einnahm und auf der gegenüberliegenden Seite der Waffenhülsen lag. Ich hatte falsch geschätzt. Insgesamt hatten wir fünfundvierzig Statuen aus dem Krater geholt und sie nun alle auf die Betten im Krankenzimmer geschnallt. Zu meiner Erleichterung waren noch zehn weitere Betten frei und auch auf dem Boden war noch Platz, sodass wir hier wenigstens fünfzehn weitere Statuen unterbringen konnten. Wir hatten also noch genug Platz für die Kaltblüter, die wir aus den anderen beiden Lagern abholen wollten.

Verschwitzt und erschöpft trotteten wir wieder ins Schiff zurück. Bashrik steuerte uns zu unserem nächsten Ziel, einem Bergbauerlager, das sich in den Falten eines kleineren Vulkans nicht weit vom Berg Kusuburi befand. Dort stießen wir auf acht Kaltblüter und an dem dritten Ort, am Fuß einer anderen Bergkette auf der gegenüberliegenden Seite des Tals, auf weitere sechs. Wir beeilten uns, sie alle ins Krankenzimmer zu bringen und dort festzuschnallen.

Letztlich hatten wir nur für vier von ihnen kein Bett zur Verfügung und mussten sie auf improvisierten Matratzen aus Decken, die wir aus den Vorratsschränken geholt hatten, ablegen. Wir vergewisserten uns, dass diese Kaltblüter besonders sicher am Boden festgeschnallt waren.

»War das der Letzte?«, schnaufte ich, setzte mich auf den Boden und schnappte nach Luft.

Ginji nickte und hatte kaum eine Schweißperle auf der Stirn. »Das war der Letzte!«

»Wer hätte gedacht, dass es so anstrengend sein kann, Statuen umherzuschleppen?«, sagte Angie sarkastisch und sackte gegen eine Wand.

Navan grinste. »Ich fürchte, dass wir keine Zeit haben, um uns auszuruhen. Wir müssen zurück zur Lichtung vor dem Tempel fliegen. Wir haben noch etwas mitzunehmen, schon vergessen?«

»Nur fünf Minuten«, hauchte Angie und tat so, als ob sie einschlafen würde.

Doch als der Rest von uns das Krankenzimmer verließ, rappelte Angie sich auf und eilte uns nach. »Lasst mich nicht bei denen hier zurück!«, quietschte sie, erschrocken von der Idee, in einem Zimmer mit neunundfünfzig erstarrten Kaltblütern eingesperrt zu werden.

Zehn Minuten später landeten wir auf der Lichtung, als die Morgendämmerung gerade am Horizont anbrach. Von draußen hörte ich das Gezwitscher der Vögel, die den Dschungel bewohnten, und die Rufe der ungewöhnlichen Tiere, die durch die Baumwipfel rannten. Zai war wirklich ein schöner Planet und ich war ein wenig traurig, mich von ihm verabschieden zu müssen. Ich war sehr froh darüber, dass wir einen Weg gefunden hatten, das Zuhause der Drakonier zu retten und sie davon abzuhalten, auf mein Zuhause zuzusteuern.

»Jetzt müssen wir nur noch eine Sache erledigen«, sagte ich leise und die anderen sahen mich erwartungsvoll an. »Wir müssen die Kaltblüter wiederbeleben.«

Ginji drückte das Glas mit den Nanoinsekten an seine Brust, als wir in das Krankenzimmer zurückgingen. Dort angekommen schraubte Ginji das Glas auf und riss aufgeregt die bernsteinfarbenen Augen auf. Wir hatten beschlossen, den Inhalt des Glases einfach im Zimmer auszuleeren und dann die Tür zu schließen, damit die Insekten ihre Arbeit erledigen konnten. Während der ganzen Zeit mussten die Türen geschlossen bleiben.

Ginji hatte behauptet, dass er das Geräusch kannte, mit dem man die Insekten zur Arbeit aufforderte, weil er mehrere Male gehört hatte, wie sein Vater es erzeugt hatte. Hoffentlich funktionierte es.

»Ihr müsst die Tür nur für etwas weniger als eine Minute offenhalten«, sagte er entschlossen.

Sobald die Heilung begann und wir uns wieder im Weltall befänden, würden wir Schichten schieben, um die festgebundenen Vysanthiner mit Blutröhrchen zu versorgen. Ich hatte vorgeschlagen, dass wir den Raum immer zu zweit betraten. Vorerst würden sie jedoch hungrig bleiben müssen, während sie ihre Steinhülle abschüttelten, die sie über Jahrzehnte gequält hatte.

Grinsend warf Ginji das offene Fläschchen in das Krankenzimmer und die Insekten schwärmten sofort ins Freie. Der Junge pfiff und stieß denselben Laut aus, den Cambien von sich gegeben hatte, als er Bashrik geheilt hatte. Navan ließ die Tür kurz auf, bis das Echo des Pfiffs die Insekten erreicht hatte und sie wussten, was zu tun war, bevor er den Code eingab, der die Tür verschloss. Dann tippte er den Notfallquarantänecode ein, der es nur bestimmten Personen erlaubte, das Zimmer zu betreten. Es war eine zusätzliche Vorsichtsmaßnahme, über die ich sehr froh war. Bei neunundfünfzig erwachenden Kaltblütern konnte man gar nicht vorsichtig genug sein.

Navan ging wieder in den Hauptraum der *Vanquish* zurück, öffnete die Ladetüren und ließ die liebliche Musik des Morgens und die warme Brise, die die aufsteigende Sonne mit sich brachte, herein. Alles sah irgendwie strahlender aus. Mein Blick fiel auf die glitzernden Adern des Opalins, das am Tempeleingang lag. Die schwarzen Streifen schienen mit neuer Energie zu glänzen. Als die Sonnenstrahlen weiter über die Landschaft fielen und die Welt erleuchteten, sah ich, dass das Opalin wieder seinen ursprünglichen Saphirglanz annahm.

Das bedeutete aber zugleich auch, dass unsere Kaltblutpatienten zu heilen begannen und schon bald erwachen würden, aber ich beschloss, mich erst einmal auf das Positive zu konzentrieren. Das Opalin sah wirklich sehr schön aus, jetzt, wo es wieder zu seinem alten Glanz erwachte.

Wir standen am Rand des Laufstegs und bewunderten unser Werk, als zwei Gestalten aus den Ruinen des Tempeleingangs traten. Freya und Cambien kamen mit verwirrten Gesichtern auf uns zu. Sobald sie sahen, dass Ginji bei uns stand, beschleunigten sich ihre Schritte, bis sie am anderen Ende des Laufstegs stehen blieben.

»Was habt ihr getan?«, fragte Freya nervös. Offensichtlich glaubte sie, dass wir die Kaltblüter getötet hatten, so wie es ursprünglich unser Plan gewesen war.

»Habt ihr sie getötet?«, fragte Cambien heiser – eine Nachwirkung seiner durchzechten Nacht.

»Ich werde Ginji antworten lassen, weil es seine Idee war«, sagte ich und schob ihn etwas nach vorn.

Der Junge grinste seine Eltern an. »Wir brauchten niemanden zu töten. Wir haben die erstarrten Kaltblüter eingesammelt und sie an Bord verstaut«, sagte er stolz. »Ich habe die Gegenmittel-Insekten gestohlen und wir haben sie alle wieder zum Leben erweckt. Die fünf werden sie mitnehmen und dafür sorgen, dass sie nie wiederkommen!«

Freya und Cambien sahen sich einen Augenblick lang verdutzt und schweigend an, bevor sie wieder zu ihrem Sohn sahen. Ich sah in ihren Augen, dass sie diesen Kompromiss akzeptierten, und stolz auf Ginji waren. Ihr Sohn hatte das Beste aus beiden Welten vereint und eine Lösung gefunden, mit der alle zufrieden waren. Und das bedeutete, dass die Drakonier auf ihrem Heimatplaneten bleiben konnten.

»Ich wusste schon immer, dass du ein kluger Junge bist. Du kommst sehr nach deinem Vater«, lachte Cambien.

»Ginji, du bist sehr klug für dein Alter und dein Herz ist reiner als alle Herzen, die ich je gekannt habe. Nur du konntest einen solchen Plan fassen und klar sehen, was du mit diesem Kompromiss bewirken würdest«, sagte Freya zur Überraschung aller. Sie hatte mehr als fünf zusammenhängende Worte gesagt und sie alle waren ein Lob auf Ginji gewesen. Es freute mich zu wissen, dass er geliebt wurde und eine solche Reaktion von seinen Eltern bekam.

Cambien sah sie an. »Du hattest schon immer eine sehr schöne Stimme, wenn du denn mal mehr als eine Handvoll Wörter sagst«, neckte er sie.

»Sie gelten nur unserem Sohn«, sagte sie und wies ihn damit schnell zurecht.

Doch Ginji strahlte. »Ihr solltet ihnen jetzt das Blut geben, weil sie ihr Versprechen gehalten haben.«

»Kommt herein«, sagte Freya und ging auf den Tempeleingang zu.

Nachdem wir das Schiff verschlossen hatten, folgten wir ihr und schlängelten uns durch die Schutthaufen, die noch rings um die heilige

Stätte lagen. Die Drakonier mit ihren übermenschlichen Kräften hätten es sicher leicht, hier aufzuräumen, aber sie hatten scheinbar noch nicht damit angefangen. Wahrscheinlich saß der Schmerz noch zu tief und es gab zu viele Tote zu betrauern, als dass man sich schon um den Wiederaufbau kümmern konnte.

Freya führte uns in die Gebetshalle, in der Pandoras letzter Kampf stattgefunden hatte. Ein Angstschauer lief mir den Rücken hinab und mein Blick fiel sofort auf die Stelle am Boden, wo ich sie getötet hatte. Die Asche ihrer Leiche war fortgeschafft worden und es gab keine Blutspuren mehr auf dem Stein, aber ich wusste genau, dass es dort geschehen war. Ich spürte es tief in meinen Knochen und erschauerte.

Zum Glück lenkte mich die beginnende Zeremonie zur Entnahme der Blutprobe ab. Freya deutete uns, hinter zwei Seidenfähnchen stehenzubleiben, die eine erhobene Ebene absperrten. Dort hatte Freya gestanden, während Cambien und Pandora gegeneinander gekämpft hatten. Die Absperrung mit den viereckigen Stoffen reichten uns nur bis zur Brust, sodass wir einen guten Blick auf die Zeremonie bekamen.

Obwohl es noch sehr früh war, war der Tempel voller Lunisten, die traurig aussahen. Tränen liefen ihnen über die Gesichter. Sie versammelten sich hinter uns und bewegten die Lippen im stummen Gebet, während sie darauf warteten, dass ihre göttliche Anführerin zu ihnen sprach.

»Die Götter haben es für angemessen gehalten, uns ein Lächeln zu schenken!«, setzte Freya an. Es war seltsam, dass sie schon wieder mehr als ein paar Worte sprach. Aber hier redete sie ja auch mit ihren Gläubigen und mit ihnen zu sprechen, war schließlich ihre Aufgabe.

Die Drakonier hinter uns antworteten ein Wort, das sich scheinbar nicht übersetzen ließ, aber wohl etwas wie Halleluja oder Amen bedeuten musste.

»Wir haben große Schmerzen und Verluste erlitten, aber die Götter haben unsere Standhaftigkeit belohnt!«, fuhr sie fort und ihre Stimme dröhnte durch die Halle. »Unser heiliger Stein hat uns unsere Sünden vergeben. Wir müssen unser geliebtes Zuhause nicht mehr verlassen.

Die Götter haben es uns zurückgegeben, unter der Voraussetzung, dass wir unsere Reinheit nicht noch einmal in Gefahr bringen!«

Die Lunisten antworteten mit demselben Wort. Einige schlugen sich gegen die Brust, während andere an die Decke hinaufschauten oder die Hände falteten. Es gab niemanden, der nicht weinte, weil Freyas Worte heftige Gefühle bei allen Gläubigen auslösten. Nach allem, was sie durchgemacht hatten, verstand ich ihre Euphorie nur zu gut.

Ich warf einen Blick über meine Schulter und sah, wie Bashrik Freya staunend anstarrte. Er hatte die Hände gefaltet und Tränen liefen ihm übers Gesicht, weil die Gefühle ihn genauso überwältigten wie die Lunisten um ihn herum.

»Der heilige Stein spricht zu mir!«, rief er plötzlich und schlug sich mit der Faust auf die Brust. Die Lunisten nahmen seinen Ruf auf und wiederholten ihn, bis er von den Wänden widerhallte. Navan, der hinter der gleichen Absperrung stand, versuchte, seinen Bruder zu beruhigen und flüsterte ihm etwas ins Ohr, aber Bashrik hörte nicht zu – er war viel zu sehr von Freyas Worten mitgerissen.

»Der heilige Stein fordert uns auf, ihn wertzuschätzen!«, rief Freya und hob die Hände zum Himmel. »Und nun werden wir den Preis für unser Geschenk bezahlen – ein wahrlich kleines Opfer, um die Götter gütig zu stimmen!« Ein ohrenbetäubender Schrei der versammelten Gläubigen hallte durch den Tempel. Die Zeremonie begann. Kurz darauf trat ein Drakonier vor. Er trug eine silberne Schale und ein unschönes Opfermesser.

»Euer Freund ist etwas zu begeistert von unserem Glauben«, raunte mir Cambien zu, nachdem er sich neben mich gestellt hatte. Sein Blick war auf Freya gerichtet, die den Kopf zur Seite gelegt hatte und ihre bloße Haut dem Opfermesser darbot.

»Freya ist eine charismatische Frau. Ich verstehe, dass sie die meisten Leute in ihren Bann zieht«, antwortete ich.

Er nickte, wandte sich aber nicht zu mir um, sondern hatte nur Augen für Freya. Es war offensichtlich, dass Cambien immer noch in die schöne Drakonierin verliebt war, deren Blut nun in die Silberschale tropfte. Natürlich gab sie ihr eigenes Blut. Sie hätte niemals erlaubt, dass ein anderer Drakonier leiden musste, das widersprach ihrem Glauben.

Ich fragte mich, was zwischen Cambien und Freya vorgefallen war. Offensichtlich hatten sie einander einmal geliebt und das Feuer in ihren Herzen war noch nicht ganz erloschen. Ich hatte gesehen, wie Freya ihn ansah, und wie er sie ansah, und trotzdem waren sie nicht zusammen. Sie hatten einen Sohn, was genug war, um sie in ewiger Liebe aneinanderzubinden. Vielleicht waren Verfall und Wiedergeburt nur ein natürlicher Bestandteil aller Beziehungen, vor allem derer, die sich über lange Zeit oder die Ewigkeit hin erstreckten. Manchmal war es wohl einfach nicht genug, jemanden zu lieben, dachte ich. Andere Dinge kamen dazwischen und konnten selbst das stabilste Fundament zum Einstürzen bringen.

Mein Herz verkrampfte sich. Würde das auch Navan und mir passieren? Im Augenblick konnte ich mir das nicht vorstellen – was war, wenn auch Cambien und Freya einst so gedacht hatten? Niemand ging einen Bund ein, wenn er glaubte, dass er einst zerbrechen könnte. Alle hofften auf ein »Für immer«, auch wenn es nur für wenige wahr wurde.

»Ich habe dir ein Angebot zu machen«, sagte Cambien leise und riss mich aus meinen düsteren Gedanken.

»Ein Angebot?«

Er nickte. »Du hast Pandora für mich getötet und ich stehe in deiner Schuld. Diese Schuld möchte ich begleichen.«

»Du stehst nicht in meiner Schuld, Cambien. Lass uns einfach ...«

Doch er unterbrach mich. »Ich habe mit den anderen Pyros gesprochen und wir haben beschlossen, eure Verbündeten zu werden. Allerdings unter einer Bedingung.«

Ich lächelte. »Natürlich.«

»Wir werden uns erst in einem bestimmten Augenblick in den Kampf einmischen«, erklärte er. »Wenn ihr und die anderen im Kampf gegen die Königinnen gewinnt, werden wir ihnen den Todesstoß versetzen.«

Ich sah ihn mit offenem Mund an. Er hatte ja keine Ahnung, wie viel mir seine Worte bedeuteten – sie waren genau der Hoffnungsfunken, nach dem ich gesucht hatte.

»Woher werdet ihr wissen, wann dieser Augenblick gekommen ist?«, fragte ich. »Wenn er denn überhaupt kommt …«, berichtigte ich mich. Es gab noch so viel zu erledigen, bevor wir an diesen Moment denken konnten, obwohl ich natürlich hoffte, dass dieser Tag kam.

»Hier«, sagte er und reichte mir einen kleinen Opalinstein. »Das ist der Zwillingsstein von diesem hier«, sagte er und schob seinen Tunikakragen nach unten, damit ich die Stelle sah, an die er vorher das Opalin gesetzt hatte, um sich in einen Drachen zu verwandeln. Zu meiner Überraschung befand sich direkt darunter ein anderer Stein, der mit seiner Haut verschmolzen war.

Ich verzog das Gesicht. »Ich muss das hoffentlich nicht auch machen, oder?« Ein Stein, der meine Liebe zu Navan zeigte, war das Einzige, was ich auf meine Haut setzen würde.

Er lachte. »Nein. Du musst den Stein nur bei dir tragen«, versicherte er mir. »Sobald ihr euch sicher seid, dass ihr den Kampf gewinnen werdet, nimmst du diesen Stein fest in deine Hand, rufst meinen Namen aus und dann werden wir da sein, um den letzten Schlag für euch auszuführen.«

»Wird das das Opalin nicht beschädigen?«, fragte ich besorgt.

»Es wird nicht meine eigene Hand sein, die den Todesstoß versetzt«, erklärte er. »Ich habe eigene Verbündete, die mir helfen werden.« Seine bernsteinfarbenen Augen funkelten finster.

»Warum hast du diese Verbündeten nicht gebeten, deine Kaltblüterprobleme für dich zu lösen?«, fragte ich.

Er schnitt eine Grimasse. »Sie sind nicht diese Art von Verbündeten. Sie sind sehr stolz und wären beleidigt gewesen, wenn ich sie zu Hilfe gerufen hätte, um mit erstarrten Kaltblütern fertigzuwerden. Sie nehmen nur wahre Herausforderungen an, lieben das Chaos und kämpfen nur für eine Sache, die ihrem wilden Geist würdig ist.«

Ich runzelte immer noch skeptisch die Stirn. Wer waren diese seltsamen Verbündeten, von denen er sprach? Etwas an der Art, wie er von ihnen sprach, beunruhigte mich, so als ob man eigentlich nicht von ihnen reden durfte. Aber ich konnte mich nicht beschweren, denn wir brauchten jede Hilfe, die wir bekommen konnten.

»Wird unsere Sache ihnen denn würdig sein – wer auch immer sie sind?«

Er nickte. »Oh ja. Ich denke, dass dieser Kampf der sein könnte, auf den sie gewartet haben, obwohl sie sich erst einschalten werden, wenn unser Sieg ziemlich wahrscheinlich ist. Sie unterstützen nicht gern Verlierer.«

»Wie willst du – oder diese Verbündeten – so schnell zu uns kommen? Mit euren Schiffen seid ihr sicher zu spät da«, sagte ich skeptisch.

Er grinste wölfisch. »Vertrau einfach darauf, dass sie kommen und helfen werden. Ich werde sie schicken und sie werden bei euch sein, wenn das Beil über Vysanthe herabsaust.«

»Danke, Cambien«, murmelte ich, obwohl seine Worte mir Angst machten. »Du kannst dir nicht vorstellen, wie viel mir das bedeutet.« Ich sah zu ihm auf und drückte den Stein an meine Brust.

Er grinste. »Ich wusste doch, dass du mich mögen würdest, obwohl ich nie geglaubt hätte, dass ich einen Stein beneiden könnte«, sagte er zwinkernd und ruinierte damit den netten Augenblick.

»Ach, gerade als ich dachte, dass ich mich in dir getäuscht habe«, seufzte ich.

»Ich meinte übrigens ernst, was ich dir in der Bar gesagt habe«, sagte er, bevor ich mich umdrehen und fortgehen konnte. »Du solltest wirklich mit den Titanen in Kontakt treten. Sie lieben Krieg, warten immer auf einen Kampf und könnten wertvolle Verbündete sein, wenn ihr sie auf eure Seite ziehen könnt.«

»Ich werde darüber nachdenken«, versprach ich, obwohl seine Bemerkungen mir Sorgen machten. Wenn diese Leute versuchten, uns zu töten, bevor sie uns überhaupt anhörten, lohnte es sich dann, dieses Risiko einzugehen?

»Was die Föds angeht, so gehe ich davon aus, dass ihr ihren Schutz nicht mehr braucht. Ihr seid nicht die Art von Leuten, die vor einer Auseinandersetzung davonlaufen. Ich denke, dass ihr auf dem Weg weitergehen solltet, den ihr eingeschlagen habt.« Er seufzte. »Wenn ihr jemals einen Ort braucht, um euch zu verstecken, dann kommt hierher zurück und ich verrate euch die Koordinaten.«

Da wurde mir klar, dass die Föds, von denen er sprach, nicht dieselben sein konnten wie die, zu denen wir auf dem Weg waren. Der Außenposten, den Navan erwähnt hatte, war kein Zufluchtsort für universelle Flüchtlinge. Wir suchten dort keinen Schutz, sondern hofften auf starke Verbündete, die unser Anliegen unterstützen und sich unserem Kampf anschließen würden. Cambien hatte recht. Uns zu verstecken war keine Option – zumindest noch nicht.

»Das Opfer wird bereitwillig dargebracht. Mögen die Götter gnädig auf uns herablächeln!«, rief Freya und beendete damit die Zeremonie.

Die Lunisten antworteten mit ihrem heiligen Wort, bevor sie sich im Gleichschritt entfernten. Viele von ihnen strömten in die Seitentempel, wo sie ihre Gebete fortsetzten, während andere zu den Ausgängen liefen. Freya kam zielstrebig auf Navan zu und wir stellten uns in einem kleinen Halbkreis um sie herum. Sie verbeugte sich und reichte ihm das Blut, das von der Schale in eine Ampulle gefüllt worden war, während ich mit Cambien gesprochen hatte.

»Möge das Geschenk eurer würdig sein«, sagte sie anmutig.

»Danke Freya, wir sind froh, dass wir am Ende doch noch helfen konnten«, sagte Navan mit einem entschuldigenden Blick. »Was die Schäden angeht, so tun sie mir unendlich leid.«

Freya lächelte. »Aus dem Chaos ersteht neues Leben.«

Damit ging sie auf den Haupteingang zu und gab uns zu verstehen, dass unsere Zeit auf Zai zu Ende war. Cambien eilte ihr nach und bot ihr seinen Arm.

»Falls dir schwindelig ist, nachdem du Blut verloren hast«, sagte er, obwohl ich mir ziemlich sicher war, dass Freya den wahren Grund kannte. Sie sah ihn an und verharrte einen Augenblick. Es war ein schöner Anblick, auch wenn ich nicht wusste, was die Zukunft für sie bereithielt. Vielleicht hatten sie schon versucht, wieder zu reparieren, was zerbrochen war, und waren gescheitert.

Uns blieb nur noch, das Schiff zu besteigen und zum Quarantänelager zu fliegen, bevor wir uns auf den Weg zum Posten der Föds machten. Wir hatten das Blut, wir hatten das Opalin repariert und obwohl es noch tausend Dinge gab, um die wir uns Sorgen machen mussten – darunter auch Orion – war ich glücklich und als ich in die Runde sah, entdeckte ich dasselbe Gefühl bei den anderen.

Mit diesem Hochgefühl traten wir auf die Tempellichtung hinaus. Wir wussten, dass wir uns auf der Zielgeraden befanden.

Angie zog Bashrik mit seinem Gefühlsausbruch während der Zeremonie auf, aber er zuckte nur gelassen mit den Achseln.

»Du bist nur neidisch, weil du eine so göttliche Verbindung nicht verstehen kannst. Ich habe wirklich etwas gefühlt«, sagte er.

Angie prustete. »Ja, bestimmt hast du das.«

Nur Lauren schien niedergeschlagen zu sein. Sie hielt die Ampulle mit dem Blut in die Sonne, nachdem Navan sie ihr gegeben hatte, damit sie sich die Flüssigkeit genauer anschauen konnte. Aber ihrer Miene nach zu urteilen hatte sie keine guten Neuigkeiten.

»Was ist los?«, fragte ich.

Lauren sank zu Boden, umklammerte das Fläschchen und schüttelte langsam den Kopf.

»Lauren, was ist los?«, fragte nun auch Angie und wir hockten uns neben sie. Ich tätschelte ihr Knie, aber die Geste schien sie nur noch trauriger zu machen.

»Das Blut taugt nichts«, wimmerte sie und Tränen stiegen ihr in die Augen. »Die Textur ist völlig ungeeignet. Es fängt schon jetzt zu klumpen an. Wenn es nicht löslich ist, dann können wir es nicht verwenden. Dieses Zeug würde die Kaltblüter wohl vergiften, statt ihnen das ewige Leben zu schenken. Es ist nutzlos.«

Mein Magen verkrampfte sich, als ich verstand, warum sie so traurig war. Nach allem, was wir durchgemacht hatten und was noch vor uns lag, würden wir mit leeren Händen zu Königin Brisha zurückkehren.

# KAPITEL FÜNFUNDZWANZIG

Wir näherten uns der *Vanquish* in betretenem Schweigen. Lauren drückte die Ampulle immer noch an ihre Brust, so als ob sie uns noch etwas nutzen könnte, doch wir wussten alle, dass es hoffnungslos war. Wenn sie sagte, dass das Blut nicht zu verwenden war, dann war es auch so. Sie kannte sich gut genug mit diesen Dingen aus, um sich nicht zu täuschen.

Um ehrlich zu sein, wusste ich nicht, ob ich erleichtert sein oder mir Sorgen machen sollte. Einerseits war ich erleichtert, dass das Blut nicht für das Elixier verwendet werden konnte, aber ich machte mir Sorgen darüber, wie Königin Brisha auf diese Neuigkeit reagieren würde. Wir wollten nicht, dass sie den Code zum Unsterblichkeitselixier knackte, aber wir mussten sie gleichzeitig wohlgesonnen halten. Ohne ihren Schutz, so wacklig er auch war, waren wir freie Beute. Ich hatte keine Ahnung, ob unser Scheitern in dieser Mission schon ausreichte, um ihre zerbrechliche Gunst zu verlieren. Schließlich waren wir des Blutes wegen hierhergekommen. Sie hatte uns die Suche nach der Schlüsselzutat anvertraut und nun kamen wir mit leeren Händen zurück.

»Ist alles in Ordnung?«, fragte Freya, die sich immer noch bei Cambien einhakte.

Ich zwang mich zu einem Lächeln. »Ja. Wir sind nur traurig, euch verlassen zu müssen«, antwortete ich. Das war ja auch nicht ganz gelogen. Zai zu verlassen weckte ein bittersüßes Gefühl in mir. Es gab noch so viel, was ich über diesen Planeten erfahren wollte, aber dazu blieb keine Zeit. Wir waren keine Auskundschafter, sondern hatten einen sehr klaren Auftrag. Wir hatten eine Mission, auf der wir völlig gescheitert waren.

»Es war eine sehr angenehme Abwechslung, euch hier zu haben«, sagte Cambien grinsend.

»Alles geht einmal vorbei«, sagte Freya, die es scheinbar kaum abwarten konnte, uns abfliegen zu sehen. Immerhin hatte sie einen Tempel wiederaufzubauen und sicher war es einfacher, nach vorn zu sehen, wenn wir sie nicht ständig an das Geschehene erinnerten.

Bashrik hatte bereits Tränen in den Augen und sank vor Freya und Cambien in die Knie. Er packte Freyas Hände und sah sie flehend an.

»Bitte verbann mich nicht«, bat er. »Ich bin so durcheinander, Hohepriesterin. Ich habe das Gefühl, einer von euch zu sein, und gleichzeitig werde ich von diesem Schiff angezogen, so als ob ich dazu bestimmt wäre, einzusteigen.«

Sie lächelte und löste eine Hand, um seine Wange zu berühren. »Dein Schicksal liegt anderswo«, sagte sie.

»Was bedeutet das, Hohepriesterin? Werde ich niemals hierher zurückkehren?«, fragte Bashrik kläglich.

»Die Zukunft steht nie fest«, antwortete sie.

»Ich denke, dass es für uns alle das Beste ist, wenn ihr für sehr lange Zeit nicht mehr zurückkommt, wenn überhaupt«, schaltete sich Cambien ein. »Wenn wir Glück haben, kommen deine Erinnerungen zurück und du wirst vergessen, dass du geglaubt hast, zu uns zu gehören.«

Bashrik schluchzte herzzerreißend. »Aber ich bin einer von euch! Bitte, gnädiger Anführer, schick mich nicht fort!«

»Deine Freunde brauchen dich. Geh mit ihnen und finde heraus, ob du deine Meinung änderst«, ermunterte Cambien Bashrik und half ihm auf die Beine. »Ich ahne, dass du es tun wirst«, sagte er und klopfte Bashrik auf den Rücken.

Bashrik taumelte auf Angie zu, die ihre Arme schon ausgestreckt hatte, um ihn zu trösten. »Es wird alles gut werden, Bash. Wir werden uns gut um dich kümmern«, versprach sie und führte ihn zum Steg, den Navan ausgefahren hatte.

Ich lächelte, als ich die beiden beobachtete. Hoffentlich hatte Cambien recht und es dauerte nicht lange, bevor Bashrik wieder sein altes Ich wiederfand, obwohl es fast wehtat, mir vorzustellen, wie sehr wir ihn dann aufziehen würden. Vor allem Angie würde es genießen und ich freute mich darauf, ihren Streitereien zuzusehen.

Trotzdem verließ ich Zai mit gemischten Gefühlen. Hier waren wir in gewisser Weise sicher, jetzt, wo Pandora ausgeschaltet worden war. Jenseits dieses Planeten erwarteten uns nur Probleme. Es war uns gelungen, den heiligen Stein der Drakonier zu heilen und jahrzehntelanges vysanthinisches Unrecht wiedergutzumachen. Außerdem hatten wir verhindert, dass die Drakonier ihren Planeten verließen und sich auf den Weg zur Erde machten, worüber ich besonders froh war. Aber trotzdem hatten wir unser Hauptziel nicht erreicht. Wir flogen ohne etwas Vorzeigbares zu Königin Brisha zurück und ich wusste, dass sie darüber nicht gerade erfreut sein würde. Königin Brisha mochte keine schlechten Nachrichten.

»Nun, es war mir ein Vergnügen«, sagte ich und ging auf die beiden Anführer der Drakonier zu, die immer noch dicht nebeneinanderstanden. »Wir entschuldigen uns für den Schaden, den wir angerichtet haben. Wir hoffen, dass ihr den Tempel wieder aufbauen und in die Zukunft sehen könnt. Als Zeichen unserer Freundschaft werden wir die Wiederherstellung des Opalins geheim halten, damit euer Planet sich nicht vor weiteren Invasionen fürchten muss.«

Navan trat neben mich. »Wir werden kein Sterbenswörtchen verraten. Es ist an der Zeit, dass die Drakonier in Frieden und unbehelligt von meiner Art leben können«, sagte er, nahm Freyas Hand und küsste ihre schuppige Haut.

Sie lächelte. »Geht in Frieden.«

»Das werden wir«, antwortete ich.

Lauren war die Letzte, die sich verabschiedete. Sie verneigte sich gerade vor Freya, als Ginji aus dem Schatten sprang und sich auf sie stürzte. Sie lachte, als der schuppige Drakonier seine Arme um sie schlang und sie fest an sich drückte. Körperlicher Kontakt schien ihm nicht mehr so unangenehm zu sein. Mit einem schiefen Lächeln fragte ich mich, ob wir einen schlechten Einfluss auf den Jungen gehabt hatten.

»Ich werde euch alle vermissen!«, schluchzte Ginji überwältigt von seinen Gefühlen. »Ich habe überlegt, mich an Bord eures Schiffes zu schleichen, aber ich weiß, dass mein Platz hier ist.«

»Wir werden dich auch vermissen, Ginji«, sagte Lauren und löste den Jungen so vorsichtig wie möglich von sich.

Freya schien über das Verhalten ihres Sohnes erstaunt zu sein, sagte aber nichts, während er die Runde machte und sich von uns allen mit einer festen Umarmung verabschiedete. Nicht einmal Navan und Bashrik ließ er aus, wobei Bashrik ein besonders gequältes Gesicht machte. Da er sich immer noch für einen Drakonier hielt, konnte ich mir gut vorstellen, wie sehr Dinge wie eine Umarmung ihn aufwühlen mussten.

Nachdem wir uns alle verabschiedet hatten, bestiegen wir die *Vanquish*. Die Ladetüren schlossen sich zum letzten Mal vor dem Ausblick auf den Tempeleingang. Cambien, Freya und Ginji standen davor und winkten dem Schiff zu, als ob sie Eltern wären, deren Kind zur Universität aufbrach. Ihr Anblick brach mir beinahe das Herz, weil ich an Jean und Roger denken musste, die diese Erfahrung nicht machen konnten. Ich war nicht bei ihnen, ich ging nicht zur Universität – ich war auf der anderen Seite des Universums und flog wieder in Richtung Gefahr.

Inzwischen würde ich es für ein Wunder halten, wenn wir jemals wieder nach Hause zurückkämen, wo sich uns Orion, Brisha, Gianne und unzählige andere in den Weg stellten.

Bashrik ging zu den Schaltflächen und Navan nahm auf der Seite des

Kopiloten Platz. Angie, Lauren und ich blieben im Cockpit, weil wir nach dieser Enttäuschung nicht allein sein wollten. Es fühlte sich seltsam an, abzuheben, ohne etwas Positives mit auf den Weg zu nehmen. Ich konnte nur hoffen, dass Königin Brisha Verständnis dafür haben würde, dass wir unser Bestes gegeben hatten, wenn wir ihr die Ampulle lieferten. Wir hatten getan, worum sie uns gebeten hatte. Dass das Blut nichts nutzte, war einfach nur Pech gewesen.

Das Schiff vibrierte, als Bashrik die Motoren startete und die *Vanquish* sich in den Himmel erhob, um uns von der grünen Landschaft Zais fortzutragen. Ich richtete meinen Blick so lange ich konnte auf die Windschutzscheibe, bis die Tempel, der Dschungel und die winzigen Gestalten von Cambien, Freya und Ginji zu einer grünen Masse verschwammen. Es war wirklich traurig gewesen, uns von ihnen verabschieden zu müssen, und meine Hand umklammerte das Opalin, das Cambien mir gegeben hatte. Schließlich wusste ich nicht, ob wir dem Sieg je so nah kommen würden, dass ich ihn rufen konnte.

»Ich habe nachgedacht«, sagte ich leise und unterbrach das matte Schweigen. »Wir sollten die schlechten Nachrichten vorausschicken, bevor wir Vysanthe erreichen. So können wir Brishas Reaktion abwarten, bevor wir zu sehr in der Nähe sind, um noch etwas unternehmen zu können.«

»Das habe ich auch schon überlegt«, sagte Lauren. »Sie weiß, dass ich von diesen Dingen Ahnung habe, weshalb ich sie hoffentlich davon überzeugen kann, dass es nicht unsere Schuld war.«

»Wir könnten ihr erklären, dass wir ihr in Wirklichkeit einen Gefallen getan haben«, sagte Navan. »Wenn sie das Blut einfach zum Elixier mischen würde, ohne dass wir sie vorwarnen, dann würde wer weiß was mit ihren Testobjekten geschehen.«

Bashrik nickte. »Selbst nach der Synthese wäre es noch ein ziemliches Desaster. Ich glaube nicht, dass ich es noch einmal ertragen kann, mit anzusehen, wie Leute zerschmelzen«, sagte er erschaudernd, bis ihm unsere grinsenden Gesichter auffielen. »Warum lacht ihr? Findet ihr das etwa komisch?«, fragte er und zog eine Grimasse.

»Du hast dich erinnert«, murmelte Angie.

»Woran habe ich mich erinnert?«

Sie grinste. »An etwas aus Vysanthe. Du hast dich daran erinnert, was beim letzten Test des Unsterblichkeitselixiers geschehen ist. Deine Kaltbluterinnerungen kommen zurück!«

Bashrik ließ sich in den Pilotensitz sinken und fuhr sich mit der Hand durchs Haar. »Das ist alles sehr verwirrend. In einer Minute bin ich etwas und in der nächsten Minute bin ich etwas anderes. Es ist alles etwas verschwommen hier drinnen, um ehrlich zu sein«, sagte er und tippte sich an den Kopf.

»Nun, während du dein verlorenes Ich wiederfindest, sollten wir Brisha anrufen«, schlug Navan vor.

Angie nickte begeistert. »Ja, vielleicht wird der Klang ihrer Stimme deine Erinnerungen wieder zurückbringen!«

»Ja, aber wir sollten geheim halten, was mit Bashrik geschehen ist. Das darf niemand je herausfinden«, sagte ich und wusste, dass wir alle einer Meinung waren. Das Letzte, was die Vysanthiner herausfinden durften, war, dass es eine Heilung für die Kaltblut-Krankheit gab. Andernfalls wären sie im Handumdrehen wieder auf Zai, um das wertvolle Opalin abzubauen.

Navan stellte eine Verbindung zu Vysanthe her und ich wartete auf das vertraute Funkknistern aus den Lautsprechern, aber es ertönte nicht. Wir hörten nur ein leises Rauschen. Navan versuchte es über einen anderen Kanal, aber auch dort tat sich nichts. Auf dem Bildschirm war nur eine flache Linie zu sehen, die keinerlei Höhen und Tiefen eines Geräuschs abbildeten.

»Was ist los?«, fragte ich und trat hinter Navan.

Er schüttelte den Kopf. »Es sieht so aus, als ob das gesamte Kommunikationssystem lahmgelegt ist.«

»Wieso?«, fragte Lauren und spähte auf die Schaltfläche.

»Jemand hat wohl daran herumgepfuscht«, sagte Navan nervös. »Ich kann nicht einmal auf den Kanal für die hiesigen Geräte wie unsere Ohrknöpfe zugreifen. Es ... passiert einfach nichts.«

Ich fragte mich, ob Pandora dahintersteckte. Wenn sie alles belauscht hatte, worüber ich mit Cambien gesprochen hatte, statt nur einen Teil, wie sie es behauptet hatte, dann hatte sie sicherstellen wollen, dass wir unser Ziel nicht erreichten, indem sie unsere Kommunikationskanäle gekappt hatte. Ohne sie konnten wir die Föds nicht anfunken und auch keine andere Zivilisation in der Nähe. Wenn wir Hilfe brauchten, dann würden wir auf den umliegenden Planeten landen müssen, ohne uns vorher ankündigen zu können. Noch schlimmer war, dass wir nach Vysanthe zurückkehren und Königin Brisha persönlich sagen mussten, was geschehen war. Selbst nach ihrem Tod verfolgte Pandoras Schatten uns noch.

»Wartet ... ich glaube, dass ich Übertragungen empfangen kann, aber wir können nicht antworten«, sagte Navan nachdenklich. »Wir können nur hoffen, dass kein vorbeikommendes Schiff das als unhöflich auffasst und beschließt, uns zu beschießen.«

»So etwas würden sie tun?«, fragte Angie blass.

Navan nickte. »Hier draußen, wo über viele Lichtjahre niemand ist, gilt die Regel: Schieß zuerst und identifiziere die Leiche später.«

»Ich schlage vor, dass wir die Quarantänestation so schnell wie möglich erreichen, bevor wir jemand Unangenehmen begegnen«, sagte Bashrik und seine Finger flogen über die Tastatur. Obwohl ich nicht viel von der Schaltfläche verstand, sah ich, dass die Quarantänezone schon in das Navigationssystem eingegeben war. Bashrik fand sie leicht und legte den Kurs fest.

»Wie weit ist es?«, fragte ich.

Bashrik seufzte. »Etwa sechs Stunden von hier.«

Navan sah auf die Navigationskarte. »Ja, aber die Station liegt auf unserem Weg zum Außenposten der Föds. Von dort aus ist es nicht mehr weit.«

»Woher weißt du das?«, fragte Lauren.

»Ich bin schon an diesem Ort vorbeigekommen, auf früheren Erkundungsmissionen«, erklärte er. »Ich habe mich nie zu nah herangewagt, aber ich weiß, dass der Ort nicht weit von der Quarantänestation entfernt ist.«

»Wo wir gerade beim Thema sind – unsere Steinzombies sollten inzwischen aufgewacht sein«, sagte Angie und stöhnte. »Du warst nur zwei Sekunden in Opalin gehüllt, Bashrik, und es hat trotzdem jede Menge Schaden angerichtet. Ich wage gar nicht, mir vorzustellen, in welchem Zustand diese armen Teufel aufwachen.«

Navan stand von seinem Stuhl auf. »Ich schätze, dass wir nach ihnen sehen sollten.«

»Soll ich mitkommen?«, fragte Bashrik.

»Ja, vielleicht brauche ich ein paar zusätzliche starke Arme, falls sich einer von ihnen losgerissen hat«, nickte Navan. »Riley, kannst du die Steuerung übernehmen, falls der Autopilot ausfällt?«

Ich schüttelte den Kopf. »Auf gar keinen Fall. Ich komme mit euch. Ich werde eine Waffe mitnehmen, wenn es sein muss, aber ich werde nicht hierbleiben, während ihr nach den Kaltblütern seht.«

»Na schön«, sagte Navan, der offensichtlich nicht in der Stimmung war, um zu diskutieren. »Lauren, Angie, könnt ihr bei der Schaltfläche bleiben, während wir ins Krankenzimmer gehen?«

»Klar«, sagte Angie. »Nichts würde mich in die Nähe dieser Dinger bringen! Sie werden so was von wütend sein!«

Lauren lächelte. »Wenn ihr Verstärkung braucht, dann kommt uns holen.«

Damit gingen wir drei unter Deck zum Krankenzimmer. Wir alle trugen Waffen, aber meine Hände schwitzten und mein Zeigefinger zitterte. Wenn ein Kaltblut auf mich zustürmte, war ich mir nicht sicher, ob ich es abknallen konnte. Andererseits würde mein Adrenalin mich wahrscheinlich steuern, wenn ich in eine lebensbedrohliche Lage geriet.

Wir blieben vor der verschlossenen Tür stehen und Navan tippte den Code ein. Die Tür wurde nach oben gezogen und ein gruseliges Geräusch empfing uns. Es jagte mir einen kalten Schauer den Rücken hinab. Auf jedem Bett lagen zerbröckelte Steinhüllen neben den Körpern der Kaltblüter, die sich im Schutt wälzten und grauenvoll schrien.

Ein Kaltblut zerrte so fest an seinen Fesseln, dass die Adern an seinem Kopf hervortraten und seine Augen zu platzen schienen. Das ganze Bett bebte, aber die Seile hielten stand. Trotzdem reichte der Anblick, um mich zu erschrecken.

Bei jedem Ruck fürchtete ich, dass die Stricke reißen und mir die Gestalt kurz darauf das Genick brechen würde.

»Tötet mich!«, heulte ein anderer verzweifelt.

»Vergebt mir meine Sünden«, winselte ein dritter immer wieder und Tränen strömten über sein Gesicht.

Alle sahen wild um sich und ihre gequälten Köpfe hatten Mühe zu begreifen, dass sie nach Jahren des stummen Erstarrtseins sehen und hören konnten. Wenigstens waren sie aus ihrem Gefängnis befreit worden, auch wenn das die jahrelange Gefangenschaft nicht ungeschehen machte. Einige sahen aus, als wüssten sie gar nicht, was sie mit ihren Gliedern anfangen sollten und waren völlig schockiert darüber, dass sie sich wieder bewegen konnten. Einige kamen schneller zu sich als andere, aber der Schmerz, der dann eintrat, war etwas, worauf wir nicht vorbereitet gewesen waren.

»Es brennt!«, schrie eine Kaltblüterin. »Macht, dass es aufhört! Es brennt so schrecklich!«

Es musste sich wie die schlimmsten stechenden Nadeln anfühlen, obwohl es das wohl nicht einmal annähernd beschrieb. Diese Leute waren jahrelang in einer Position erstarrt gewesen und das Blut kehrte nun in Körperteile zurück, die keine Nährstoffe oder Sauerstoff erhalten hatten. Für manche Kaltblüter kam die Heilung zu spät – ich sah, dass ihre erstarrten Gliedmaßen schwarz geworden waren und nun langsam zu Asche zerfielen, während ihre Besitzer unter dem Schmerz der Amputation aufschrien.

»Können wir irgendetwas für sie tun?«, fragte ich. Ihre Schreie waren ohrenbetäubend.

Doch Navan schüttelte den Kopf. »Nur die Ärzte der Quarantänestation können ihnen helfen. Ich könnte ihnen Medikamente geben, um den Schmerz zu lindern, aber ich weiß nicht, ob das etwas bringt.«

»Ich sage es ja nicht gern, aber das hier ist wirklich schrecklich«, murmelte Bashrik. »Ich würde lieber auf der Stelle getötet werden, als durchzumachen, was diese Leute durchgemacht haben.«

Da musste ich ihm beipflichten. Es war wirklich schrecklich. Ich fragte mich, ob Cambien und die Pyros gewusst hatten, wie furchtbar die Strafe war, die sie den Kaltblütern auferlegten, als sie sie mit dem Virus infiziert hatten. Wenn ihnen das klar gewesen war, dann sank meine Anerkennung für sie. Andererseits kam ich immer wieder zu demselben Schluss: Die Vysanthiner hatten den Drakoniern keine andere Wahl gelassen. Ich wusste nicht, in welche Richtung die Nadel meines moralischen Kompasses deuten sollte.

Eine Gruppe von Antivirus-Insekten lag auf einem kleinen Haufen auf dem Boden. Ihre Flügel flatterten nicht mehr. Sie hatten ihre Arbeit erledigt, aber nun schienen sie tot zu sein. Ich wusste nicht, ob es daran lag, dass wir uns von Zai entfernten und ihnen dadurch die Energie gekappt wurde, oder ob sie sich von Sonnenenergie ernährten und etwas anderes ihren Tod ausgelöst hatte. Auf jeden Fall funktionierten sie nicht mehr.

Nachdem ich kurz nachgedacht hatte, nahm ich eine Metallbox aus einem Regal, las die toten Insekten auf und ließ sie in die Box fallen, bevor ich zum Eingang des Krankenzimmers ging. Die ganze Zeit über dröhnten die Schreie der Kaltblüter in meinen Ohren.

»Wir sollten diese Tür verschlossen halten und dem Zimmer fernbleiben, bis wir Ärzte haben, die uns helfen können. Die Quarantänestation ist nicht weit von hier. Die Ärzte können die Kaltblüter füttern, sobald wir ankommen. Ich will es nicht riskieren, zu nah an sie heranzugehen«, sagte Navan und schob uns aus dem Zimmer. Dann verschloss er die Tür und gab wieder den Notfallcode ein.

Schweigend gingen wir zum Cockpit zurück und grübelten über das, was wir gesehen hatten. Die Ärzte waren die einzige Hoffnung der Kaltblüter. Wir konnten ihnen nicht helfen. Also konnten wir nur warten, bis wir die Quarantänestation erreichten, die immer noch sechs Stunden entfernt war.

Kurz vor dem Cockpit machten wir einen Abstecher zur Luftschleuse. Ich stellte die Box mit den Insekten in den Schacht, öffnete die Luke und trat dann wieder in den Gang zurück. Sobald sich die Luke verschlossen hatte, gab Navan den Code ein, der die Außentür öffnete. Durch das kleine Fenster sahen wir, wie die Box mit den Insekten in den endlosen Weltraum gesaugt wurde, um dort für immer zu verschwinden. Nachdem das erledigt war, gingen wir ins Cockpit zurück.

Als wir den Raum betraten, erschauderte ich. Durch das Metallgitter am Boden war ein Geräusch zu hören. Ich musste zwar genau hinhören, um es durch das Brummen der Motoren hindurch zu hören, aber es war definitiv da. Es war das Geräusch der gequälten Seelen, deren Schreie nicht verstummten.

# KAPITEL SECHSUNDZWANZIG

Nachdem wir uns die Zeit mit »Ich sehe was, was du nicht siehst« vertrieben und mehrere gefriergetrocknete Päckchen Astronautennahrung verschlungen hatten, während die Jungs ihre Blutröhrchen bevorzugt hatten, hörten wir auf einmal einen Piepton vom Kontrollpanel. Das schrille Geräusch schreckte Bashrik aus einem Galgenmännchenspiel auf, für das wir das Papier und den sengenden Stift benutzten, die ich aus der Hütte der Drakonier mitgenommen hatte und die nun endlich einen Zweck erfüllten.

»Perfektes Timing! Du warst kurz vorm Verlieren!«, rief Angie ihm nach.

»Das stimmt nicht. Das gesuchte Wort ist ‚galaktisch'«, rief er und Angie schnaubte.

»Glückstreffer«, brummte sie.

Bashrik lächelte. »Nein, du hast es mir einfach nur zu leicht gemacht«, erwiderte er und tippte auf die Tasten. »Wir nähern uns der Quarantänestation«, sagte er zerstreut.

Durch die Scheibe sah ich eine klobige Metallstruktur am Horizont auftauchen, die mit jeder Sekunde näher kam. Sie ähnelte den Bildern, die ich von der Internationalen Raumfahrtstation gesehen hatte, die um die Erde kreiste, nur dass dieser Bau deutlich größer war und mehrere kugelförmige Anbauten hatte, die von dem Hauptatrium abzweigten. Die ganze Anlage drehte sich langsam und mein Maschinenbauerverstand erkannte, dass die drehenden Metallarme wohl Energie erzeugten, weil sie ähnlich wie ein Windrad oder eine Gezeitenturbine Strom produzierten. Schon jetzt sah ich aus der Ferne die künstlichen Lichter in den Fenstern leuchten, die die Außenwände der Station übersäten.

»Wir erhalten einen Anruf«, sagte Bashrik und verzog das Gesicht.

Einen Augenblick später knisterte es im Lautsprecher. »Hier ist die Quarantänestation Panacea. Melden Sie Ihr Anliegen.«

Ich sah zu Navan. »Was sollen wir jetzt tun?«

»Andocken und beten, dass sie uns nicht umbringen«, sagte er und blickte zu Bashrik. »Schalte die weißen Lampen des Schiffs ein, um unsere Kapitulation anzuzeigen!«, sagte er und ich erinnerte mich daran, was er im Schnapper getan hatte, als wir uns gezwungen gesehen hatten, die Grenze von Südvysanthe nach Nordvysanthe zu überfliegen. Damals hatten uns diese Lichter gerettet und ich konnte nur hoffen, dass sie es wieder tun würden.

Wieder dröhnten die Lautsprecher. »Sind Sie in Schwierigkeiten? Blinken Sie zweimal mit Ihren Lichtern, wenn Ihre Kommunikationsgeräte beschädigt sind«, sagte die Stimme und Bashrik gehorchte. »In Ordnung. Sie können sich der Station nähern und andocken. Sicherheitspersonal wird Sie in Empfang nehmen.«

»Hoffentlich sind sie nett zu uns«, sagte Bashrik und steuerte uns auf einen metallischen Andockhafen zu, der aus einer Seite der Quarantänestation herausragte. Geschickt verband er die Luftschleuse unseres Schiffs mit der Andockstation und ein kräftiger Ruck stieß uns von unseren Stühlen, als die beiden Schleusen sich miteinander verbanden.

Keine zwei Minuten später klopfte es an der Außentür der Luftschleuse und das Geräusch hallte durch das Cockpit. Kurz darauf folgte ein zweites, deutlich ungeduldigeres Klopfen. Wir alle rappelten uns auf und eilten in den Hauptraum, stockten aber vor dem Gang nach rechts, der zur Luftschleuse führte.

»Geht vielleicht mal jemand von euch zur Tür?«, zischte Angie.

Navan sah mich an. »Ihr drei solltet euch verstecken. Das sind Kaltblutärzte, die euch vielleicht eingehender untersuchen wollen, wenn sie euch sehen«, flüsterte er ängstlich und deutete auf den Gang, der nach links und damit von der Luftschleuse fortführte.

Uns blieb keine Zeit für Diskussionen, denn schon klopfte es ein drittes Mal und wir zuckten zusammen. Wir drei Mädchen nickten einander zu und liefen dann den entgegengesetzten Flur entlang, huschten in eine Vorratskammer, verschlossen die Tür hinter uns und sanken keuchend mit den Rücken an die Tür gelehnt zu Boden.

Das Warten war qualvoll, vor allem, weil wir kein einziges Wort hören konnten. Die Jungen waren zu weit entfernt. Erst als ich schwere Stiefelschritte auf dem Metallgang draußen hörte, schnappten wir die ersten Gesprächsfetzen auf. Die Jungen hatten die Kaltblüter hier entlanggeführt, um sie ins Krankenzimmer zu bringen und den Schritten nach zu urteilen, hatten sie jede Menge Gesellschaft.

»Ihr habt sie aus Zai befreit?«, sagte jemand ernst. Es war eine tiefe, kratzige Männerstimme.

»Nein, nicht direkt vom Planeten. Einige der Infizierten haben scheinbar zu fliehen versucht, aber sie sind nur bis zu einem nahegelegenen Planetoiden gekommen. Als wir dort vorbeikamen, haben wir zufällig ihr Notsignal gesehen«, sagte Navan gelassen.

»Wir haben uns gefragt, was mit dem Rest der Bergbaumission geschehen ist. Wir waren davon ausgegangen, dass sich die Leute immer noch auf Zai aufhalten, aber Königin Gianne hat die Mittel für die Immunisierung gestrichen, weshalb wir die verbleibenden Bergbauer nicht mehr zurückholen konnten«, erklärte die Stimme bitter.

»Habt ihr denn Medikamente für die am Virus Erkrankten?«, fragte Bashrik.

Der Arzt schnaubte. »Wir haben im Lager Antivirus-Medikamente, aber ohne weitere Forschungen können wir die Rezeptur nicht fertigstellen. Um ehrlich zu sein, ist keiner unserer Patienten je wieder ganz er selbst geworden. Das Einzige, was wir tun können, ist, ihnen die Qualen ein wenig zu erleichtern, bis sie schließlich grausam sterben.«

»Bei diesen Patienten sind wohl keine antiviralen Medikamente mehr nötig«, sagte Navan. »Es scheint so, dass der Virus im Laufe der Zeit nachgelassen hat. Diese Leute waren halb verrückt, als wir sie gefunden haben.«

Der Arzt schnalzte mit der Zunge. »Die Wirkung lässt nach, sagst du? Ich hatte eine Vermutung, dass das passieren könnte, aber wir hatten keine Testobjekte mehr, um dieser Theorie nachzugehen, und Königin Gianne hat meine Bitten, nach den restlichen Bergbauern zu suchen, immer wieder abgeschlagen.«

»Ich bin mir nicht sicher, ob diese Kaltblüter hier in einem besseren Zustand sind als die bisherigen Patienten der Station«, sagte Navan skeptisch.

Der Arzt seufzte. »Das ist egal. Wir sind sowieso nicht mehr als ein fliegender Weltraumfriedhof. Wir können nichts anderes tun als darauf zu warten, dass sie sterben.«

Die Stimmen verhallten, als die Gruppe zum Krankenzimmer hinabstieg. Wir drei sahen einander traurig an. So schlimm die Kaltblüter auch gewesen sein mochten, hatte niemand ein solches Schicksal verdient.

Kurz darauf hörten wir Navan, Bashrik und die Kaltblüter-Eskorte wieder hinaufkommen.

»Wir werden Tragen und Bahren holen und sie euch in kürzester Zeit abnehmen«, sagte nun eine andere Stimme, die einer Frau gehörte.

»Und vielen Dank, dass ihr euch bereiterklärt, die Dokumente für Königin Gianne mitzunehmen, Navan. Wenn ich gewusst hätte, dass wir mit einem der Söhne von Jareth Idrax sprechen, dann hätten wir euch natürlich nicht mit bewaffneten Sicherheitsleuten empfangen«, sagte der Mann.

Navan lachte leicht. »Unsere Kommunikationsgeräte sind ausgefallen. Ich kann es euch nicht vorwerfen, dass ihr vorsichtig seid. Hier draußen kann man gar nicht genug auf der Hut sein, vor allem, wenn es auf der Station von durchgedrehten Patienten wimmelt.«

»Du hast ja keine Ahnung, wie recht du damit hast, Navan!«,

antwortete der Arzt schleimig. Die Nachricht, dass Navan sich auf Brishas Seite geschlagen hatte, war wohl noch nicht hier angekommen.

Die Stimmen verhallten wieder, aber schon zehn Minuten später hörten wir klappernde Geräusche. Ich legte mich flach auf den Boden und spähte unter dem schmalen Türspalt hervor, um gerade noch rechtzeitig zu sehen, wie Tragebahren vorbeigeschoben wurden. Begleitet wurden sie von finster aussehenden Kaltblütern, von denen einige bewaffnet waren.

Als sie verschwunden waren, wandte ich mich zu meinen Freundinnen um. »Sie werden die Bergbauer auf diesen coolen schwebenden Tragen transportieren«, flüsterte ich.

»Auf schwebenden Tragen?«, fragte Angie mit gerunzelter Stirn. Das Licht war zwar schummrig, aber ich konnte meine Freundinnen erkennen, wenn ich die Augen etwas zusammenkniff.

Ich nickte. »Ja, sie haben bestimmt kleine eingebaute Motoren, aber sie schweben!«

»Wenigstens müssen sie die neunundfünfzig Kaltblüter nicht quer durch das Schiff schleppen. Andernfalls säßen wir den ganzen Tag hier fest«, kicherte Lauren.

Ich grinste und hob den Finger an die Lippen, als das Geräusch der Tragen wieder zu hören war.

Dann presste ich meinen Kopf wieder auf den Boden und sah den Konvoi der kranken Vysanthiner vorbeischweben. Ihre Glieder waren schlaff und ihre Köpfe rollten kraftlos zur Seite. Offensichtlich hatte man ihnen ein Beruhigungsmittel verabreicht, um sie zu besänftigen. Doch als mein Blick an den offenen, leeren Augen einer erschlafften Kaltblüterin hängenblieb, wäre mir beinahe das Herz stehengeblieben. Die Frau sah wach aus, obwohl ich wusste, dass sie nicht bei Bewusstsein war, denn andernfalls hätte sie sich die Seele aus dem Hals geschrien. Selbst ohnmächtig sah sie noch so aus, als ob sie unerträgliche Schmerzen hatte.

Nachdem die Tragen mehrmals hin und her geflogen waren, hörte das Klappern auf und ein lauter Ruck schien den Abzug der Quarantäneärzte und ihrer bewaffneten Begleiter anzukündigen. Kurz darauf kamen Stiefelschritte in unsere Richtung.

»Ihr könnt jetzt herauskommen«, flüsterte Navan.

»Aber warum flüsterst du denn dann?«, flüsterte ich unter der Tür hindurch.

Er öffnete grinsend die Tür des Vorratsraums. »Damit es dramatischer klingt, natürlich.«

»Seid ihr euch sicher, dass sie alle fort sind?«, fragte Angie und sah auf beiden Seiten den Gang entlang.

Bashrik nickte. »Sie sind alle fort und mit ihnen die Kranken.«

»Haben sie euch eure Geschichte abgekauft?«, fragte Lauren.

»Sieht so aus«, sagte Bashrik so gelassen, dass ich mich etwas beruhigte.

So egoistisch es auch klingen mochte, war es ein gutes Gefühl zu wissen, dass wir fünf wieder allein an Bord der *Vanquish* waren. Die kranken Kaltblüter waren fort und wir brauchten uns keine Sorgen mehr machen, im Schlaf angefallen zu werden und hörten auch ihre schaurigen Schreie nicht mehr. Wir konnten nicht mehr für sie tun und hatten sie in der bestmöglichen Pflege zurückgelassen.

»Du scheinst einen Fan zu haben«, sagte ich zu Navan, als wir zum Cockpit gingen.

Navan runzelte die Stirn.

»Das Kaltblut, mit dem du gesprochen hast. Er schien von deinem Namen ziemlich beeindruckt zu sein. Ihr Idraxes seid eine Art vysanthinische Berühmtheit«, sagte ich, als er seinen Arm um meine Schultern legte.

»Manchmal ist das sehr nützlich«, sagte Navan, aber mir entging die Bitterkeit in seiner Stimme nicht. Er hasste es, dass der Name seines Vaters ihm Vorteile verschaffte, und es war ihm deutlich anzusehen.

»Es wird Zeit, dass wir den Föds einen Besuch abstatten«, schaltete sich Bashrik fröhlich ein und stupste seinen Bruder an. Das schien Navan aus seinen Gedanken zu reißen und er lächelte.

»Übernimm das Steuer, Bash«, sagte er. Je weiter wir uns von Zai entfernten, desto mehr fand Bashrik zu seinem alten Ich zurück. Das gab mir Hoffnung, dass auch die wiedererweckten Kaltblüter hier etwas mehr Frieden fanden, jetzt, wo sie sich von dem Planeten entfernt hatten, der sie gefangengenommen hatte.

Bashrik grinste. »Das würde ich ja gern, wenn ich den Weg kennen würde. Aber nur du weißt die Koordinaten.«

Navan kicherte, ließ meine Schultern los und trat ans Kontrollpanel. Um dort die Daten einzugeben und unseren Flugkurs zu unserem neuen Ziel festzulegen. Seine Finger tippten schnell. Der Außenposten der Föds wartete auf uns und ich bemühte mich, hoffnungsvoll zu sein.

Nachdem wir erfahren hatten, dass es noch etwa vier Stunden dauern würde, bis wir den Außenposten erreichten, beschloss ich, dass wir unsere Zeit sinnvoller als mit endlosen Reisespielen verbringen sollten. Also ließen wir Bashrik und Navan im Cockpit zurück und ich ging mit den Mädchen nach unten zu den Waffenhülsen, um ihnen zu erklären, wie man die Waffen des Kriegsschiffes einsetzte.

»Ihr seid Naturtalente!«, sagte ich strahlend, als Lauren einen Schuss ins Weltall abgab.

»Ha, steck das weg, Meteor!«, jubelte sie, als ihr Strahl ein schwebendes Gestein in Stücke zerschoss.

Angie benutzte die kräftigen Strahlen dazu, kleine Teile von Weltraumschrott vom Schiff fernzuhalten und fern von Laurens ausgelöschtem Ziel explodieren zu lassen. Sie summte vor sich hin und hatte die Zungenspitze konzentriert herausgestreckt.

»Das ist ziemlich cool, aber ich bin trotzdem froh, dass die Erde nicht solche Kriegsschiffe hat«, sagte sie und räumte den nächsten Felsen aus dem Weg.

»Ich habe gerade dasselbe gedacht«, nickte Lauren und schoss auf einen weiteren kleinen Meteor, der unseren Weg kreuzte.

»Könnt ihr euch vorstellen, was passieren würde, wenn unsere stärksten Nationen über diese Dinger verfügten?«, sagte Angie und zog eine Grimasse.

Ich lachte finster. »Am Ende wäre nichts mehr von der Erde übrig.«

Während die beiden weiter schossen, wandte ich mich dem Bildschirm vor mir zu. Ich hatte das Kommando über das Waffendeck. An meiner Stelle würde ein Offizier sitzen, wenn wir denn einen an Bord gehabt hätten. Während Angie und Lauren die verschiedenen Geschütze ausprobiert hatten, hatte ich mich besser mit dem eingebauten Steuerungssystem vertraut gemacht. Navan hatte mir das gesamte Netzwerk geöffnet, sodass ich nicht nur mein Waffenmodul, sondern die ganze Funktionsweise des Schiffs studieren konnte. Es war wichtig zu lernen, wie man die Hauptkanonen ein- und ausschaltete, auch wenn es mich an den traurigen Anblick des eingestürzten Flügels des Drakoniertempels erinnerte.

Es gab noch andere Waffen, die von den Waffenhülsen zu meinen beiden Seiten nicht zu bedienen waren. Hier gab es Laserwaffen, Maschinengewehre, Raketenwerfer, Flammenwerfer und chemische Waffen – alles, was man eben brauchte, um einer nichts ahnenden Nation den Krieg zu erklären. Entsetzt schwor ich mir, keine dieser Waffen einzusetzen. Kanonen und andere Schusswaffen waren ja schon schlimm genug, aber chemische Waffen? Ich erschauderte beim Gedanken daran.

Wir befanden uns erst auf halber Strecke unserer vierstündigen Reise zum Außenposten der Föds, als Navan auf der Türschwelle auftauchte. Sein Gesicht war mit etwas beschmiert, was wie Öl aussah, und er hatte seine Hemdsärmel hochgerollt, sodass ich seine kräftigen Arme sah. Nach den traumatischen Ereignissen der letzten Tage hatte ich ganz vergessen, wie gut sich etwas körperliche Nähe anfühlen konnte. Für so etwas hatten wir nicht viel Zeit gehabt, weil unser Einsatz Vorrang hatte.

Doch nun hatten wir zwei Stunden totzuschlagen. Angie und Lauren hatten ihr Waffentraining beendet und sahen einfach nur ins All hinaus. Ich sah Angie an, dass sie müde war, denn ihre Augen wurden immer schmaler. Die beiden würden sich nicht daran stören, wenn ich für eine Weile verschwand.

»Was ist mit dir passiert?«, fragte ich, stand auf und ging zu Navan hinüber, um ihm etwas von der Schmiere auf seiner Wange abzuwischen, aber ich machte es damit nur noch schlimmer.

»Ich musste ein paar Sachen im Maschinenraum reparieren«, erklärte er.

Ich lächelte und versuchte mich an einem koketten Wimpernschlag. »Kannst du es mir zeigen? Ich würde gern sehen, wie dieses Schiff von innen funktioniert.« Anzüglicher Small Talk war nicht gerade meine Spezialität, aber ich hätte doch eine etwas begeistertere Reaktion von Navan erwartet, der einfach nur mit den Schultern zuckte.

»Ja, klar. Aber es ist ziemlich laut da drinnen«, sagte er, legte seinen Arm um meine Schulter und führte mich nach draußen.

»Angie, Lauren, wir gehen nur kurz in den Maschinenraum, um uns ... ein paar große Geräte anzusehen«, rief ich über meine Schulter zurück.

Lauren grinste und streckte ihre Daumen in die Höhe, aber Angie war auf ihrem Stuhl schon so fest eingeschlafen, dass ich ihr Schnarchen bis in den Gang hinaus hörte. Ich streichelte Navans Arm und sah zu ihm auf, aber er schien immer noch keine Antenne für meine kläglichen Verführungsversuche zu haben.

»Ist es ... heiß im Maschinenraum?«, fragte ich und versuchte, meine Stimme erotisch klingen zu lassen.

Navan zuckte wieder mit den Schultern. »Ziemlich. Dort arbeiten viele Maschinen gleichzeitig. Sie geben eine Menge Hitze ab, um selbst kühl zu bleiben.«

Ich verdrehte die Augen. »Kommst du da nicht ins Schwitzen?«, versuchte ich es noch einmal.

»Kann schon sein. Warum, sehe ich etwa verschwitzt aus?«, fragte er und steckte seine Nase in seinen Hemdkragen, um sich zu riechen.

»Du siehst heiß aus«, murmelte ich.

»Ich war zwei Stunden da drin. Ich sehe bestimmt fürchterlich aus.« Er lachte und drückte mich an sich. Ich wusste nicht, ob ich darüber lachen oder weinen sollte, dass ich meine besten Sprüche an ihm ausprobiert hatte und er nicht im Geringsten auf sie ansprang. Andererseits war ich auch wirklich nicht gut im Flirten – ich war es noch nie gewesen.

»Würdest du mich gern heiß und verschwitzt sehen?«, startete ich einen allerletzten Versuch, aber er sah nicht einmal zu mir hinüber, sondern blickte starr geradeaus und strich mir mit dem Daumen gedankenverloren über den Hals.

»Wolltest du mir vielleicht im Maschinenraum helfen? Ich hätte dich vorher fragen sollen, aber ich habe völlig vergessen, dass du dich dafür interessierst. Es wäre sicher nützlich, wenn du dir einen Überblick über den vysanthinischen Maschinenbau verschaffst, für den Fall, dass du das in der Zukunft einmal gebrauchen kannst«, sagte er entschuldigend. Am liebsten hätte ich ihn gepackt und so lange geküsst, bis er verstand, was ich von ihm wollte.

Vielleicht war das tatsächliche die einzige Art, um ihm klarzumachen, was ich im Sinn hatte, also trat ich die Tür zu einer der Vorratskammern auf, zerrte ihn nach drinnen, und verkrallte meine Finger im Stoff seines Hemdes, während ich ihn an mich zog. Ich wollte nur geküsst werden und das Elend der letzten Tage vergessen. Ich wollte nicht daran denken, welch schreckliche Dinge ich mit meinen Händen zu tun imstande war. Ich wollte meine Hände für etwas Gutes, Aufregendes benutzen.

Navan sah überrascht aus, als ich ihn sehnsüchtig küsste, seinen Kopf zu meinem hinab zog und durch sein Haar strich. Er musste meine unausgereiften Annäherungsversuche wirklich nicht verstanden haben, aber es war gut zu spüren, wie seine Überraschung in Leidenschaft umschlug und sein Kuss immer gieriger wurde.

Seine Hände glitten über meine Taille und dann über meine Hüfte und er zog mich näher an sich. Unser Kuss wurde immer heftiger, unsere Leidenschaft hitziger und seine Zunge erforschte meinen Mund, während er mich gegen die Wand der Vorratskammer presste, wobei wir vor lauter Erregung einen Stapel Kisten umstießen.

»Ich dachte, dass du nicht willst«, flüsterte er atemlos und zog eine Spur von Küssen meinen Hals hinab.

»Mit dir will ich immer«, hauchte ich, als seine Hände unter mein Shirt glitten und nach dem Verschluss meines BHs suchten.

»Ich wollte dir nur etwas Freiraum geben, nach allem, was geschehen ist«, erklärte er heiser, weil meine Hände über seine Hose strichen, wo ich seine Leidenschaft deutlich spürte.

»Du bist alles, was ich brauche, nur bei dir kann ich aufatmen«, hauchte ich, als er mir mein Shirt über den Kopf zog und es zu Boden fallen ließ. Dann hob er mich hoch, so als ob ich schwerelos wäre, und erkundete jeden Zentimeter meiner nackten Haut, während er meine Hose aufknöpfte und sie mir auszog.

»Hast du die Kräuter dabei?«, keuchte ich, als sich sein Körper an meinen presste. Ich war nur noch einen Augenblick davon entfernt, mich mit ihm zu vereinen, aber ich konnte nicht verantwortungslos handeln.

Er nickte und seine grauen Augen sahen mich leicht beschämt an. »Ich wollte nicht anmaßend sein, aber ich wollte auch nicht in eine Situation geraten, in der sie uns fehlen würden«, flüsterte er, zog seine Hose, die er inzwischen ausgezogen hatte, wieder zu sich und wühlte in den Taschen herum. Dann zog er zwei der vysanthinischen Kräuter hervor und reichte mir eines davon.

Ich schluckte es und zog Navan an mich. Ich konnte es nicht länger abwarten, seine Haut an meiner zu fühlen. Es war zu viel Zeit vergangen, seit wir das getan hatten, und ich wollte keine Sekunde länger warten. Ich wollte die Welt um uns herum vergessen. Ich wollte die Ekstase spüren, die meine Adern durchströmte, wenn ich mich mit ihm vereinte. Ich wollte ihn ganz umfassen, bis wir nicht mehr sagen konnten, wo der eine aufhörte und der andere begann.

Immerhin hatten wir zwei Stunden totzuschlagen und ich war wild entschlossen, sie ganz auszukosten.

---

Als wir Bashriks Stimme über die Lautsprecher hörten und er uns mitteilte, dass wir uns dem Außenposten der Föds näherten, lagen wir bereits eng umschlungen da. Ich hatte meinen Kopf an Navans Brust geschmiegt, seine Arme lagen auf meiner Taille und wir waren verschwitzt. Ein glückliches Lächeln lag auf unseren Gesichtern.

Wir zogen uns eilig an und liefen ins Cockpit zurück, wo wir darauf warteten, dass der Außenposten sichtbar wurde. Ich war aufgeregt, mehr dieser Polizisten des Universums kennenzulernen, vor allem, weil ich nicht wusste, welche Art auf dieser Station arbeitete.

»Wo wart ihr?«, fragte Angie und hob misstrauisch eine Augenbraue.

Lauren lächelte. »Sie waren zusammen im Maschinenraum, um sich die Maschinen anzusehen, stimmt's?«

Ich errötete. »So etwas in der Art. Wo ist denn der Außenposten? Befindet er sich auf einem Planeten?«, fragte ich und sah nach vorn. Ich wusste nicht, ob es sich vielleicht um eine ähnliche Struktur handelte, wie die, auf der wir die Kaltblüter abgeladen hatten, oder ob der Posten sich auf einem Planeten befand, so wie sich die Föds ja auch auf der Erde niedergelassen hatten.

Navan neigte den Kopf seitlich. »Es ist ein großer Bau auf der Oberfläche eines Mondes, auf dem aber keine andere Art lebt. Dieser Außenposten ist auf eine Reihe von vier nahen Planeten ausgerichtet. Der Mond befindet sich in gleicher Entfernung zu allen vier.«

»Cool.« Ich stieß einen Pfiff aus. »Gibt es dort Lykane?«

Navan schüttelte den Kopf. »Nein, ich glaube, dass dieser Außenposten hauptsächlich von Elfen abgedeckt wird.«

»Von Feen?«, quietschte Angie aufgeregt, woraufhin Bashrik lachte.

»Nein, nicht von Feen, von Elfen. Sie sind eine sehr fleißige, ehrbare Art mit sehr starken telekinetischen Fähigkeiten«, führte er aus.

Angie grinste. »Aber sie sind winzig klein, haben Flügel und mögen die Milchzähne von Kindern?«

Bashrik sah sie verwirrt an. »Ob sie die Milchzähne von Kindern mögen? Was für perverse Elfen habt ihr denn auf der Erde?«

»Na, die Zahnfee! Sie schleicht sich nachts in dein Haus, nimmt deine ausgefallenen Zähne und gibt dir einen Taler dafür«, sagte Angie trotzig, aber Bashrik wollte nichts davon hören.

»Das ist ja widerlich, völlig krankhaft!«, rief er.

»Ich schätze, dass es für eure vysanthinischen Reißzähne keine Zahnfee gibt?«, fragte Lauren lachend.

Bashrik schüttelte energisch den Kopf. »Ganz bestimmt nicht! Wir lassen keine verschrobenen Wesen in unser Haus, damit sie unsere Sachen stehlen!«

»Natürlich nicht, weil ihr selbst verschrobene Wesen seid«, neckte ihn Angie. Bashrik sah sie beleidigt an und öffnete den Mund, um etwas zu erwidern, aber Navan unterbrach ihn, bevor er dazu kam.

»Ich unterbreche euch ja nicht gern, aber wir nähern uns«, sagte er.

»Wenn die Elfen uns helfen, glaubt ihr, dass sie uns dann auch dabei unterstützen können, die Titanen zu überzeugen?«, fragte ich und trat neben Navan, als ich den kleinen silbernen Mond vor uns auftauchen sah.

Navan verzog das Gesicht. »Mir gefällt die Idee, die Titanen in die Sache einzubeziehen, immer noch nicht«, sagte er finster. Wir hatten bereits auf unserem Weg von Zai darüber gesprochen, während wir Galgenmännchen und »Ich sehe was, was du nicht siehst« gespielt hatten, aber Navan war von dem Vorschlag nicht zu begeistern gewesen und daran hatte sich scheinbar in der Zwischenzeit auch nichts geändert. Er schien ein wenig interessierter gewesen zu sein, als ich ihm von Cambiens Versprechen, sich mit uns zu verbünden, erzählt hatte – oder genauer gesagt seinem Versprechen, uns einen Bündnispartner zu schicken – aber selbst das hatte ihn nicht vom Hocker gerissen. Die anderen waren über diese Neuigkeit deutlich erfreuter gewesen, aber Navan fand wohl gar nichts gut, was irgendwie mit Cambien zu tun hatte. Entweder war es das oder ihm gefiel die Bedingung nicht, die Cambien gestellt hatte, nämlich dass wir die Knochenarbeit erledigten und er dann den Ruhm für den Todesstoß erntete. Wahrscheinlich konnte Navan sein Vertrauen nicht auf eine ungewisse Zukunft setzen, denn immerhin wusste keiner von uns, worin genau dieser Todesstoß bestand.

Bashrik nickte. »Wie gesagt sind die Titanen gefürchtete Krieger, aber sie machen auch sehr viel Ärger. Es ist genauso wahrscheinlich, dass sie uns umbringen, wie dass sie uns helfen.«

»Ja, aber wenn wir die Föds dazu bringen können, sich unserer Mission anzuschließen, vielleicht können sie uns dann mit den Titanen helfen«, beharrte ich.

Angie nickte. »Du sagtest, dass die Elfen starke telekinetische Fähigkeiten haben, richtig? Sie könnten sich also in die Köpfe der Titanen einklinken und sie dazu bringen, sich uns anzuschließen!«, sagte sie, während sie wild mit den Händen gestikulierte.

»Er hat telekinetisch gesagt, nicht telepathisch«, berichtigte Lauren sie. »Aber vielleicht können sie ja beides?«

Bashrik zuckte mit den Schultern. »Ich habe noch nie genug Zeit mit einem Elfen verbracht, um das zu wissen.«

»Oder vielleicht doch, aber sie haben dich dazu gebracht, es wieder zu vergessen«, sagte Angie und wedelte gruselig mit den Fingern vor seinem Gesicht herum.

»Hört zu, ich bin nicht dafür, dass die Titanen sich uns anschließen«, sagte Navan düster. »Sie bedeuten nichts als Schwierigkeiten. Sie sind nur unwesentlich besser als ein Kaltblut, was ihre Moral angeht. Wenn wir andere Optionen haben, bin ich dafür, sie außen vorzulassen, aber darüber können wir uns beratschlagen, nachdem wir mit den Föds gesprochen haben.«

Der Mond rückte näher und unzählige winzige Satelliten schwirrten umher, ohne einem bestimmten Verlauf zu folgen. Ich fragte mich, ob sie wie die Satelliten zu Hause funktionierten, und Information verschickten und empfingen. Wenn sie für die vier Planeten zuständig waren, dann mussten sie sich schnell über große Entfernungen hinweg verständigen.

Erst, als der Mond noch näher kam, sah ich, dass es sich gar nicht um Satelliten handelte. Es waren Körper – Hunderte von Körpern, die schwerelos umherschwebten. Und sie waren seltsam klein.

»Das sind Kinder«, sagte ich und Tränen schossen mir in die Augen.

Navan schüttelte langsam den Kopf. »Das sind keine Kinder. Es sind Elfen.«

Wir starrten ungläubig auf das zerstörte Gebäude der Föds, das sehr mitgenommen aussah. Schutt flog umher und stieß mit den Körpern zusammen. Die Gestalten trugen keine Schutzanzüge, keine Atemmasken und es gab keine Anzeichen dafür, dass jemand entkommen war. Sie alle schwebten einfach nur in der Luft und ihre Station war zerschossen worden.

Schon bald hatte ich traurige Gewissheit, dass alle Mitglieder des Außenpostens der Föds tot waren.

# KAPITEL SIEBENUNDZWANZIG

Ich sah erstaunt auf das Chaos hinaus. Die Metall- und Steinbrocken kamen mir bekannt vor. Entsetzt wurde mir klar, dass dies dieselbe Art von Schutt war, auf den wir auf unserem Weg nach Zai gestoßen waren. Die Fragmente waren offensichtlich vom eigentlichen Ort davongeflogen und hatten sich weit im Universum verstreut. Ich konnte mir nur vorstellen, dass eine riesige Explosion einen solch kraftvollen Stoß auslösen konnte.

»Sie sind alle tot«, flüsterte Angie.

Ihre Worte erinnerten mich an den Notruf, den wir über Lautsprecher erhalten hatten, bevor wir auf Zai angekommen waren. Eine kindliche Stimme hatte uns um Hilfe angefleht. Von hier aus musste der Notruf geschickt worden sein. Die Elfen hatten verzweifelt auf jemanden gehofft, der sie von ihrem zerstörten Außenposten rettete.

»Wer würde so etwas tun?«, fragte Lauren ungläubig.

»Viele Spezies hegen einen Groll gegen die Föds, obwohl die meisten klug genug sind, um sich nicht direkt mit ihnen anzulegen«, murmelte Navan. »Ich habe da meine Theorien, aber ich bin mir nicht sicher, wer diesen Außenposten ausgeschaltet hat.«

Ich hatte immer noch Tränen in den Augen, als ein Körper, der sich aus der schaurigen Umlaufbahn des Mondes gelöst hatte, auf uns zugeflogen kam, mit einem furchtbaren Geräusch gegen die Windschutzscheibe der *Vanquish* prallte und dann weiterflog. Als der Körper sich drehte, bekam ich kurz das Gesicht zu sehen und wünschte mir sofort, dass ich es nicht getan hätte. Ein dünnes Netz aus gefrorenen Linien hatte sich über das Gesicht gezogen, das so geschwollen und entstellt war, dass es unmöglich war, mir vorzustellen, wie diese Wesen einmal ausgesehen hatten.

»Meint ihr, dass es Überlebende gibt?«, fragte ich und dachte wieder an die Stimme, die uns angefunkt hatte. Wir wussten nicht, wie lange die angegriffenen Elfen schon so hier draußen schwebten. Der Notruf war vor einer Woche bei uns eingegangen und die Elfin, die uns kontaktiert hatte, hatte womöglich schon seit einer ganzen Weile versucht, eine Verbindung herzustellen, bevor sie uns erreicht hatte.

Traurig verstand ich, dass wir wahrscheinlich zu lang gewartet hatten. Wenn wir Pandora gezwungen hätten, auf einen Rettungseinsatz umzuschwenken, und uns nicht von ihr hätten umstimmen lassen, dann hätten wir vielleicht noch Überlebende finden können. Eine Woche auf einem zerstörten Außenposten mit kaum oder gar keinen Ressourcen verbringen zu müssen, war ziemlich unmöglich. Wenn ich das aufgeblähte Gesicht des toten Elfen nicht gesehen hätte, dann hätte ich vielleicht hoffen können, dass ihre Körper anders funktionierten und die harten Bedingungen im Weltall besser überstanden, aber diese Möglichkeit konnte ich nun ausschließen.

»Wenn es jemandem gelungen ist, sich während der Explosion im Außenposten zu verschanzen und Schutz zu suchen, dann wurde er vielleicht nicht ins All hinausgesaugt«, sagte Bashrik, obwohl er genauso skeptisch aussah wie ich.

»Die Stimme, die wir gehört haben – der Notruf, der bei uns eingegangen ist ... Ich glaube, dass er von hier kam«, sagte ich. »Wenn das Mädchen noch irgendwo da unten ist, dann müssen wir es finden.«

Lauren nickte. »Ich habe gerade dasselbe gedacht. Der Schutt ist zu ähnlich, als dass es sich um einen Zufall handeln könnte.«

»Wir haben sie einmal im Stich gelassen, aber wenn sie noch am

Leben ist, dann dürfen wir sie nicht noch einmal enttäuschen«, sagte Angie leise und starrte auf die Zerstörung vor uns.

»Selbst wenn es keine Überlebenden gibt, müssen wir herausfinden, was hier geschehen ist. Wenn wir den Vorfall den Föds melden wollen, dann brauchen wir so viele Informationen wie möglich«, sagte Navan. »Das einzige Problem ist, dass wir uns dem Außenposten nicht nähern können, ohne zu riskieren, dass unser Schiff vom Schutt getroffen wird, und wir könnten die Leichen verletzen, wenn sie hart gegen unsere Wand prallen. Das haben diese Elfen nicht verdient.«

»Du hast recht«, sagte ich und die anderen nickten zustimmend. Ich wollte diesen armen Kreaturen wirklich kein weiteres Leid antun.

»Können wir nicht die Kraftstrahlen benutzen, um sie beiseitezuschieben?«, fragte Angie.

Doch Lauren schüttelte den Kopf. »Nein, wenn wir die Kraftstrahlen einsetzen, dann würden wir mit einem einzigen Schuss alles aus der Umlaufbahn werfen. Die Körper und der Schutt würden überall umherfliegen.«

»Wie sieht es mit Anzügen aus?«, fragte ich auf der Suche nach einer Alternative. Ich konnte mich nicht erinnern, auf der *Vanquish* Anzüge gesehen zu haben, aber die Kaltblüter mussten doch solch eine Ausrüstung auf einem Kriegsschiff vorrätig halten. Schließlich waren diese Maschinen für Schlachten gebaut und wenn sie beschädigt wurden, dann bräuchten die Mechaniker Anzüge, um einen Weltraumspaziergang zu unternehmen und die Schäden zu reparieren.

»Es gibt Anzüge im Maschinenraum«, sagte Bashrik mit leicht hoffnungsvollem Ton. »Ich habe keine Ahnung, in welchem Zustand sie sind oder wann sie zuletzt eingesetzt wurden, aber sie sind vielleicht unsere einzige Option.«

Das war alles, was ich wissen musste. »Dann versuchen wir es also mit den Anzügen!«

Ich eilte aus dem Raum und die anderen folgten mir hastig. Aber als wir im Maschinenraum ankamen, sank meine Hoffnung wie ein Stein im Meer. An der Seite des Maschinenraums gab es einen Spind, in dem sich vier Anzüge befanden, von denen zwei allerdings schon bessere

Zeiten gesehen hatten. Einer hatte einen großen Riss im Stoff und einen Knacks im Helm und der andere sah völlig verkohlt aus.

»Sieht so aus, als ob nur zwei von uns landen werden«, murmelte Navan und holte die beiden einsatzfähigen Anzüge hervor. Er wollte einen davon gerade Bashrik reichen, aber ich stellte mich ihm trotzig in den Weg.

»Jemand muss hier im Cockpit bleiben, um dieses Ding weiterzufliegen, falls da unten etwas passiert«, sagte ich. »Das können nur du oder Bashrik übernehmen.«

Bashrik hob beschwichtigend die Hände. »Ich stelle meinen Platz gern zur Verfügung. Ich habe bereits ein paar Weltraumspaziergänge hinter mir und sie sind wirklich nicht sehr vergnüglich.«

Ich wandte mich zu Lauren und Angie. »Macht es euch etwas aus, wenn ich gehe?«

Die beiden schüttelten die Köpfe. »Pass einfach nur auf dich auf«, bat Lauren.

»Ja, und komm in einem Stück wieder«, sagte Angie, wie üblich scherzend.

»Das werde ich«, sagte ich und blickte zu Navan. »Sieht so aus, als ob nur du und ich bleiben.«

Er lächelte brummig. »Es bleiben immer nur wir zwei«, murmelte er. »Ich wünschte mir nur, dass du nicht so stur wärst« Ich stellte mich auf die Zehenspitzen und küsste ihn auf die Lippen, während ich ihm den Anzug abnahm.

»Du magst mich doch so, wie ich bin«, neckte ich.

Er lachte. »Du hast mich durchschaut.«

Er schlang seinen Arm um mich und wir gingen aus dem Maschinenraum hinaus zum Hauptraum des Schiffs. Der Anzug war ziemlich schwer und schien mit jeder Minute mehr zu wiegen. Ich wusste zwar, dass es sich im schwerelosen Vakuum des Weltraums nicht mehr so anfühlen würde, aber jetzt schwitzte ich erst einmal.

»Brauchst du Hilfe?«, fragte Navan, der seinen Anzug mit Leichtigkeit trug.

Ich schüttelte den Kopf und lächelte trocken. »Ich bin doch Königin Sturkopf, schon vergessen?«

Im Hauptraum blieben wir stehen und die anderen halfen uns dabei, in die Anzüge zu steigen, alle Gurte festzuschnallen, alle Reißverschlüssen zu schließen und die Klemmen einzurasten. An den Ellbogen, Knien und an der Taille gab es dehnbare Falten, die sich der Größe des Trägers anpassten, sodass ich wenigstens nicht im Anzug zu versinken schien. Trotzdem wurde ich mit jeder Sekunde nervöser. Schließlich konnten wir die Anzüge nicht ausprobieren, bevor wir das sichere Schiff verließen. Wir würden ins Unbekannte springen, ohne zu wissen, wie gut geschützt unsere Körper waren. Das Letzte, was ich mir wünschte, war am Ende aufgebläht und gefroren auf ewig durch das All zu schweben.

Sobald die Anzüge fertig verschnürt waren, erklärte Navan den Bewegungsapparat und die Sauerstoffversorgung. Auf meinem Unterarm befand sich eine ins Material eingearbeitete Schaltfläche, auf der ein orange blinkendes Licht die stetige Sauerstoffzufuhr anzeigte und ein rotes, piependes Licht meinen Herzton überwachte.

»Wenn eines der Lichter blau wird, dann bist du in der Gefahrenzone und wir kehren sofort um«, sagte er besorgt. Dann erklärte er mir die beiden Knöpfe an meinen Hüften, die die Luftdüsen steuerten, mit denen ich mich bewegen würde. Der rechte Knopf ließ mich nach rechts schweben und der linke nach links. Wenn ich beide gleichzeitig drückte, dann flog ich vorwärts.

»Verstanden«, sagte ich mit einem gezwungenen Lächeln.

»Wenn sich irgendetwas komisch anfühlt, dann kannst du über die Kopfhörer mit mir sprechen«, sagte Navan, dessen Stimme durch die Lautsprecher in meinem Helm ertönte. »Ich bleibe die ganze Zeit über an deiner Seite. Bist du bereit?«

Ich nickte. »Lass uns gehen, bevor ich die Nerven verliere.« Er sah mich noch einmal besorgt an, aber ich kam ihm zuvor, bevor er mir sagen konnte, dass ich vielleicht doch besser hierbleiben sollte. »Es geht mir gut. Lass uns einfach anfangen«, sagte ich und schleppte mich zur Luftschleuse.

Bashrik öffnete die Tür, die zur Schleuse führte, und half uns nach drinnen. Sobald wir uns in der mittleren Kammer befanden, traten die anderen wieder zurück in den Gang und die Innentür verschloss sich mit einem beruhigenden Zischen. Sobald sie versiegelt war, gab uns Bashrik durch das kleine Sichtfenster ein Zeichen und streckte nervös die Daumen in die Höhe.

Navan tippte den Code ein, um die Außentür zu öffnen, und wartete dann darauf, dass das Licht auf der Anzeige grün wurde, um uns zu informieren, dass der Luftdruck der Kammer ausgeglichen war und nun dem Druck der Atmosphäre draußen entsprach. Sobald das grüne Licht leuchtete, drückte er den Hebel neben der Außentür hinunter und diese öffnete sich. Die eisige Kälte blies uns sofort entgegen und ich spürte, wie sie selbst durch den dick isolierten Weltraumanzug kroch. Mein Sauerstoffspiegel schien stabil zu bleiben und der kleine Monitor an meinem Arm piepte in regelmäßigen Abständen.

Navan nahm meine behandschuhte Hand in seine und half mir nach draußen. Ich machte meinen ersten Schritt in den Weltraum. Es fühlte sich eigenartig an, plötzlich keinen Boden mehr unter den Füßen zu haben und dennoch nicht in die schwarze Unendlichkeit unter mir zu stürzen. Ich schwebte. Es schien mir völlig irreal, einfach zu bizarr, um wahr zu sein.

Ich löste meine Hand von Navans und drückte auf die beiden Knöpfe, um mich vorwärtszubewegen. Ich schwebte auf die Leichen und den Schutt zu. Ich fürchtete mich vor dem Augenblick, an dem wir zu nah an die Körper heranfliegen und ich sie aus nächster Nähe sehen würde, und ich schluckte. Aber wir waren es den Elfen schuldig, herauszufinden, ob es noch Überlebende gab.

»Ich fliege nach unten, um mir den Außenposten anzuschauen. Kannst du dir die Leichen ansehen?«, fragte Navan matt. »Sieh, ob du Ausweise oder etwas Ähnliches findest.«

Unbehaglich hob ich den Daumen. »Mache ich.« Wahrscheinlich dachte er, dass ich hier draußen sicherer wäre, als wenn ich mich dem Ort näherte, an dem die Explosion stattgefunden hatte. Immerhin wussten wir nicht, welche Gefahren womöglich noch dort unten lauerten.

Er schwebte zur Oberfläche des Mondes davon und wich dabei gekonnt schwebendem Schutt aus. Ich sah ihm nach, bis er auf seinem Weg zur Station verschwunden war, und fragte mich, was die anderen drei wohl davon hielten, dass wir uns trennten, aber da wir keine Möglichkeit hatten, miteinander zu sprechen, wusste ich, dass sie nervös im Cockpit saßen und uns angespannt aus der Ferne beobachteten.

»Navan wird sich die Station ansehen, während ich die Leichen nach Ausweisen absuche«, sagte ich, nachdem ich auf den Kommunikationskanal gedrückt hatte. Die anderen konnten mich zwar hören, aber sie konnten nicht antworten.

Ich atmete tief durch und schwebte durch das Meer aus Leichen. Dann griff ich zögernd in die Jackentaschen eines toten Elfen. Ich bemühte mich nach Kräften, nicht in sein aufgedunsenes Gesicht zu sehen oder die schreckliche Starre seines Körpers zu spüren, aber es ließ sich nicht vermeiden. Nach und nach sammelte ich die Ausweise ein und verstaute sie in meinem Anzug. Bei jedem Körper sagte ich ein paar Worte, obwohl ich keine Ahnung hatte, welcher Religion diese Kreaturen angehörten oder wie sie geehrt werden wollten. Aber es fühlte sich einfach nicht richtig an, sie zurückzulassen, ohne des Lebens zu gedenken, das sie geführt hatten, und darüber zu trauern, dass es vorzeitig zu Ende gegangen war.

Während ich zwischen ihnen umherschwebte, wanderten meine Gedanken auf einmal zu Galo. Navan glaubte, dass er uns zu diesem Außenposten hatte schicken wollen, aber ich glaubte es inzwischen nicht mehr. Galo hatte versucht, uns noch etwas zu sagen, kurz bevor er gestorben war – er wollte, dass wir nach einer bestimmten Person suchten, aber es konnte sich nicht um diesen Außenposten handeln, denn er hatte davon gesprochen, dass wir einen bestimmten Stern finden mussten, aber dann war er verstummt, bevor er zu Ende reden konnte. Was war, wenn wir ihn falsch verstanden hatten? Was war, wenn wir etwas übersahen?

Ich griff gerade in die Tasche einer weiteren armen Seele, als sich etwas auf mich stürzte. Ich sah nur ein Gewirr aus fliegenden Gliedmaßen und angsteinflößenden Augen. Alle Gedanken an Galo verflogen und ich schrie unter dem Helm meines Anzugs so sehr, dass die Scheibe beschlug und ich nicht sehen konnte, was sich auf mich gestürzt hatte. Ich hob die Hände, um mich zu verteidigen, aber ich spürte nur Elfenkörper gegen mich stoßen und wusste nicht, welche davon Leichen waren und welche Glieder meinem Angreifer gehörten. Ich drückte auf meine Knöpfe und versuchte, dabei nicht rückwärts zu fliegen. Plötzlich hörte der Angriff auf.

Sobald das Visier meines Helms wieder klar wurde, sah ich eine Elfin vor mir schweben. Sie hatte etwa die Größe eines Kindes und riesige Augen mit einer lilagoldfarbenen Iris und pechschwarzem Rand, wo normalerweise das Augenweiß war. Sie starrte mich durch das Visier ihres eigenen Helms an. Sie trug einen dunkelgrauen Weltraumanzug, der sie so gut tarnte, dass sie wie ein Stück Weltraumschutt aussah. Das erklärte, warum ich sie erst im allerletzten Augenblick gesehen hatte.

»Eindringlinge sind gekommen, um uns das Leben zu nehmen«, sagte sie und ihre Stimme dröhnte über Außenlautsprecher. Ein gruseliges Lächeln huschte über ihre Lippen und ich sah zwei Reihen kleiner, scharfer Zähne, die mich an ein Haifischgebiss erinnerten. »Großer Knall und dann sind wir alle geflogen!« Sie kicherte und drehte einen kleinen Schlenker nach rechts und nach links, wobei ihr unangebrachtes Lachen mir einen kalten Schauer den Rücken hinabjagte. Was sie sagte, klang furchtbar und ihre Stimme war schrill.

»Du hast uns um Hilfe angerufen, nicht wahr?«, fragte ich. Obwohl ihre Stimme aus der Nähe seltsam klang, wusste ich, dass dies dieselbe Gestalt war, die den Notruf gefunkt hatte.

Die Elfin neigte den Kopf seitlich. »Es war niemand zu Hause.«

»Ich weiß, dass wir nicht gleich gekommen, sind, als du uns angerufen hast, und das tut mir furchtbar leid, aber jetzt sind wir hier. Bist du die einzige Überlebende?«, fragte ich. »Wie heißt du?«

Sie drehte eine Pirouette in der Luft. »Es ist nie jemand zu Hause. Jetzt gibt es kein Zuhause mehr.« Sie kicherte erneut.

»Wie heißt du?«, versuchte ich es noch einmal.

»Mauve. Und wer bist du?«, fragte sie und stürmte so plötzlich vor, dass ihr Helm mit meinem zusammenstieß. Ich keuchte und rang nach Luft, weil ich überzeugt war, dass sie meinen Helm zerbrochen hatte. Sie starrte mich mit riesigen Augen an, während sich unsere Sichtfenster berührten.

»Ich bin Riley«, sagte ich keuchend und versuchte, meinen Herzschlag wieder auf einen normalen Rhythmus herunterzudrosseln. Ich sah, wie das Licht wild auf meinem Unterarm blinkte.

Mauve sah mich blinzelnd an. »Ich kenne dich. Du bist davongelaufen.«

Ich schüttelte den Kopf. »Nein, wir sind nicht vor dir davongelaufen. Wir haben einfach nur länger gebraucht, um herzukommen. Bist du die Einzige, die übrig ist?«

»So einsam wie eine Wolke. Ich habe noch nie eine Wolke gesehen. Hast du schonmal eine Wolke gesehen?«, fragte sie und legte den Kopf schräg.

»Ich habe schon einmal Wolken gesehen, ja. Willst du mir sagen, dass du die einzige Überlebende bist?«, fragte ich, entschlossen, dieser seltsamen Gestalt eine klare Antwort abzuringen. Waren Elfen immer so oder hatte diese hier ein Trauma erlitten, weil sie so lange allein gewesen war und die begrenzte Sauerstoffzufuhr ihr den Verstand vernebelt hatte?

»Meine Seele überlebt. Alle haben eine Seele, die alles überlebt«, antwortete sie, genauso unkonkret, wie ich es erwartet hatte. »Ich bin die Einzige, deren Herz noch schlägt.« Sie kicherte wieder, aber nun hatte ich Gewissheit. Mauve war die Einzige, die übriggeblieben war.

»Was ist mit dem Außenposten der Föds passiert?«, fragte ich, obwohl ich wusste, dass ich ihre Antworten würde entschlüsseln müssen. Aber sie schien genug davon zu haben, mit mir zu sprechen, löste sich von mir und schwebte mit Schwimmbewegungen durch die Leichen und den Schutt.

Ich drückte auf meine beiden Knöpfe und jagte ihr nach. Sie war die Einzige, die etwas wusste, und ich durfte sie nicht aus den Augen verlieren. Aber sie bewegte sich ziemlich schnell und ich hatte Mühe, sie einzuholen. Mehr als einmal rammte ich einen erstarrten Körper bei dem Versuch, ihnen auszuweichen, und verzog das Gesicht, während ich den schwebenden Leichen nachsah, für die das Universum zu ihrem Friedhof geworden war.

Während ich so weiterflog, fühlte ich mich ein wenig wie eine verschrobene Version von Alice im Wunderland. Ich fiel durch einen Kaninchenbau voller aufgeblähter erstarrter Toter und Schuttbrocken ihres Zuhauses. Hin und wieder sah ich mein weißes Kaninchen, das sich mit seinem grauen Anzug perfekt in die Schuttbrocken einfügte, aber dann verschwand es wieder und ich hatte nur eine vage Ahnung, in welche Richtung ich es verfolgen musste.

Ich war kurz davor, aufzugeben, als etwas in der Nähe in Sicht kam. Es leuchtete im Licht des Mondes und hatte eine runde, absolut glatte Oberfläche. Ich hatte schon einmal etwas Ähnliches gesehen. Mauve schwebte darauf zu und legte eine Hand an den glänzenden Rumpf.

Ich schnappte nach Luft. »Das ist eine Kapsel.«

Und nicht nur irgendeine Kapsel, wie ich schnell erkannte, als ich dichter heranflog.

An einer Stelle ragten Schrauben hervor, die einst ein Schild gehalten hatten, unter dem nun eine Gravur erkennbar wurde. Es zeigte das Symbol von Königin Brishas Herrschaft.

Ich hatte die Hülse zwar nie gesehen, in der Jethro meine Blutprobe von der Erde fortgeschickt hatte, aber ich hatte die schleichende Vermutung, dass ich nun genau diese Hülse vor mir sah. Die Hülse, wegen der er als Verräter umgebracht worden war.

Die Kapsel drehte sich langsam und ich sah, dass das Schild nicht das Einzige war, was abgefallen war – die ganze Kapsel war ramponiert. Nur die Hälfte war intakt, weshalb ich von meinem Punkt aus geglaubt hatte, eine runde Hülse zu sehen, aber jetzt erkannte ich, dass Einzelteile losgelöst durch das All schwebten.

Scheinbar hatte etwas oder jemand das Metall aufgehebelt. Und die Blutprobe, die die Kapsel transportiert hatte, war nirgendwo zu sehen.

Ich drückte auf meinen Kommunikationsknopf. »Navan, hier gibt es etwas, was du dir ansehen musst.«

Kurz darauf ertönte seine Stimme. »Ich komme gleich.«

Ich sah zu Mauve, die mich anstarrte, und wünschte, dass er sich beeilen würde. Etwas stimmte nicht mit dieser Elfin. Sie hatte etwas an sich, was mich um mein Leben fürchten ließ. Ihre Augen waren wild und ihre Bewegungen ruckartig.

Aber sie hatte mich zur Kapsel geführt.

»Warum ... Warum hast du mich hierhergebracht?«, fragte ich.

Sie kicherte und das gruselige Geräusch hallte durch das einsame All.

# KAPITEL ACHTUNDZWANZIG

Der Helm versperrte mir den Großteil meiner peripheren Sicht, weshalb es schwer war, die Trümmer im Auge zu behalten, die ich Navan zeigen wollte, wenn er mich denn endlich in diesem Chaos fand. Noch schwerer war es, nach ihm Ausschau zu halten, während Mauve wie eine wild gewordene Hummel vor mir umherschwirrte.

»Weißt du, was in der Kapsel war?«, fragte ich.

»Wir haben das glänzende Ding aus dem Himmel gerissen!«, quietschte sie und schlug einen Purzelbaum.

»Ihr habt es hergebracht?« Nach meiner Erfahrung mit Freya hatte ich gehofft, nie wieder die Redensarten einer anderen Spezies entziffern zu müssen, aber hier war ich nun und versuchte, die Worte der Elfin zu deuten.

»Ich habe nach einem geheimen Schatz gesucht«, sagte sie und kicherte in ihren Helm hinein.

»Du und die anderen Elfen haben die Kapsel also abgefangen?«

Sie zuckte mit den Schultern. »Die anderen hätten mich davon abgehalten.«

»Die anderen Elfen hätten dich wovon abgehalten?«, fragte ich und hoffte auf eine klare Antwort.

»Ich habe von den Vyanthinern und ihrer Exkursion in die Welt der Unsterblichkeit gehört«, sagte sie, endlich etwas klarer, mit noch immer geweiteten Augen. »Ich wollte sehen, ob wir schaffen können, was ihnen nicht gelingt. Wir sind klein und unsere Körper sind wie Glas – faserig und brüchig. Wir sind sehr klug, um unsere körperliche Schwäche auszugleichen.«

Ich sah sie an, während ich ihre Antworten zusammenfügte. So, wie ich es verstand, hatte Mauve die Kapsel auf ihrer Reise abgefangen und die Blutprobe an sich genommen, um ihr eigenes Unsterblichkeitselixier herzustellen.

»Warum hast du das getan? Du gehörst doch den Föds an. So was ist bei ihnen verboten«, sagte ich, aber Mauve lachte nur noch lauter auf.

»Ich war die Regeln leid. Ich hatte es satt, schwach zu sein. Wozu haben wir so viel Macht, wenn wir uns nicht einmal gegen die wehren können, die uns zerstören wollen?«, fragte sie. »Ich habe das Blut gestohlen. Ich habe versucht, das Unsterblichkeitselixier in einer Flasche zu mischen. Aber ich habe es falsch gemacht. Und rate mal, was dann passiert ist?«, fragte sie und ihre Augen funkelten aufgeregt. Ihr Verhalten grenzte an Wahnsinn.

»Was ist dann passiert?«, fragte ich pflichtbewusst und wartete auf die Pointe.

»Sie sind alle gestorben!« Mauve brach in lautes Gelächter aus und hielt sich hysterisch den Bauch. Ich sah sie an und konnte nicht fassen, was ich da hörte. Mauve hatte das hier angerichtet. Sie hatte den Außenposten in die Luft gesprengt und trug die Schuld an jedem einzelnen Tod. Entweder hatte die Last ihrer Schuld sie verrückt gemacht oder sie war schon vorher verrückt gewesen.

Mein Kopfhörer knackte. »Ich kann dich nicht finden«, sagte Navan.

»Ich bin rechts von der Stelle, an der du mich zurückgelassen hast. Flieg einfach weiter durch den Schutt, bis du eine Kapsel siehst«, sagte ich und hoffte, dass meine Erklärung nicht zu vage war. Mauve lachte immer noch manisch und konnte scheinbar gar nicht mehr aufhören.

Wir mussten diese arme Elfin so schnell wie möglich zurück zur Quarantänestation bringen, um zu sehen, ob sie dort psychologisch betreut werden konnte.

Langsam flog ich auf sie zu, indem ich sacht auf meine Knöpfe drückte. Ich wollte sie beruhigen und ihr versichern, dass alles gut werden würde. Ich legte eine Hand um ihr Handgelenk, worauf sie zu lachen aufhörte und zu mir aufsah. Sie lächelte und fletschte bedrohlich die spitzen Zähne. Ich hielt ihrem Blick stand, unfähig, meine Augen von ihr abzuwenden, und Panik packte mich.

Als ich etwas nach unten sah, erkannte ich, dass sich die Klemmen, die meinen Helm festhielten, öffneten. Erschrocken wollte ich meine Hände anheben, um sie wieder zu verschließen, aber Mauve kontrollierte meine Arme. Ich versuchte, meine Hände dazu zu zwingen, mir zu gehorchen, aber es war, als ob ich sie durch Kaugummi ziehen wollte. Eine starke Kraft hielt mich fest. Mit jeder Sekunde, die verging, öffneten sich die Klemmen mehr. Ich tastete nach den Knöpfen an meiner Hüfte, um von ihr fortzufliegen und ihrer Telekinese zu entkommen, aber sie hatte eine größere Reichweite, als ich vermutet hatte.

Egal, wohin ich auch flog, starrte Mauve mich an und verfolgte mich. Die letzte Klemme öffnete sich und ich konnte nichts dagegen tun. Ich biss auf die Zähne und kämpfte um die Gewalt über meine Hände, aber die Elfin war zu stark. Mir blieb nichts anderes übrig, als zuzusehen. Ich wusste, dass ich nicht lange leben würde, sobald ich meinen Helm verlor. Ich versuchte, mich an die Dinge zu erinnern, die ich über das Überleben im Universum gelesen hatte, und ich wusste, dass ich alle Luft aus meinen Lungen herauspressen musste, aber wozu? Ich wäre tot, bevor mich jemand fand.

Eine Hand packte mich. Ich drehte mich um und sah in Navans verwirrte Augen.

»Navan! Die Klemmen! Verschließ die Klemmen wieder!«, schrie ich und mein Sichtfenster beschlug.

Er beeilte sich und verschloss meinen Helm wieder sicher. Beinahe hätte er eine der Klemmen verpasst, weil die Handschuhe ihn behinderten, aber dann gelang es ihm doch.

»Was zum Teufel ist passiert?«, fragte er keuchend.

Ich sah zu Mauve hinüber, die grinste und dann davonflog, wobei sie ihre Telekinese benutzte, um Gegenstände zu sich zu ziehen, um sich dann davon abzustoßen. Einen Augenblick später war sie verschwunden, schoss auf die Oberfläche des Mondes zu und verschwand dann in den Ruinen der Föds-Station.

Mein Herz klopfte wild in meiner Brust. Ich war dem Tod zu nahegekommen. Wenige Minuten später wären alle Klemmen geöffnet gewesen und Mauve hätte mir mit ihren telekinetischen Fähigkeiten den Helm vom Kopf gezogen. Jetzt fühlte ich mich klaustrophobisch. Ich wusste, dass es keinen Sinn ergab, aber ich wollte unbedingt aus diesem Anzug herauskommen und wieder frei atmen können.

»Atme durch«, sagte Navan leise und legte seine Hände auf meine Schultern. »Du hast eine Panikattacke. Du musst durchatmen.«

Ich nickte und röchelte, um Sauerstoff in meine Lungen zu pumpen, während mein Herzmonitor wild piepte. »Sie hätte mich beinahe umgebracht!«

»Du bist jetzt in Sicherheit.«

»Wir müssen sie finden. Sie weiß über das Blut Bescheid. Sie hat das hier getan«, krächzte ich, während sich mein Puls langsam stabilisierte.

Navan schüttelte den Kopf. »Wir müssen von hier fortkommen und diese verrückte Kreatur dem Schicksal überlassen, das das Universum für sie bereithält. Es gibt keinen Ort, an den sie flüchten kann, und ihr bleibt nicht mehr viel Zeit in ihrem Anzug«, sagte er und umklammerte meine Schultern fester.

Ich hatte ein ungutes Gefühl dabei, sie einfach hier zurückzulassen. Was war, wenn sie ein ahnungsloses Schiff herlockte, um sie zu retten? Was war, wenn sie das Schiff entführte? Der Gedanke machte mir Angst, aber gleichzeitig war ich auch nicht erpicht darauf, sie durch das Chaos und die Leichen hindurch zu jagen.

»Vielleicht hast du recht«, hauchte ich, obwohl mir die Entscheidung immer noch nicht lieb war.

»Komm, lass uns zum Schiff zurückfliegen«, drängte Navan und zog mich mit sich.

Ich seufzte und spürte ein Rinnsal aus kaltem Schweiß meinen Rücken hinablaufen. »Hast du da unten irgendetwas gefunden?«, fragte ich, während wir auf die *Vanquish* zusteuerten.

»Nichts außer Tod und Verwüstung. Die Explosion scheint von einem einzigen Raum ausgegangen zu sein, aber es ist nur schwer zu erkennen, was passiert ist. Dafür ist die Zerstörung zu groß.«

»Mauve hat davon gehört, was die Vysanthiner vorhaben«, sagte ich leise.

Er sah mich an. »Mauve?«

»Die verrückte Elfin. Sie hat gehört, was die Kaltblüter vorhaben und hat die Kapsel mit meinem Blut abgefangen. Sie wollte ihr eigenes Elixier brauen, aber es ist schiefgegangen. Das war die Ursache für all das hier.«

Navan sah mich kurz besorgt an. »Experimente sind immer riskant, aber ich habe noch nie ein Elixier gesehen, das so etwas anrichten kann. Dieses Zeug muss gefährlicher sein, als wir geglaubt haben.«

Die Vorstellung, dass eine bestimmte Kombination von Zutaten so instabil war, dass sie einen ganzen Außenposten zerstören und alle dort Lebenden umbringen könnte, war erschreckend.

Ich hatte zwar gewusst, dass das Elixier Wesen töten konnte, wenn sie es tranken, aber ich hätte nicht geglaubt, dass es explodieren und einen solchen Schaden anrichten könnte. Die Tatsache, dass auch Navan das nicht gewusst hatte, machte es nur noch schlimmer.

Ich sah immer wieder über meine Schulter nach hinten, während wir zum Schiff zurückflogen, und behielt den Schutt im Auge, für den Fall, dass Mauve uns folgte. Hin und wieder glaubte ich, etwas zwischen den Brocken zu sehen, das wie ein Fisch im Wasser umherströmte, aber es war schwer zu sagen, wo die Realität aufhörte und die Paranoia begann.

Als sich die äußere Tür zur Luftschleuse öffnete, traten wir schnell ein und schlossen sie hastig wieder hinter uns. Ich spähte durch das kleine Fenster nach draußen und vergewisserte mich, dass uns niemand verfolgte. Wenn Mauve an Bord ging, dann würde sie uns ziemlich wahrscheinlich alle im Schlaf umbringen.

Navan tippte den Code ein, um den Luftdruck in der Kammer auszugleichen.

Hinter der Innentür hörte ich Stiefelschritte, die das Nahen von Bashrik, Angie und Lauren ankündigten. Sie tauchten mit entsetzten Gesichtern vor der Scheibe auf. Navan hatte ihnen über das Funkgerät bereits erzählt, was geschehen war und sie waren entsprechend schockiert.

Sobald sich die Innenluke öffnete, umarmten Angie und Lauren mich fest und drückten mich so sehr, dass ich glaubte, dass meine Lungen platzen würden – schon zum zweiten Mal in kürzester Zeit. Bashrik schob sich an uns vorbei, umarmte seinen Bruder und klopfte ihm auf den Rücken.

»Ist diese Irre noch da draußen?«, fragte Bashrik.

Navan nickte. »Ja, deshalb sollten wir wohl weiterfliegen, bevor wir noch einen durchgeknallten blinden Passagier bekommen.«

»Wir dachten, dass du irrenfreundlicher bist«, hauchte Angie.

»Bashrik hat deine Vitalzeichen auf dem Bildschirm aufgerufen und sie haben total verrückt gespielt«, sagte Lauren kläglich. »Wir haben alle geschrien, dass du wegfliegen sollst, aber du konntest uns nicht hören. Es war schrecklich.«

»Wir sind in Sicherheit und das ist alles, was zählt«, sagte ich, entschlossen, den Schrecken nicht noch einmal zu mir durchdringen zu lassen.

Damit verschlossen wir die Luftschleuse hinter uns und kletterten mithilfe von Angie und Lauren aus unseren Anzügen. Bashrik ging ins Cockpit und die Motoren brummten, als er die *Vanquish* vom zerstörten Außenposten der Föds fortlenkte. Aber selbst jetzt konnte ich noch nicht erleichtert aufatmen. Es war alles zu knapp für meinen Geschmack gewesen und jetzt hatten wir keine Föds, die uns unterstützen konnten.

Sobald wir unsere Anzüge ausgezogen hatten, gingen wir zu Bashrik ins Cockpit. Mein Blick schweifte zur Windschutzscheibe, hinter der sich der furchtbare Ort entfernte. Ich war froh, von dort fortzukommen, obwohl ich angesichts der unzähligen Toten traurig war. Es war nicht ihre Schuld, dass eine Explosion ihr Leben vorzeitig beendet hatte. Mauve hatte dahintergesteckt. Die Taten eines einzelnen, gierigen Individuums hatten das Leben vieler zerstört.

»Was machen wir jetzt?«, fragte Angie und setzte sich auf den Stuhl des Kopiloten.

»Wir müssen einen anderen Außenposten der Föds kontaktieren. Wir müssen den nächstgelegenen finden und sehen, ob die Föds dort uns helfen«, sagte ich.

Doch Navan schüttelte den Kopf. »Das ist zu riskant. Wenn Brisha den Kurs der *Vanquish* verfolgt, dann können wir es uns nicht leisten, zu weit von unserer Route abzuweichen. Selbst hierherzukommen war schon riskant, aber wir haben uns nicht zu weit von unserem Hauptweg entfernt.«

»Dann müssen wir eben ein Schiff stehlen und fliegen damit weiter!«, sagte Angie und erntete ein Nicken von Lauren und mir.

Aber dieses Mal schüttelte Bashrik den Kopf. »Wenn wir ein Schiff stehlen und damit entkommen, dann wird uns Brisha ihre Armee auf den Hals hetzen. Sie werden uns wegen Verrats jagen und uns hinrichten, sobald sie uns schnappen«, sagte er mit einem matten Seufzen. »Mir wäre es lieber, wenn wir nicht beide Königinnen und Orion am Hals hätten.«

Angie zog eine Grimasse. »Sieht so aus, als ob sich dein Gedächtnis hervorragend erholt«, brummte sie, enttäuscht, dass wir nicht mit einem gestohlenen Schiff entkommen konnten.

Jetzt, wo Pandora von der Bildfläche verschwunden war, die uns alle die ganze Zeit in einem Zimmer hatte schlafen lassen, hoffte ich, dass Bashrik und Angie etwas Zeit allein miteinander verbringen konnten. Schließlich hatten sie seit unserem Aufbruch aus Zai noch keine Gelegenheit gehabt, romantische Stunden miteinander zu verbringen, weil Bashrik verwirrt gewesen war und sich erst jetzt erholte. Ihre Gefühle füreinander hatten sich offensichtlich nicht geändert, aber sie wussten nicht, was sie mit ihnen anfangen sollten.

»Ich schildere nur die Tatsachen«, sagte Bashrik und hob abwehrend die Hände. »Es ist nicht meine Schuld, dass dir die Wahrheit nicht gefällt.«

»Dann müssen wir eben die Titanen finden und sehen, ob sie uns helfen können. Uns bleibt keine andere Option«, schaltete ich mich ein, bevor Angie und Bashrik zu streiten beginnen konnten.

»Ich habe dir doch schon gesagt, dass das zu riskant ist«, sagte Navan.

»Was denn, riskanter als einen anderen Außenposten der Föds zu finden? Welche der beiden Optionen ist einfacher?«, drängte ich.

Lauren hob höflich eine Hand, um das Wort zu erbitten. »Die Titanen sind genau genommen eine erstaunlich noble Spezies, wenn man einmal ihr Vertrauen gewinnt. Das ist der schwierigste Schritt, aber ich bin mir sicher, dass sie uns zuhören werden, wenn wir ihnen erzählen, was vor sich geht«, sagte sie, aber Navan stöhnte nur.

»Die Titanen bedeuten nichts als Ärger. Wenn wir dort ankommen, dann wissen wir nicht, in welche Richtung sich ihr Gemüt entwickeln wird«, warnte er.

»Ich bin dafür, dass wir es riskieren«, sagte ich stur. »So, wie ich es sehe, haben wir nur zwei Möglichkeiten: Die Föds oder die Titanen. Such dir aus, was du für weniger riskant hältst, und dorthin fliegen wir dann. Wir verschwenden unsere Zeit mit dieser Diskussion. Brisha erwartet uns schon bald zurück und es wird auch nicht lange dauern, bis Orion aufkreuzt. Wir müssen uns also schnell entscheiden, wie es weitergehen soll.«

Wir diskutierten noch eine ganze Weile sinnlos hin und her und erwogen die Vorteile beider Optionen, ohne uns festzulegen. Währenddessen flogen wir ohne klaren Kurs im All Zickzack. Wir hatten uns in zwei Fraktionen gespalten: Die Kaltblüter waren mit keiner der beiden Optionen einverstanden und wir Menschen würden beide in Kauf nehmen.

Ich wollte gerade einen neuen Anlauf starten, für die Titanen zu plädieren, als ich auf den Kontrollbildschirm sah und mir ein weißer blinkender Punkt nicht weit hinter der *Vanquish* auffiel.

»Leute, was ist das?«, fragte ich und deutete darauf.

»Sieht wie ein anderes Schiff aus«, sagte Bashrik, setzte sich in den Pilotensitz und tippte auf den Bildschirm, um die Aufnahme zu vergrößern. Es war tatsächlich ein Schiff, das hinter uns herflog und immer näher kam. Dank unserer hitzigen Debatte hatten wir es überhaupt nicht bemerkt.

Lauren runzelte die Stirn. »Folgt es uns?«

»So muss es sein«, antwortete Navan. »Es ist sehr selten, ein Schiff so weit von den Planeten entfernt anzutreffen, vor allem hier draußen. Dieses Schiff fliegt absichtlich hinter uns her.«

»Aber in der Nähe des Außenpostens gab es doch vier Planeten, oder nicht?«, fragte Angie nervös.

»Nähe ist ein sehr relativer Begriff. Ein naher Planet kann trotzdem stundenweit entfernt sein«, erklärte Navan. »Können wir das Schiff abschütteln?«

Mauves Gesicht tauchte vor meinem inneren Auge auf und mir brach kalter Schweiß aus. Sie hatte es doch sicher nicht geschafft, so schnell ein Schiff zu stehlen?

Bashrik verzog das Gesicht. »Das versuche ich, aber das Schiff hat seine Waffen auf uns gerichtet!«

Und schon wurde das Feuer eröffnet. Mit Bashriks Hilfe wich die *Vanquish* den Geschossen aus, aber sie schwankte heftig hin und her und wir flogen gegen die Wand des Cockpits.

»Zu den Waffen!«, schrie ich, sobald ich mein Gleichgewicht wiedergefunden hatte.

Navan besetzte die Position des Kopiloten und Angie und Lauren stürmten aus dem Cockpit zu den Schusswaffen unten. Ich setzte mich neben dem Hauptkontrollpanel und programmierte die Kanonen. Dieses Mal wusste ich genau, was ich zu tun hatte. Ich zielte konzentriert und schoss auf das Schiff hinter uns.

»Vielleicht sind es Piraten, die unser Schiff entführen wollen!«, schrie Bashrik über den Lärm der donnernden Kanonen hinweg.

*Oder es ist Mauve.*

Unsere Kommunikationsgeräte funktionierten immer noch nicht, weshalb wir uns nicht mit dem anderen Schiff verständigen konnten, um einen Waffenstillstand auszuhandeln. Aber wir konnten immer noch Nachrichten erhalten und jemand versuchte gerade, uns anzurufen. Die Bildschirme wurden ausgefahren und die Lautsprecher knisterten. Dann wurde ein Bild sichtbar.

Orion starrte uns an und er war sehr wütend.

# KAPITEL NEUNUNDZWANZIG

»Ihr dachtet, dass ihr mir entkommen könnt?«, kläffte er und seine Stimme dröhnte durch die Lautsprecher.

Ich sah Navan an und mein Herz raste. »Können wir die Kommunikation über die Raumanzüge mit dem Hauptnetzwerk verbinden?«, fragte ich, weil ich wusste, dass Orion nur noch wütender werden würde, wenn wir ihm nicht antworteten.

»Es sollte klappen, weil wir ja nur eine kurze Reichweite brauchen«, sagte er und rannte zurück in den Hauptraum, um unsere Anzüge zu holen. Dann legte er einen flach auf das Kontrollpanel und begann, an dem im Anzug eingenähten Kommunikationsgerät zu arbeiten.

Orion wurde immer ungeduldiger. »Ihr glaubt wohl, dass ihr euch vor mir verstecken könnt und dass ich nicht weiß, was ihr vorhabt? Ich weiß, dass Pandora nicht mit diesem Schiff nach Vysanthe zurückgekehrt ist. Ihr seid vom Kurs abgekommen, den wir vereinbart haben. Was habt ihr mit ihr getan? Ich will eine Antwort haben!« Er kniff wütend die Augen zusammen.

»Wie kommst du voran, Inspector Gadget?«, fragte Angie.

»Ich brauche noch ein paar Minuten«, sagte Navan und drückte irgendwelche Knöpfe an dem Gerät.

Orions Nasenflügel bebten. »Wenn ihr meine Nachricht nicht beantwortet, dann sehe ich mich gezwungen, euer Schiff in die Luft zu jagen!«

»Fast«, sagte Navan und drehte ein letztes Kabel fest.

»Wir haben Signal«, nickte Bashrik.

»Entschuldige die Verzögerung, Orion. Wir haben Probleme mit unseren Kommunikationskanälen«, sagte Navan und die Linie auf dem Kontrollbildschirm hob und senkte sich, während er sprach.

Orions Gesicht wurde immer noch auf die anderen Bildschirme übertragen, auch wenn er uns nicht sehen konnte, weil unsere Kameras nicht funktionierten. Wenn er uns sehen könnte, wäre er sicher noch wütender.

»Wo ist Pandora?«, fragte Orion.

»Woher weißt du, dass sie nicht an Bord ist?«, fragte Navan. »Du kannst uns nicht sehen.«

Orion schnaubte. »Ich habe ihr einen Sender eingepflanzt, um immer zu wissen, wo sie sich aufhält.«

»Stalker«, sagte Angie in einem schlecht vertuschten Husten und die Audiolinie machte einen Sprung.

»Was hast du gesagt?«, schrie Orion und seine Augen blitzten zornig.

»Wir haben gefragt, warum du sie so überprüfst – warum spionierst du ihr nach?«, sagte Navan schnell und warf Angie einen warnenden Blick zu.

Orion blickte kühl in die Kamera. »Für den Fall, dass ihr auf dumme Gedanken kommt. Sie hat mich angerufen und mir erzählt, dass ihr womöglich einen krummen Versuch starten könntet, weshalb wir beide sehr froh waren, dass sie diesen Chip trägt«, sagte er säuerlich. »Als sie Zai nicht im vereinbarten Zeitrahmen verlassen hat und auch zu unserer Verabredung nicht gekommen ist, wusste ich, dass ihr etwas zugestoßen ist. Wenn sie bei euch ist, dann habt ihr etwas mit ihrem Sender gemacht, aber ich gehe davon aus, dass sie noch auf Zai ist. Aber die *Vanquish* ist hier. Sagt mir, wie erklärt ihr mir das?« Sein Ton war voller Sarkasmus.

»Gutes Argument, Orion«, antwortete Navan. »Glaubst du, dass wir sie auf Zai zurückgelassen haben?«

»Sagt mir einfach, was mit ihr passiert ist!«, schrie Orion. Seine Faust schlug auf seine Stuhllehne, seine Mundwinkel zuckten und die Narbe, die seine Gesichtshälfte überzog, dehnte sich.

Ich sah ihm an, dass er hoffte, dass sie noch am Leben war und wir sie einfach nur auf dem Planeten der Drakonier zurückgelassen hatten, entweder in der Wildnis oder in irgendeinem Verlies. Das weckte in mir die schreckliche Erinnerung daran, wie meine Hand mit dem Messer Pandoras Kehle aufgeschlitzt hatte und das Blut daraus hervorgequollen war, bevor ihr Körper unter meinen Händen zu Asche zerfiel. Noch immer konnte ich nicht fassen, dass ich das getan hatte, aber ich musste mich mit meiner Rolle in ihrem Tod abfinden. Das war nun ein Teil meiner Geschichte.

Trotz allem empfand ich keinerlei Mitleid mit Orion, nicht nach allem, was er Galo angetan hatte.

Er hatte es nicht verdient, aus seiner Ungewissheit erlöst zu werden. Wenn er erfahren wollte, was mit Pandora geschehen war, würde er betteln müssen.

»Was wäre, wenn wir sie ihren Feinden übergeben hätten, damit diese über ihr Schicksal entscheiden?«, schaltete ich mich ein.

Ein eisiges Lächeln huschte über Orions schmale Lippen. »Ah, Riley, wie gut, deine Stimme zu hören. Ehrlich gesagt hätte ich nicht gedacht, dass du so weit kommst.« Er lachte, aber ich sah ihm an, dass seine Gedanken anderswo waren. Es interessierte ihn nicht, mich zu verärgern, nicht, solange das Schicksal seiner Geliebten unklar war.

»Tja, das bin ich aber. Die Frage ist nur, ob deine Geliebte auch so weit gekommen ist«, fauchte ich.

Sein Gesicht verwandelte sich in eine wütende Fratze. »Sagt mir, was mit Pandora geschehen ist, oder ihr werdet die volle Wucht meines Zorns zu spüren bekommen!«, schrie er durch die Lautsprecher, sodass die Rückkopplung schrill quietschte.

»Glaubst du, dass du es verdient hast, zu erfahren, was mit ihr geschehen ist, nach allem, was du getan hast?«, schrie ich und spürte

Wut in mir aufsteigen. Navan legte seinen Arm um meine Schulter, um mich zu beruhigen, und seine Hand schloss sich um mein Handgelenk.

»Was ist passiert, Riley?«, schrie Orion, aber ich hatte genug von ihm.

»Du willst wissen, was mit ihr geschehen ist, Orion? Wir haben das mit ihr getan, was du mit unzähligen anderen getan hast. Wir haben nur für ausgleichende Gerechtigkeit gesorgt!«, zischte ich.

Zweifel machten sich auf Orions Gesicht breit. »Das würdet ihr nicht wagen! Ihr seid doch alle rückgratlose Feiglinge! Wahrscheinlich habt ihr sie in irgendeinem drakonischen Gefängnis zurückgelassen, wo sie jetzt verrotten soll. Aber das ist egal. Ich werde diesen ganzen Planeten abfackeln, wenn es nötig ist, um sie zu finden«, sagte er. Das war der letzte Tropfen, den ich gebraucht hatte, um das Fass zum Überlaufen zu bringen.

»Das wäre sinnlos, Orion. Du würdest sie nicht finden. Du würdest nur das finden, was noch von ihr übrig ist«, zischte ich. »Ich habe das Messer geführt, das sie getötet hat. Ich habe ihr mit meinen eigenen Händen die Kehle aufgeschlitzt. Sie hat an mir gezweifelt, aber sie hat nicht zuletzt gelacht. Ich habe gesehen, wie sie ihren letzten Atemzug getan hat, und weißt du was, Orion? Sie hat nicht nach dir gerufen. Ich bezweifle, dass sie in ihren letzten Sekunden überhaupt an dich gedacht hat.«

Ich wusste, dass ich zu weit gegangen war, aber die Worte waren wie ein Wasserfall aus meinem Mund geschossen und ich hatte sie nicht zurückhalten können. Auf Orions Gesicht spiegelten sich widersprüchliche Gefühle, die so schnell ineinander übergingen, dass es beinahe komisch aussah. Aber in unserer jetzigen Lage war es erschreckend und das war meine Schuld. Orion war am Boden zerstört und Tränen glänzten kurz in seinen Augen, bevor er vor Zorn puterrot wurde. Ich hatte zu viel gesagt. Ich hatte mich von meinen Gefühlen überwältigen lassen und nun würden wir dafür büßen.

Das Bild wurde schwarz.

»Sie laden die Motoren!«, schrie Bashrik und riss unser Schiff herum. Durch die Windschutzscheibe konnten wir den glatten Umriss von Orions Schiff sehen, dessen Form irgendwo zwischen der *Asterope*, in der wir mit Navans Onkel Lazar geflogen waren, und der *Vanquish* lag.

Navan stand neben Bashrik und starrte nach draußen. »Was heißt das?«

»Sie überheizen ihre Maschinen – sie bereiten sich auf einen Zusammenstoß vor. Sobald sie uns treffen, wird unser Schiff explodieren!«, sagte Bashrik voller Angst.

»Können wir ihnen denn nicht entkommen?«, fragte Lauren, ohne den Blick vom anderen Schiff abzuwenden.

»Sie haben Fernalltechnik. Sie sind schneller als wir. Wir würden nicht weit kommen. Wir können uns nirgendwo verstecken, wo sie uns nicht finden würden«, sagte Bashrik, dessen Finger über die Tastatur flogen und alle Kanonen in Richtung von Orions Schiff schwenkten, als er auf den Militär-Autopiloten umschaltete.

»Wir werden also zurückschießen?«, keuchte Angie.

Da verstand ich, dass nicht nur ich unter emotionaler Impulsivität litt. Orion war so wütend über das, was er gehört hatte, dass er bereit war, sich selbst und alle, die mit ihm an Bord waren, zu opfern, um uns zu töten. Er musste Pandora wirklich geliebt haben, dachte ich, obwohl ich immer noch kein Mitleid für ihn empfinden konnte. Wie viele geliebte Personen hatte er im Namen der Rebellion getötet? Wenn es Auge um Auge ging, dann wäre am Ende die ganze Welt blind, aber ich sah zum ersten Mal klar. Orion hatte alles verdient, was ihm zustieß.

»Wir können versuchen, hinter den Asteroidengürtel dort zu gelangen. Wir können uns hinter einem der Asteroiden verstecken«, sagte Bashrik und riss das Schiff wieder herum. Es war riskant. Wenn wir uns verstecken konnten, dann konnte er es auch.

Wir forderten die Motoren bis zum Maximum und rauschten dann auf den Asteroidengürtel zu und hielten uns an den Wänden fest, weil der Boden vibrierte. Orions Schiff raste uns nach und rückte mit jeder Sekunde näher.

»Wir schaffen es nicht!«, schrie Angie und umklammerte Bashriks

Schulter. Er behielt eine Hand auf der Tastatur, während er mit der anderen Angies Hand umklammerte.

»Ich hole uns hier raus, versprochen«, sagte er, den Blick auf unseren Rettungsort gerichtet.

Er gab noch mehr Gas, aber die Motoren sträubten sich. Auf einer Anzeige vor ihm sah ich Warnsignale aufblinken, die ihm sagten, dass er die Motoren nicht noch weiter überanstrengen durfte. Schon jetzt waren sie hart an der Grenze und ohne die Fernalltechnologie der Rebellen konnten wir nicht schneller fliegen.

Auf dem Navigationsbildschirm sah ich, dass Orions Schiff uns dicht an den Fersen hing. Er würde uns jeden Moment rammen, um einmal vorzufühlen, bevor er ganz mit uns zusammenstieß.

»Sie werden uns rammen!«, schrie ich. Der blinkende weiße Punkt war inzwischen so nah, dass ich mich auf einen brutalen Aufprall gefasst machte.

Doch dann verschwand ihr Licht und ein anderes weißes Licht war von rechts auf dem Radar aufgetaucht. Wir hatten uns so auf Orions Schiff konzentriert, dass wir das andere Schiff gar nicht näherkommen sehen hatten. Bashrik flog einen Bogen, damit wir durch die Windschutzscheibe sehen konnten, was geschah.

Ein Schiff der Föds beschoss Orions Schiff – die Art von Föds-Schiff, wie ich es schon einmal auf der Erde gesehen hatte. Genau genommen sah es sogar dem sehr ähnlich, das ich selbst geflogen war, nur hatte dieses beeindruckende Waffen an Bord und war größer als das Schiff, das ich gesteuert hatte. Orion war von seinem Kurs abgebracht worden und stand weiter unter Beschuss.

»Lykane!«, rief ich.

»Lykane?«, fragte Navan und verzog das Gesicht.

Ich grinste. »Sie sind von der Erde gekommen, um uns zu retten!«

Nie hätte ich glücklicher sein können, diese wolfsartigen Kreaturen wiederzusehen. Ich hoffte nur, dass sie mir für das verziehen, was mit Galo geschehen war. Ich hatte zwar nicht auf den Abzug gedrückt, aber ich hatte ihn überhaupt erst in den ganzen Schlamassel mit hineingezogen, um Navan zu retten, wobei Galo gefangen genommen worden war.

Er war nett zu mir gewesen, als niemand sonst es gewesen war, und sein Geist würde mich immer begleiten.

Das Föds-Schiff beschoss Orion weiter, bis dessen Waffen nutzlos geworden waren. Aus den Kanonen stieben Funken, die im Vakuum sofort erloschen, und es qualmte. Es würde nicht lange dauern, bis sich die Motoren überhitzten und die Geschosse ernste Schäden anrichteten. Orions Schiff war zwar schneller, aber was die Waffen anging, war er unterlegen.

So als ob er wieder zu sich kommen würde, hörte Orion auf, das Feuer zu erwidern und senkte seine Waffen. Dann rauschte er in die Dunkelheit des Weltalls davon und sein Schiff sah aus wie eine Sternschnuppe, die in den Weiten verschwand. Ich hasste es, dass Orion meine Idee von Sternschnuppen für immer ruiniert hatte. Was ich noch mehr hasste, war, dass er wahrscheinlich auf dem Weg zur Erde war. Wohin sollte er sonst fliegen - jetzt, wo Pandora tot war und seine Suche nach dem Unsterblichkeitselixier unterbrochen worden war? Er und alle anderen Kaltblüter gingen davon aus, dass auf Zai immer noch die Krankheit wütete, weshalb er nicht selbst dorthin reisen und die Blutprobe besorgen konnte. Er musste sich eine neue Strategie überlegen, obwohl ich mir sicher war, dass wir nicht zum letzten Mal von ihm gehört hatten.

Panik überkam mich, als ich daran dachte, dass er auf meinen Heimatplaneten zurückkehrte. Er hatte gedroht, den Menschen, die ich liebte, etwas anzutun. Aber obwohl diese Drohung wie ein Dolch an einem seidenen Faden über mir schwebte, hatte ich eine leise Hoffnung. Nachdem, was ich ihm angetan hatte, würde Orion meine Familie nicht im stillen Kämmerlein verletzen. Er würde wollen, dass ich dabei zusah, und genau das gab mir noch eine Chance. Er würde warten, bis er mich in das Zimmer führen konnte, in dem er sie hinrichten wollte. *Ich habe noch Zeit, um sie zu retten,* sagte ich mir immer wieder.

Außerdem waren ja jetzt die Föds da. Wenn sie gekommen waren, um uns zu retten, dann konnte ich sie um einen Gefallen bitten. Bevor sie auf die Erde zurückkehrten, würde ich sie fragen, ob sie meine

Familie und die Familien meiner beiden Freundinnen beschützen konnten – wenn sie denn bereit waren, uns zu helfen. Aber immerhin hatten wir alles Mögliche getan, um die Rebellen aufzuhalten. Wir hatten den Föds praktisch die Arbeit abgenommen.

Der Lautsprecher knackte und riss mich aus meinen Gedanken.

»Ich erbitte Erlaubnis, um anzudocken« Die Stimme kam mir irgendwie bekannt vor. Durch die Lautsprecher war sie verzerrt, weshalb ich sie nicht zuordnen konnte, aber ich wusste, dass ich sie schon einmal gehört hatte. An den Gesichtern der andere konnte ich ablesen, dass auch sie ein Déjà-vu hatten.

»Luftschleuse an Luftschleuse?«, schlug Bashrik vor.

»Wie denn sonst?«, antwortete die Stimme, bevor die Verbindung abbrach.

Bashrik runzelte die Stirn. »Für wen hält sich dieser Kerl denn?«, brummte er, bevor er die Stimme des Mannes nachäffte und sagte: »Wie denn sonst?«

Dann wendete er die *Vanquish*, bis sie sich mit der Luftschleuse des Föds-Schiffs verband. Es ruckte, sodass wir beinahe umfielen, und die beiden Schiff verbanden sich miteinander, sodass der Pilot des Föds-Schiffs zu uns kommen konnte. Wir murmelten aufgeregt untereinander und liefen zur Luftschleuse. Ich war gespannt darauf, wen sie geschickt hatten. Hoffentlich war es einer der netteren Lykane.

Doch ich hatte nicht damit gerechnet, wer stattdessen durch die Tür kam.

Da stand auf unserem Gang breit grinsend niemand anderes als Ronad.

# KAPITEL DREISSIG

»Ronad!« Navan stürmte auf seinen besten Freund und Adoptivbruder zu und warf seine Arme um ihn. Bashrik folgte dicht hinter ihm. Die drei umarmten sich, klopften einander auf die Schultern und die Anspannung verflog sofort.

»Was um alles in Rasks Namen tust du hier?«, fragte Bashrik.

»Deine guten Manieren sind dir wohl abhandengekommen«, scherzte Ronad und fuhr sich durch sein glänzend braunes Haar. »Wirst du deinem lieben Freund nicht wenigstens etwas zu trinken anbieten, bevor du zur Sache kommst?«

Navan grinste. »Für dich doch alles, mein Pausbäckchen.«

Ich hob eine Augenbraue. »Pausbäckchen? Sollte ich eifersüchtig sein?«, sagte ich und ein Lächeln huschte über meine Lippen. Ich machte mir immer noch Sorgen um meine Familie, aber wenn jemand Neuigkeiten von ihnen brachte, dann war es Ronad.

Ronad lachte. »Gut, dich wiederzusehen, Riley«, sagte er und umarmte mich.

»Sollte ich etwa eifersüchtig sein?«, sagte Navan und Ronad ließ mich los.

»Wow, die texanische Sonne hat dir wirklich gutgetan! Findet ihr das nicht auch, Mädels?«, stieß Angie aus und musterte den neuen, sonnengebräunten Warmblüter-Ronad.

Bashrik runzelte die Stirn und ich rechnete fast damit, dass er auch noch fragen würde, ob er eifersüchtig sein musste, aber er hielt den Mund.

»Er sieht ganz anders aus als zu der Zeit, zu der wir aufgebrochen sind«, sagte Lauren schüchtern.

»Dankeschön. Aber ich hatte gar nicht viel Zeit, um die Sonne zu genießen«, bedauerte Ronad, bevor er Angie umarmte.

Dann begrüßte er Lauren genauso herzlich und sein junges Gesicht strahlte vor Freude. Endlich war er wieder mit seiner Familie vereint, womit er wahrscheinlich nicht so bald gerechnet hatte, weil er zumindest auf absehbare Zukunft an die Erde gebunden war. Wenn wir nicht in sein Leben geplatzt wären und alles durcheinandergebracht hätten, dann wäre er wahrscheinlich immer noch dort und würde sich an sein neues Menschenleben gewöhnen. Aber er schien es uns nicht zu verübeln, sondern sogar ziemlich guter Laune zu sein, nachdem er gerade Orions Schiff in die Flucht geschlagen und sich selbst in unbeschreibliche Gefahr gebracht hatte, um uns zu retten.

Wir führten ihn ins Offizierskasino im ersten Stock, das wir nie benutzten, weil Pandora es uns verboten hatte, und versammelten uns um einen der Tische herum. Navan holte Blutröhrchen für die drei Kaltblüter hervor, obwohl Ronad genau genommen keines mehr war, während Bashrik uns Menschen Wasser servierte.

»Du trinkst immer noch Blut?«, fragte Lauren neugierig.

Ronad nickte. »Ich sehe vielleicht inzwischen mehr wie ein Mensch als wie ein Kaltblut aus, aber mein Verdauungssystem läuft noch auf vysanthinische Art«, sagte er, zog den Pfropfen aus dem Fläschchen und nippte daran.

»Du siehst immer noch nicht wie die Menschen aus, die ich kenne«, sagte Angie, woraufhin Lauren sie mit dem Ellbogen anstieß. Bashrik sah niedergeschlagen aus, aber er überspielte es schnell und starrte stattdessen auf sein Blutröhrchen. Am liebsten hätte ich ihm gesagt, dass er sich keine Sorgen zu machen brauchte. Was er sah, war einfach nur Angies Abwehrmechanismus, wenn sie sich unsicher fühlte. Ich sah ihr an, dass sie immer noch nicht genau wusste, ob sich die Gefühle zwischen ihr und Bashrik nicht geändert hatten, nachdem er nicht mehr kurz davor war, zu sterben.

Ronad lächelte. »Tja, und ich dachte schon, dass ich nicht mehr auffallen würde«, witzelte er und legte Bashrik einen Arm um die Schulter. Das hob die Stimmung des schweigsamen Kaltbluts sofort.

»Also, was in Rasks Namen tust du hier?«, fragte Navan.

»Das ist eine lange Geschichte«, sagte Ronad und nahm einen weiteren Schluck aus seinem Röhrchen. »Als du nach Bashrik geschickt hast und ich diesen beiden entschlossenen Mädchen geholfen habe, sich auf das Schiff zu schleichen, wusste ich, dass ich von der Erde aus etwas unternehmen musste. Also habe ich ...«

»Du hast die beiden auf mein Schiff geschmuggelt?« Bashrik starrte ihn an.

Ronad grinste. »Wie sollten sie denn sonst zu Riley kommen? Sie wollten ihre Freundin wiedersehen. Wie konnte ich da nein sagen?«

Bashrik sah schockiert aus und Angie wurde rot. Ohne Ronads Hilfe wären die beiden nie in diese verzwickte Liebesgeschichte geraten. Ich fragte mich, was passiert wäre, wenn Angie und Lauren nie nach Vysanthe gekommen wären. Wären sie nach Paris und Stanford gegangen? Hätten sie auf meine Rückkehr gewartet? Das würde ich nie erfahren, aber obwohl es etwas egoistisch war, war ich froh darüber, wie alles gekommen war.

»Wo warst du gerade?«, hakte Navan nach und Bashrik sah Angie eindringlich an.

»Ja, nachdem Bashrik und die Mädchen fort waren, habe ich die Föds davon überzeugen können, mich ihnen anzuschließen und für sie auf Orion aufzupassen. Seitdem habe ich in einer Hütte in der Nähe des unsichtbaren Lagers gelebt und die Dinge in der eisigen Kälte beobachtet – was als Warmblut gar nicht so einfach ist, das will ich euch sagen!« Ronad lächelte. »Es ist zwar nicht sehr glamourös, aber ich habe Orion belauscht und bin ihm auf Schritt und Tritt gefolgt. Als ich von seinen Plänen erfahren habe, Pandora in der Nähe von Zai zu treffen, wusste ich, dass ihr auch alle dort sein würdet, weil Orion euch erpresste. Sobald er die Erde verlassen hat, bin ich ihm in sicherem Abstand gefolgt und habe die ganze Zeit meine Tarnfunktion eingeschaltet. Er war so auf euch konzentriert, dass er sich gar nicht nach mir umgesehen hat.«

»Wow«, hauchte Lauren und sah Ronad an. Sie machte ein komisches Gesicht und mein Herz versetzte mir einen Stich. Ich hoffte so sehr für Lauren, dass sie jemanden fand, der sie so liebte, wie sie es verdiente, aber Ronad war nicht der Richtige. Nachdem ich seine Geschichte mit Naya gehört hatte, wusste ich, dass es nie wieder eine wahre Liebe in seinem Leben geben konnte oder zumindest nicht so bald.

Er hatte seine Flügel ihretwegen aufgegeben und obwohl ich nur sehr kurze Zeit Flügel gehabt hatte, wusste ich, was für ein großer Schritt das gewesen war.

»Ist Lazar zur Erde zurückgekehrt?«, fragte Navan und brachte mich auf andere Gedanken.

Ronad nickte. »Ja, er ist vor einer Weile zur Rebellenbasis zurückgekehrt. Er war in einem ziemlich schlechten Zustand und hat durch seine Verletzungen ein Auge verloren. Aber er ist wieder ganz der Alte und schleicht als Orions Schoßhund durch die Gegend.«

»Ich bezweifle, dass es etwas gibt, was den alten Fuchs umbringen kann«, sagte Navan bitter.

Ich konnte nicht fassen, dass Lazar es zur Rebellenbasis zurückgeschafft hatte. In Südvysanthe hatte er am Abgrund des Todes gestanden. Das Blut war nur so aus ihm herausgespritzt, als die Soldaten ins Zimmer gestürmt waren. Ich war immer noch wütend auf ihn, weil er den Sender in meinem Hals gelassen hatte, aber er hatte uns das Leben gerettet und dabei ein Auge verloren.

»Hast du vor, bald zur Erde zurückzufliegen?«, fragte ich Ronad.

»Habt ihr schon die Nase voll von mir?«, fragte er lachend.

»Nein, ganz und gar nicht. Es ist nur ... Ich habe Orion gesagt, was ich mit Pandora getan habe«, gab ich zu und mir wurde flau im Magen.

In dem Augenblick war es mir gar nicht so klar gewesen, aber die Angst wurde mit jedem Augenblick, der verging, schlimmer.

»Was hast du getan?«

Ich seufzte. »Ich habe sie getötet.«

Ronad pfiff. »Wirklich?«

»Sie hat mir keine andere Wahl gelassen.« Meine Kehle schnürte sich bei der Erinnerung daran zu. Navan schlang seinen Arm um meine Taille, während ich weitersprach, und gab mir Halt. »Er weiß jetzt, was ich getan habe, und ich habe Angst, dass er meiner Familie etwas antun könnte. Er hat schon vorher damit gedroht, sie zu töten, und nun hat er keinen Grund mehr, sie länger am Leben zu lassen. Ich habe seine Geliebte getötet. Er wird alles tun, was in seiner Macht steht, um mir wehzutun.«

Ronad lächelte. »Du brauchst dir keine Sorgen zu machen, Riley. Ich wusste nicht, dass du Pandora getötet hast – und um ehrlich zu sein, werde ich etwas Zeit brauchen, um diese Neuigkeit zu verarbeiten, aber ich wusste schon vorher, dass ich eure Lieben beschützen muss, weil Orion euch mit ihnen erpresst hat«, sagte er und mir wurde etwas wärmer ums Herz. »Diesem Mann kann man nicht vertrauen und mir war klar, dass er eure Abmachung vielleicht nicht einhalten würde. Also habe ich die menschlichen Behörden dazu gebracht, alle eure Familien ins Zeugenschutzprogramm aufzunehmen«, sagte er stolz.

»Wie?«, fragte ich erleichtert und sah, dass Angie und Lauren sich genauso fühlten.

»Ich habe ein paar Dokumente gefälscht, ein paar gute alte vysanthinische Tricks ausgegraben und ein paar zufällige Dinge geschehen lassen – es war ziemlich simpel.« Er kicherte.

»Wie hast du unsere Familie gefunden?«, fragte Angie atemlos und deutete auf Lauren und sich selbst.

»Ich habe die Föds gebeten, sie zu suchen, und dann habe ich dasselbe gemacht wie mit Rileys Eltern«, sagte er. »Sie wissen auch, dass ihr in Sicherheit seid. Ich habe ihnen erzählt, dass ihr sie aus Sicherheitsgründen nicht sehen könnt, bis eine gewisse Zeit verstrichen ist.«

Angie grinste. »Ich wette, dass mein kleiner Bruder ein ziemliches Chaos veranstaltet. Die Leute vom Zeugenschutzprogramm werden vor ihm Schutz brauchen.«

»Danke, dass du unseren Familien geholfen hast. Ich habe mir solche Sorgen um meine Eltern gemacht«, sagte Lauren leise. »Sie sind nicht mehr so jung wie die meisten Eltern. Sie werden so froh sein, dass es mir gut geht!«

»Das hast du wunderbar gemacht, Ronad«, sagte ich und spürte, wie mir Tränen in die Augen stiegen.

»Ich habe nur getan, was jeder in meiner Position tun würde«, sagte Ronad lächelnd. Doch einen Augenblick später verschwand sein Lächeln und seine Stimmung schlug um. »Ich habe leider nicht nur gute Neuigkeiten.«

»Warum, was ist passiert?«, fragte Navan.

»Na ja, ich wusste nicht, dass Pandora tot ist, aber ich wusste, dass sie verschwunden war. Orion hat sich Sorgen um sie gemacht, bevor er aufgebrochen ist, weil er sie über die *Vanquish* nicht erreichen konnte«, sagte Ronad düster. »In einem Tobsuchtsanfall hat er eine ganze sibirische Stadt umgebracht. Es war ein totales Massaker ohne einen einzigen Überlebenden. Ich habe zu spät davon erfahren, um ihn aufhalten zu können.« Ronad blickte zu Boden.

Navan klopfte seinem Freund auf die Schultern. »Selbst wenn du es herausgefunden hättest, was hättest du schon tun können? Wenn du ihn aufgehalten hättest, hättest du deine Tarnung verloren. Das ist alles nur Orions Schuld.«

Seine Worte spendeten auch mir Trost. Ich konnte nicht anders, als mich für den Tod dieser armen Leute mitverantwortlich zu fühlen. Wenn ich Pandora nicht getötet hätte, dann hätte sich Orion keine Sorgen gemacht und diese Menschen wären vielleicht noch am Leben.

»Wahrscheinlich hast du recht«, seufzte Ronad. »Aber es ist trotzdem scheiße.«

»Scheint so, als ob jemand sein Vokabular auf der Erde bereichert hätte«, zog Angie ihn auf.

Ronad grinste. »Freut mich, dass du es merkst! Du hast ja keine Ahnung, wie sehr ich mich bemühe, wie ein Erdling zu sprechen.«

Während die anderen plauderten, zog ich mich in mich selbst zurück, weil ich das Gefühl nicht loswurde, dass ich den Tod dieser unschuldigen Menschen in Sibirien mitverschuldet hatte. Doch als ich aufsah, blickte Navan mich tröstend an. »Du hast nichts falsch gemacht, Riley. Diese Menschen sind nicht deinetwegen tot. Du hast unzählige Leben gerettet.« Er drückte mich an sich.

Ich schmiegte mich an ihn und war dankbar für seine starken Arme und seine sanften Lippen, die meine Stirn küssten. Er erinnerte mich daran, dass es noch Gutes gab, für das es sich zu kämpfen lohnte. Ich warf einen Blick zu Ronad, der uns beobachtete und traurig wurde. Er lächelte zwar, als sich unsere Blicke trafen, aber seine Stimmung blieb gedämpft.

»Benehmen sich die beiden immer so?«, fragte er mit gespielter Leichtigkeit.

Angie lachte. »Normalerweise sind sie noch schlimmer. Sie halten sich wahrscheinlich deinetwegen zurück.«

»Das musst du gerade sagen. Wir wissen nie genau, ob Angie und du sich nun küssen oder gegenseitig umbringen werden«, sagte Lauren, woraufhin Angie sie entsetzt ansah.

Ronad räusperte sich und wandte sich zu Bashrik. »Du und Angie? Ach, du stilles Wasser!«

Bashrik wurde rot. »Sie ist witzig, klug und hübsch – warum sollte ich mich nicht in sie verlieben? Jedem würde das passieren«, sagte er trotzig, woraufhin ein gemeinschaftliches "Ahh" ertönte, hauptsächlich von uns Mädchen. Angies Augen strahlten. Das bedeutete, dass Bashrik sich doch nicht so unsicher war, was ihre Beziehung anging.

»Du bist ein glücklicher Mann, Bash«, sagte Ronad und klopfte seinem Freund auf den Rücken. »Angie wird dich auf Trab halten. Ich wünsche euch viel Glück. Wenn mir doch nur jemand davon erzählt hätte, dann hätte ich einen Blumenstrauß mitgebracht. Das ist bei den Menschen üblich, wie ich höre?«

Ich lächelte. »Es ist üblich, dass der Partner der Frau Blumen schenkt.«

»Ist es das?«, fragte Bashrik nachdenklich.

»Ja«, nickte ich.

»Nun, so gern ich auch über Liebe spreche«, sagte Ronad mit gespielter Fröhlichkeit, »müssen wir uns überlegen, in welche Richtung wir fliegen. Mein Schiff hat ein paar Schüsse am Motor abbekommen und eures sieht auch nicht allzu gut aus.«

Navan zog eine Grimasse. »Der Prognose nach haben wir nicht viele Optionen. Wir werden nach Vysanthe zurückkehren müssen und dann entscheiden, wie es weitergeht. Die Erde ist zu weit entfernt. Wir würden es niemals schaffen.«

»Sieht so aus, als ob ich mit euch kommen müsste«, sagte Ronad seufzend. »Meine Fernalltechnologie ist ausgefallen. Selbst wenn ich also zurückfliegen wollte, würde ich ewig brauchen. Ich kann euch abschleppen, falls euer Motor Probleme hat, und kurz vor Vysanthe können wir dann Schiffe tauschen.« Mir fiel auf, dass er nicht von »Zuhause« sprach. Genau wie für Navan war der Planet der Kaltblüter nicht mehr seine Heimat.

»Wir könnten die Titanen von Vysanthe aus kontaktieren«, sagte ich, woraufhin Ronad mich neugierig ansah.

»Ihr versucht, die Titanen für euer Anliegen zu gewinnen?«, fragte er.

Ich nickte. »Ich habe gehört, dass sie kampflustig sind.«

»Weißt du was? Das ist gar keine schlechte Idee«, nickte er. »Wenn ihr die Titanen davon überzeugen könnt, euch im Kampf gegen die Königinnen und die Rebellen zu helfen, dann habt ihr vielleicht eine Chance. Ich kenne keine anderen Krieger wie sie und ich habe sie schon einmal in einer echten Schlacht beobachtet!«

»Ach ja?«, fragte ich.

»Ich war Teil eines Geheimteams, das sie beobachtet hat. Sie sind faszinierend und erschreckend. Wenn ihr ihr Vertrauen gewinnt, dann habt ihr ein großartiges Team«, sagte Ronad aufgeregt.

Navan verdrehte die Augen. »Ich habe versucht, sie von der Idee abzubringen.«

»Pft, hört nicht auf ihn. Er hasst die Titanen, aber das liegt nur daran, dass er ihr Potenzial nicht erkennt. Er hält sie für Heiden ohne Moral, aber ich sehe sie eher als Kriegsmaschinen mit einem annehmbaren Verhaltenskodex«, sagte Ronad und stärkte meinen Beschluss.

»Sieht so aus, als ob wir die Titanen kontaktieren!«, jubelte Angie.

Lauren nickte. »Wenn Ronad es für eine gute Idee hält, dann denke ich, dass wir es versuchen sollten.«

Selbst Bashrik schien nun überzeugt zu sein. »Wisst ihr was? Er hat recht.«

»Na schön«, brummte Navan. »Sobald wir in Vysanthe sind, suchen wir nach einem Weg, mit ihnen in Verbindung zu treten und sie davon zu überzeugen, sich uns anzuschließen. Aber wenn alles schiefgeht, dann sagt nicht, ich hätte euch nicht gewarnt!«

Aber im Augenblick hatten wir erst einmal andere Sorgen. Wenn wir nach Vysanthe zurückkehrten, dann hieß das, Königin Brisha gegenüberzutreten. Aber nun war ihre wichtigste Beraterin tot und wir konnten ihr nichts für ihre Forschungen nach dem Elixier anbieten. Hoffentlich würde sie uns nicht auf der Stelle verbannen oder Schlimmeres tun.

Wir hatten ihr jede Menge Dinge zu erklären.

# KAPITEL EINUNDDREISSIG

Mit unseren beschädigten Motoren und dem Föds-Schiff, das in keinem besseren Zustand war, brauchten wir über eine Woche, um das Sonnensystem von Vysanthe zu erreichen. Es war eine anstrengende Reise, weil wir nicht wussten, wie Königin Brisha uns empfangen würde, aber wir waren alle froh, dass wir keine Rohre mehr putzen und unter Pandoras eisernem Regime endlos Wäsche waschen mussten.

Es war schön, mehr Zeit allein mit Navan verbringen zu können. Ich war vor allem froh darüber, dass er die Kräuter mitgebracht hatte, obwohl ich mir wünschte, dass wir mehr davon gehabt hätten, denn nach fünf Tagen war unser Vorrat erschöpft, weil er nur eine Handvoll eingesteckt hatte. Während dieser Woche hingen wir alle in einer angenehmen Schwebe und konnten unsere Verantwortlichkeiten von uns schieben. Es wartete Schlimmes auf uns, so viel war uns allen klar, aber wir konnten nichts unternehmen, bis wir den Planeten erreichten.

Am Morgen des neunten Tages weckte ich Navan auf, der neben mir schlief. Ich beugte mich über seinen nackten Oberkörper und küsste ihn sanft auf die Lippen, woraufhin er seine Arme um mich schlang und mich verschlafen an sich zog.

»Wohin gehst du?«, murmelte er, als ich mich von ihm löste.

Ich grinste und küsste ihn wieder und spürte, wie mir warm wurde. »Ich glaube, ich werde lieber Bashrik ablösen, bevor ich noch etwas tue, was ich bereue«, flüsterte ich und schmiegte mich an ihn. Ohne die Kräuter wurde es immer frustrierender, ihm nah zu sein, ohne mit ruhigem Gewissen mit ihm schlafen zu können. Ich genoss unsere leidenschaftlichen Küsse und die Art, wie wir uns sinnlich umeinander verschlangen, aber ich begann, das eigentliche Hauptereignis zu vermissen.

»Ich würde nichts bereuen«, sagte er seufzend, küsste meinen Nacken und knabberte an meinem Ohrläppchen, sodass ich nach Luft schnappte. Das war mehr, als ich verkraften konnte, und so gab ich seinem Kuss nach, schmiegte mich noch enger an ihn und merkte, wie sich mein Atem beschleunigte.

Meine Hand glitt über seine festen Bauchmuskeln nach unten und stoppte dann abrupt. »Nein, ich muss wirklich gehen«, raunte ich an seine Lippen, weil ich wusste, dass ich sonst nur noch frustrierter sein würde.

»Aber ich hatte solch einen schönen Traum«, sagte er und strich mir durch die Haare.

Lachend rückte ich von ihm ab und rutschte auf die andere Bettseite. Nun, da Pandora nicht mehr das Kommando über das Schiff hatte, waren wir in die privaten Schlafzimmer umgezogen und konnten endlich allein sein. Ehrlich gesagt fühlte es sich großartig an, aus dem Bett zu steigen und so angezogen oder unangezogen umherzulaufen, wie es mir gerade in den Sinn kam, ohne mir Sorgen darum zu machen, dass mich jemand sah. Dass Navan mich so sah, wie er es gerade jetzt mit einem gierigen Blick tat, machte mir natürlich nichts aus.

»Bist du dir sicher, dass du nicht wieder ins Bett zurückkommen möchtest? Ich habe da eine Idee«, brummte er.

Ich lachte und zog mich schnell an, bevor ich meine Meinung ändern konnte. »So gern ich den Morgen mit dir im Bett verbringen würde, muss doch jemand Bashrik im Kontrollraum ablösen«, sagte ich entschlossen und hüpfte noch einmal zu ihm zurück, um ihm einen letzten Kuss zu geben, bevor ich das Zimmer verließ. Seufzend ging ich den Gang zum Cockpit entlang und spürte, wie mein Magen zu knurren begann. In ein paar Stunden würde ich etwas essen gehen.

Die *Vanquish* flog zwar im Autopilot, aber Bashrik hatte sich Sorgen wegen Orion und Weltraumpiraten gemacht, weshalb wir beschlossen hatten, in Schichten im Cockpit zu sitzen, falls irgendetwas passierte. Ich war mir sicher, dass Bashrik für die Nachtschicht eingeteilt worden war, aber als ich mich der offenen Tür näherte, hörte ich Angies Stimme.

Neugierig spähte ich um die Ecke und sah Bashrik und Angie eng nebeneinander an einem der Seitentische sitzen. Er hielt ihre Hand und wie es aussah, hatte Angie geweint, aber ich wollte nicht ins Zimmer stürmen und Bashrik fälschlich beschuldigen, ohne die Details zu kennen. Also presste ich mich an die Wand und belauschte ihr Gespräch. Ich wusste, dass ich das nicht tun sollte, aber ich konnte einfach nicht anders.

»Es tut mir leid, dass ich mich so abweisend verhalten habe«, sagte Bashrik leise. »Mein Kopf ist ein reines Durcheinander und ich wollte mich erst mal wieder selbst ordnen, bevor ich dir näher komme. Die Linien zwischen Wirklichkeit und Fantasie waren verschwommen und ich wusste nicht, welche Gedanken noch aus der Zeit vorher stammten und welche mit dem Virus gekommen sind.«

»Du hast mir gesagt, dass du mich nicht mehr warten lassen würdest, aber hier sitze ich nun und warte immer noch«, sagte Angie verletzt. »Wir sind seit über einer Woche auf diesem Schiff und du meidest mich wie die Pest. Wenn die anderen da sind, dann streiten wir nur. Du verwirrst mich, Bashrik, und ich will nicht länger verwirrt sein.«

»Ich weiß, ich weiß. Ich habe mich wie ein Idiot benommen, aber ich verspreche dir, dass ich es wiedergutmachen werde«, sagte er. »Ich wollte nur sicher sein, dass meine Gefühle nicht Teil des Virus sind. Ich wollte sicher sein, dass es wirklich meine eigenen Gefühle sind.«

Angie seufzte. »Und jetzt bist du dir sicher oder wirst du weiter jedes Mal davonlaufen, wenn wir aufeinandertreffen? Das Einzige, was mir im Augenblick einfällt, wenn ich an dich denke, ist das Geräusch deiner quietschenden Schuhsohlen, wenn du davonläufst.«

Bashrik lachte auf. »Ja, ich bin mir sicher.«

»Gut, weil ich nämlich meine Zeit nicht weiter mit dir verschwenden werde, wenn du nicht an mir interessiert bist«, sagte Angie. »Ich weiß, dass du ein Problem hast, weil ich ... bin, was ich bin ... Aber ich werde nicht dein kleines schmutziges Geheimnis sein. Wenn du mit mir zusammen sein willst, dann sei auch mit mir zusammen. Und wenn du es nicht willst, dann erlöse mich wenigstens aus meiner Ungewissheit.«

»Ich will mit dir zusammen sein, Angie. Von jetzt an werde ich mich mehr anstrengen. Ich werde dir zeigen, dass du deine Zeit nicht verschwendest.«

»Das will ich hoffen«, brummte Angie.

Ich hob die Augenbraue, als ein lautes Kussgeräusch in den Gang hinaushallte. Na ja, wenigstens gingen sie einander nicht an die Gurgel. Zumindest nicht im üblichen Sinn. Ich wusste, wie verschroben es war, dazustehen und sie beim Knutschen zu belauschen, aber ich wollte ihren romantischen Augenblick nicht unterbrechen und so blieb ich an die Wand gepresst stehen und hielt mir die Ohren zu.

Nachdem die Minute verstrichen war, die ich ihnen gegeben hatte, schlich ich auf die andere Seite des Hauptraums zurück und stampfte laut mit meinen Stiefeln über den Metallboden, als ich zur Cockpittür ging. Ich spähte breit grinsend in den Kontrollraum, wo die beiden sofort voneinander abließen und mich mit roten Wangen ansahen.

»Angie, was machst du denn hier?«, fragte ich und warf ihr einen verschwörerischen Blick zu.

»Ich löse nur Bashrik ab«, sagte sie kichernd.

Ich lächelte. »Oh, dasselbe wollte ich auch gerade tun. Aber wenn hier alles unter Kontrolle ist, werde ich das Frühstück vorbereiten. Willst du mitkommen?«

Angie schüttelte den Kopf. »Ich will die Schaltflächen nicht allein lassen.«

»Bashrik?«

Er sah mich schüchtern an. »Nein, ich denke, ich werde noch etwas hierbleiben, bis Angie weiß, wozu die ganzen Knöpfe da sind.«

»Kein Problem, ich wollte ja nur fragen«, sagte ich strahlend. Als ich mich umdrehte, warf ich noch einen letzten Blick auf sie, aber sie sahen sich schon wieder verliebt an. »Habt Spaß, ihr Turteltauben. Wenn ihr etwas Privatsphäre braucht, macht einfach die Tür zu!«, sagte ich lachend und schloss die Cockpittür hinter mir.

Nun, da ich mir um den Kontrollraum keine Sorgen mehr machen musste, konnte ich mir und meinem Liebsten das Frühstück zubereiten.

---

Da es kein Sonnenlicht gab, um die Uhrzeit zu bestimmen, war es schwer, zu wissen, wann der Morgen in den Nachmittag und der Nachmittag in die Nacht überging. Aber an diesem Tag waren wir uns sicher, dass wir Vysanthe bald erreichen würden. Wir hatten bereits einmal am Rande seines Sonnensystems Halt gemacht und die *Vanquish* um den Schatten eines nahen Mondes herumgelenkt, um das Föds-Schiff an uns zu binden. Ronad war nach draußen geklettert und hatte sein Schiff sicher angedockt und auf Tarnmodus geschaltet, bevor er wieder in die *Vanquish* zurückgeklettert war. Das Letzte, was wir gebrauchen konnten, war, dass Königin Brisha ein Schiff der Föds im vysanthinischen Luftraum entdeckte.

Die Uhr im Cockpit hatte vier Uhr nachmittags angezeigt und ich sah den Planeten der Kaltblüter in der Ferne auftauchen. Ich saß am Steuer, während die anderen ihren Arbeiten nachgingen, aber Navan und Ronad hatten mir den Großteil des Nachmittags über Gesellschaft geleistet. Beide verachteten Vysanthe und ich sah ihnen an, dass sie sich nicht darauf freuten, nach Hause zurückzukehren.

Eine Stunde später übernahm Navan das Steuer. Ich sagte über Lautsprecher allen Bescheid, sich anzuschnallen. Wir bereiteten uns darauf vor, in die Atmosphäre einzutreten, und da das Schiff beschädigt war, würde die letzte Strecke etwas holprig werden.

Ich beherzigte selbst meinen Rat und schnallte mich an einem der Cockpitstühle fest, von wo aus ich durch die Windschutzscheibe unseren Landeflug beobachtete. Lange Zeit sah ich nur Feuer und Rauch, während wir durch die verschiedenen Kappen der Atmosphäre des Planeten stießen. Dem Navigationsbildschirm nach zu urteilen, würden wir auf Brishas Seite an einem abgelegenen Ort in der Nähe der Grenze landen.

Aber als sich der Rauch legte, merkten wir, dass wir ganz und gar nicht allein waren.

Der Himmel rings um uns herum wimmelte nur so von Schiffen und unser plötzliches Auftauchen hatte viel unerwünschte Aufmerksamkeit auf sich gezogen. Entsetzt sah ich, wie mehrere Kriegsschiffe ihre Waffen auf uns richteten, während Navan und Ronad hastig versuchten, uns aus der Schusslinie zu bringen.

Ein Knall ertönte und traf die Vorderseite der *Vanquish*.

»War das ein Warnschuss?«, fragte ich und umklammerte meine Stuhllehnen.

»Wir sind auf Brishas Seite! Sie sollten nicht auf uns schießen!«, schrie Navan und entging einer weiteren Kanonensalve. Niemand hatte versucht, uns zu kontaktieren oder uns zu fragen, wer wir waren, aber ich wusste, dass die *Vanquish* das Emblem von Brishas Flotte trug, was doch eigentlich ausreichen sollte, um nicht beschossen zu werden. Es sei denn, sie wussten über Pandora Bescheid ...

Nein, Brisha konnte nichts davon wissen. Ich erhob mich aus meinem Sitz, rannte zur Windschutzscheibe und warf einen Blick auf die uns angreifenden Schiffe. Sie trugen an ihren Seiten Giannes Emblem.

»Wir sind irgendwie auf der anderen Seite der Grenze gelandet!«, schrie Ronad. »Wir müssen auf die andere Seite gelangen!«

Navan steuerte uns auf die vertraute Bergkette zu, aber Giannes Schiffe verfolgten uns bereits. Kleinere Kampfschiffe versuchten, uns den Weg abzuschneiden, und rammten uns von den Seiten her, wobei ihre kleineren Waffen Dellen in unsere Metallwände stießen. Explosionen erschütterten die *Vanquish*, aber Navan ließ sich nicht beirren.

Seine geschickten Hände lenkten das Schiff in die Gefahr hinein und wieder hinaus, während wir Stöße von allen Seiten einsteckten. An dem Punkt angekommen, an dem sich die Grenze befinden sollte, merkte ich, dass etwas nicht stimmte.

Die Grenze war gefallen. Brisha und Gianne befanden sich im Krieg.

Etwas hielt die größeren Kriegsschiffe zurück und sie waren nicht in der Lage, uns durch die Spalte in den Felsen zu folgen. Sie bogen zur Seite ab, als ob die Grenze noch existierte. Die kleineren Kampfflieger hatten dasselbe Problem, aber es war bereits zu spät. Ihre Waffen hatten unsere Motoren getroffen.

Mit einem plötzlichen Ruck wurden wir nach rechts geschleudert und ein gewaltiger Knall hallte durch die *Vanquish*. Rote Lichter blinkten auf und Sirenen heulten. Das Kontrollpanel war eine Lichtershow aus Warnblinkanlagen. Wir waren getroffen worden, und zwar übel.

»Wir stürzen ab!«, schrie Navan und ich drückte auf den Lautsprecherknopf.

»Macht euch auf eine raue Landung gefasst!«, schrie ich über den Krach, die Sirenen und die blitzenden Lichter hinweg, die wahrscheinlich schon Ansage genug waren.

Das Schiff stürzte auf den Boden zu. Navan und Ronad taten alles, was in ihrer Macht stand, aber sie konnten nicht mehr viel ausrichten. Die Motoren waren ausgefallen und wir fielen in halsbrecherischer Geschwindigkeit.

Kurz bevor wir aufprallten, schlug Ronad auf einen Knopf rechts vom Bildschirm. Ich wusste nicht genau, wozu er da war, aber die *Vanquish* ruckte kurz zurück und unser Sturz wurde zumindest soweit abgebremst, dass wir beim Aufprall nicht in tausend Stücke zerschellten.

»Was hast du …«, aber ich kam nicht dazu, meinen Satz zu beenden, weil Navan mich packte und auf dem Pilotensitz festschnallte. Sobald ich sicher war, schnallten er und Ronad sich auf den Sitzen neben mir fest und machten sich auf den Aufprall gefasst.

Mit zunehmender Angst sah ich auf den Boden. Ich wusste, dass es wehtun würde. Aber wenigstens landeten wir auf Brishas Seite, obwohl das mitten im Krieg auch keinen großen Vorteil bedeutete.

Wir schlugen auf und die Windschutzscheibe hielt auf wundersame Weise stand. Mein Körper wurde so heftig nach vorn geschleudert, dass ich dachte, mein Kopf würde von meinem Körper abfallen. Ein furchtbarer Schmerz durchfuhr meine Nervenzellen. Die *Vanquish* schlitterte auf der Erde entlang und kam mitten vor einem Schlachtfeld zum Halten.

Soldaten in den Farben der beiden Königinnenreiche kämpften gegeneinander sowohl am Boden als auch im Himmel und trugen scharfe Säbel und riesige Waffen. Ich sah zerfetzte Flügel, geprellte Gesichter und alle schienen zu bluten, aber niemand schien zu gewinnen – oder zumindest war es noch nicht soweit, dass jemand den Sieg für sich beanspruchen konnte. Durch die Windschutzscheibe sah ich auch, wie ein Kaltblut ein anderes verfolgte und ein boomerangähnliches Gerät auf den Rücken seiner Beute zuschleuderte. Als das verfolgte Kaltblut sich in den Himmel erheben wollte, um den Vorteil eines Luftangriffs zu nutzen, verhakte sich das Gerät in seinen Flügeln und machte sie nutzlos. Das Kaltblut landete mit einem dumpfen Geräusch auf dem Boden und sah sich gezwungen, von dort aus weiter zu kämpfen, ohne in den Himmel flüchten zu können.

Ich schnitt eine Grimasse, als das Kaltblut, das den Boomerang geworfen hatte, dem anderen einen Speer in die Brust rammte, dann seinen Boomerang wieder an sich nahm und auf der Suche nach dem nächsten Opfer davonrannte. Es trug Giannes Farben. Scheinbar hatte Königin Gianne sehr viele geheime Fortschritte im Bereich Technologie erzielt. Zuerst die Fernalltechnologie. Jetzt diese Geräte, die ein Kaltblut davon abhielten, davonzufliegen, um zu fliehen. Viele der Waffen ihrer Soldaten schienen irgendwie verbessert worden zu sein. Einige verfügten sowohl über Kugeln als auch über Klingen, während andere den Gegner mehrere Sekunden lang erstarren ließen – genug Zeit, um dem Angreifer einen klaren Vorteil zu verschaffen.

Ich hasste es, das zu sagen, aber es sah so aus, als ob Giannes Soldaten auf dem Weg zum Sieg waren. Schon bald würden sie die

Schlacht für sich entscheiden und diesen Zipfel von Brishas Königreich für sich beanspruchen, obwohl Brishas Soldaten sich nach allen Kräften wehrten. Ihnen fehlte einfach nur die überlegene Technologie.

»Wir müssen da raus und kämpfen!«, sagte Ronad und schnallte sich ab. Die Soldaten blickten auf unser abgestürztes Schiff und obwohl sie erst einmal anderweitig beschäftigt waren, würden sie sich wahrscheinlich auf uns stürzen, sobald sie Brishas Infanterie geschlagen hatten.

Navan legte seinem Freund die Hand auf die Schulter. »Ronad, das geht nicht. Du hast keine Flügel.«

»Sie würden mir sowieso nicht viel nutzen«, sagte er trocken und schaute auf die eigenartigen Boomerangs. »Ich habe diese Dinger noch nie gesehen. Was ist das?«

Navan zuckte mit den Schultern. »Das habe ich mich auch gerade gefragt.«

»Sieht so aus, als ob Gianne fleißig war, während wir fort waren«, brummte ich, schnallte mich los und versuchte, den Schmerz zu ignorieren, der mir in allen Knochen saß. Die Kaltblüter schienen unversehrt zu sein, aber ihre Körper waren auch kräftiger als unsere. Ich war mir ziemlich sicher, dass Menschen einen solchen Aufprall normalerweise nicht überlebten.

Schnell schob ich den Gedanken beiseite und eilte in den Hauptraum zurück, wo ich mir mein Bandelier mit Messern aus der Waffenkiste schnappte, die wir in einem der Vorratsregale verstaut hatten. Auch meine Handschuhe waren dort und ich zog sie mir schnell über. Navan nahm seine Zwillingssäbel und Ronad bewaffnete sich mit einem großen Maschinengewehr. Bashrik, Angie und Lauren tauchten wenige Sekunden später zerzaust auf.

»Seid ihr in Ordnung?«, fragte ich, als sie zur Waffentruhe hinüberkamen.

Lauren nickte und nahm eine Waffe. »Etwas zittrig, aber sonst okay.«

Angie verzog das Gesicht und wählte eine ähnliche Waffe. »Ein kleines Schleudertrauma, aber nichts, um herumzujammern.«

»Mir geht es gut«, sagte Bashrik und griff nach einer doppelseitigen Axt.

Ich dachte kurz daran, das Röhrchen mit dem Drakonierblut zu holen, das in einer Kiste eingepackt war, aber es war nun auch egal. Das Blut war nutzlos und wir mussten die Hände zum Kampf freihaben. Wenn wir gewannen, konnten wir immer noch zurückkommen.

Sobald wir alle bewaffnet waren und gefährlich aussahen, gingen wir zur Ladetür. Die Luft war rein, als wir sie öffneten, aber ich wusste, dass es nicht lange so bleiben würde. Zwischen uns und der Sicherheit stand eine Horde von Giannes Soldaten und ich hatte keine Ahnung, ob es auf diesem Planeten überhaupt noch einen sicheren Fleck gab.

# KAPITEL ZWEIUNDDREISSIG

Wir liefen um das Schiff herum und erreichten das Hauptschlachtfeld. Rings um uns herum prallten Kaltblüter unter Schüssen und Klingenklirren aufeinander und waren entschlossen, sich gegenseitig auszuschalten. Es würde ein tückischer Kampf werden, weil wir keine Rüstung trugen und auch nur wenige Waffen bei uns hatten. Aber uns blieb keine andere Wahl. Unser Schiff war abgestürzt und wenn wir drinnen blieben, dann würden Soldaten trotzdem einen Weg zu uns finden. Es war besser hier draußen zu kämpfen, als in der engen Metallhülle.

»Glaubst du, dass die Kanonen noch funktionieren? Wir könnten die auf der Oberseite des Schiffs benutzen«, schlug Lauren vor und warf einen ängstlichen Blick zur *Vanquish* zurück.

Angie nickte. »Ja, wir könnten wieder nach drinnen gehen und von dort aus schießen.«

Doch Navan schüttelte den Kopf. »Wenn wir im Schiff bleiben, dann werden sie uns später holen kommen. Ich will diesen Kampf genauso wenig kämpfen wie ihr. Ihr seid zwar gut im Umgang mit den Schiffswaffen, aber das hier ist eine andere Liga. Ich werde nicht zulassen, dass ihr euer Leben aufs Spiel setzt.«

So als ob er Navans letzten Satz unterstreichen wollte, rannte ein Haufen Soldaten auf uns zu. Schon bald hätten sie das abgestürzte Schiff durchsucht und wir würden sie abwehren müssen. So sehr ich mich auch davor fürchtete, hatte ich doch wenigstens eine Grundausbildung, die meinen Freundinnen fehlte. Ich besaß zwar nicht die Stärke eines Kaltbluts, aber in den Simulationen hatte ich mich ziemlich gut geschlagen – zumindest gut genug, um mich hier draußen verteidigen zu können.

»Ihr müsst von hier verschwinden. Das hier ist kein Ort für euch«, sagte ich.

»Wir haben Waffen – wir können kämpfen!«, sagte Angie, aber ich sah die Angst in ihren Augen.

Bashrik nahm Angies Hand und sah ihr tief in die Augen. »Du musst gehen. Wenn du hierbleibst, wirst du sterben, und das werde ich nicht zulassen. Ich werde dich nicht verlieren. Nicht jetzt«, sagte er leise.

»Ich bringe sie in Sicherheit, während ihr drei die Soldaten ablenkt, damit wir einen Weg finden«, schlug Ronad vor und nickte in Richtung der nahegelegenen Bergkette.

Navan umklammerte seine Schwerter. »Wenn wir die Kampfgruben erreichen können, dann könnten wir uns dort verstecken und überlegen, was zu tun ist.«

»Liegen die denn nicht auf der falschen Seite?«, fragte ich erschrocken.

»Theoretisch ja, aber wenn der Krieg begonnen hat, dann sind die Grenzen verschwommen«, sagte Navan. »Der einzige Ort, den ich kenne, an dem wir im Augenblick in Sicherheit sind, sind diese Gruben.«

»Dann sehen wir uns dort«, sagte Ronad.

»Passt auf euch auf und haltet euch versteckt«, sagte ich meinen beiden besten Freundinnen und umarmte sie noch einmal fest, obwohl uns die Zeit davonlief.

»Das werden wir«, sagten sie erschrocken.

Ronad scheuchte sie um die *Vanquish* herum und führte sie in den spärlichen Wald. Hoffentlich gelangten sie zu den Kampfgruben, bevor sie jemand aufhalten konnte, denn der Tunnel war wahrscheinlich versperrt und es gäbe keinen anderen Ausweg. Wenn das bedeutete, dass sie über die Berge klettern mussten, um auf die andere Seite zu gelangen, dann wären sie dem Feuer der Schiffe auf der anderen Seite schutzlos ausgeliefert.

Aber ich durfte jetzt nicht weiter darüber nachdenken, weil ich mich auf das Hier und Jetzt konzentrieren musste. Also sprang ich aus meinem Versteck und schleuderte Messer auf die Soldaten, die auf uns zustürmten. Viele von ihnen knickten ein und meine Klingen trafen sie an den verletzlichsten Stellen. Meine Messer flogen schnell und versenkten sich in ihre Ziele. Ich verfehlte nur wenige.

Meine Bedenken, jemanden zu töten, durften mir jetzt nicht im Weg stehen, sonst würden wir stattdessen zerstückelt werden. Deshalb stellte ich mir das Ganze als eine sehr reale Simulation vor und so fiel es mir leichter, meine Messer zu schleudern, obwohl ich noch nie zuvor wirkliche Todesangst gehabt hatte.

Während wir uns vorwärts hieben, wobei Navan seine beiden Samuraischwerter mit müheloser Eleganz schwang und Bashrik seine Axt auf jeden niedersausen ließ, der sich ihm in den Weg stellte, gelang es uns, uns einen Weg durch Giannes Soldaten zu schlagen. Wir liefen gerade auf den alten Tunneleingang zu, um eine sichere Route zu finden, auf der die anderen uns folgen konnten, aber überall um uns herum tauchten neue Soldaten auf.

»Hinter dir!«, schrie ich, als sich ein maskierter Soldat auf Navan stürzte.

Der Soldat hielt etwas in der Hand, was er an Navans Hals befestigen wollte, aber Navan hatte meinen Schrei zum Glück rechtzeitig gehört und duckte sich, bevor er herumwirbelte und einen seiner Säbel in Richtung des Halses des Angreifers hieb. Doch dieser wich mit schnellen Reflexen ebenfalls aus. Seine Bewegungen waren fließend und wendig.

Der Angreifer schien nur an Navan interessiert zu sein und versuchte weiter, ihm das Gerät am Hals zu befestigen. Bashrik war hinter uns in einen anderen Kampf mit zwei von Giannes Soldaten verwickelt, aber er schlug sich tapfer und kam mit seiner Axt selbst gegen die verbesserten Waffen von Giannes Soldaten an. Außerdem kämpften sie nicht mit der angestauten Wut, mit der sich Bashrik in die Schlacht stürzte und die ihn wirklich angsteinflößend aussehen ließ. Er war wie ein Nashorn, wie er durch die Menge stürmte und seine Axt mehr mit brutaler Wucht als mit Anmut schwenkte.

»Was versuchen sie, dir anzulegen?«, zischte ich, als der Angreifer einen weiteren Versuch startete und über Navans Schulter fiel.

»Er will mich wahrscheinlich einfangen, um mich an Königin Gianne zu übergeben«, knurrte Navan. »Ein nettes Geschenk, sogar mit einer Schleife obendrauf.«

»Aber nur über meine Leiche!«, sagte ich und schleuderte meine Messer auf den Angreifer.

Zusammen wehrten wir das hartnäckige Kaltblut ab, das aus Wasser oder irgendeiner unverletzlichen Substanz gemacht zu sein schien. Seine Knochen konnten aus keinem festen Material sein, so wie er sich bewegte. Es gab keine Position, in die diese Gestalt sich nicht biegen konnte und sein Körper wich Navans Schlägen und meinen Messern aus.

Doch dann landete ich einen Glückstreffer und eines meiner Messer erwischte den Mann am Bein. Er stolperte und fiel zu Boden. Das war alles, was ich gebraucht hatte. Ich stürzte mich auf ihn, packte den Rand seiner Maske und riss sie ihm in einem schnellen Zug ab.

Ein männliches Kaltblut sah mich keuchend an. Er japste und seine Lippen waren schmal und fast farblos. Graue Augen funkelten wütend zu mir hinauf und lockige, von grauen Strähnen durchzogene Haare rahmten sein Gesicht. Aber das Kaltblut sah nicht alt aus. Genau genommen konnte er nicht mehr als ein paar Jahre älter als Navan sein.

»Töte ihn!«, knurrte ich und drückte mich auf den Angreifer, zog seinen Kopf zurück und entblößte seinen Hals. Aber Navan stand wie erstarrte da.

Er kniff die Augen zusammen. »Kaido?«

»Bruder«, sagte das Kaltblut eisig.

»Was in Rasks Namen machst du hier?«, knurrte Navan.

»Ich jage dich und Bashrik. Ihr werdet mir nicht entkommen.«

Damit entwand er sich mir, weil er natürlich viel stärker war als ich, aber Navan hatte ihn schon gepackt, bevor ich mich wehren konnte. Er schlug mit der flachen Seite seines Säbels seitlich gegen Kaidos Kopf, um seinen Bruder zwar bewusstlos zu schlagen, aber nicht zu töten. Ich fragte mich, wie viele Brüder ich noch unter ähnlich bizarren Umständen kennenlernen würde. Ich hatte meine Begegnung mit Sarrask noch nicht vergessen.

Kaido schien einen Augenblick perplex zu sein, bevor er reagierte. Er rieb sich den Kopf und setzte dann zu einem neuen Angriff an. Noch immer hielt er das runde Gerät in seiner Hand. Wahrscheinlich glaubte er, spielend mit mir fertig zu werden, sobald er Navan einmal dingfest gemacht hatte.

Navan schlug noch einmal mit der stumpfen Kante seines Säbels gegen Kaidos Schädel. Ich hörte das dumpfe Geräusch, aber Kaido schien sich davon kaum beeindrucken zu lassen, sondern sprang einfach wieder beiseite. Er war größer als Navan, aber schlank, fast hager, so wie keiner der anderen Idrax-Brüder – zumindest keiner derer, die ich bislang kennengelernt hatte. Sie waren alle muskulös und kräftig, während er dünn und drahtig war. Aber trotzdem fehlt es ihm nicht an Stärke.

»Wenn du es mir schwermachen willst, Bruder, dann lässt du mir keine andere Wahl«, seufzte Kaido. Er spreizte seine riesigen Flügel und hob wie eine Rakete ab und wirbelte herum, sodass uns kaum ein Augenblick blieb, um Luft zu holen. Er war wie ein Dynamo, mit mehr Energie, die ich je bei einem Lebewesen gesehen hatte, selbst bei den Außerirdischen nicht. Er sah in den Himmel hinauf und erkannte, dass er auf den Wald am Ende der Lichtung zuflog.

»Er ist hinter den anderen her!«, schrie ich. Navan umschlang meine Taille und wir hoben ebenfalls ab. Doch kurz darauf machte sein Körper einen Ruck und seine Flügel versagten. Ich sah über seine Schulter und erkannte, dass sich eines dieser Boomeranggeräte in seinen Flügeln verfangen hatte und ihn am Fliegen hinderte.

Er kämpfte so lange wie möglich dagegen an, um mich wenigstens sicher am Boden abzusetzen. Ich konnte an seinem Gesichtsausdruck ablesen, dass der Boomerang schmerzhaft war. Navan drehte sich um und schlitzte dem Kaltblut, das das Gerät nach ihm geworfen hatte, den Bauch auf, bevor dieser zu einem tödlichen Stoß ausholen konnte.

Das Kaltblut fiel zu Boden, sein Blut sickerte in das frostbedeckte Gras und das Licht in seinen Augen erlosch.

Da wir nicht wussten, wie wir das Gerät aus Navans Flügeln lösen konnten, ohne sie zu verletzen, rannten wir Kaido nach und verfolgten ihn am Boden statt in den Lüften.

Am Waldrand drehten wir uns noch einmal um, um zu sehen, ob uns auch keine Soldaten gefolgt waren.

Bashrik schlug sich immer noch problemlos allein, vor allem, seit sich das Schicksal gewendet zu haben schien. Vorher hatte es so ausgesehen, als ob Giannes Soldaten siegen könnten, aber jetzt schien Königin Brishas Armee dem Sieg näher zu sein. Genau genommen schien es nicht mehr lange zu dauern, bis Brishas Soldaten Giannes Leute zum Rückzug über die Grenze zwingen konnten. Schon rannten viele der Kaltblüter zu ihren Schiffen zurück.

Wir verloren keine weitere Zeit und rannten in den Wald hinein. Ich hörte Angies und Laurens Stimmen ganz in der Nähe und rannte auf sie zu. Wir stießen wenige Sekunden später auf sie. Die beiden Mädchen rannten uns entgegen. Sie trugen ihre Waffen nicht mehr bei sich und standen mit leeren Händen vor uns.

Ich packte Lauren bei den Schultern. »Wo ist Ronad?«

»Er hat sich geopfert, damit wir fliehen können. Er kämpft dort drüben mit einem Irren!«, erklärte sie und deutete mit dem Finger zwischen den knorrigen Bäumen hindurch.

Angie nickte. »Er hat uns aufgelauert und uns unsere Waffen abgenommen. Hinterhältiger Mistkerl!«

Ich verzog das Gesicht. »Bleibt hier. Bewegt euch nicht, bis wir euch holen kommen.«

»Wir werden uns verstecken«, versprach Lauren, packte Angie und zog sie unter einen Baumstamm.

Ich rannte weiter, Navan dicht hinter mir, und kam zu einer kleinen

Lichtung zwischen den Bäumen, wo Kaido Ronad vorwärtsstieß. Ronad hatte die Hände hinter dem Kopf zusammengefaltet und ein Gerät klemmte sich um seinen Hals. Sein Maschinengewehr lag auf dem Boden und war entladen worden. Ronad schien seine Bewegungen nicht mehr kontrollieren zu können – dazu war wohl dieses Gerät gedacht.

»Vorwärts!«, bellte Kaido, der uns noch nicht bemerkt hatte.

Ronad ging langsam vorwärts, aber so, wie er schmerzgequält das Gesicht verzog, erkannt ich, dass er seine Bewegungen nicht selbst steuerte.

»Schleich dich von hinten an. Ich versuche, ihn seitlich zu erwischen«, flüsterte Navan.

Wir trennten uns. Ich schlich auf Zehenspitzen am Rand der Lichtung entlang, bis ich hinter Kaido war. Navan gab mir ein Zeichen und wir sprinteten beide los. Ich hatte auf dem Schlachtfeld eine Menge meiner Messer verloren, weil ich sie zu weit geschleudert hatte, um sie wieder zurückholen zu können, aber mir blieben noch ein paar. Ich schleuderte das Letzte und Navan holte mit seinen Säbeln aus.

Aber Kaido flog beiseite, schneller als wir. »Zum Schiff!«, rief er und zwang Ronad, loszurennen.

Ich eilte Ronad nach und warf noch einen Blick zurück zu Navan, der mit Kaido zu kämpfen begann. Das lockige Kaltblut versuchte immer noch, seinem Bruder das Gerät am Hals anzubringen Ich drückte auf den Knopf an meinen Handschuhen, um meine Messer zurückzurufen, aber die meisten von ihnen hatten sich in den Baumstämmen um mich herum festgebohrt und nur vier kamen zurückgeflogen. Das war nicht annähernd genug, um es mit Kaido aufzunehmen.

Ich rannte aus dem Wald zum Schlachtfeld zurück, aber die Schlacht schien bereits vorbei zu sein. Königin Brishas Soldaten hatten gewonnen, jagten nun ihre Beute und schwenkten drohend ihre Waffen. Auf der anderen Seite sah ich, wie Angie und Lauren zu mir hinübersahen, aber ich konnte jetzt nicht bei ihnen anhalten. Ich musste Ronad in Sicherheit bringen, vor allem, weil er dieses Gerät trug. Er blieb neben einem der Schiffe stehen, in das sich die Mitglieder von Giannes Armee zurückzogen.

Ich überlegte schnell und rannte zu Ronad. »Ich werde versuchen, dir das Gerät abzunehmen«, sagte ich und zog fest daran. Aber Ronad schrie vor Schmerz auf und seine Augen wurden einen Augenblick lang glasig.

»Kaido hat den ... anderen Teil des Geräts. Man ... braucht ihn, um ... das hier abzulösen«, sagte er keuchend. »Das Gerät ... ist mit meinem Nervenzentrum verbunden.«

Die Bäume erbebten, als Kaido und Navan in einem Durcheinander von fliegenden Armen und Beinen auftauchten. Obwohl Navan seine Schwerter verloren hatte, schien er die Oberhand zu behalten und war treffsicherer als Kaido. Als Navan Kaido einen Schlag verpasste, der ihn eigentlich bewusstlos hätte machen müssen, wich das dünne Kaltblut einfach aus und stürzte sich stattdessen auf mich.

Es passierte alles so schnell, dass ich nichts tun konnte. Kaidos Arm schloss sich um meinen Hals und er zerrte mich zur offenen Tür seines Schiffs. Mit seiner freien Hand quetschte er mein Handgelenk und riss es zurück, bis der Schmerz mich dazu zwang, mein letztes Messer fallen zu lassen. Kaido war scheinbar auch in Aksavdo ausgebildet, und zwar über die Grundgriffe hinaus, die jedem Kaltblut beigebracht wurden.

»Im Krieg muss man lernen, sich das leichtere Ziel auszusuchen!«, rief Kaido Navan zu, der vorwärtstaumelte.

Navan erreichte die Tür des Schiffs eine Sekunde zu spät, als diese sich schon mit einem Zischen schloss. Kaido ließ mich sofort los und ich versuchte, die Tür zu öffnen, aber es ging nicht. Ich war drinnen gefangen und Navan war draußen.

»Lass sie frei! Wenn du sie mitnimmst, dann schwöre ich bei Rask, dass ich dich umbringen werde, Kaido! Lass sie gehen!«, schrie Navan und schlug mit seinen Fäusten gegen die Wand.

»Ich werde dich finden!«, schrie er mir zu. »Ich liebe dich!«

»Ich liebe dich!«, schrie ich zurück. »Ich liebe dich!«

»Ich liebe dich! Ich werde dich holen kommen, Riley! Wenn er dir etwas antut werde ich ihm den Kopf abreißen!«, schrie Navan, aber Kaido schnaubte nur verächtlich.

»Das möchte ich sehen«, sagte er und wandte sich ab. Ich wollte mich gerade auf ihn stürzen, als er eine Hand hob. Ich erstarrte. »Oh, und wenn du auf dumme Gedanken kommst, Riley, dann werde ich diesen Knopf drücken, mit dem ich den lieben Ronad umbringe.«

Es war sinnlos. Kaido hatte uns gefangen und wir konnten nichts tun. Kaido ging in den Kontrollraum, ließ sich in den Pilotensitz sinken und startete die Motoren, bevor er die Tür schloss, die ihn von uns abschottete. In diesem kleinen Schiff gab es sowieso keinen Ort, an den wir hätten fliehen können. Es war das perfekte Gefängnis. Kaido wusste, dass ich nichts tun würde, was Ronads Leben gefährdete, obwohl ich mir nicht sicher war, ob er nur bluffte. Aber ich wollte es nicht herausfinden.

Ich fiel zu Boden, als das Schiff mit einem Ruck abhob und uns von Nordvysanthe und den Personen, die ich liebte und die noch unten festhingen, forttrug. Das Schiff beschleunigte. Kaido zog sich zusammen mit dem Rest von Giannes Soldaten zurück, aber er hatte einen Sieg zu feiern, den er nicht mit den anderen teilte. Er brachte eine Trophäe mit sich zurück.

# KAPITEL DREIUNDDREISSIG

Als das feindliche Schiff durch die Lüfte auf unser Ziel zurauschte, lehnte ich mich an die gebogene Chromwand und spürte eine kleine Erleichterung. Wenigstens hatte Kaido Ronad und mich noch nicht umgebracht, obwohl ich die starke Vorahnung hatte, dass etwas Schreckliches passieren würde, sobald dieses Schiff landete.

Die Tür zum Cockpit öffnete sich mit einem Zischen und Kaido kam zu uns. Er hatte das Schiff scheinbar auf Autopilot umgestellt. Es überraschte mich immer noch, wie bereitwillig die Kaltblüter der Technologie vertrauten. Zu Hause auf der Erde hatten die Leute selbst vor Robot-Autos Angst.

»Bist du gekommen, um nach deiner Beute zu sehen?«, fragte ich und stand auf – nicht, dass das einen großen Unterschied gemacht hätte. Kaido war fast einen Kopf größer als ich und seine grauen Augen musterten mich neugierig. Ronad saß auf der anderen Seite des Raums und konnte sich wegen des Geräts nicht bewegen. Ich konzentrierte mich auf Kaido und griff gedankenverloren nach meinem Bandelier, in dem sich aber keine Messer mehr befanden.

»Ihr seid keine Beute, ihr seid mein Auftrag«, sagte er kühl und leicht verwirrt, so als ob er selbst nicht ganz verstand, was er damit meinte.

»Ich glaube nicht, dass wir zwei Teil des Geschäfts waren«, sagte ich. »Die einzige Person, der du dein fieses kleines Gerät umschnallen wolltest, war Navan, und er ist nicht hier. Ich würde sagen, dass dein Einsatz gescheitert ist.«

»Navan wird euch folgen. Das ist das Problem mit emotionalen Bindungen – sie stehen dem logischen Denken im Weg. Sie machen eine Person unvernünftig, vor allem die Männchen einer Art.«

»Da, wo ich herkomme, gibt es eine Tierart, wo die Weibchen die Männchen auffressen, wenn sie mit ihnen fertig sind«, fauchte ich. Ich hatte das als Drohung gemeint, aber Kaido schien mich misszuverstehen.

»Das ist genau mein Reden«, sagte er.

»Navan ist klug. Er wird nicht in deine Falle tappen«, sagte ich zuversichtlich. Kaido kam mir eigenartig vor. Etwas an seinem Verhalten war seltsam, so als ob er manche Spitzen einfach nicht mitbekam. Die meisten Kaltblüter hatten zwar keinen Sinn für Humor, aber das hier war noch einmal etwas anderes.

Kaido zuckte mit den Schultern. »Entweder er kommt oder er kommt nicht, aber dass ich euch gefangen habe, macht es wahrscheinlich, dass er euch retten kommt. Er mag dich, richtig?«

Die Frage überrumpelte mich, aber es hatte keinen Sinn, zu lügen. Dieses Kaltblut wusste, wer wir waren – er hatte uns gezielt entführt. »Ich würde es zwar anders ausdrücken, aber ja, ich bin ihm wichtig.«

Kaido nickte. »Das erklärt die dramatische Szene am Schiff. Weißt du, Romantik bringt normale Leute dazu, dumme Dinge zu tun, wie gegen eine Metalltür zu hämmern, so als ob sie sie vor lauter Liebeskraft einschlagen könnten«, sagte er ruhig. »Das ist natürlich Unfug, aber man kann so etwas beobachten. Navans Verhalten ist das perfekte Beispiel. Das letzte Mal, als ich ihn gesehen habe, wäre sein Urteilsvermögen nicht durch solche Dinge geschwächt worden, aber Liebe ist die mächtigste Krankheit, die es gibt.«

Ich verzog das Gesicht. »Das klingt ja sehr charmant. Warst du denn noch nie verliebt?«

»Nein, das war ich nicht, weil ich glaube, dass Liebe nur eine Illusion ist«, antwortete er.

»Ich dachte, die Liebe ist eine Krankheit.«

»Du verstehst mich nicht. Es gibt keine Bakterie, die einen mit Liebe ansteckt. Die Liebe verhält sich wie eine Infektion, kriecht bis ins Gehirn und steigert die zellulären Funktionen, sodass das Herz schneller schlägt, sich die Iris weitet und einem das Blut in die Wangen oder in andere Körperteile fährt. Es ist eine schlichte Mischung aus neuronalen und chemischen Reaktionen, genau wie alles andere.«

Ich wusste nicht, ob ich lachen oder einfach nur verblüfft sein sollte. Kaido sagte das alles so, als ob es wissenschaftliche Tatsachen wären, aber er sagte es mit einem trockenen Ton, den er vielleicht nicht einmal selbst bemerkte.

»Was wirst du mit uns tun?«, fragte ich.

»Das werdet ihr schon bald genug herausfinden. In der Zwischenzeit macht es euch gemütlich. Ich habe Erfrischungsgetränke. Vielleicht kann ich euch etwas anbieten?«, fragte er völlig ernst.

Ich schüttelte ungläubig den Kopf. »Vielleicht könntest du damit anfangen, Ronad dieses Gerät vom Hals zu nehmen. Siehst du nicht, dass er Schmerzen hat?«

»Ich kann ihm nicht vertrauen«, sagte er und wandte sich zu Ronad, der ihn finster ansah.

»Was ist mit mir? Vielleicht habe ich ja irgendwo ein Messer versteckt?«, sagte ich.

»Zuerst einmal hast du kein Messer. Ich habe gerade gesehen, wie du dein Bandelier abgetastet und ein enttäuschtes Gesicht gemacht hast, weil es leer ist. Zweitens bist du klein und zerbrechlich und würdest Ronads Leben nicht gefährden, selbst wenn dir etwas einfiele, um mich zu überwältigen«, sagte er unverblümt.

Eins musste ich ihm lassen: Er war ziemlich gut darin, andere zu lesen.

»Wie hast du uns gefunden, als wir notgelandet sind?«, fragte ich und hoffte, dass er genauso offen weiter antworten würde. Niemand hatte gewusst, dass wir heute nach Vysanthe zurückkehrten. Wie konnte er da angriffsbereit auf uns gewartet haben?

»Ich habe eine einzigartige Bekanntschaft, die mir einen Gefallen schuldig war. Diese Person bewegt sich relativ unbemerkt zwischen beiden Seiten hin und her. Als ich erfahren habe, dass ihr aus dem Norden auf eine Mission geschickt worden seid, habe ich nach dem Namen eures Schiffs gefragt. Sobald ich den Namen kannte, habe ich einfach einen Alarm an einem unserer All-Satelliten programmiert. So habe ich die *Vanquish* gesehen, die nun wahrscheinlich außer Gefecht gesetzt ist«, sagte Kaido mit regloser Miene. »Der Alarm sollte mir bei eurer Rückkehr Bescheid geben und er hat mich direkt zu euch geführt.«

»Du hast uns die ganze Zeit beobachtet?« Meine Nackenhaare stellten sich. Mir gefiel die Vorstellung gar nicht, dass noch mehr Leute jede unserer Bewegungen beobachteten. Orion allein war schon schlimm genug.

»Gott, nein. Dafür bin ich viel zu beschäftigt«, versicherte er mir. »Ich habe einfach nur den Alarm an einem Satelliten außerhalb unserer Atmosphäre programmiert, wie gesagt, damit ich eine Warnung erhalte, wenn euer Schiff in den vysanthinischen Luftraum eindringt. Ich habe eine Landeprognose erhalten, obwohl eure Landung nicht gerade sanft war. Deshalb musste ich mich besonders beeilen, falls der Aufprall die meisten von euch getötet hätte.«

Ronad stöhnte auf der anderen Seite des Raums auf. »Gesucht: tot oder lebendig, hm?«

Ich lachte, obwohl es wirklich nicht witzig war.

Kaido runzelte die Stirn. »Nun, es ist sicher vorteilhaft, wenn ich euch lebendig abgebe, aber sie hätten euch auch tot entgegengenommen.«

»Du hast dich wirklich kein bisschen verändert«, knurrte Ronad und verzog gequält das Gesicht.

»Ich habe mich sogar sehr verändert, Ronad. Aber ich bin immer noch ein Kaltblut, im Gegensatz zu dir«, antwortete Kaido. »Du hast dein Geburtsrecht einer Frau wegen aufgegeben. Verstehst du jetzt, was ich meine, Riley? Zuneigung umnebelt den Verstand.«

Ich lächelte zur Antwort, weil er mir einen Tipp gegeben hatte, wie ich an ihn herankommen konnte. Es gab ein emotionales Thema, das ich gegen ihn ausspielen konnte. »Was hätte deine Schwester von dieser ganzen Sache gehalten? Was hätte Naya darüber gedacht, dass du deine beiden Brüder und ihre wahre Liebe verrätst? Glaubst du, dass sie stolz auf das gewesen wäre, was du tust?«

»Nayas Tod belastet mich nicht mehr. Ich habe um sie getrauert, aber meine Trauer ist vorbei. Naya hat getan, was sie wollte. Sie hat sich selbst dazu entschlossen, unvernünftig zu sein.« Seine Worte entsetzten mich und ich sah, wie Ronad auf der anderen Seite wütend wurde.

»Wie kannst du es wagen?«, fauchte er, woraufhin Kaido auf einen Knopf drückte und Ronad erstickt aufschrie.

»Meine Geschwister haben immer so getan, als ob ich nicht existierte, und Naya war da keine Ausnahme«, sagte Kaido ohne jegliche Gefühlsregung. »Ich bin ihnen nichts schuldig, genauso wie sie mir nichts schuldig sind. Als ich ein Kind war, haben sie mich im Hof unseres Hauses ausgesperrt und sie wünschen sich wahrscheinlich, dass ich immer noch dort wäre.«

Es war schwer, Gefühle aus seinem ausdruckslosen Gesicht herauszulesen. Seine Worte hätten davor triefen müssen, vor allem, weil er über ein Kindheitstrauma sprach, aber das taten sie nicht. Er sagte es so sachlich wie alles andere. Er klang nicht verletzt, auch nicht traurig oder wütend, sondern gefasst und kühl. Ich fragte mich, ob das eine Art Abwehrmechanismus war, den er sich in seiner Kindheit zugelegt hatte, als seine Geschwister ihn geärgert und ausgesperrt hatten, aber irgendwie fühlte es sich dafür zu natürlich an.

»Ist das hier eine Art Rache dafür, wie sie dich behandelt haben? Willst du Navan und Bashrik bestrafen?«, fragte ich, weil ich seine Logik verstehen wollte. Ich dachte, dass er für Königin Gianne arbeitete, aber vielleicht steckte mehr dahinter.

Doch er schüttelte den Kopf. »Es ist nichts derart Banales.

Außerdem waren Navan und Bashrik nicht die schlimmsten meiner Geschwister. Wenn sie es gewesen wären und ich mich hätte rächen wollen, dann hätte ich das schon vor langer Zeit getan. Ich hätte nicht so lange damit gewartet«, sagte er beinahe belustigt.

»Nun, du kennst ja das Sprichwort: Rache ist ein Gericht, das am besten kalt serviert wird.«

Er runzelte die Stirn. »Rache ist doch viel besser, wenn sie voller Wut oder Leidenschaft geschieht. Woher kommt denn dieses Sprichwort? Das habe ich ja noch nie gehört.«

»Vergiss es«, seufzte ich und bemühte mich, nicht die Augen zu verdrehen. »Wenn du es also nicht Navan und Bashrik heimzahlen willst, warum versuchst du dann, sie gefangen zu nehmen?«

»Das habe ich schon gesagt. Du und Ronad verschafft mir die Möglichkeit, meine Brüder dauerhaft wieder zurück in den Süden zu locken. Sie haben sich viel zu lange mit Brisha abgegeben und beschämen damit unsere Familie. Mit jedem Einsatz, den sie für den Feind durchführen, und jedem Tag, den sie hinter der Grenze verbringen, bringen sie mehr Schande über meine geliebten Eltern und das werde ich nicht zulassen.«

»Du tust das für Jareth und Lola?«, krächzte Ronad, auf dessen Stirn Schweiß glänzte. Kaido drückte wieder auf einen Knopf und Ronad verzog erneut gequält das Gesicht.

»Wag es nicht, ihre Namen auszusprechen, Ronad. Ich habe dich unzählige Male gebeten, sie als Verehrter Herr und Frau Idrax anzusprechen«, sagte er mit beunruhigender Sanftheit.

»So versuchst du also, ihnen die Scham zu ersparen? Geht es nur darum?«, fragte ich ungläubig. Ich konnte mir vorstellen, was Kaido über Navans und meine Beziehung dachte, wenn er die Ansichten seiner Eltern teilte. Aber im Augenblick kam ihm unsere Beziehung ganz recht, weil er sie gegen Navan benutzen konnte.

Kaido seufzte ungeduldig. »Ich stehe in der Schuld meiner Eltern. Das ist das Mindeste, was ich für sie tun kann«, antwortete er. »Außerdem hat Navans Handeln meine Mutter krank gemacht und ich hoffe, dass sie bei seiner Rückkehr wieder genesen wird.«

»Deine Mutter ist krank?«

»Ja und ich werde alles tun, damit es ihr wieder besser geht. Navan hat ihre Krankheit verursacht, weil sie sich Sorgen gemacht hat, und er wird sie auch wieder gesund machen. Er ist die Krankheit und die Heilung gleichzeitig.«

»Du hast wirklich ein Faible für Krankheiten, hm?«, fragte ich. Nach unserer Erfahrung auf Zai hatte ich von Viren und Heilungen erst einmal genug.

»Ich finde sie spannend«, antwortete Kaido, als ob ich eine dumme Frage gestellt hätte. Während unserer ganzen Unterhaltung schien er mich nicht wie eine richtige Person, sondern eher wie ein seltsames Zootier zu behandeln, das genauer erforscht werden musste. Wahrscheinlich hatte sein Kaltblut-Überlegenheitskomplex etwas damit zu tun.

»Im Fall meiner Mutter ist es kein Virus und keine Bakterie, die ihre Krankheit auslösen. Es ist eine Geisteskrankheit, die auf den Körper überschlägt. Und wie gesagt ist Navan die Heilung dafür.«

»Moment mal, und wo kommt Königin Gianne bei der ganzen Sache ins Spiel?«, fragte ich. Ein paar Teilchen passten einfach noch nicht ins Bild.

Kaido legte den Kopf schräg. »Falls es dir noch nicht aufgefallen ist, befindet sich Königin Gianne mitten im Krieg«, sagte er. »Sie ist viel zu beschäftigt, um sich um die Angelegenheiten unserer Familie zu kümmern, obwohl ihr mein Vater natürlich beiseitesteht und sie in diesen schwierigen Zeiten berät.«

»Was hat den Krieg ausgelöst?«, schaltete sich Ronad ein, bevor ich noch einmal fragen konnte, was Königin Gianne mit unserer Gefangennahme zu tun hatte.

»Verräterisches Verhalten natürlich«, antwortete Kaido.

»Würde es dir etwas ausmachen, das genauer zu erklären?«, fragte Ronad durch zusammengepresste Zähne.

Kaido zuckte mit den Schultern. »Königin Gianne hat ein Geschwader von Brishas Soldaten gefangen genommen, als diese im Untergrundhangar in der Nähe von Regium herumgeschnüffelt haben.

Sie waren eingebrochen und schienen auf einer geheimen Erkundungsmission zu sein, um Königin Giannes Flotte auszuspionieren«, erklärte er. »Aber bevor sie alle zum Verhör gebracht werden konnten, ist der Hangar explodiert und alle vor Ort sind gestorben – auch Giannes Soldaten.«

»Und Gianne gibt Brisha die Schuld, obwohl Brishas Soldaten auch umgekommen sind?«, fragte ich.

Kaido nickte. »Königin Brisha hat natürlich geleugnet, etwas mit der Explosion zu tun gehabt zu haben, aber sie hat zugegeben, dass die Soldaten von ihr geschickt waren. Sie hat sogar darum gebeten, dass der Rest ihrer Truppe, der vor dem Hangar gewartet hat, Kriegsgefangenenstatus erhält.«

Ich runzelte die Stirn. Das ergab keinen Sinn. »Und warum hat das einen Krieg ausgelöst?«

»Unsere geliebte Königin hat den Bluff ihrer Schwester durchschaut und diese hinterhältigen Soldaten wegen Verrats hinrichten lassen«, sagte er schlicht. »Jede Königin hätte das in dieser Situation getan. Aber damit war der Friedensvertrag gebrochen und Brisha hat Gianne den Krieg erklärt.«

*Königin Brisha hat den Krieg also tatsächlich vor die Haustür ihrer Schwester getragen,* dachte ich traurig. Ein Teil von mir hatte gehofft, dass es niemals so weit kommen würde, aber ich hatte natürlich gewusst, wie verlockend ein Krieg für zwei unzufriedene Herrscher erscheinen konnte. Das kannte ich von der Erde und wahrscheinlich funktionierte es überall im Universum genauso.

Ich warf Ronad einen Blick zu, der ebenfalls erwartungsvoll zu mir blickte. Aus seinem Gesicht konnte ich ablesen, dass er zu derselben Schlussfolgerung gekommen war wie ich: Orion war für die Explosion im Hangar verantwortlich. Aber wenn Orion den Hangar in die Luft gejagt und Giannes und Brishas Leute in die Luft gejagt hatte, wer hatte diesen Einsatz dann ausgeführt? Pandora war die ganze Zeit mit uns unterwegs gewesen, was bedeutete, dass es noch einen anderen Rebellen in Vysanthe geben musste, der sich als normales Mitglied der Gesellschaft tarnte.

Eine ganze Flut von Gedanken brach über mir herein. Von welcher Seite aus spionierte er? Wie viele Leute hatte Orion tatsächlich vor Ort?

»Wenn das alles nichts mit Königin Gianne zu tun hat, wohin bringst du uns dann?«, fragte ich. »Was wirst du mit Ronad und mir tun?«

Kaido lächelte. »Ich bringe euch zu meinen Eltern.«

## KAPITEL VIERUNDDREISSIG

»Was? Warum gehen wir dorthin?«, fragte ich.

»Das habe ich bereits erklärt. Meine Mutter ist krank und ihr seid meine Lockvögel, um Navan wieder zu ihr nach Hause zu bringen«, sagte Kaido und ging wieder in Richtung Cockpit. »Wir sind bald da.«

Damit verschwand er und ließ Ronad und mich allein. Ronad stand die Verzweiflung ins Gesicht geschrieben. Er hatte offensichtlich nicht damit gerechnet, nach Vysanthe zurückzukehren und auf dem Weg zum Hause der Idraxes zu sein, wo Jareth und Lola auf uns warteten. Immerhin war Jareth es gewesen, der Ronads große Liebe umgebracht hatte, ob es nun beabsichtigt war oder nicht.

»Ich wette, du wünschst dir, dir jetzt stattdessen deinen Hintern in der sibirischen Kälte abzufrieren«, sagte ich.

Ronad schnitt eine Grimasse. »Ich wäre gern überall, nur nicht hier. Ich bin quer durch das Universum geflogen, um Leute wie Jareth und Lorela loszuwerden und mit ihnen alle anderen Schrecklichkeiten in Vysanthe.«

»Ja, es tut mir leid, dass wir dich den ganzen Weg zurückgeschleift haben.« Ich fühlte mich schuldig. Er hatte sich unseretwegen gezwungen gesehen, zurückzukehren, und das nach allem, was er durchgemacht hatte. Andererseits war ich natürlich froh, dass er genau zum richtigen Zeitpunkt aufgetaucht war, denn ohne ihn wären wir jetzt tot.

Er lachte knapp. »Es war unvermeidlich. Ich habe mir etwas damit vorgemacht, dass ich auf der Erde ein friedliches Leben führen könnte. Kaltblüter landen immer wieder auf Vysanthe, ob es ihnen nun gefällt oder nicht.«

»Was meinst du damit?«

Er zuckte mit den Schultern. »Die Leute versuchen, diesen Ort zu verlassen, aber er ist wie ein schwarzes Loch, das einen immer wieder zurücksaugt.«

»Du kommst auch wieder von hier fort. Wir alle«, versicherte ich ihm. »Und dann kannst du den Rest deines Lebens in der Sonne von Texas verbringen, ohne dir um etwas Sorgen zu machen.«

Er sah mich neugierig an. »Glaubst du das wirklich?«

Nach einer langen Pause sagte ich: »Ich muss es glauben.«

Und das stimmte auch. Ich musste es glaube, aber mit jedem Tag, der verging, fiel es mir schwerer, mich zu positiven Gedanken zu zwingen. Schon jetzt verschwammen Jeans und Rogers Gesichter in meinen Erinnerungen und ich hatte keine Ahnung, ob sich das Bild je wieder scharfstellen würde.

»Was weißt du über diesen Idrax hier?«, fragte ich und schob meine düsteren Gedanken beiseite.

Ronad verzog das Gesicht. »Er ist ein komischer Kauz. Ich dachte bislang, dass er ziemlich harmlos ist, aber nachdem ich gesehen habe, was er auf einem Schlachtfeld anrichten kann, glaube ich, dass er sich verändert hat, seit ich ihn das letzte Mal gesehen habe«, sagte er trocken.

»Ja, etwas stimmt nicht ganz mit ihm, so als ob manchmal ein Funke nicht überspringt«, nickte ich. »Ich hatte einen ähnlichen Jungen in meiner Schule – er war superintelligent und hatte viel zu sagen, aber es fehlt ihm an sozialen Fähigkeiten. Er war ein netter Junge, aber die Jugendlichen in der Schule können echt gemein sein.«

Ronad hob eine Augenbraue. »Du meinst die mit den gepolsterten Schultern und den kurzen Röckchen?«

»Ja, man trägt beide Sachen für gewöhnlich nicht zusammen, aber ja, das klingt mir sehr nach High-School«, lachte ich, bevor ich ihn skeptisch ansah. »Wo hast du denn solche Leute gesehen? Ich dachte, du solltest eine Weile unauffällig bleiben?«

»Was kann ich sagen? Ich habe in der Zeit in meiner Hütte viel ferngesehen«, grinste Ronad.

»Du solltest aufpassen. Mein Vater hat immer gesagt, dass einem das das Gehirn verbrennt«, murmelte ich und dachte an Roger und seine unendlichen Sprüche. Bei ihm klangen sie nie kitschig, sondern sehr tiefgründig, wie wahre Perlen der Weisheit.

*Ich könnte jetzt gut ein paar seiner Ratschläge gebrauchen,* dachte ich traurig.

Ronad sah mich entsetzt an. »Was, es verbrennt einem wirklich das Gehirn? Hat das etwas mit den Funkwellen zu tun? Wie viel muss man sehen, damit das passiert? Ich meine, ich habe fast jeden Tag ferngesehen. Bin ich in Gefahr? Gibt es eine Heilung dafür?«

Ich lächelte. »Solange du keine Reality Shows siehst, solltest du in Sicherheit sein.«

»Ich glaube, so etwas habe ich nie gesehen«, sagte er und atmete erleichtert auf.

Wir unterhielten uns die nächsten zwanzig Minuten über die Vorzüge des Tagesprogramms und die Seifenopern, von denen Ronad Fan geworden war. Es war angenehm, eine belanglose Unterhaltung zu führen, obwohl ich wusste, dass wir damit nur unsere Nervosität zu überspielen versuchten. Meine letzte Begegnung mit der Idrax-Familie war nicht sehr angenehm gewesen, aber mein Mitleid galt vor allem Ronad. Ich konnte mir gar nicht vorstellen, wie sein letztes Gespräch mit ihnen verlaufen sein musste, das sich sicher um Nayas Tod gedreht hatte.

Ich sah zu Ronad und wolle ihn gern fragen, wie sich die Dinge in dieser finsteren Zeit so furchtbar entwickeln konnten, aber ich brachte einfach kein Wort heraus. Was ihm passiert war, war etwas Schreckliches und es war zu persönlich, als dass er mit mir, die ich ihm relativ fremd war, darüber reden konnte. Mit der Zeit würde er sich vielleicht öffnen, aber im Augenblick war es einfach nicht angebracht, wo wir kurz davor waren, die Höhle des Löwen zu betreten.

Die Motoren ruckelten und wir setzten zur Landung an. Wir flogen auf das Haus der Idraxes zu. Würden wir den gleichen Eingang benutzen, vor dem ich schon einmal gestanden hatte, oder einen anderen? Ich erinnerte mich an den silbernen Torbogen mit den Weinranken und den gotischen ausgestreckten Flügeln kunstvoll geschmiedeter Kaltblüter in Szenen von Krieg und Frieden. In jedem Fall würde es unangenehm werden, Navans Eltern wiederzubegegnen.

Als das Schiff mit einem sanften Ruck auf dem Boden landete, trat Kaido aus dem Cockpit und öffnete die Tür, hinter der ich die bedrohlichen, dunklen Mauern des Idrax-Hauses sah. Ich rührte mich nicht, weil ich keinen Fuß nach draußen setzen wollte. Auch Ronad schien sich nicht bewegen zu wollen. Der beißende vysanthinische Wind fuhr ins Schiff und ich erschauderte. Auf dem Schlachtfeld hatte ich die Kälte nicht gemerkt, weil mir das Adrenalin durch die Adern gerauscht war, aber jetzt merkte ich sie. Ich versuchte, an die Tropen von Zai zu denken und mir warme Gedanken zu machen, aber mir wurde beim Vergleich nur noch kälter.

»Ach natürlich, du musst am Erfrieren sein«, sagte Kaido und zog eine dicke Decke aus einem Regal an der Seite des Schiffes. Erstaunlich zuvorkommend legte er mir die Decke um die Schultern und knotete die beiden Enden vorn zusammen, sodass ich einen albernen Mantel trug. »Es ist zwar nicht modern, aber es wird dich warmhalten, bis wir im Haus sind«, sagte er.

Ich sah zu Ronad hinüber und fragte mich, wie er die vysanthinische Kälte verkraftete, jetzt, wo er kein Kaltblut mehr war. Seine Lippen waren zu einer schmalen Linie zusammengepresst und seine Kiefermuskeln zuckten, so als ob er sich bemühte, nicht zu zittern. Kaido schien sich ebenfalls daran zu erinnern, zog eine zweite Decke hervor und reichte sie Ronad, der sie dankbar entgegennahm.

»Danke«, brummte er.

»Ich habe keine Ahnung, warum du dir das angetan hast, und ich möchte auch nicht wissen, wie du es gemacht hast, aber du wirst dir noch den Tod einfangen, wenn du dich nicht warmhältst«, sagte Kaido. »Wahrscheinlich kann ich dir jetzt das Gerät abnehmen, wo wir angekommen sind. Wenn du zu fliehen versuchst, wird das Folgen haben, wie dir sicher bereits klar ist.«

»Ich weiß Bescheid«, seufzte Ronad und zog die Decke enger um sich, während Kaido hinter ihn trat, ihm das Gerät abnahm und es in seine Tasche steckte.

»Hier entlang«, sagte Kaido.

Ronad und ich folgten ihm widerstrebend aus der relativen Sicherheit des Schiffs und traten auf eine Auffahrt hinaus, deren Boden mit zerstoßenen Schalen bedeckt war. Ich warf einen Blick zurück und fragte mich, ob ich es schaffen könnte, zurückzurennen, es zu starten und in den Norden davonzufliegen.

Aber als ob Kaido meine Gedanken gelesen hätte, sagte er: »Es würde mir leidtun, aber ich werde dir die Beine brechen, wenn es nötig ist, Riley.«

Ich vergrub mein Gesicht halb unter der Decke und zog sie fester um mich. »Aber erst würde ich dir die Nase brechen«, brummte ich.

»Entschuldigung? Ich konnte dich durch die Decke nicht verstehen«, sagte Kaido.

»Ich habe gesagt, ich werde nichts tun.«

»Sehr gut. Dann sollten wir jetzt nach drinnen gehen, bevor eure Körpertemperatur noch weiter absinkt«, sagte er und scheuchte uns auf die Eingangstür der riesigen Villa zu. Hier befand sich ein weiterer silberner Bogen, der den Namen Idrax trug.

Ich sah staunend an dem Bau empor. Wenn das das Haus war, in dem Bashrik aufgewachsen war, dann verstand ich, warum er als Architekt arbeitete. Das Haus war beeindruckend. Sich drehende Türme ragten wie die Spitzen von Rotbuchen über das eigentliche Haus hinaus und schufen eine halbrunde Wand, die gerade die richtige Menge Sonnenlicht hindurchließ. Das Haus war mit einem seltsamen dunklen Stein gebaut, der leicht metallisch glitzerte. Als ich ihn näher betrachtete, sah ich, dass der Stein von winzigen Gold- und Silberadern durchzogen wurde. Die Wände wurden von geschwungenen Erkerfenstern unterbrochen, die aus durchgehenden Glasscheiben waren und deren Blick durch keine Rahmen oder Griffe unterbrochen wurde. Das Dach war aus blassgrauem Schiefer, der sich schick gegen die dunklen Steine abhob.

Ich drehte mich um und sah, dass wir am Ende der Gärten gelandet waren, auf der gegenüberliegenden Seite des Ortes wo ich letztes Mal gestanden hatte, als ich in den mürrischen Sarrask gerannt war. Ich blickte über das imposante Anliegen, auf dem sich schlanke Bäume spiralförmig in die Höhe drehten und ungewöhnliche Blumen blühten. Dann sah ich den silbernen Bogen, der auf die Straße hinausführte.

»Glaubst du, dass Jareth irgendeinen Komplex auszugleichen versucht?«, flüsterte ich Ronad zu, der zur Antwort grinste.

»Es ist ziemlich beeindruckend, hm?«

»Beeindruckend ist noch untertrieben! Ich meine – wer braucht denn ein so großes Haus?«, fragte ich und drehte mich wieder zur Villa um. »Andererseits haben sie etwa tausend Kinder, weshalb dieses Haus ihnen vermutlich winzig vorkommt.«

Ronad lachte. »Ich muss sagen, dass es sehr eigenartig war, hier aufzuwachsen, nachdem ich vorher gar nichts hatte«, sagte er und ich hörte den Schmerz in seiner Stimme. »Aber wenn du vom Äußeren schon fasziniert bist, dann warte ab, bis du das Innere siehst!«

»Ja, es ist schon eine Weile her, nicht wahr, Ronad?«, fragte Kaido und sah dann mich mit seiner üblichen unleserlichen Miene an. »Kannst du dir vorstellen, dass ein Adoptivbruder viel besser behandelt wird als ein echter Blutsbruder?«

Ich schüttelte den Kopf und spürte ein klein wenig Mitleid. »War das so?«

»Ich verstehe, dass Ronad sympathisch ist, aber wahre Loyalität begründet sich im Blut«, sagte Kaido. »Ronad hat zu den anderen gehört, wie ich es nie getan habe – zumindest damals nicht. Aber egal. Meine Fähigkeiten als Kämpfer machen mich heute all meinen Brüdern überlegen. Ich bin wohl der, der zuletzt lacht.« Er lachte unnatürlich, um seinen Satz zu unterstreichen. Mir war nicht klar, ob er uns all das bewusst erzählte oder ob es ihm einfach in den Sinn kam und er es aussprechen musste, so als ob er keinen Filter zwischen persönlichen und für die Öffentlichkeit bestimmen Gedanken hätte.

»Ich war nie gemein zu dir, Kaido«, sagte Ronad sanft, aber Kaido zuckte mit den Schultern.

»Es ist egal, ob du es warst oder nicht. Du warst ein Teil des Problems. Du kannst nicht einfach danebenstehen, dir schlechtes Verhalten ansehen und dann behaupten, dass du unschuldig bist.«

So hatte ich das noch nie gesehen, aber in Kaidos Worten lag tatsächlich eine traurige Wahrheit. Wenn jemand ihm nicht geholfen hatte, war er dann genauso schuldig? Nachdem ich ihn auf dem Schlachtfeld erlebt hatte, fiel es mir schwer, ihn mir als hilfloses Kind vorzustellen, das von seinen Geschwistern und anderen Kindern geärgert wurde, aber ich wusste, dass er nicht log. Ich bezweifelte, dass er überhaupt wusste, wie man das tat.

Bevor einer von uns noch etwas sagen konnte, führte Kaido uns unter dem zweiten silbernen Bogen hindurch in das Haus hinein, wo Jareth Idrax schon auf uns wartete. Er stand am unteren Ende einer geschwungenen Treppe und trommelte mit den Fingern ungeduldig auf das Geländer, während er seine dunkelblauen Augen auf uns richtete. Es war erschreckend, wie ähnlich er Navan im schummrigen Licht der Empfangshalle sah.

»Ich sehe weder Navan noch Bashrik«, fauchte er so wütend, dass mir ein kalter Schauer den Rücken hinablief.

Kaido machte eine witzige kleine Verbeugung. »Navan ist entkommen und Bashrik war zu weit entfernt, Vater. Es war nicht möglich, sie zu verfolgen, aber ich hatte bereits einen Plan für verschiedene Szenarien. Ich hatte vergessen, wie stark Navan ist, also habe ich mich auf ein leichteres Opfer konzentriert. Aber das wird genauso effektiv sein, um ihn hierher zu bringen, es wird nur etwas länger dauern.«

»Du glaubst wirklich, dass Navan kommen wird, um sein Haustier und seinen ...« Jareth sah funkelnd in Ronads Richtung, als ob er dem ehemaligen Kaltblut am liebsten auf der Stelle den Kopf abgerissen hätte. »Ich habe gar kein Wort für diesen Abschaum. Zumindest keines, was ich vor einer Dame aussprechen werde, egal, welcher Spezies sie angehört.«

Kaido runzelte die Stirn. »Riley ist nicht Navans Haustier, Vater. Sie ist seine Geliebte. Sie haben eine Beziehung, die weit über die eines Besitzers und seiner Lustsklavin hinausgeht. So wie ich es verstehe, sind sie Partner«, sagte er ruhig und ausdruckslos. Ich riss erschrocken die Augen auf und ich fragte mich, was Jareth Idrax wohl dazu sagen würde. So hatte ich mir auf jeden Fall das Wiedersehen mit Navans Eltern nicht vorgestellt.

Jareth sah finster zu mir. »Sie ist *was?*«

»Sie ist seine Geliebte und seine Partnerin, Vater. Deshalb wird Navan auch kommen, um sie zu holen, weil ich sie vor seiner Nase entführt habe«, sagte Kaido gelassen. »Er wird nicht anders können, vor allem nicht, wenn er glaubt, dass sie zu Schaden kommt.«

»Ich habe ja Verständnis für ein wenig jugendlichen Leichtsinn, aber das hier geht zu weit«, knurrte Jareth. »Ich kann nicht fassen, dass du diese zwei zu mir gebracht hast, Kaido. Ich habe dir vertraut und du hast Schande unter mein Haus gebracht.«

Ich wäre am liebsten vom Erdboden verschluckt worden.

»Du verstehst mich nicht, Vater«, sagte Kaido. »Die beiden werden uns nützlich sein.«

»Wie kann Ronad jemandem nutzen?«, fauchte Jareth giftig. »Sieh dich an, Ronad. Du bist fast so geworden wie die da. Ich rieche dein vysanthinisches Blut nicht mehr. Was ist mit dir passiert? Du siehst schwach aus. Alles an dir ist eigenartig – deine Haut, dein Verhalten, deine ganze Erscheinung.«

Ronad kniff die Augen zusammen. »Das hat die Trauer mit mir gemacht. Aber das verstehst du sicher nicht.«

»Wie kannst du es wagen!«, knurrte Jareth. »Ich werde dich nicht unter meinem Dach dulden!«

Kaido eilte zu seinem Vater. »Das musst du aber, Vater. Das ist alles Teil eines wohldurchdachten Plans. Navan und Bashrik werden auf unsere Seite von Vysanthe zurückkehren. Sie werden Riley und Ronad keinem unbekannten Schicksal überlassen, also werden sie der Fährte folgen, die ich ausgelegt habe. Du musst meinem Verstand vertrauen, Vater.«

Kaidos Worte schienen Jareth zu beruhigen und seine Schultern lockerten sich sichtlich. Er schien immer noch nicht sehr glücklich über die Lage zu sein, aber Vater und Sohn vertrauten einander scheinbar. Nachdem er ein paar Schritte getan hatte, um durchzuatmen, sah er zwischen mir und Ronad hin und her und schüttelte den Kopf.

»Ich hoffe, dass du recht hast, Kaido.«

»In Geistesangelegenheiten liege ich selten falsch«, sagte Kaido selbstsicher. »Darf ich die beiden zu Mutter bringen?«

Jareth sah skeptisch aus. »Ja, aber bleibt nicht zu lange. Ich möchte nicht, dass sie sich aufregt.«

»Danke, Vater«, sagte Kaido und wandte sich dann an uns. »Hier entlang.«

Ohne ein weiteres Wort folgten wir ihm, obwohl wir dafür an Jareth vorbeimussten. Ich spürte seinen bohrenden Blick auf mir, senkte den Kopf und starrte stur auf den Boden. Ich rechnete halb damit, dass er sich auf mich stürzen und mich durchschütteln würde, weil ich mich in seinen Sohn verliebt hatte, aber er tat es nicht. Er machte sich nicht einmal die Mühe, uns die Treppe hinauf zu folgen, aber ich spürte, dass er jeden unserer Schritte genau beobachtete.

Hinter jeder Kurve erwarteten uns neue architektonische Wunder, ob es nun ein gläsernes Atrium war oder eine gewölbte Marmorwand. Die Fenster boten einen spektakulären Blick auf den nebligen Horizont und jede Decke war bemalt, als ob wir uns in der Sixtinischen Kapelle befänden. Die Villa hatte definitiv etwas Gotisches an sich, war aber gleichzeitig seltsam modern. Nirgendwo lag Staub und es gab keinen Stuhl, der nicht zu teuer aussah, um sich ohne Angst daraufzusetzen. Aber uns wurde sowieso kein Platz angeboten.

Am Ende eines langen, hell erleuchteten Flurs angekommen, durch dessen Glasdach man auf die schönen rotbuchenartigen Bäume hinaufsehen konnte, blieben wir stehen. Ich hörte Schritte hinter uns und sah, dass sich Jareth doch entschlossen hatte, uns zu folgen. Er hatte wohl seine Meinung geändert, weil er seine Frau nicht mit uns allein lassen wollte.

Wir betraten ein großes, luftiges Schlafzimmer mit einem eleganten Himmelbett am anderen Ende, in dem hinter silbergrauen Schleiern eine Gestalt lag. Rings um das Bett standen hübsche Möbel, die alle in Enteneiblau gestrichen waren, um zu dem Marmorboden und den blassblauen Wänden zu passen. Ein Oberlicht erstreckte sich über den mittleren Teil des Zimmers und auch von hier sah man in die Bäume hinauf, wo Vögel gerade ein Nest bauten.

Kaido schob den Vorhang zur Seite und ich sah Lorela, die gegen einen Stapel Kissen gelehnt im Bett saß und uns neugierig ansah. Sie sah krank aus, wie Kaido es gesagt hatte, ihre graue Haut war fahl und sie hatte tiefe, lilafarbene Ringe unter den Augen.

Sie sah mich einen Augenblick lang an und schien mich wiederzuerkennen, oder zumindest deutete ich den Blick ihrer Augen, die Navans Augen so ähnlich waren, so. Dann sah sie zu Ronad, der neben mir stand, und lächelte schwach.

»Ronad!«, sagte sie heiser und hob die Arme, um ihn zu begrüßen.

»Lorela«, hauchte Ronad, ließ sich von ihr umarmen und legte selbst vorsichtig die Arme um ihre zarten Schultern. Sie sah vor ihm fast wie ein Kind aus. Ihre dünnen Arme hielten ihn und ihr ausgemergeltes Gesicht vergrub sich an seinem Hals.

»Es tut mir leid, was passiert ist, mein lieber Ronad«, sagte sie. »Ich habe meine Naya mehr als mein eigenes Leben geliebt. Sie war meine einzige Tochter. Mutter und Tochter haben immer eine ganz besondere Beziehung.«

Ronad umarmte sie fester und schien sprachlos zu sein.

»Sie hat dich geliebt und es tut mir leid, dass du sie verloren hast. Es tut mir leid, dass ich sie verloren habe. Mir tut alles leid. Wenn ich die Zeit zurückdrehen und die Dinge ändern könnte, dann würde ich es tun«, hauchte Lorela und ihre dünnen Finger strichen ihm übers Haar. Es kribbelte mich, mich umzudrehen, um Jareths Gesicht zu sehen, aber ich wagte es nicht, mich zu bewegen.

»Es war nicht deine Schuld, Lorela. Du hast sie nicht verletzt«, sagte Ronad endlich. »Ich vergebe dir. Du hättest es nicht ändern können.«

Lorela sackte in Ronads Arme und schluchzte an seiner Brust. Ihr Weinen war so heftig, dass ihr ganzer Körper bebte.

Ich konnte nicht fassen, dass er ihr vergab. Selbst wenn sie nicht direkt verantwortlich war, war es doch genauso, wie Kaido es beschrieben hatte. Sie war eine nicht ganz unschuldige Betrachterin von Jareths Fehlern. Aber trotzdem hatte er ihr vergeben. Die Erleichterung war spürbar und schmerzte. So, wie Lorela reagierte, hatte sie tief in ihre Seele geschaut und sich seit Langem nach Vergebung gesehnt.

»Ich habe doch gesagt, dass ihr sie nicht aufregen sollt!«, schimpfte Jareth, schob sich an uns vorbei und riss seine Frau von Ronad los. Sofort wich Ronad zurück und Jareth setzte sich auf die Bettkante. Lorela klammerte sich nun an ihn.

»Das wollte ich nicht«, sagte Ronad, in dessen Augen Tränen glänzten.

»Kaido, kümmer dich um deine Mutter«, sagte Jareth ungeduldig und kniff seine Augen zusammen, als er zu Ronad und mir sah. »Ich bringe diese beiden ins Turmzimmer.« Er klang verärgert, aber seine Worte bedeuteten wohl, dass wir die Nacht hier verbringen durften. Ich wünschte nur, dass es sich nicht so bedrohlich anfühlte.

Wir verließen Lorelas Zimmer und folgten Jareth den Gang entlang, bogen dann in einen anderen Gang ein und blieben vor einem der Türme stehen. Er schloss eine Tür auf und wir blickten in ein rundes Zimmer mit zwei Einzelbetten, die je an einer Wand standen und deren Rahmen so gearbeitet waren, dass sie sich in die runde Wandform einfügten. Durch zwei Fenster sah man über das Haus hinaus die Nachbarschaft und die Welt dahinter.

»Hier werdet ihr untergebracht sein, bis Navan und Bashrik kommen«, sagte Jareth kühl, ohne den Schlüssel aus den Händen zu lassen.

»Bekommen wir keine getrennten Zimmer?«, fragte ich, weil mir diese Lösung etwas unpassend vorkam.

Jareth sah mich vernichtend an. »Ich habe euch einen Raum zugewiesen, nicht mehr. Es ist nicht meine Schuld, dass ihr statt meiner Söhne hergebracht worden seid.«

»Aber du kannst doch nicht verlangen, dass wir hier zusammen schlafen. Riley braucht ihr eigenes Zimmer«, sagte Ronad, dem die Situation scheinbar genauso unangenehm war wie mir.

»Es gibt keine Alternative«, beharrte Jareth. »Wir sollten jetzt ein paar Regeln besprechen. Während ihr hier seid, müssen wir euch vor Königin Gianne verstecken. Ihr geht nicht nach draußen und dürft euch nur in bestimmten Räumen des Hauses aufhalten. Kaido wird euch eine Karte dieser Räume zeichnen. Wenn ihr gegen diese Regeln verstoßt, dann werden sich eure Bedingungen hier verschlechtern. Ich rate euch, mich nicht auf die Probe zu stellen, weil ich ohnehin schon kurz davor bin, euch beide rauszuschmeißen. Ich bezweifle, dass ihr in dieser Kleidung eine Nacht in der vysanthinischen Kälte überlebt ... Selbst mit diesen albernen Decken, die ihr euch umgehängt habt.«

Meine Wangen wurde rot, aber ich würde mich nicht von Jareth einschüchtern lassen. »Was ist mit Königin Giannes Begnadigung?«, fragte ich. »Sie hat versprochen, Navan zu begnadigen, wenn er zurückkommt. Steht dieses Angebot noch?«

Jareths Gesicht verfinsterte sich. »Die Königin ist in letzter Zeit ... zunehmend instabil geworden. Ich glaube, dass sie die Begnadigung noch vornehmen würde, aber ich will euch keine falschen Hoffnungen machten. Sie würde keinen Finger für Navans Haustier und einen deformierten Kaltblüter rühren. Wer weiß, vielleicht wird sie euch beide wegen Verrats anklagen.«

Ich wollte mich auf ihn stürzen, weil die Wut mich gepackt hatte, aber Ronad hielt mich zurück und packte meine Handgelenke.

Jareth grinste. »Ja, du solltest nichts Unüberlegtes tun«, sagte er mit einem Zungenschnalzen. »Nun, ihr habt zu viel meiner Zeit in Anspruch genommen. Ich werde mich für den Abend in mein Labor zurückziehen. Bitte fühlt euch wie Zuhause«, sagte er kalt, bevor er das Zimmer verließ. Ich hörte, wie der Schlüssel herumgedreht wurde, und wusste, dass wir festsaßen.

»Zu Hause ist es doch am schönsten, hm?«

»Hör zu, das ist nur vorübergehend. Wir werden so bald wie möglich einen Weg finden, um mit den anderen Kontakt aufzunehmen«, versprach ich und sah auf den Horizont hinaus. »Wenn dir eine Methode einfällt, wie wir das tun können, dann wäre jetzt ein prima Zeitpunkt, um es zu erwähnen.«

Immerhin waren wir wieder in Südvysanthe, in Ronads altem Revier. Er musste doch einen Ausweg finden.

# KAPITEL FÜNFUNDDREISSIG

Ronad und ich saßen im Schneidersitz auf unseren Betten, während die ersten Strahlen der Morgendämmerung durch unsere Fenster fielen. Wir plauderten wie aufgeregte Schulmädchen auf einer Pyjamaparty miteinander. Wir hatten beide nicht besonders gut geschlafen, aber während Ronad wach in der Dunkelheit dagelegen hatte, war ihm eine Idee gekommen und er hatte mich bei Morgengrauen geweckt, um mit mir darüber zu sprechen.

»Ianthan hatte eine Hütte im Wald. Wir sind immer dorthin gegangen, wenn wir etwas im Geheimen besprechen wollten – Navan, Bashrik und ich und manchmal auch Jethro«, sagte er. »Wir alle hatten kleine schwarze Geräte, über die wir Nachrichten ausgetauscht haben. Sie waren verschlüsselt, sodass unsere Aktivitäten geheim blieben.«

»Ich habe schon einmal so ein Gerät gesehen. Navan hatte eines in seiner Hütte«, sagte ich und hob eine Augenbraue. »Hattet ihr etwa alle diese kleinen Männerzufluchten?«

Ronad grinste. »Nur Navan und Ianthan, obwohl ich mir immer eine gewünscht habe. Navan hat mich in seiner Hütte wohnen lassen, als das mit Naya passiert ist. Ich hatte keinen Ort, an den ich gehen konnte, als ich das Idrax-Haus verließ. Hat er dich mit zum See genommen, als ihr dort wart?« Ich lächelte bei der Erinnerung daran schüchtern und nickte. »Als wir uns noch versteckt haben, sind Naya und ich zu dem kleinen Glasiglu geschlichen – natürlich, ohne dass Navan davon wusste. Er hätte mich umgebracht, wenn er davon erfahren hätte.« Er lachte und ich sah, dass es ihm guttat, sich an diese Dinge zu erinnern. Das freute mich. Er hatte es verdient, in seinen Erinnerungen schwelgen zu können, ohne jedes Mal vom Schmerz ihres Todes getroffen zu werden.

»Es ist sehr schön dort draußen«, sagte ich wehmütig und wünschte, dass die Dinge noch so einfach wie damals wären.

»Navan ist sehr glücklich, jemanden wie dich zu haben«, sagte Ronad unerwartet und sah auf seinen Schoß. »Ich sehe, wie ihr euch miteinander verhaltet, und das lässt mich Hoffnung schöpfen. Es lässt mich daran glauben, dass wir alle eine Bestimmung haben, obwohl uns immer beigebracht wurde, dass das Schicksal nicht existiert. Wahrscheinlich ist es die andere Luft auf der Erde, die meinen Verstand weich werden lässt.« Er lächelte.

»Wie kommst du darauf, dass Navan und ich dafür bestimmt waren, uns kennenzulernen?«

»Wie hättet ihr sonst auf derselben Seite des Universums landen sollen?«

Ich runzelte die Stirn und fühlte mich eigenartig bei seinen Worten. »Okay, wir kommen vom Thema ab. Komm schon, Ronad, konzentrier dich!«, sagte ich. »Wir müssen einen Weg finden, um uns aus dem Haus zu schleichen, zu Ianthans Hütte zu gelangen und sein Gerät zu knacken, das ihr Jungs früher benutzt habt. Sobald wir es haben, können wir eine sichere Nachricht auf Brishas Seite schicken und die anderen so hoffentlich finden.«

»Klingt nach einem Plan. Aber am schwersten wird es, hier herauszukommen«, seufzte Ronad. »Glaub mir. Ich habe hier gelebt und mich in Nayas Zimmer zu schleichen war schon sehr schwer. Dieser Ort ist wie ein Labyrinth, selbst wenn man jahrelang hier gelebt hat.«

Ein Klopfen an der Tür unterbrach uns. Einen Augenblick später steckte Kaido seinen Kopf ins Zimmer.

»Das Frühstück ist fertig, wenn ihr nach unten kommen wollt«, sagte er. »Habt ihr euch die Karten angesehen, die ich euch vorbereitet habe? Ich weiß, dass du dich hier auskennst, Ronad, aber es ist eine Weile her und ich dachte, dass du vielleicht manches vergessen hast. Ich weiß, dass nicht alle ein so gutes Erinnerungsvermögen wie ich haben.«

Ich lachte. »Ich bin noch nicht dazu gekommen, Kaido, aber ich verspreche, dass ich sie mir ansehen werde.« Dieses ungewöhnliche Kaltblut hatte etwas an sich, was es mir unmöglich machte, ihn nicht zu mögen. Er sagte arrogante Dinge, ohne zu merken, dass er angeberisch klang, und machte witzige Bemerkungen, ohne selbst witzig sein zu wollen. Es war beinahe erfrischend.

»Du solltest mich nicht anlügen, Riley. Das gehört sich nicht und es verkennt die Zeit und Mühen, die ich in diese Karten investiert habe«, tadelte er, bevor er in den Gang hinaustrat. Er wartete am anderen Ende am Treppenabsatz auf uns, wodurch ich das Gefühl hatte, mich in einem Videospiel zu befinden, wo er als Wegweiser stand.

Nachdem wir uns durch endlose Gänge geschlängelt hatten und mehrere elegante Treppen hinabgestiegen waren, wobei Kaido immer weit vorausging, kamen wir schließlich im hinteren Bereich des Hauses in einer schönen Küche an, von der man auf den gestutzten Rasen hinaussah. Es gab eine Kücheninsel mit einer Spüle in der Mitte und an der Küchenwand waren mehrere seltsame Gerätschaften aufgestellt. Wahrscheinlich wurden sie für die vysanthinische Blutküche benötigt, aber ich traute mich nicht, nach ihrem Zweck zu fragen.

»Ich habe feste Nahrung für dich angefordert, Riley. Ich hoffe, sie schmeckt dir«, sagte Kaido und deutete auf eine Schale mit Obst und Gemüse, die vor einem der Stühle an der Kücheninsel stand.

Ich bemühte mich, mir meine Enttäuschung nicht anmerken zu lassen. Nachdem ich auf Zai köstliches Essen zu mir genommen hatte, konnte ich den Gedanken nicht ertragen, wieder zu kaltem, rohen Obst und Gemüse zurückzukehren, und das bei den hiesigen Temperaturen. Aber ich war nicht in der Position, wählerisch sein zu können.

»Danke«, sagte ich und setzte mich.

Ronad hatte sich gerade mir gegenübergesetzt und begann, sein Röhrchen mit Frühstücksblut zu trinken, als Sarrask in den Raum stürmte. Seine Augen funkelten wütend. Er stapfte auf Kaido zu und packte ihn am Hals. Ich dachte, dass Kaido sich wehren und irgendeinen geschickten Aksavdogriff einsetzen würde, wie er es auf dem Schlachtfeld getan hatte, aber er rührte sich nicht. Er stand einfach blass da und ließ zu, dass sein Bruder ihn immer fester würgte.

»Es ist endlich passiert, du Krabbenalge. Du hast den Verstand verloren!«, zischte Sarrask dicht vor dem Gesicht seines Bruders. »Was in Rasks Namen hast du dir nur dabei gedacht, diese beiden hierherzubringen? Ist dir Vaters Ruf denn völlig egal? Hat unser geliebter Bruder denn nicht schon genug getan, um unseren Namen in den Schmutz zu ziehen?«

Ich fragte mich, was eine Krabbenalge war und warum Sarrask Kaido so nannte. Es war eine Stänkerei unter Geschwistern, aber Kaido hatte scheinbar schon vor Langem einen Weg gefunden, mit seinen Brüdern fertigzuwerden.

»Mein Plan hat seine Logik, Sarrask. Das würdest du verstehen, wenn du dir die Zeit nehmen würdest, mir zuzuhören. Aber du wirst lieber gewalttätig, als dich zu konzentrieren«, sagte Kaido. »Das war schon immer deine größte Schwäche.«

Ich hätte beinahe meine seltsame Frucht ausgespuckt, weil ich mir vorstellen konnte, wie Sarrask auf einen solchen Kommentar reagieren würde. Ich war sowieso schockiert, Sarrask zu sehen, denn bei unserer letzten Begegnung hatte er versprochen, dass er mich und Navan töten oder dafür sorgen würde, dass Königin Gianne uns hinrichtete, wenn wir zurückkamen. Und hier saß ich nun an seinem Küchentisch.

»War meine Warnung nicht drastisch genug?«, fauchte er mich an, nachdem er sich in meine Richtung gedreht hatte.

Kaido runzelte die Stirn. »Du kennst diese Frau?«

»Wir sind uns schon einmal über den Weg gelaufen«, brummte Sarrask. »Ich freue mich darauf, Königin Gianne von deiner Ankunft zu berichten und zu sehen, wie du für deinen Verrat leiden wirst. Vielleicht warte ich, bis Navan dir nachgelaufen kommt, aber es wird geschehen – erinnere dich an meine Worte.«

»Dann verstehst du also doch, was wir hier tun«, sagte Kaido. »Wenn du Riley kennst, dann weißt du auch, dass Navan sie holen wollen wird. Genau das ist der Plan, Sarrask. Navan und Bashrik werden kommen und unsere Mutter mit ihrer Anwesenheit heilen und sie werden die Schande unseres Vaters mindern, wenn die Königin die beiden begnadigt.«

Sarrask schüttelte trotzig den Kopf. »Ich werde sie Königin Gianne melden und du kannst nichts dagegen tun. Sie wird sicher begeistert sein, zu hören, dass wir auch diesen Verräter geschnappt haben«, sagte er und stieß Ronad an.

»Nein, ich hatte doch recht. Du hörst nicht zu und du verstehst auch nicht«, sagte Kaido seufzend. »Wenn du diese beiden Königin Gianne meldest, dann wirst du unsere Eltern in Schwierigkeiten bringen, weil sie Verräter beherbergt haben. Du wirst Vaters Ruf zerstören und Mutter damit noch viel kränker machen.«

Sarrask ließ seinen Bruder los und stieß ihn zurück. Er hoffte wohl, dass Kaido stolperte, aber dieser behielt das Gleichgewicht und machte anmutig einen Schritt vorwärts. Ich hielt meine Frucht auf halbem Weg zwischen dem Teller und meinem Mund, weil ich von der Unterbrechung überrascht war.

»Gutes Argument, Krabbenalge. Wenn Mutter und Vater diesem Zirkus zustimmen, dann muss ich es wohl auch tun«, brummte Sarrask.

Wenn es um die Eltern ging, schienen die Brüder sich immer wieder einig zu werden. Persönliche Meinungen zählten nicht, solange die Eltern glücklich waren. Das erinnerte mich an das, was Navan Sarrask bei ihrer letzten Begegnung gesagt hatte, am Rande des Idrax-Gartens, dass sie alle ihrem Vater vergeben hatten, Naya versehentlich getötet zu haben, und dass seine Taten keinerlei Konsequenzen für ihn hatten. Sie alle hatten sich vor ihn gestellt, trotz der schrecklichen Dinge, die er getan hatte. Jareth war wie der Anführer eines Kults und sie schluckten einfach alles, was er ihnen erzählte.

»Warum trägst du das?«, fragte Ronad leise und starrte auf ein bronzenes Band um Sarrasks Handgelenk. In seiner Mitte befand sich ein ovaler Stein, der aus demselben Material gemacht zu sein schien wie das Haus. Kleine silberne und goldene Adern glänzten im morgendlichen Sonnenlicht.

»Warum sollte ich es nicht tragen?«, entgegnete Sarrask.

»Es hat Naya gehört«, sagte Ronad, der sichtbar Mühe hatte, Fassung zu bewahren.

Sarrask zuckte mit den Schultern. »Und? Sie war meine Schwester. Sie hätte gewollt, dass ich dieses Armband bekomme!«

»Nein, das hätte sie nicht. Das war ihr Lieblingsarmband und sie hätte nicht gewollt, dass es einer von euch behält. Ihr habt sie nicht verteidigt, als sie gestorben ist. Du verdienst es nicht, das zu tragen.« Ronad dehnte seinen Hals, wobei seine Gelenke knackten. Er versuchte, sich zu beruhigen. Ich vermutete, dass das Armband aus der Kiste stammte, für die Navan Sarrask den Code verraten hatte.

»Ich vermisse sie genauso sehr wie du, Ronad. Ich vermisse sie jeden Tag. Aber es war ein Unfall. Alle wissen das. Alle haben vergeben und ihren Frieden gemacht, aber du klammerst dich daran fest wie der Märtyrer, als der du dich immer aufgeführt hast!«, fauchte Sarrask, aber ich wusste nicht, ob Sarrask wusste, wie er mit Ronad umgehen sollte. Jareth hasste ihn offenkundig und Lorela bereute alles aus tiefstem Herzen, aber Sarrask war verwirrt. Seine Gefühle waren widersprüchlich, weil die beiden unter demselben Verlust litten.

»Wo hast du das überhaupt her?«, fragte Ronad niedergeschlagen.

»Ich habe es zwischen ihren Sachen gefunden. Ich wollte es tragen, um ihr eine Ehre zu erweisen. Sie hat es immer getragen«, sagte Sarrask und seine Wut flaute ab.

Ronad lächelte traurig. »Das weiß ich.«

»Woraus ist es gemacht?«, fragte ich, um die Anspannung im Raum etwas zu lösen.

»Der Stein ist aus Onyxscye. Daraus ist auch das Haus gemacht«, antwortete Kaido, als die anderen beiden schwiegen. »Als das Haus gebaut wurde, war es in der vysanthinischen Kultur üblich, einen kleinen Stein aus dem Fundament zu behalten. Als Naya geboren wurde, hat unser Vater diesen Stein zu dem Armband verarbeiten lassen, das Sarrask trägt. Es ist ein Andenken mit einem sehr hohen Marktwert, obwohl ich glaube, dass es für die Familie unbezahlbar ist.«

Sarrask warf seinem Bruder einen kalten Blick zu. »Warum musst du das immer tun, Krabbenalge? Es ist, wie mit einem Automaten zu sprechen.«

»Ich glaube, dass Personen ihre Gefühle auf unterschiedliche Art ausdrücken. Du tust es mit Ärger und Trauer und dein Bruder hat seine eigene Art, die nicht jeder versteht«, schaltete ich mich ein und verteidigte Kaido, obwohl ich nicht verstand, warum ich das tat. Aber schon als Kind hatte ich es gehasst, wenn andere schlecht behandelt wurden, und war ihnen immer zu Hilfe geeilt. Kaido brachte diese Seite an mir wieder zum Vorschein.

Sarrask schnaubte. »Du lässt dich also von einer Fremden verteidigen, Krabbenalge.«

»Bist du fertig?«, fragte Kaido plötzlich. »Wenn du nur gekommen bist, um mir zu sagen, wie dumm meine Idee ist, dann kann ich dir sagen, dass es nicht so ist. Deine Arbeit hier ist also erledigt.«

Sarrask runzelte die Stirn. »Ja, ich bin fertig, aber ich glaube immer noch, dass es dumm ist, was du tust«, brummte er, bevor er die Küche eilig verließ. Ich wusste nicht, ob Kaido das gesagt hatte, um uns vor weiteren spitzen Bemerkungen von Sarrask zu verschonen oder ob er einfach nur das gesagt hatte, was ihm in den Sinn gekommen war. Auf jeden Fall war ich froh, dass Sarrask fort war. Dieses Kaltblut war zu wütend, selbst wenn sein Zorn von seiner Trauer ausgelöst wurde.

»Können wir Frau Idrax besuchen? Es tut mir leid, wie die Begegnung gestern zu Ende gegangen ist«, sagte Ronad und trank den letzten Rest des Blutes aus. Mir blieb noch eine halbe Schale Obst, aber Sarrasks Auftauchen hatte mir den Appetit genommen.

Kaido zuckte mit den Schultern. »Es spricht nichts dagegen. Deine Anwesenheit scheint eine positive Wirkung auf meine Mutter zu haben. Sie wird sich sicher freuen, dich wiederzusehen.«

Während ich Ronad musterte, überlegte ich. Er schien wirklich eine positive Wirkung auf Lorela zu haben und die beiden hatten früher einmal offensichtlich eine sehr herzliche Beziehung gehabt, die immer noch andauerte. Nachdem Ronad sich in Naya verliebt hatte, hatten die Idraxes ihn immerhin mit offenen Armen in ihrem Haus aufgenommen. Ich fragte mich, ob Jareth neidisch auf das gute Verhältnis zwischen Lorela und Ronad und darauf, dass Naya Ronads Liebe erwidert hatte, gewesen war. Immerhin bedeutete das, dass dieser Junge von niedrigem Stand die Zuneigung der beiden wichtigsten Frauen in Jareths Leben für sich gewonnen hatte. Vielleicht war für Jareth nicht mehr genug übriggeblieben.

Das würde auf jeden Fall erklären, warum Jareth sich solche Mühe gegeben hatte, Ronad aus dem Weg zu räumen. Kein normaler Vater hasste den Freund seiner Tochter so sehr, dass er ihm das Gedächtnis auslöschen wollen würde, geschweige denn, ihm noch schlimmere Dinge anzutun.

»Was ist eine Krabbenalge?«, fragte ich, als wir vom Küchentisch aufstanden und uns auf den Weg zu Lorelas Schlafzimmer machten. Diese Frage schwirrte mir im Kopf herum, seit Sarrask Kaido so genannt hatte.

Kaido seufzte. »Es ist ein langes, dünnes Gras, das in vysanthinischen Gärten wächst und den anderen Pflanzen das Sonnenlicht nimmt. Es ist ein Immerblüher und erstickt viel von dem, was um es herum wächst.«

Ich runzelte die Stirn. »Warum lässt du zu, dass Sarrask dich so nennt?«

»Worte machen mir nichts aus, Riley. Es sind nur Worte. Sie können mir keinen wirklichen Schaden zufügen, also ignoriere ich sie einfach. Wenn jemand mit Messern nach mir werfen würde, statt mich zu beleidigen, sähe das anders aus.« Er gab wieder dieses kurze bellende Geräusch von sich, das wohl ein Lachen sein sollte. »Da wir gerade beim Thema sind, muss ich sagen, dass du sehr gut darin bist, Messer zu werfen. Ich habe noch nie eine solche Genauigkeit in einer minderwertigen Art gesehen. Ich gehe davon aus, dass Navan dir beigebracht hat, so zu zielen.«

»Genau genommen habe ich das selbst gelernt und im vysanthinischen Militärtraining verfeinert«, sagte ich, freute mich aber trotzdem über das Kompliment.

Als wir Lorelas Schlafzimmer betraten, sah ich, dass schon jemand an ihrer Seite saß. Rabenschwarze Haare bedeckten den Rücken und schlanke Hände hielten Lorelas Hände. Ich hörte flüsternde Stimmen. Als wir nähertraten, drehte Seraphina sich zu uns um und ihre kupferfarbenen Augen leuchteten überrascht. Ich hatte fast vergessen, wie umwerfend schön meine Rivalin war.

»Riley!«, rief Seraphina aus, sprang auf die Beine und stürmte zu mir herüber, um mich zu umarmen. Ihr schweres Parfüm machte mich ganz benommen und als ich ihre Umarmung erwiderte, wünschte ich, an einem Strohhalm saugen zu können. Ich freute mich auch, sie zu sehen, und ich war ihr immer noch einen großen Dank schuldig, weil sie den Einsatz am Observatorium für uns gerettet hatte. Der Krieg war zwar trotzdem ausgebrochen, aber dank ihr waren bislang weniger Kaltblüter ums Leben gekommen.

»Seraphina, wie schön dich zu sehen«, sagte ich und meinte es auch so. Schließlich war es nicht Seraphinas Schuld, dass sie mit dem Mann verlobt war, den ich liebte, und ich würde es ihr nicht übelnehmen, vor allem nicht, wenn ich bedachte, wer ihr alternativer Bräutigam war.

»Komm einen Augenblick mit mir nach draußen«, sagte Seraphina, nahm meine Hand und zog mich an den anderen vorbei auf den Gang hinaus. Kaido sah aus, als ob er etwas sagen wollte, hielt dann aber untypischerweise doch den Mund.

»Was ist los?«, fragte ich leise.

Sie lächelte. »Dasselbe wollte ich dich gerade fragen. Wie kommt es, dass du hier bist?«

Eilig erklärte ich ihr unsere Situation, erzählte ihr von unserer Mission nach Zai und wie wir deshalb eine Zeitlang fort gewesen waren. Ich ging nicht auf die Blutdetails ein, erzählte ihr aber alles, was sie wissen musste, falls sie sich fragte, warum Navan nicht zu ihr zurückgekehrt war. Ich hatte ihm ja noch gar nichts von ihrer Bitte erzählt, aber das würde ich Seraphina nicht gestehen, weil ich immer noch die Hoffnung hatte, dass ich Navan alles beichten könnte, bevor sie es herausfand. Dann erzählte ich ihr, dass Kaido Ronad und mich entführt hatte, und warum er es getan hatte.

»Heißt das, dass Navan nach Hause zurückkehrt?«, hauchte Seraphina hoffnungsvoll. Ich hasste es, ihre Hoffnungen zerschlagen zu müssen, aber ich wollte nicht, dass Navan sein Leben riskierte, indem er wieder herkam. Ich musste ihn warnen, bevor er es überhaupt versuchte. Jareth hatte es selbst gesagt – die Königin war unberechenbar. Es war nicht vorherzusehen, wie ihr Gemüt umschlagen konnte.

Ich schüttelte den Kopf. »Es tut mir leid, das zu sagen, aber er wird wahrscheinlich nicht kommen. Es ist im Augenblick zu gefährlich.«

Seraphina ließ den Kopf hängen und sah furchtbar enttäuscht aus. »Ich verstehe.«

»Wo wir gerade von Navan sprechen, glaubst du, dass du uns helfen könntest, ihn heimlich zu kontaktieren?«, fragte ich, obwohl ich wusste, wie unsensibel das war. Aber wenn sie mit ihm in Verbindung treten konnte, ohne dass wir es riskierten, uns bis zu Ianthans Männerhöhle durchzuschlagen, dann musste ich es probieren.

Seraphina sah zu mir auf und ihre Augen funkelten eigenartig. »Das kann ich nicht riskieren, Riley. Ich würde, wenn ich könnte, aber Königin Gianne beobachtet mich sehr genau, seit ich mit Aurelius verlobt bin. Er ist ihr Berater und sie kann es sich nicht erlauben, dass ich davonlaufe und ihn schlecht dastehen lasse.«

Ich nickte, bemüht, mir meine Enttäuschung und Sorge nicht anmerken zu lassen. Die Paranoia kroch mir den Nacken hinauf. Hatte sie wirklich keine Möglichkeit, mit Navan Kontakt aufzunehmen, oder war dies ihre Art von Rache dafür, dass Navan nicht in den Süden zurückkehrte und ihre Hochzeit verhinderte? Aber so sehr ich es auch drehte und wendete, war Seraphina einfach keine nachtragende Person.

Wenn sie sagte, dass sie ihn nicht kontaktieren konnte, dann glaubte ich ihr. Das bedeutete, dass wir wieder bei unserem vorherigen Plan waren und damit bei allen Risiken, die er mit sich brachte. Aus dem Haus zu fliehen würde nicht einfach werden, aber wir mussten es versuchen.

# KAPITEL SECHSUNDDREISSIG

»Es tut mir wirklich leid, Riley, aber ich muss gehen«, sagte Seraphina. »Begleitest du mich nach draußen?«

»Natürlich«, nickte ich. Wir gingen den Gang entlang auf die Eingangshalle zu. Am Ende des Flures warf ich einen Blick zu Lorelas Schlafzimmer zurück, aber es schien uns niemand zu folgen.

An der Tür angekommen, nahm Seraphina meine Hände in ihre. »Wenn Navan zurückkommt, dann wirst du mir Bescheid geben, nicht wahr?«, fragte sie, obwohl keine Hoffnung mehr in ihrem Blick lag.

»Ich verspreche, dass ich einen Weg finden werde, um dir Bescheid zu geben.«

»Lorela und Jareth haben meine Kontaktdaten, wenn du mir eine Nachricht schicken oder mich anrufen willst«, sagte sie und sah mich wehmütig an. »Es tut mir leid, dass ich dich gebeten habe, mit Navan zu sprechen. Ich weiß, in was für eine Situation ich dich damit gebracht habe, und ich werde es mir nie verzeihen, das getan zu haben. Wenn du dir nur vorstellen könntest, welches Schicksal mich erwartet ... Aber das ist jetzt egal. Ich werde versuchen, dich wieder besuchen zu kommen.«

»Ich verstehe, Seraphina. Du hast getan, was du tun musstest«, sagte ich und hatte ein schlechtes Gewissen, weil ich Navan nichts erzählt hatte. Insgeheim schwor ich mir, ihm alles zu gestehen, sobald ich ihn erreichen konnte.

»Auf Wiedersehen, Riley.«

»Auf Wiedersehen«, sagte ich und winkte ihr kurz zu, bevor ich wieder nach drinnen huschte, weil ich mich an Kaidos Warnung erinnerte, dass wir nicht gesehen werden durften. Ich wollte nicht daran schuld sein, dass unser Versteck aufflog. Jemand könnte das Haus beobachten. Ich erschauderte, als ich daran dachte, was im Untergrundhangar mit Giannes und Brishas Soldaten geschehen war. Wir wussten nicht, wie viele Spione Orion noch in Vysanthe postiert hatte.

Da mir niemand nach unten gefolgt war, beschloss ich, die Gelegenheit zu nutzen. Kaido war beschäftigt, Sarrask war fort und Jareth war anderweitig abgelenkt, also war es an der Zeit, dass ich die Idrax-Villa erkundete.

Jareths Alchemielabor erschien mir als ein verlockender Ort, um meinen Ausflug zu beginnen, vor allem, wenn ich die Aufzeichnungen seiner Experimente in die Finger bekommen konnte. Aber ich hatte keine Ahnung, wo ich mit der Suche beginnen sollte. Leider war das Labor auch nicht auf Kaidos hilfreicher kleiner Karte verzeichnet und es gehörte definitiv nicht zu den mit einem Farbcode versehenen Zimmern, in denen ich mich aufhalten durfte.

Ich konzentrierte mich so gut wie möglich und versuchte, zu raten, wo sich Jareths geheimes Labor befinden könnte. Nach allem, was ich über private Labore wusste, waren sie entweder auf dem Dachboden oder im Keller versteckt und da die Türme die ehemaligen Kinderzimmer zu beherbergen schienen, schlussfolgerte ich, dass das Labor irgendwo unter der Erde sein musste. Jareth hatte den Eingang sicher nicht von außen zugänglich gemacht, sodass jedermann hereinspazieren konnte, vor allem nicht, wenn er seine Alchemiegeheimnisse so sorgfältig hütete, wie Yorrek es getan hatte.

Ich eilte durch die Eingangshalle auf einen schmalen Flur zu und spähte in jedes Zimmer, an dem ich vorbeikam. Doch zu meiner Enttäuschung sah ich nur Bibliotheken, Malzimmer, Vorratskammern und Arbeitszimmer. Sie alle waren sehr hübsch und ich wusste, dass Lauren beim Anblick der riesigen Bibliotheken ausgeflippt wäre, aber sie waren eben nicht Jareths Alchemielabor.

Ich wagte es, ein paar der Zimmer zu betreten und in ihnen herumzuschnüffeln, um auf einen geheimen Durchgang, eine Falltür oder eine hinter einem Bücherregal versteckte Tür zu stoßen.

Nachdem ich das Erdgeschoss fertig durchsucht hatte, wurde mir klar, dass ich wahrscheinlich zu viele Sherlock Holmes Romane gelesen hatte. Ich sah Dinge, wo keine waren, und sehnte mich nach falschem Putz, wo in Wirklichkeit feste Wände standen.

Doch am Ende eines sehr schmalen Ganges, der von einer kleineren Bibliothek abgeführt hatte und dessen Eingang hinter einem schwarzen Samtvorhang halb versteckt gewesen war, hatte ich das Gefühl, dass ich doch noch Glück haben würde. Am Ende des Ganges befand sich eine Tür, die vom Eingang der Bibliothek aus nicht zu sehen war. Meine Detektivarbeit hatte sich ausgezahlt.

Mit klopfendem Herzen ging ich auf die schmale Tür zu und drehte am Knauf. Ich hatte damit gerechnet, dass die Tür verschlossen war, aber sie öffnete sich zu meiner Überraschung ohne jeden Widerstand. Da sie sich so weit ab von den Hauptgängen befand, rechnete wohl niemand damit, dass sich neugierige Gäste hierher verirrten. Mein Herzschlag beschleunigte sich, als ich den Raum betrat, der dunkel war und in den keinerlei Tageslicht drang. Nervös tastete ich die Wand nach einem Lichtschalter ab und fand ihn neben der Tür.

Eine Sekunde später war der Raum beleuchtet. Ich befand mich im Labor. In seiner Mitte stand ein Stuhl, an den verschiedene angsteinflößende Mechanismen angeschlossen waren, und überall im Zimmer standen Gläser und andere Behälter, die mit Pflanzen gefüllt waren. Sie hatten alle möglichen Farben und Formen und waren zum Teil sehr seltsam, zum Teil wunderschön. In einem großen Tank befand sich eine hülsenähnliche Blume, die einer übergroßen Feige ähnelte, aber ihre Adern zogen sich über das Fruchtfleisch und pulsierten blau leuchtend. Viele der Pflanzen schienen biolumineszent zu sein und strahlten.

Wahrscheinlich war die Beleuchtung deshalb spärlich, damit sie diese interessanten Pflanzen nicht störte.

Als ich mich weiter umsah, fiel mir ein Buch auf. Es lag auf einer der Arbeitsflächen zwischen einem großen Topf voller roter Blüten, die alle paar Minuten einen Nebel aus rosafarbenen Samen aussprühten, und einigen Gläsern, in denen etwas eingelegt war. Das war das Buch, nach dem ich gesucht hatte.

Ich lief zu ihm hinüber und schlug die erste Seite auf. Bislang war mir niemand gefolgt, aber ich wusste, dass es nur eine Frage der Zeit war, bis jemand nach mir suchte. Auf dem Buchdeckel stand in einer unglaublich sauberen Handschrift: *Meine Reise in die Neurobotanik.*

»Neurobotanik? Was zum Teufel ist das?«, murmelte ich und blätterte auf die nächste Seite weiter.

»Es ist die Forschung danach, wie botanische Destillate die Hirnchemie bestimmter Arten beeinflussen kann«, sagte eine Stimme hinter mir.

Erschrocken zuckte ich zusammen, ließ das Buch auf den Tisch fallen und stieß dabei ein Glas um. Es zerbrach und die Flüssigkeit breitete sich auf dem Boden aus, wobei mir ein stark chemischer Geruch in die Nase stieg.

Kaido stand im Dämmerlicht da und beobachtete mich. Er hatte sich so leise herangeschlichen, dass ich ihn nicht bemerkt hatte, und nun wusste ich nicht, was ich tun sollte.

»Du solltest nicht hier sein, Riley. Das ist mein Labor«, sagte er, klang aber nicht böse.

»*Dein* Labor? Oh, ich habe nach deinem Vater gesucht … Ich dachte, dass ich ihn in seinem Labor finden würde. Er hat es gestern Abend erwähnt.«

Kaido runzelte die Stirn. »Du solltest das Labor meines Vaters nicht suchten. Wenn er dich in seinem Labor anträfe, so wie ich dich hier gefunden habe, dann würdest du sehr hart bestraft werden«, erklärte er. »Mein Vater mag es nicht, wenn jemand sein Labor betritt. Ich habe es einmal als Kind getan und danach nie wieder.«

»Warum, was hat er mit dir gemacht?«, fragte ich, um ihn davon abzulenken, dass ich herumgeschnüffelt hatte.

»Er hat das Ahnenschwert seines Urgroßvaters genommen und mich mit der stumpfen Seite geschlagen, bis meine Hände gebrochen und meine Beine so geschwollen waren, dass ich vor ihm auf die Knie gesackt bin, so wie es die Feinde meiner Vorfahren vor diesem Schwert getan haben. Zumindest hat er mir das erzählt, obwohl mir in diesem Augenblick die Symbolträchtigkeit nicht klar war«, sagte er trocken. »Ich hätte beinahe ein Auge verloren, als die Schwertkante mich im Gesicht getroffen hat. Aber mein Auge ist geheilt und mein Körper auch. Deshalb stehe ich heute vor dir und warne dich davor, nicht denselben Fehler zu begehen.«

Ich sah Kaido entsetzt an. »Das hat er dir angetan?«

»Ich habe überlebt und ich überlebe immer noch. Er hat getan, was er tun musste, um sein Eigentum zu beschützen und das respektiere ich bis zum heutigen Tag.«

»Aber du bist sein Sohn!«, sagte ich und versuchte, mir Kaido als junges, wehrloses Kind vorzustellen, das von seinem Vater halb zu Tode geprügelt worden war.

Kaido zuckte mit den Schultern. »Ich habe ihn verärgert. Das war die Strafe, die ich verdient habe. Ich stehe auf ewig in der Schuld meiner Eltern, weshalb ich jede Strafe ertrage, die sie mir auferlegen. Das habe ich schon damals getan und ich tue es heute noch.«

»Warum stehst du in ihrer Schuld? Du hast das schon einmal erwähnt. Was hast du getan, was sie dir vorhalten können?«

»Das ist eine Familienangelegenheit, über die ich nicht sprechen darf«, sagte er schlicht. »Jetzt lass uns hier saubermachen, bevor sich jemand am Glas verletzt.« Er trat weiter ins Zimmer und hob die Scherben auf, während ich darüber nachdachte, wie seltsam einfach es war, sich mit Kaido zu unterhalten, auch wenn seine emotionalen Reaktionen komisch waren. Ich fühlte mich in seiner Gegenwart nicht unbehaglich oder bedroht.

»Das ist also dein Labor?«, fragte ich, um ihn besser kennenzulernen. Schließlich schien er mich zu tolerieren. Er hätte mich an seinen

Vater verpfeifen können, aber das hatte er scheinbar nicht vor Er würde mich noch einmal davonkommen lassen. Das musste doch etwas zu bedeuten haben.

»So ist es.«

»Was machst du hier mit all diesen Pflanzen?«, fragte ich mit aufrichtigem Interesse. »Ich mag diese dort. Sie sind sehr schön.« Ich deutete auf einen kleinen Tank mit winzigen Blüten, die alle paar Sekunden eine andere Farbe annahmen und von lila zu blau, rot und dann wieder zu lila wechselten.

Er strahlte mich an und warf die Glasscherben in den Mülleimer. »Willst du es wirklich wissen?«

»Ja, ich finde diese Blumen atemberaubend. Eine von ihnen erinnert mich ein wenig an eine Poroporofrucht«, sagte ich in der Hoffnung, mich mit Fachwissen beliebt zu machen. Außerdem stimmte es. Die übergroße Feigenpflanze sah wirklich wie eine Poroporofrucht aus.

»Das liegt daran, dass sie derselben Gattung angehören. Diese Pflanze hat einen hypnotischen Effekt auf den Geist und wenn sie in kleinen Dosen destilliert wird, kann sie bestimme Krankheiten heilen. Sie verändert die Hirnchemie eines Wesens und repariert die Ursache für die Krankheit«, erklärte Kaido so begeistert, wie ich ihn noch nie gesehen hatte. »Ich versuche gerade, ein Serum für meine Mutter zu entwickeln, um ihre geistige Unruhe zu heilen.«

»Das ist sehr nett«, sagte ich. »Und wie kommst du voran?«

»Ich bin noch in der Experimentierphase, aber ich mache jeden Tag Fortschritte.«

Dann führte er mich auf eine schnelle Tour durch sein Labor und erzählte mir interessante und weniger interessante Dinge. Ich brauchte keine zehnminütige Erklärung darüber, was jeder Becher und jede Flasche enthielt, aber ich hörte gern etwas über die verschiedenen Pflanzenarten, die er gesammelt hatte, und ihre unterschiedlichen Bedürfnisse. Es war faszinierend, zu erfahren, was bestimmte Früchte und Kräuter mit dem Verstand tun konnten, und wie ein Unterschied mit einem Milliliter in einem Destillat völlig unterschiedliche Effekte erzielte.

»Der Saft des Sarafimrohrs ist ein besonders gutes Beispiel«, sagte er. »Wenn man die richtige Menge einnimmt, dann stärkt es die Konzentration und körperliche Leistung. Aber wenn man zu viel nimmt, dann kann es einen umbringen.«

»Okay, ich werde nie Sarafimrohr probieren«, sagte ich im Scherz.

Kaido sah mich interessiert an. »Wenn du einverstanden bist, dann würde ich gern ein paar Experimente an dir durchführen, um zu sehen, welchen Effekt bestimmte Destillate und Seren auf die Hirnchemie deiner Art haben.«

»Wie würde so ein Test aussehen?«, fragte ich skeptisch. Ich würde sicher nicht zulassen, dass er mit Sarafimrohr an mir herumexperimentierte.

»Ich würde dich auf diesen Stuhl setzen, der die elektrischen Impulse und Regionen des Gehirns untersucht, und dir dann kleine Dosen der Mixturen geben, die ich erstellt habe«, erklärte er. »Danach würde ich dir ein Serum geben, das die Wirkungen von dem, was ich dir vorher gegeben habe, wieder löscht.«

Ich runzelte die Stirn. »Werden diese Mixturen wehtun?«

»Absolut nicht. Das ist es, was mich an der Botanik so fasziniert. In der Natur gibt es immer ein Gegengewicht. Ich kann dir nichts geben, für das ich kein Gegenmittel habe, und ich würde dir auch nichts verabreichen, was dich vergiften könnte.«

Ein paar Minuten lang sagte ich nichts und dachte über seinen Vorschlag nach. Ich wusste, dass ich Kaido so vielleicht um einen Gefallen bitten konnte. Vielleicht konnte ich ihn sogar davon überzeugen, mir zu zeigen, wo sich das Labor seines Vaters befand. Wenn er mir einen Weg aus dem Haus zeigte und meine Abwesenheit geheim hielt, dann konnte ich vielleicht zu Ianthans Hütte laufen und das Sendegerät finden, bevor überhaupt jemand merkte, dass ich verschwunden war.

Ein paar Mischungen schienen mir dafür ein kleiner Preis zu sein, solange ich keine bleibenden Schäden davontrug.

»Klar, warum nicht?«, sagte ich schließlich zur Kaidos Begeisterung.

Er lächelte zwar nur kaum merklich, aber mir fiel es trotzdem auf. »Sollen wir gleich anfangen?«

Kaido blickte auf die Uhr an der Wand und seine Stimmung schlug um. »Wir sind fast zu spät für die Kundgebung.«

»Kundgebung?«

»Ja, Königin Gianne organisiert einmal in der Woche um diese Zeit eine Show«, sagte er und scheuchte mich aus dem Labor hinaus. »Wir sollten sie auf dem großen Bildschirm ansehen. Hier entlang.«

»Was denn für eine Show?«, fragte ich beklommen.

»Das wirst du schon früh genug sehen«, sagte er aufgeregt. »Normalerweise würde ich dabei sein, weil die Anwesenheit für jeden gesunden Vysanthiner verpflichtend ist, aber ich habe die Erlaubnis bekommen, diese Woche hierzubleiben, weil sich der Zustand meiner Mutter verschlechtert hat. Ich bin derjenige, der sich am meisten um sie kümmert.«

Ich folgte ihm, als er durch das Haus eilte und in ein großes Wohnzimmer mit bequemen Sofas und Sesseln einbog, die vor einem großen Bildschirm standen, der aus der Wand ausgefahren worden war. Ronad saß bereits in einem der Sessel und machte ein ziemlich unwohles Gesicht. Als er mich sah, atmete er erleichtert auf.

»Wo warst du? Kaido hat mich hierhergebracht und mir gesagt, dass ich auf die Show warten soll«, raunte er mir zu, als ich mich in den Sessel neben ihm setzte und auf den leeren Bildschirm blickte. »Das ist eine lange Geschichte. Ich erkläre es dir später«, antwortete ich, als das Bild vor uns flimmerte. Kaido setzte sich auf das Sofa auf der anderen Seite des Zimmers und starrte beinahe ehrfürchtig auf den Bildschirm.

»Was ist das hier?«, fragte ich Ronad.

Er zuckte mit den Schultern. »Keine Ahnung. Ich habe noch nie in meinem Leben eine öffentliche Übertragung hier gesehen.«

Auf dem Bildschirm wurde Königin Gianne sichtbar, die auf einer Art Sockel stand. Jareth stand neben ihr und nahm die Position als einer seiner Berater ein. Entgeistert sah ich, dass auch Aurelius da war. Auf seinem skeletthaften Gesicht lag ein breites Grinsen. Erst, als das Bild zurückblendete, sah ich, dass Gianne auf einem Galgengerüst stand und vor ihr Soldaten knieten. Aber dies waren nicht ihre Soldaten – sie trugen die silber-grünen Farben, die Brishas Armee gehörten.

»Volk von Südvysanthe! Ein großer Schatten ist über unser Land gefallen und er bedroht unsere Existenz!«, rief Gianne, deren Stimme durch die Lautsprecher dröhnte. Ihr kupferfarbenes Haar war im Wikingerstil geflochten und die kleinen Zöpfe wanden sich um Miniaturspeere. Die Frisur war mit rubinartigen Steinen geschmückt, die ihr wie frische Blutstropfen in der Stirn hingen.

Das Publikum schrie und streckte die Fäuste in die Luft.

»Meine Schwester will beide Seiten des Landes für sich beanspruchen und euch alle zu Sklaven machen! Sie will euch dafür leiden sehen, dass ihr das verteidigt, woran ihr glaubt – dafür, dass ihr hinter mir, eurer wahren Königin, steht! Sie will Südvysanthe zerstören, bis nichts mehr von unserem Land übrig ist. Deshalb sage ich: Lasst uns meiner Schwester eine Nachricht schicken!«, schrie Gianne und das Publikum schrie mit ihr.

»Heute werden wir abrechnen! Ich werde diese Verräter vor euren Augen hinrichten lassen und wir werden ihre Köpfe zu meiner Schwester schicken. Das ist der Preis, den sie für die Leben, die sie uns genommen hat, bezahlen muss!«

Ich sah entsetzt zu Ronad. »Was zum ...«

»Alle Überläufer werden auf dieselbe Art bestraft werden wie diese Verräter hier. Ich werde keine Abweichungen in meinen Reihen dulden. Wer nicht für uns ist, der ist gegen uns!«, schrie sie mit manischem Blick.

Nach dieser Ankündigung traten bewaffnete Soldaten vor, während Gianne einen Schritt zurücktrat.

Sie trugen gebogene Sensen, die sie an verzierten Griffen umfassten. Es schien sich um eine Art zeremonielle Säbel zu handeln, die ich noch nie bei den Kaltblütern gesehen hatte. Als die Kamera dichter heranzoomte, sah ich, dass die Klingen in einem elektrisch bläulichen Licht leuchteten. Ich kannte diese Art von Strom und was sie anrichten konnte.

Jede Wache nahm ihre Position hinter einem der knienden feindlichen Soldaten ein und legte die scharfe Klinge an die entblößten Hälse. Viele der gefangenen Soldaten hoben die Köpfe voller Stolz und sahen geradeaus, aber ich sah, wie ihre Lippen bebten und ihre wahre Angst verrieten.

»Auf den Sieg des Südens!«, schrie Gianne.

Sobald das letzte Wort verhallt war, holten die Wachen aus und ließen ihre Sensen in perfektem Gleichklang niedersausen. Sie zischten in der Luft, bevor sie die Köpfe der Kriegsgefangenen sauber abtrennten. Der hellblaue Strom knisterte und schien die Wunde sofort zu verätzen, damit kein Blut auf Giannes sauberen Podest tropfte.

Entsetzt schlug ich mir die Hand vor den Mund, als ich die Köpfe rollen sah. Kurz darauf hoben die Wachen sie auf und legte sie in einen Eimer mit bernsteinfarbener Flüssigkeit, der neben dem Galgen stand. Der Rest der Kaltblutkörper verfärbte sich schwarz und würde, wie ich inzwischen wusste, bald zu Asche zerfallen. Aber mit den Köpfen geschah das nicht, denn die Flüssigkeit, in die die Wachen sie getaucht hatten, schien sie vor dem Zerfall zu bewahren, und jetzt wurden sie vor dem Beifall klatschenden Publikum in die Höhe gehalten.

Mir war übel und mein Magen verkrampfte sich. Jeder Kopf war eine individuelle Totenmaske. Einige sahen erschrocken aus, andere stoisch, andere schrien, und von allen tropfte eine sirupartige, bernsteinfarbene Substanz.

Jareth hatte recht, Königin Gianne war wirklich instabil. Genau genommen schien sie in Höchstgeschwindigkeit auf den Wahnsinn zuzurasen.

»Du hast gesagt, dass das jede Woche passiert?«, sagte ich heiser, weil meine Kehle wie zugeschnürt war.

Kaido nickte. »Es ist wichtig, damit die Nation treu bleibt. Es darf keine Überläufer geben, genau wie sie es gesagt hat.«

Ich hätte ihn an liebsten bei den Schultern gepackt und ihn durchgeschüttelt, damit er verstand, was hier wirklich vor sich ging, aber ich hörte das Jubeln der Menge und wusste, dass es hoffnungslos war. Gianne hatte die Leute einer Gehirnwäsche unterzogen, obwohl ich glaubte, dass sie vor allem Angst vor ihr hatten.

Wenn sie Verräter so behandelte, dann würde sie sicher nicht gut auf meine Rückkehr reagieren, vor allem nicht, wenn ich dabei erwischt wurde, wie ich versuchte, Navan im Norden zu kontaktieren. Ich bezweifelte, dass Königin Gianne ihr Versprechen halten würde, Navan zu begnadigen. Sie würde jetzt mehr denn je einen Überläufer in ihm sehen.

Ich begriff das Vysanthe, in das ich zurückgekehrt war, nicht. Der Planet war wirklich gespalten. Wo vorher ein zerbrechlicher Frieden geherrscht hatte und zwei Schwestern an den Enden eines unbehaglichen Waffenstillstands zerrten, gab es jetzt nichts anderes mehr als die erschreckende Wirklichkeit des Krieges.

Und hier war ich und steckte mitten im Schlamassel.

# BEREIT FÜR DEN NÄCHSTEN BAND VON RILEYS UND NAVANS GESCHICHTE?

Liebe Leser,

danke, dass ihr *Die Wagemutigen* gelesen habt!

Setzt das Abenteuer in **Buch 5: *Verräter*** fort, das am **13. Juni 2018** erscheint.

Bestell jetzt dein Exemplar vor:

**www.bellaforrest.de/bella**

Wir sehen uns!

Liebe Grüße,

Bella x

P.S. Tragt euch in meine VIP-Mailingliste ein und ich schicke euch eine Erinnerungsmail, sobald mein nächstes Buch erscheint! www.bellaforrest.de (Eure E-Mail wird vertraulich behandelt und ihr könnt euch jederzeit wieder abmelden.)

# LIES MEHR VON BELLA FORREST!

## HEIßBLÜTER

Heißblüter (Buch 1)

Kaltblüter (Buch 2)

Abtrünnige (Buch 3)

Die Wagemutigen (Buch 4)

Verräter (Buch 5)

## MACHTSPIEL DER GESCHLECHTER

(The Gender Game)

Machtspiel der Geschlechter (Buch 1)

Geheimnis der Geschlechter (Buch 2)

Die Geschlechterlüge (Buch 3)

Krieg der Geschlechter (Buch 4)

Untergang der Geschlechter (Buch 5)

Die Geschlechterstrategie (Buch 6)

Jenseits der Geschlechter (Buch 7)

## DAS MÄDCHEN, DAS ZU DENKEN WAGTE

Das Mädchen, das zu denken wagte

## DIE SCHATTENREICH-SAGA

**Die Geschichte von Derek und Sofia:**

Das Schattenreich der Vampire (Buch 1)

Ein Schattenreich voller Blut (Buch 2)

Eine Burg aus Sand (Buch 3)

Im Schatten des Lichts (Buch 4)

Der Glanz der Sonne (Buch 5)

Der Tor zur Nacht (Buch 6)

Der Anbruch des Tages (Buch 7)

**Die Geschichte von Rose und Caleb:**

Ein Hauch von Novak (Buch 8)

Blutsbande (Buch 9)

Der Zauber der Zeit (Buch 10)

Beutejagd (Buch 11)

Schatten des Zweifels (Buch 12)

Zeitenwende (Buch 13)

Das Erwachen der Macht (Buch 14)

Enthüllungen (Buch 15)

Das Ende der Nacht (Buch 16)

**Die Geschichte des Schattenreichs geht weiter...**

Wind der Veränderung (Buch 17)

Der Hall des Echos (Buch 18)

Der Krieger der Schatten (Buch 19)

Der Held der Reiche (Buch 20)

Die Ampulle des Lebens (Buch 21)

Die Wegkreuzung (Buch 22)

Fliehende Seelen (Buch 23)

Die Sternenbrücke (Buch 24)

**Der Novak-Klan**

Der Novak-Klan (Buch 25)

Eine neue Welt (Buch 26)

Das Lügennetz (Buch 27)

Ein Hauch von Wahrheit (Buch 28)

Die Stunde der Not (Buch 29)

Ein riskantes Spiel (Buch 30)

Schicksalswende (Buch 31)

Ein glorreicher Tag (Buch 32)

**Die Ära der Hüter**

Die Ära der Hüter (Buch 33)

Das Glücksschwert (Buch 34)

Der Wettkampf (Buch 35)

Der Schattenkönig (Buch 36)

Das Reich der Steine (Buch 37)

Eine alte Macht (Buch 38)

Der Riss der Reiche (Buch 39)

Der Feuerthron (Buch 40)

Kriegsgetose (Buch 41)

**Drei Geschenke**

Drei Geschenke (Buch 42)

Die aktuelle Liste von Bellas Büchern:

www.bellaforrest.de/bella

Tragt euch außerdem auf ihrer Mailingliste ein, um stets über ihre aktuellen Veröffentlichungen informiert zu werden:

www.bellaforrest.de

Np

46547488R00240

Printed in Poland
by Amazon Fulfillment
Poland Sp. z o.o., Wrocław